Katy Birchall

Wedding Season – Sieben Hochzeiten und ein Totalausfall

Katy Birchall

WEDDING SEASON

Sieben Hochzeiten und ein Totalausfall

ROMAN

Aus dem Englischen von
Sonja Rebernik-Heidegger

PIPER

Mehr über unsere Autorinnen, Autoren und Bücher:
www.piper.de

Wenn Ihnen dieser Roman gefallen hat, schreiben Sie uns unter Nennung des Titels »Wedding Season – Sieben Hochzeiten und ein Totalausfall« an *empfehlungen@piper.de*, und wir empfehlen Ihnen gerne vergleichbare Bücher.

Von Katy Birchall liegen im Piper Verlag vor:
Undercover Bridesmaid – Das perfekte Durcheinander
Wedding Season – Sieben Hochzeiten und ein Totalausfall

Unser Versprechen für mehr Nachhaltigkeit
Klimaneutrales Produkt
FSC®-zertifiziertes Papier
Hergestellt in Europa

FSC
www.fsc.org
MIX
Papier | Fördert gute Waldnutzung
FSC® C083411

ISBN 978-3-492-06233-6
2. Auflage 2023

Titel der englischen Originalausgabe: »The Wedding Season«,
Hodder & Stoughton, an Hachette UK company, London 2022

Redaktion: Christine Neumann
Satz: Uhl + Massopust, Aalen
Gesetzt aus der FreightText
Druck und Bindung: CPI Books GmbH, Leck
Printed in the EU

Dieses Buch ist den Frauen und Männern
im Hochzeitsbusiness gewidmet,
die 2020 so hart von der Pandemie betroffen waren.
Danke für euren Einsatz, um anderen
den schönsten Tag ihres Lebens zu bescheren.

Prolog

»Hat jemand die Pfauen gesehen?«

Ich hebe den Blick von den zur Auswahl stehenden Servietten. »Wie bitte?«

»Hast du die Pfauen gesehen?«, wiederholt mein Bruder.

»Welche Pfauen?«

»Die ich gemietet habe. Sie sind verschwunden.«

»Adrian, wovon redest du?«

»Ich habe ein paar Pfauen gemietet, die morgen über den Rasen spazieren sollen. Als Überraschung. Das ist mein Hochzeitsgeschenk an dich.« Er grinst stolz. »Ich schätze, *daran* hast du bei deinen Planungen nicht gedacht. So originelle Ideen habe nur ich.«

Meine Augen werden schmal. »Du hast ein paar Pfauen gemietet, die während meiner Hochzeit über den Rasen spazieren sollen…?«

»Cool, oder?«

»Als Überraschung?«

»Ich wusste, du freust dich!«

»Und jetzt sind sie… verschwunden?«

»Na ja, nicht direkt *verschwunden*. Sie spazieren nur offenbar weiter weg, als ich gedacht hätte.«

Ich spitze die Lippen. Neben mir räuspert sich meine beste Freundin Ruby und konzentriert sich übertrieben geschäftig auf die Servietten.

»Also…«, beginnt Adrian noch einmal von vorn. »Habt ihr sie gesehen?«

»Nein, wir haben hier im Festzelt keine Pfauen gesehen«, zische ich mit zusammengebissenen Zähnen. »Adrian, willst du mich auf den Arm nehmen?«

Er sieht mich verwirrt an. »Du meinst, wegen der Pfauen? Aber nein. Die sind wirklich entwischt. Wusstest du eigentlich, dass nur Pfauenhähne diese tollen Federn haben? Das hat mir der Kerl erzählt, von dem ich sie gemietet habe. Pfauenhennen sind total unscheinbar. Wer hätte das gedacht?« Er strahlt mich an. »Hey, glaubst du, dass sie im Haus sind? Die Leute lassen ständig die Tür offen…«

Nach einem schnellen Blick auf mein Gesicht greift Ruby ein. »Gute Idee. Sieh mal drinnen nach. Und… ja… wenn du schon im Haus bist, überprüfe am besten gleich alle Zimmertüren. Nicht, dass sie sich über Freyas Kleid hermachen…«

Ich schätze, meine Augen quellen mittlerweile auf unnatürliche Art aus meinem Kopf, so angestrengt versuche ich, nicht zu explodieren und meinem idiotischen kleinen Bruder die Meinung zu geigen, denn nach einem weiteren Blick in meine Richtung meint Ruby hastig: »LOS, Adrian! Beeilung!«

Adrian schlendert aus dem Festzelt in Richtung Haus und stibitzt im Vorbeigehen eines der Gastgeschenke aus dem bereitstehenden Weidenkorb neben dem Eingang.

Ruby dreht sich zu mir um, legt mir die Hände auf die Schultern und sieht mir in die Augen. »Los, wir atmen gemeinsam«, befiehlt sie und atmet langsam und tief ein und aus.

»Er lässt am Tag vor meiner Hochzeit *Pfauen* im Haus frei?«

»Also, eigentlich hat er sie *im Garten* freigelassen«, stellt Ruby klar und versucht nach Kräften, es herunterzuspielen. »Sie werden schon niemanden belästigen, und er findet sie bestimmt bis morgen früh. Außerdem musst du zugeben, dass es ein sehr originelles Geschenk ist.«

Ich schüttle fassungslos den Kopf.

»Aber jetzt sollten wir die Pfauen schleunigst vergessen und uns auf die wirklich wichtigen Dinge konzentrieren«, verkündet Ruby. »Etwa, welche Serviettenfarbe du haben möchtest. Reinweiß, Schneeweiß oder Creme?«

Ich wende mich seufzend den Servietten zu. »Ich nehme… Schneeweiß.«

»Wenn du jetzt *Reinweiß* gesagt hättest, hätte ich dir die Freundschaft gekündigt.« Sie deutet auf das uns umgebende Festzelt. »Sieh dich nur um, Freya. Es ist perfekt. Ich würde sagen, wir können uns jetzt in aller Ruhe bei einem Glas Champagner entspannen, was meinst du?«

Ich drehe mich bewundernd im Kreis, während ein Dutzend Leute dem Festzelt den letzten Schliff verpasst. Es ist verrückt, wie sehr sich Dads Garten in wenigen Stunden verändert hat. Ich war schon immer der Meinung, dass sich der Rasen vor dem Haus hervorragend für ein Festzelt eignet und das im ländlichen Berkshire gelegene Grundstück der perfekte Ort für eine idyllische Gartenhochzeit ist. Nachdem Matthew um meine Hand angehalten hatte, haben wir also gar nicht erst nach anderen Locations gesucht. Und wenn ich mich jetzt so umsehe, bin ich mir sicher, dass wir die richtige Entscheidung getroffen haben. Langsam nimmt alles Gestalt an. Die Mühe und Zeit, die ich in diese Hochzeit und die winzigen, noch so albernen Details investiert habe (wer hätte gedacht, dass es buchstäblich Hunderte Papiersorten für die Einladungen gibt?), waren es am Ende wert.

Das Festzelt ist wunderschön, das mit Lichterketten geschmückte Zeltdach wie aus dem Märchenbuch, und auch wenn die Blumen erst morgen früh geliefert werden, weiß ich, dass es spektakulär aussehen wird, denn Lucy, die Floristin, ist ein Genie, und ich vertraue ihr vollkommen. Sie hat sogar darauf bestanden, heute noch einmal mit ihren Kolleginnen vorbeizukommen, um Maß zu nehmen, damit sie ihre Vision morgen genau so verwirklichen kann, wie sie es geplant hat. (Eine Frau nach meinem Geschmack.)

Die Tische sind sorgfältig gedeckt, und nachdem nun auch die Servietten ausgesucht sind, sind wir beinahe fertig. Die Bühne wartet nur noch auf die Band, die Foto-Box steht in der Ecke, die Gastgeschenke liegen in dem Korb neben dem Eingang bereit (dank Adrian um einiges weniger, aber ich habe vorsorglich mehr bestellt), und der Sitzplan – gestaltet von einem Künstler, den ich auf Instagram entdeckt habe – thront auf der vorgesehenen Staffelei. Es gibt eine große, rustikale Truhe mit cremefarbenen Strickdecken, falls es kühl werden sollte, und im Haus warten vierzig riesige Regenschirme, falls es regnet, wenn wir zum Fotografieren nach draußen gehen, obwohl der Wetterbericht immer noch einen milden, sonnigen Tag versprach, als ich vor zehn Minuten zum letzten Mal nachgesehen habe. Man kann nicht vorsichtig genug sein, und ich habe wirklich versucht, an alles zu denken.

»Keine Sorge, meine Lieben, ich bin endlich hier und bereit, euch unter die Arme zu greifen«, ruft Leo, Rubys Freund, der gerade ins Festzelt tritt und sich die Hände reibt.

»Du kommst ein paar Stunden zu spät«, beschwert sich Ruby, während er auf uns zuschlendert. »Es ist alles erledigt!«

Er grinst verschmitzt. »Na, dann bin ich doch gerade rechtzeitig gekommen. Okay, der Zug hatte schon bei der Abfahrt heute Morgen Verspätung, und es war schwierig, am Bahnhof ein Taxi zu ergattern. Eigentlich hattest du recht, Rubes. Ich hätte mir gestern ebenfalls freinehmen und Mittwochabend mit dir herfahren sollen. Aber jetzt bin ich ja da!«

»Wann lernst du endlich, dass ich immer recht habe?« Ruby seufzt, als er den Arm um ihre Mitte schlingt und ihr einen Kuss auf die Wange drückt. »Mach dich jetzt mal nützlich, und bring uns Arbeitsbienen einen Drink. Das ist das Mindeste.«

»Für mich noch nicht«, winke ich ab, drehe mich zu den Tischen um und überprüfe noch einmal nervös das Gedeck. »Da sind noch ein paar Dinge auf meiner Liste, die ich abhaken muss.«

»Sie macht Witze, oder?«, fragt Leo Ruby, dann wendet er sich wieder mir zu. »Freya, du heiratest morgen. Solltest du dich nicht langsam entspannen?«

»Nur ganz wenige Bräute haben am Vortag der Hochzeit Zeit zum Entspannen, Leo«, erwidere ich, hole mein Handy heraus und gehe die Checkliste durch. »Dieser Tag ist traditionell dafür vorgesehen, die Nerven zu verlieren.«

»Du hast in deinem ganzen Leben noch nie die Nerven verloren, Freya. Worüber machst du dir jetzt noch Sorgen?«

»Na ja, mein Bruder hat die Pfauen verloren...«

»Die *was?*«

»... und Matthew sollte noch einmal mit dem Caterer reden, um den Zeitplan zu fixieren.«

»Wo steckt der Bräutigam eigentlich?«, fragt Leo.

»Bei seinen Eltern. Sie sind zusammen zum Mittagessen gefahren.«

Leo hebt die Augenbrauen. »Wohin denn? Doch nicht ins *Crown!* Ich kann mir nicht vorstellen, dass Matthews Eltern die kulinarischen Höhepunkte dort mögen.«

Leo hat recht. Ruby und er haben schon einige Male in meinem Elternhaus übernachtet und kennen das *Crown*. Es ist das einzige Pub in der Gegend – im Grunde ist es der einzige Laden in der Gegend, in dem man *überhaupt* etwas zu essen bekommt –, die Speisekarte ist kurz und das Essen fragwürdig. Wir sind uns ziemlich sicher, dass der Wirt Fertiggerichte aus dem Supermarkt in die Mikrowelle stellt und sie für einen Zehner verkauft. Matthews Mum Gail legt zudem großen Wert auf Sauberkeit und Ordnung. Sie würde im *Crown* niemals etwas anrühren. Vermutlich würde sie sich nicht einmal auf einen der Stühle setzen.

Obwohl Matthew sich hier bei meinem Dad wohlfühlt, ist er im Grunde seines Herzens ein Stadtjunge, ob er es zugibt oder nicht. Er redet zwar davon, dass er einmal aufs Land ziehen möchte, aber dann müsste er die riesige Auswahl an Restaurants und Bars aufgeben, die sich in London praktisch vor unserer Haustür auftut, und nachdem er für sein Leben gerne isst und sich mit Leuten trifft, wird es bis dahin noch lange dauern.

»Ich glaube, sie sind zum Essen in die Stadt gefahren«, erkläre ich Leo. »Sie kommen sicher bald wieder.«

»Weißt du, was ich mir vorhin gedacht habe? Ich finde es total schön, dass ihr beide die Hochzeitssaison eröffnet und wir sie beschließen«, verkündet Leo.

Ich sehe ihn fragend an. »Die Hochzeitssaison?«

»Jaaa. Wir sind in diesem Jahr zu acht Hochzeiten eingeladen.« Leo stößt die Luft aus. »Echt verrückt.«

»Willkommen in den Mittedreißigern, Leo«, meint Ruby.

»Mitte dreißig? Ich bin zweiunddreißig! Das sind mehr oder weniger die späten Zwanziger!«, protestiert er.

»Klar, rede dir das nur ein«, sagt sie und tätschelt seinen Arm.

»Stimmt, mit unserer Hochzeit sind es bei uns auch acht«, murmle ich und führe die beiden zur Bar, um nachzusehen, ob für morgen alles bereitsteht.

»Genau. Eine ganze Saison voller Hochzeiten.« Leo nickt. »Wir starten im März mit eurer Hochzeit und bringen es im September mit unserer Hochzeit zu Ende. Es wird ein bedeutendes Jahr.«

»Sieh uns nur an, wir sind alle erwachsen geworden«, meint Ruby und beäugt die mit Kreide geschriebene Cocktail-Karte auf der Tafel neben der Bar. »Ich werde morgen ein nervliches Wrack sein. Die wasserfeste Mascara liegt schon bereit.«

»Glaubst du, du zerdrückst auch ein Tränchen, wenn ihr eure Versprechen abgebt, Freya?«, fragt Leo neugierig.

Ruby schnaubt. »Da kennst du sie aber schlecht. Sie hat ein Herz aus Stein, das sag ich dir.«

»Wie nett«, entgegne ich trocken. »Ich hoffe, das kommt morgen auch in deiner Trauzeuginnenrede vor?«

»Nö, dafür habe ich mir etwas viel Emotionaleres und Überschwänglicheres überlegt.« Sie wendet sich wieder an Leo. »Wenn hier einer heult, dann der Bräutigam.«

Leos Gesicht hellt sich auf, als er jemanden am Eingang des Festzeltes entdeckt. »Wenn man vom Teufel spricht!«

Matthew schlurft ins Zelt und weicht im letzten Moment den Caterern aus, die gerade weitere Ausrüstung hereintragen, wobei er beinahe die Floristin umstößt, die gemeinsam mit dem Zeltvermieter die Vorrichtungen und Gewichtsgrenzen für die vom Dach hängenden Blumenarrangements überprüft.

»T-tut mir leid«, stammelt er und stolpert weiter. Dieses Mal kracht er gegen ein paar Milchkannen, und sie schlagen dröhnend aneinander.

»Da bist du ja«, rufe ich lachend. »Die Kannen sind für die Blumen am Zelteingang. Wir stellen zwei hier auf und zwei am Beginn des Weges neben dem Gartentor. Was hältst du davon?«

»Ähm... super«, antwortet er gedankenverloren.

»Bevor ich es vergesse: Ich weiß, dein Dad macht sich Sorgen wegen der Ansteckstäußchen, aber ich habe noch einmal bei der Floristin nachgefragt, und sie hat mir versichert, dass er auch eines bekommt.«

»Können wir... reden?«, fragt Matthew mit gedämpfter Stimme.

»Hey, du schwitzt ja. Ist alles okay?«, erwidere ich besorgt. »Du wirst doch nicht krank, oder?«

»Soll ich Paracetamol besorgen?«, bietet Ruby an, die näher getreten ist.

»Hey, Matthew!« Leo klopft ihm freudig auf den Rücken. »Wie fühlst du dich, Kumpel? Hier sieht es wirklich klasse aus! Ihr beide habt es echt drauf.«

»Jaaa, weil Matthew auch so viel damit zu tun hatte«, bemerke ich grinsend.

Es ist ein Running Gag zwischen uns, denn Matthews Beteiligung an der Hochzeit begann und endete mit dem Heiratsantrag. Jedes Mal, wenn ich seine Meinung hören wollte, winkte er ab und meinte, er wäre glücklich mit allem, was ich mir wünsche.

»Freya, ich muss wirklich dringend mit dir reden«, erklärt er mit ernstem Gesicht.

»Was ist denn los?«, frage ich, während Leo und Ruby einen besorgten Blick wechseln. »Befürchtest du immer noch, dass dein Onkel beleidigt sein könnte, weil wir ihn an Tisch neun gesetzt haben? Ich glaube nicht, dass er …«

»Das ist es nicht.«

»Was ist es dann?«

Sein Blick huscht hektisch durch das Festzelt, und er fährt sich mit der Hand durch die Haare, sodass sie in alle Richtungen abstehen. Ein paar Cateringmitarbeiter bitten uns, zur Seite zu treten, damit sie die Paletten mit den Gläsern hinter der Bar verstauen können.

»Hör mal, können wir irgendwohin, wo es nicht so hektisch ist?«, motzt Matthew.

Ich sehe ihn stirnrunzelnd an. »Ähm … sicher. Leo und Ruby, könnt ihr ein paar Minuten die Stellung halten, und dann trinken wir etwas?«

»Klar. Wir sorgen dafür, dass alles glattläuft«, versichert Ruby. »Bis gleich.«

Ich folge Matthew, der aus dem Festzelt stürmt und zum Haus stapft. Die Hintertür steht offen, und wir treten ein. Dad und Adrian stehen in der Küche und reden aufeinander ein. Adrian pflastert ein Lächeln auf sein Gesicht, als er mich sieht.

»Na, hast du die flüchtigen Pfauen gefunden?«, frage ich, während Matthew weitergeht.

»Klar, Schwesterherz!«, ruft Adrian mir nach. »Alles unter Kontrolle!«

»Glaub ich dir nicht!«, erwidere ich säuselnd über die Schulter. »Hab dich auch lieb!«

Ich schüttle den Kopf und muss unwillkürlich grinsen. Mein Bruder ist vielleicht ein Idiot, aber ein sehr liebenswerter.

»Ich weiß, die Sache mit den Pfauen ist verrückt«, meine ich zu Matthew, der sich wartend an das Treppengeländer lehnt. »Aber ich bin sicher, Adrian wird … Oh, hallo, Tante Em!«

»Da ist ja die hübsche Braut!«, ruft meine Tante aus dem oberen Stockwerk. »Und der gut aussehende Bräutigam! Bereit für morgen?«

»Es sieht alles fantastisch aus! Brauchst du etwas?«

»Ich will nur noch mal meine Lesung durchgehen«, erklärt sie, während Matthew den Blick gesenkt hält und ungeduldig mit dem Fuß wippt. »Dein Onkel sitzt mit der Vikarin bei einer Tasse Tee im Wohnzimmer. Was für eine wundervolle Frau! Sie hat uns von der Predigt morgen erzählt. Es wird sehr bewegend.«

»Ja, sie ist toll, oder?« Ich blicke lächelnd nach oben.

»Hat man heute denn nirgendwo seine Ruhe?«, murrt Matthew.

Er sieht aus, als würde er jeden Moment die Nerven verlieren, dann packt er mich am Handgelenk, zieht mich einige Schritte den Flur entlang, reißt die Tür der Kammer unter der Treppe auf, drängt mich hinein und schließt sie hinter sich. Ich taste verblüfft nach dem Lichtschalter. Der Raum ist vollgestopft mit Haushaltsgeräten wie Staubsaugern und Besen, sodass wir eng aneinandergepresst dastehen.

»Matthew, was machst du da?«, flüstere ich und schiebe einen Mopp beiseite, der mir auf die Schulter gerutscht ist. »Warum sind wir in der Besenkammer?«

»Ich konnte mich dort draußen nicht einmal selbst denken hören«, knurrt er.

»Na ja, wenn du unbedingt in Ruhe reden willst, hätten wir doch auch einen anderen Platz finden können.« Ich rümpfe die Nase, als ich mir eine Spinnwebe aus dem Gesicht wischen muss. »Es gibt nettere Orte, um alleine zu sein.«

»Das kann aber nicht warten.«

Er beißt sich auf die Lippen. Langsam werde ich unruhig. Er wirkt fahrig, auf seiner Stirn stehen Schweißperlen, und sein Blick huscht hin und her.

»Matthew, was ist los?«, frage ich besorgt und greife nach seinen Händen. »Sind dir die Pfauen zu viel?«

Er entzieht sie mir im nächsten Moment. »Pfauen? Was? Nein! Es geht nicht um Pfauen. Wovon redest du?«

»Du bist mit den Nerven am Ende, deshalb solltest du dich erst gar nicht damit befassen. Sagen wir einfach, es gab ein Pfauen-Problem, aber es ist alles unter Kontrolle.«

Er sieht mich verwirrt an, dann scheint es plötzlich, als würde er jeden Widerstand aufgeben. Er lässt die Hände sinken, seine Schultern sacken in sich zusammen, er senkt den Blick. Er stößt die Luft aus und presst die Augen zusammen. »Ich kann das nicht«, flüstert er.

»Was kannst du nicht? Matthew, ist alles okay? Was ist denn los?«

»Es tut mir leid«, wimmert er. »Ich weiß es schon seit einiger Zeit, und ich hätte es dir früher sagen sollen. Ich habe vorhin mit meinen Eltern darüber gesprochen, und sie meinten … na ja … ich *muss* es dir sagen.«

Ich strecke die Hand nach ihm aus, doch er weicht zurück, soweit es in diesem engen Raum möglich ist, und stößt dabei gegen den stets einsatzbereiten Staubsauger. Er springt an, und Matthew sucht hektisch nach dem Knopf. Ich greife nach unten und mache das Ding für ihn aus.

»Matthew, was ist los? Du machst mir Angst. Was es auch ist, du kannst es mir sagen.« Ich lächle aufmunternd. »Wir schaffen es gemeinsam aus der Welt.«

»Ich kann das einfach nicht«, krächzt er. »Nichts von alldem. Nicht mehr. Ich kann diese Hochzeit nicht durchziehen.«

Ich starre ihn an und bringe kein Wort heraus.

»Es tut mir so leid«, sagt er und hebt den Blick, um mich anzusehen. »Es ist aus.«

Kapitel 1

Wenn man am Tag vor der Hochzeit in einer Besenkammer den Laufpass bekommt, fühlt sich zunächst alles ziemlich scheiße an.

Ich hätte nie erwartet, dass meine Welt einmal derart aus den Fugen geraten könnte, aber selbst wenn, hätte ich nicht gedacht, dass es in einer *Besenkammer* passieren würde. Auf meiner Schulter lag ein Wischmopp, mein rechter Fuß balancierte auf einem Kehrblech und dem dazugehörigen Besen, über meinem Kopf hingen etwa hundert ekelerregende Spinnweben, und kaum fünf Zentimeter vor mir stand mein Verlobter – der Mann, mit dem ich die letzten zwölf Jahre meines Lebens verbracht hatte, die Liebe meines Lebens –, der soeben beschlossen hatte, dass dies der beste Ort war, um mir zu sagen, dass er … nun ja … seine Meinung geändert hatte.

Eine Besenkammer.

Mein Gehirn konnte die Information zunächst nicht verarbeiten, also bat ich ihn, den letzten Teil zu wiederholen. Bloß, um mich selbst noch ein wenig mehr zu quälen. Ich gab mich nicht zufrieden damit, wie er es beim ersten Mal ausgedrückt hatte, obwohl er mir klar zu verstehen gegeben hatte, dass er *diese Hochzeit nicht durchziehen* konnte. Nein. Ich ließ es ihn wieder und wieder sagen und erwartete jedes Mal, dass seine Worte endlich Sinn ergaben.

Aber das taten sie nicht. Matthew stand bloß weiter vor mir in der Besenkammer und erklärte ein ums andere Mal, dass er schon länger Zweifel hatte, es aber nicht wahrhaben wollte. Er hatte gehofft, dass sie fortgehen würden, und als das nicht geschah, wusste er nicht, was er tun sollte. Die Hochzeit rückte näher, und er suchte nach einer Möglichkeit, mir zu sagen, dass er aus der Nummer rauswollte. Aber er brachte den Mut nicht auf.

Plötzlich war der Tag vor der Hochzeit gekommen, und er ertrug den Gedanken nicht, mir Kummer zu bereiten, aber er wusste, dass er es tun *musste*, denn es wäre noch *grausamer* gewesen, mich zu heiraten. Also führte er seine Eltern zum Essen aus und sagte ihnen die Wahrheit. Und sie bestätigten, dass er es mir unbedingt sagen musste. Noch heute. Hier und jetzt.

»Und sie haben gesagt, dass du in einer Besenkammer Schluss machen musst?«, flüsterte ich schließlich. Gail und Andrew liebten mich, warum hatten sie ihrem Sohn keinen besseren Rat gegeben, als die Hochzeit in einer Besenkammer abzusagen?

»Nein, natürlich nicht.« Er runzelte die Stirn. »Sie haben nicht speziell von einer Besenkammer gesprochen. Das hier ist bloß der einzige Ort, an dem wir unsere Ruhe haben.«

Während Matthew weiter beteuerte, wie leid es ihm täte, und mir erklärte, dass er mich zwar liebte, aber eben nicht mehr *verliebt* in mich sei, verfiel ich in eine seltsame Starre. Und nachdem ich nichts erwiderte – weil ich einfach zu benommen war –, sprach er immer weiter. Er listete einen Grund nach dem anderen auf, warum er mir den Laufpass gab, und ich speicherte sie in meinem Unterbewusstsein, um sie später zu sezieren.

Er glaubte, er könnte glücklicher sein, als er jetzt war. Als wir uns kennenlernten, waren wir noch schrecklich jung, und wir hatten nie die Gelegenheit, uns auch anderweitig umzusehen. »Was wäre, wenn …?«, sagte er ständig. Was wäre, wenn wir beide noch viel glücklicher sein könnten, als wir miteinander waren? Was wäre, wenn es da draußen noch mehr gab? »Ich kann das nicht tun, Freya. Es fühlt sich nicht richtig an. Es tut mir leid.«

Nachdem er sich irgendwann nicht mehr ständig wiederholen wollte, ging er zum logistischen Teil über und gab heldenhaft bekannt, dass er mich auf jede erdenkliche Weise unterstützen würde, um den Prozess einfacher für mich zu machen.

Ich starrte ihn immer noch benommen an. »Den Prozess?«

»Die Absage der Hochzeit.«

Oh! Genau. *Das*. Mein Gott. Ich verlor Matthew *und* die Hochzeit, mit deren Planung ich elf Monate lang beschäftigt gewesen war. Unsere Gäste mussten erfahren, dass ich gerade in einer Besenkammer den Laufpass erhalten hatte. Weniger als vierundzwanzig Stunden, bevor ich vor den Altar hätte treten sollen.

Wir mussten die Gästeliste durchrufen, damit sich niemand umsonst auf den Weg machte, und alle heimschicken, die bereits hier waren. Das Zelt musste abgebaut werden, und die Caterer konnten wieder einpacken. Genauso wie die Floristin, die Band, die Kellner, die Vikarin, das Streichquartett für die Kirche, die Agentur, die uns den Hochzeitswagen zur Verfügung stellte, die Taxis für die Fahrt von der Kirche zum Empfang, der Kerl mit der Foto-Box…

»Was ist mit den Pfauen?«, flüsterte ich.

»Wie bitte?«, fragte er und trat den Staubsauger mit dem Fuß beiseite.

»Die Pfauen. Sie sind verschwunden.«

»Freya, was…?«

»Die Pfauen, die morgen über den Rasen spazieren sollten«, wiederholte ich verärgert, weil er es nicht kapierte. »Die Hochzeit findet nicht statt. Also müssen wir sie suchen und nach Hause bringen.«

Matthew starrte mich an, als hätte ich den Verstand verloren. Was ich – ehrlich gesagt – auch getan hatte.

»Pfauen? Darüber machst du dir Sorgen? Über die Pfauen?« Er presste die Lippen aufeinander. »Ich habe dir gerade gesagt, dass die Hochzeit nicht stattfinden wird, und du…« Er brach ab und schüttelte seufzend den Kopf. »Hör zu, Freya, genau davon rede ich die ganze Zeit. Wir… passen nicht mehr zueinander. Du bist die ganze Zeit so *pragmatisch.* So *gefasst.* Was super ist. Für dich. Aber ich bin…« Er suchte nach den richtigen Worten. »Ich bin chaotisch. Temperamentvoll. Emotional. Wir können nicht gut füreinander sein. Das geht nicht. Wir ergeben keinen Sinn.«

Er schüttelte den Kopf, und ich starrte ihn wieder an.

»Freya, du hast allen Grund, mich zu hassen«, fuhr er trübselig fort. »Ich wünschte aus tiefstem Herzen, ich müsste dir das nicht antun. Ich bin ein dämlicher Arsch und hätte es dir viel früher sagen sollen. Es tut mir so leid. Aber ich weiß auch, dass ich das Richtige tue. Ich glaube, eines Tages wirst du mir dankbar sein.«

Das darauffolgende Schweigen zog sich in die Länge. Er versuchte es auszuhalten, gab aber irgendwann auf und fragte, ob alles okay sei. Als ich immer noch nicht antwortete, flehte er mich an, etwas zu sagen. Ihm zu sagen, was er tun sollte.

Ich bat ihn, mich in der Besenkammer allein zu lassen.

Er schien verwirrt, aber er nickte, sagte noch einmal, wie leid es ihm täte, und öffnete die Tür. »Ich suche deinen Dad und rede mit ihm«, erklärte er leise. »Um die Sache in Gang zu bringen.«

Um unsere Hochzeit abzusagen.

Ich bat ihn, die Tür zu schließen, und nachdem er fort war, machte ich das Licht aus und rutschte neben dem Kehrblech und dem Besen zu Boden. Der Mopp fiel nach vorne und krachte auf meinen Hinterkopf. Ich saß eine Weile so da und überlegte, ob es wirklich nötig war, die Besenkammer jemals wieder zu verlassen.

Vielleicht konnte ich für immer hierbleiben. Es war gar nicht so schlecht. Klar roch es muffig, und es wohnten bereits diverse Spinnen hier, aber wenn man darüber hinwegsah, war es durchaus gemütlich.

Nach einiger Zeit ging die Tür auf, und Dad setzte sich zu mir. Er legte seinen Arm um meine Schultern. Ich lehnte den Kopf an ihn und schloss die Augen. »Dad«, flüsterte ich in die Dunkelheit. »Ich will niemanden sehen.«

»Das dachte ich mir schon«, erwiderte er. »Adrian kümmert sich darum.«

»Wie konnte das passieren?«

»Ich weiß es nicht«, sagte er und drückte mich an sich. »Ich weiß es wirklich nicht.«

Wir blieben lange Zeit so sitzen, bis Adrian schließlich an die Tür klopfte und uns mitteilte, dass die Gäste gegangen wären. Es waren nur noch wir drei übrig. Dad und er zogen mich gemeinsam auf die Füße und schleppten mich in mein Schlafzimmer, wo sie mich aufs Bett setzten.

Sie verließen nur widerwillig das Zimmer, nachdem ich sie mehrmals dazu aufgefordert hatte, und schlossen langsam die Tür hinter sich. Als ich endlich mit vollkommener Sicherheit wusste, dass ich allein war, begann ich zu weinen, und mein Körper wurde von einem alarmierend unkontrollierbaren Schluchzen gebeutelt.

Meine ganze Welt war gerade auf spektakuläre Art und Weise aus den Fugen geraten.

Dad bringt mir mal wieder neue Walnüsse.

Seit dem Laufpass in der Besenkammer ist eine Woche vergangen, und seitdem bekomme ich mehrmals täglich Walnüsse. Offenbar hat Dad gegoogelt, wie man Leute nach einer Trennung am besten aufbaut, und in einem Artikel waren stimmungsaufhellende Nahrungsmittel angeführt, darunter auch Nüsse.

Mittlerweile bin ich von Schalenresten umringt. Sie sind überall. Ich habe keine Ahnung, wo er so viele Nüsse herhat.

»Danke, Dad«, sage ich, als er mit einer weiteren Schüssel durch die Tür tritt. »Aber ich habe keinen Hunger. Ich habe noch die Nüsse, die du mir heute Morgen gebracht hast.«

»Ich lasse sie dir da, falls du Lust auf einen Snack hast«, beharrt er und stellt sie auf den Tisch neben die Tastatur. »Also! Wie läuft's mit der Arbeit?«

»Gut.«

»Bist du sicher, dass du schon wieder arbeiten willst, Freya? Es ist super, dass du es von zu Hause erledigen kannst, aber dein

Boss hat gesagt, dass du dir freinehmen kannst, und ich finde, es wäre vielleicht gut, wenn …«

»Nein, Dad, ich muss arbeiten«, erkläre ich bestimmt und halte den Blick auf den Bildschirm gerichtet, während ich durch meine E-Mails scrolle. »Es lenkt mich ab. Es gibt mir einen Grund, morgens aufzustehen.«

»Ja, aber …« Er sucht nach den richtigen Worten.

Ich seufze und drehe mich zu ihm um. »Ehrlich, Dad. Es ist okay … Ich brauche keinen Urlaub.«

»Wenn du meinst«, sagt er traurig.

Ich schenke ihm ein leises Lächeln. »Hör mal, Dad, du musst dir keine Sorgen machen. Es kommt wieder in Ordnung. Ich fahre in einer Woche zurück nach London. Ich wollte Matthew bloß Zeit geben, um … seine Sachen aus der Wohnung zu holen. Damit ich sie nicht sehe, wenn ich nach Hause komme und sie …«

Mich an ihn erinnern. An unser gemeinsames Leben. An unsere Zukunft.

Ich schlucke den Kloß in meinem Hals hinunter und wende mich eilig wieder dem Laptop zu. Gott, ich hasse es, mich so zu fühlen. Ich hasse diesen ständigen Schmerz in mir.

Ich werde diesen verdammten Schmerz nicht los.

Es klingt seltsam, aber ich bin zweiunddreißig, und mir wurde zum ersten Mal das Herz gebrochen. Ich habe Matthew mit zwanzig kennengelernt und hatte vor ihm keine ernsthaften Beziehungen. Er war meine erste Liebe. Wenn ich das früher jemandem erzählt habe, hieß es immer, wie viel Glück ich doch hatte. Doch jetzt erscheint mir die Tatsache, dass ich nie einen anderen geliebt habe, wie ein böser Fluch. Weil ich keine Ahnung habe, wie man mit einer Trennung klarkommt. Ich hätte nie gedacht, dass es sich so anfühlt.

Wie kann jemand, der gerade noch der wichtigste Mensch auf der Welt für dich war, einfach so verschwinden? Wobei er nach wie vor da draußen ist. Er will sein Leben nur nicht mehr *mit dir* verbringen. Und du sollst ebenfalls mit deinem Leben weitermachen. Du weißt alles über diese Person, und plötzlich darfst du sie nicht mehr kennen. Es ist, wie den Tod eines Freundes zu betrauern, obwohl dieser noch lebendig und quietschvergnügt ist.

Ich verstehe es nicht. Das kann nicht wirklich passieren. Es kann *nicht sein*.

Matthew wird erkennen, was er getan hat. Er muss. Er hat einen riesigen, grausamen, schrecklich demütigenden Fehler gemacht, und das wird ihm bald klar werden. Er wird zur Vernunft kommen, und dann wird alles gut. Bis dahin habe ich als vorübergehende Maßnahme beschlossen, mich vor der Welt zu verstecken. Ich kann nicht zulassen, dass mich jemand so sieht.

Bevor mein Herz in der Besenkammer in tausend Stücke geschlagen wurde, hätte ich mich als energiegeladene, emsige Person beschrieben. Ich bin ein Morgenmensch und schaffe es schon beim ersten Weckerklingeln aus dem Bett, während Matthew immer mehrere Male die Schlummertaste drückte. Ich war meistens bereits beim Joggen, bevor er aufstand. Ich bin keine gute Läuferin – ehrlich gesagt, bin ich gar nicht sportlich –, aber ich mag die ruhige Einsamkeit, um meine Gedanken in die richtigen Bahnen zu lenken, und nach einer 5-Kilometer-Runde fühle ich mich bereit für den Tag.

Wieder zu Hause, duschte ich, zog mich an, legte Make-up auf und kochte Kaffee, während Matthew im Bad war. Er nahm irgendeinen alten Becher, während ich den Kaffee immer aus dem alten Flachmann mit der Aufschrift HOT STUFF trinke, den Ruby mir vor Jahren als Scherz gekauft hat. Ich liebe diesen Flachmann, und wenn ich meinen Morgenkaffee nicht daraus trinke, wird es ein schlechter Tag. (Es klingt wie ein schräger Aberglaube, ich weiß, aber an dem Morgen, als Matthew mir den Laufpass gegeben hat, habe ich den Kaffee aus einem von Dads Bechern getrunken. Das ist Beweis genug.)

Wenn ich die Wohnung verließ, zog Matthew sich gerade an. Er ist Grafikdesigner, und sein Büro ist im Süden Londons, eine halbe Stunde von unserer Wohnung entfernt.

Ich sagte ihm jeden Tag: »Ich liebe dich«, gab ihm seinen Kaffee und drückte ihm einen Kuss auf die Wange, und er erwiderte verschlafen: »Ich dich auch.«

Vielleicht geschehen diese Dinge bei vielen Paaren aus Gewohnheit, aber für mich hat es sich nie so angefühlt.

Jedenfalls war ich seit der Hochzeit, die nicht stattfand, nicht mehr joggen. Ich bringe nicht einmal die Energie auf, mich zu waschen. Ich stehe einfach in der Dusche und lasse das Wasser auf meinen Kopf prasseln. Ich meine, es ist tragisch, und hätte ich die Kraft dazu, würde ich mich für mich selbst schämen, aber für solche Gefühle gibt es keinen Platz.

Ich habe momentan keine Lust auf Körperhygiene, und meine Haut dankt es mir mit einem Ausschlag, wie um auf mich einzutreten, obwohl ich bereits am Boden liege. Es ist grausam. Jahrelang habe ich rigoros auf meine Gesichtspflege geachtet – doppelte Reinigung, Vitamin-C-Serum, sanfte Feuchtigkeit –, und jetzt ist alles umsonst. Selbst die Vorstellung, das Gesicht wenigstens am Abend zu waschen, ist mir zu viel.

Es ist alles im Eimer. Alles. Meine Liebe, mein Leben, meine Mischhaut.

An dem Tag, der mein Hochzeitstag hätte werden sollen, verließ ich mein ehemaliges Kinderzimmer bloß, um ins Bad zu gehen, und selbst da bewegte ich mich mehr oder weniger auf allen vieren. Einmal stand Dad gerade an der Treppe, als ich über den Teppich an ihm vorbeikroch. Er sah mir nach und sagte kein Wort.

Vielleicht werden wir irgendwann darüber lachen.

Als am darauffolgenden Tag das Zelt abgebaut wurde, schloss ich alle Vorhänge im Haus, damit ich nicht zufällig einen Blick darauf erhaschte. Ich rollte mich mit Kopfhörern im Bett zusammen und hörte Musik in voller Lautstärke, um nicht das Klopfen und Krachen zu hören, die das Ende meiner Hochzeit bedeuteten.

Am Montag brachte ich genug Energie auf, um zum Mittagessen nach unten zu gehen. Adrian und Dad bemühten sich redlich, keine große Sache daraus zu machen, aber es war offensichtlich, wie unwohl sie sich fühlten. Während ich missmutig das Essen von einer Seite des Tellers auf die andere schob, saßen sie steif auf ihren Stühlen und versuchten sich an einer unnatürlich fröhlichen Unterhaltung.

»Singen die Vögel heute nicht herrlich?«, bemerkte Adrian, der mit Sicherheit noch nie in seinem Leben bewusst einen Vogel zwitschern gehört hatte. »Ach, die Natur.«

»Ja, die Natur.« Dad nickte und gab sein Bestes. »Sie gibt uns so viel.«

»Ja.«

»Hmm.«

Sie sahen mich an. Ich sagte nichts und hielt den Blick auf den Teller gerichtet. Ich war zu fertig, um mich am Gespräch zu beteiligen. Es folgte eine unangenehme Stille, bis Adrian es nicht länger aushielt. »Ich glaube, ich höre eine Hummel!«

»Wie außergewöhnlich!«

Das Gespräch ging in dieser Tonart weiter, bis ich mich bei ihnen für das Essen bedankte, meinen Teller in die Spülmaschine stellte und zurück in die Sicherheit meiner bedrückenden kleinen Höhle verschwand. Seither hat sich meine Kommunikationsfähigkeit stetig verbessert, aber es ist alles so ermüdend. Ich bin erschöpft. Die *ganze* Zeit.

Ich habe beschlossen, dass ich keinen Urlaub brauche. Ich hatte mir zwei Wochen für die Flitterwochen freigenommen, doch Dienstagfrüh rief ich meinen Boss Phil an und bat darum, so weiterzumachen, als wäre nichts passiert. Ich hatte die letzten drei Tage im emotionalen Sumpf meines Zimmers verbracht und brauchte etwas, um mich von dem Horror abzulenken, zu dem mein Leben verkommen war.

»Sind Sie sicher, dass Sie arbeiten können?«, fragte Phil und klang sehr verlegen.

Phil ist ein hölzerner Mensch, und die Tatsache, dass er mit mir in dieser schwierigen Zeit reden musste, muss fürchterlich für ihn gewesen sein. Mit einundsechzig ist er ein wenig älter als der Rest des Teams, und da er von Natur aus schüchtern und ruhig ist, mag er die gesellschaftliche Seite des Zusammenarbeitens nicht, weshalb wir einander nicht sonderlich gut kennen. Er ist ein Mensch, der am liebsten morgens in sein Büro marschiert, seine Arbeit erledigt und abends wieder nach Hause geht.

»Natürlich, es geht mir gut!«, beharrte ich. Ich saß zusammengesunken auf dem Bett, trug lediglich eine Unterhose, Hüttenschuhe und Matthews altes Foo-Fighters-T-Shirt, und in meinem Nasenloch steckte ein zusammengedrehtes Taschentuch. Nach dem letzten Weinkrampf hatte ich mir so heftig die Nase geputzt, dass ich Nasenbluten bekommen hatte. »Warum auch nicht?«

»Oh. Na ja. Ich… ähm… es hat mir sehr leidgetan, als ich gehört habe… was passiert ist. Sehr leid.«

Der Gedanke, dass alle im Büro darüber redeten, war demütigend. Sie hatten sicher Mitleid mit mir. Mit der Idiotin, die einen Tag vor ihrer Hochzeit keine Ahnung hatte, dass ihre Beziehung im Eimer war. Ich konnte selbst noch immer nicht glauben, dass ich diese Idiotin war. »Danke, Phil, aber es geht mir gut.«

»Wenn Sie denken, die Arbeit wäre eine gute Ablenkung…«

»Genau das denke ich.«

»Aber Sie müssen auf sich achtgeben, Freya«, erklärte er bestimmt, was wirklich süß war. »Sie machen es in Ihrem eigenen Tempo.«

»Versprochen.«

Das war natürlich gelogen. Ich arbeite als Markenbeauftragte für *Suttworth*, den größten Getränkehersteller des Landes, und die Leute in Großbritannien hören nicht auf, Alkohol zu kaufen und zu trinken, nur weil sich mein Leben in der Krise befindet. Allerdings habe ich ein großartiges Team, das mir zur Seite steht, und so kann ich von zu Hause aus arbeiten und muss nicht salonfähig sein, was mir definitiv entgegenkommt. Außerdem habe ich mich bemüht, alle offenen Probleme zu beseitigen, bevor ich letzte Woche unter großem Getöse in mein Hochzeitswochenende verabschiedet wurde. Sie haben meinen Schreibtisch mit weißen Luftballons und silbernen Konfetti geschmückt, und es gab Champagner.

Ich war die aufgeregte zukünftige Braut, die nach ein paar weiteren Tagen der Vorbereitung heiraten und anschließend nach Barbados in die Flitterwochen jetten würde.

Bäh.

Jedenfalls helfen die unzähligen Schalen mit Walnüssen in meinem Zimmer nicht wirklich. Ich habe vorhin halbherzig versucht, einen Nusskern in die Luft zu werfen und mit dem Mund zu fangen. Er prallte an meinem Mundwinkel ab und landete auf dem Boden. Ich starrte darauf hinunter und jammerte. »WAAA-RUUUUM?«

Es war ein weiterer Tiefpunkt in meinem Leben.

»Na gut.« Dad klatscht in die Hände und sieht sich um. »Melde dich, falls du mal eine Pause brauchst.«

»Klar.« Ich klicke auf eine Tabelle, die ich gar nicht brauche, bloß um etwas zu tun. »Danke, Dad.«

»Ich bin eigentlich aus einem bestimmten Grund gekommen.«

»Du hast die Walnüsse gebracht.«

»Da ist noch etwas«, sagt er und zwingt mich, mich noch einmal zu ihm umzudrehen. »Adrian fliegt morgen zurück nach New York, und ich dachte, du könntest Leo und Ruby einladen. Damit du etwas Gesellschaft hast.«

»Ich will niemanden sehen.«

»Es wäre aber eine gute Idee.«

»Ich habe doch dich.«

Er lächelt bescheiden. »Ich bin nicht gerade eine Stimmungskanone. Du brauchst Leute, die deine Laune heben.«

»Meine Laune ist bestens.«

Er seufzt. »Freya, ich weiß, das ist alles nur Fassade…« Er hebt die Hände, als ich etwas entgegnen will. »Bitte. Ich kenne dich. Du kommst nach deinem alten Herren und tust, als wäre alles in

Ordnung, obwohl es das nicht ist. Du willst nicht darüber reden.« Er sieht zu Boden, und seine Stimme wird sanft. »Ich weiß, wie das ist, aber vertrau mir, es ist wichtig, ab und zu alles rauszulassen. Ich verstehe, dass du nicht darin versinken willst, aber kehre es nicht unter den Teppich. Nicht so etwas. Du darfst dich auch mal anlehnen. Wozu gibt es uns, wenn wir dir in schwierigen Zeiten nicht zur Seite stehen?«

Ich hole tief Luft. »Also gut, Dad. Ich lade Ruby und Leo übers Wochenende ein. Es muss echt schlecht um mich stehen, wenn ausgerechnet du von schwierigen Zeiten redest.«

»Ich dachte, ich versuche es mal mit Aufrichtigkeit.«

»Das ist dir gut gelungen.«

»Erwarte nur nicht, dass es zur Gewohnheit wird.«

»Freut mich, zu hören.«

»Dann lädst du Ruby und Leo also ein?«, hakt er nach.

»Ich schreibe ihnen gleich.«

»Gut so. Jetzt lasse ich dich weiterarbeiten.« Er geht zur Tür, dann hält er noch einmal inne und sieht zu mir zurück. »Ach, deine Mum hat noch einmal angerufen. Sie meinte, du würdest nicht ans Handy gehen.«

»Sie gehört absolut nicht zu den Menschen, mit denen ich reden möchte. Jetzt und überhaupt.«

»Akzeptiert. Aber sie ist deine Mum. Sie macht sich Sorgen. Sie will für dich da sein.«

»Das ist ja mal was ganz Neues«, erkläre ich.

»Ich weiß, sie kann etwas ... na ja ...« Er sucht nach dem richtigen Wort, gibt es dann aber auf. »Du weißt schon. Aber sie bereut wirklich, wie es mit dir und Adrian gelaufen ist, und sie versucht ein besseres Verhältnis aufzubauen. Bloß, weil ihr erwachsen seid, heißt das nicht, dass sie sich keine Sorgen macht. Du hättest sie hören sollen, als ich sie anrief, um ihr zu sagen, dass ... die Dinge nicht so gelaufen sind wie geplant.« Er runzelt die Stirn. »Sie war völlig aufgelöst und wollte unbedingt sogar für ein paar Wochen herkommen, damit sie in deiner Nähe ist. Es war nicht einfach, sie zu überreden, zu Hause zu bleiben. Ich glaube, sie möchte wenigstens hören, dass es dir gut geht. Eine Nachricht reicht vermutlich.«

Ich atme tief durch. »Okay. Ich schreibe ihr.«

»Gut.« Er lächelt warmherzig. »Du musst einfach einen Fuß vor den anderen setzen.«

Ich sehe ihn blinzelnd an. »Was?«

»Im Leben«, sagt er, als würde das alles erklären. »Einen Fuß vor den anderen, dann kommst du irgendwann ans Ziel. Das weiß ich.«

Gründe, Matthew NICHT anzurufen

- Er hat das Leben, das wir uns aufgebaut haben, mit einem Schlag zerstört.
- Er hat mir in einer Besenkammer den Laufpass gegeben.
- Er hat unsere Hochzeit platzen lassen.
- Er hat mich zutiefst gedemütigt, und ich weiß nicht, wie ich JEMALS WIEDER meinen Freunden und diversen Familienmitgliedern gegenübertreten soll, ohne dabei im Erdboden zu versinken.
- Er hat mich jede Menge Geld gekostet, weil er die Hochzeit EINEN TAG VOR DER TRAUUNG platzen ließ und nicht schon drei Monate vorher, sodass wir nur die Anzahlung und nicht ALLES verloren hätten.
- Er ist ein verdammtes, selbstsüchtiges Arschgesicht, und ich hasse ihn.

Gründe, Matthew anzurufen

- Ich liebe und vermisse ihn, und ich verstehe nicht, wie es so weit kommen konnte.

Fazit

- Ich werfe das Handy aus dem Fenster.
- Ich beschließe, *Total Eclipse Of The Heart* anzuhören.

- Mir fällt ein, dass alle Musik auf dem Handy ist.
- Ich erinnere mich, dass ich das Telefon gerade aus dem Fenster geworfen habe.
- Ich jammere, so laut es geht: »Warum ist diese Welt so beschissen?«
- Ich erinnere mich, dass ich einen Laptop besitze.
- Ich verwende den Laptop, um *Total Eclipse Of The Heart* anzuhören.
- Ich weine in mein Kissen.
- Das Problem ist (vorerst) gelöst.

Kapitel 2

»Also, wie können wir Matthews Leben zerstören?«

Leo und ich wechseln einen Blick, während Ruby in meinem Zimmer auf und ab schreitet und immer wieder einen Schluck Bier aus der Flasche nimmt. In Dads Garage lagert *jede Menge* Alkohol. Genug für eine ganze Hochzeit. Schon zehn Minuten nach ihrer Ankunft hat Ruby sich auf den Weg dorthin gemacht und ist mit einem Kasten ausgewählter Biere und Weine zurückgekehrt, um den Kühlschrank zu bestücken. Dank meines Jobs hatten wir auch jede Menge Spirituosen für die Bar, weshalb ich zumindest in den nächsten Jahren keine alkoholischen Getränke kaufen muss.

Der nicht enden wollende Weinvorrat ist möglicherweise das einzig Gute an der ganzen Sache.

»Im Ernst«, fährt Ruby fort und runzelt konzentriert die Stirn. »Das schreit nach Rache. Ich rede ja nicht davon, ihn umzubringen oder so. Aber wir brauchen etwas, um sein Leben für immer zu zerstören.«

»Na, Gott sei Dank hast du die Sache mit dem Mord klargestellt«, murmelt Leo.

»Der Tod wäre zu einfach«, kocht Ruby. »Es gibt Schlimmeres.«

Leo wirft mir einen panischen Blick zu.

Dad hatte recht, dass ich meine Freunde übers Wochenende einladen sollte. Ich bin dankbar, dass sie hier sind, vor allem, nachdem ich mich am frühen Morgen von Adrian verabschieden musste. Ich fühlte mich schrecklich verlassen, als er auf das Auto zuging, das ihn zum Flughafen bringen sollte. Wir standen uns immer schon sehr nahe, und in den letzten Tagen war er mein Fels in der Brandung.

Ruby und Leo konnten mir heute tatsächlich schon das eine oder andere Lächeln entlocken. Ein echtes Lächeln. Und einmal musste ich sogar lachen. Was mir ein wenig Hoffnung an das Leben im Allgemeinen zurückgibt.

Nur ein winzig kleines Stück, aber immerhin.

Ruby, Leo und ich kamen im ersten Jahr an der Uni im selben Studentenwohnheim unter und verstanden uns auf Anhieb, woraus bald eine innige Freundschaft wurde. Wir wohnten den Rest unserer dreijährigen Uni-Zeit zusammen und gingen am Ende gemeinsam nach London. Wir standen alles miteinander durch: Freunde und Freundinnen, Trennungen, Prüfungen, neue Jobs, Familiendramen.

Vor ein paar Jahren küssten sich Leo und Ruby nach einem feuchtfröhlichen Abend in der Stadt, und ich war (a) schockiert, dass sie sich voneinander angezogen fühlten, auch wenn sie noch so viel Wodka getrunken hatten, (b) entsetzt, dass sie damit womöglich unsere herrlich ausgeglichene Dreierfreundschaft aufs Spiel setzten, und (c) verwirrt, weil sie – wenn ich ehrlich war – ein tolles Paar abgaben. Warum war mir das noch nie aufgefallen?

Glücklicherweise waren die beiden alles andere als verwirrt und gaben am Ende zu, dass sie schon eine Weile heimlich etwas für den anderen empfanden und es miteinander versuchen wollten. Ich hatte Angst, dass ich zum fünften Rad am Wagen verkommen würde, doch die Dynamik unserer Freundschaft änderte sich kaum. Vielleicht, weil beide darauf achten, dass ich mich nicht überflüssig fühle. Ruby und ihre Eltern fliegen etwa jedes Jahr nach Mauritius, um die Familie ihrer Mum zu besuchen, und als Leo sie zum ersten Mal begleitete, wurde ich ebenfalls eingeladen. Ich wollte zuerst ablehnen, um Leo nicht die Schau zu stehlen, doch dann dachte ich mir: *Hallo, wer schlägt eine Einladung nach Mauritius aus?*

Ruby, Leo und ich waren eine verschworene Gemeinschaft, die »Drei Musketiere«. Matthew wurde als meine zweite Hälfte willkommen geheißen, doch er hatte einen eigenen Freundeskreis, mit dem er viel Zeit verbrachte. Nach dem Umzug nach London kam er Ruby und Leo näher, und wir trafen uns als Paare, doch er akzeptierte auch, dass Leo, Ruby und ich eine Verbindung hatten, die ihn nicht mit einschloss. Matthew mochte Leo und Ruby sehr, und sie mochten ihn ebenfalls, aber wir drei sind eine Gemeinschaft, und daran wird sich nie etwas ändern.

Jedenfalls haben sich Leo und Ruby als perfektes Paar erwiesen, und hier sind wir nun. Wir sind immer noch beste Freunde, und die beiden sind verlobt und werden im September heiraten.

Es war für uns Schicksal, dass wir im selben Jahr heiraten würden.

Das hat Matthew uns nun gründlich verdorben.

»Wir könnten eine Verleumdungskampagne gegen ihn starten«, überlegt Ruby, während ich mich in die Decke kuschle.

Ich liege immer noch im Bett, aber das ist den beiden egal. Leo ist zu mir unter die Decke gekrochen, und Ruby trinkt um elf Uhr vormittags Bier.

In unserer Freundschaft wird niemand für irgendetwas verurteilt.

»Was meinst du?«, fragt Leo. »Willst du ihm ein Verbrechen in die Schuhe schieben?«

»Bombenidee.« Ruby nickt langsam und reißt die Augen auf wie ein verrücktes Genie beim Pläneschmieden. »Es ist ganz einfach. Wir legen ihn rein, und er verbringt den Rest seines Lebens im Gefängnis. Mal sehen, wer dann lacht.«

»Ich schätze, dann lacht niemand mehr«, meint Leo. »Außerdem brauchen wir ein besonderes Verbrechen, das wir ihm anhängen können.«

»Kein Problem.« Ruby zuckt mit den Schultern. »Wir rauben eine Bank aus und hinterlassen überall seine Fingerabdrücke.«

Leo sieht sie fassungslos an. »Das ist… idiotisch.«

»Weißt du, Leo«, beginnt sie, und ihre Augen werden schmal. »Du könntest mich ruhig ein wenig unterstützten, anstatt wie ein fauler Hund im Bett zu liegen und zynische Kommentare abzugeben.«

»Ich liege auch wie ein fauler Hund im Bett«, merke ich an.

»Ja, aber *du* darfst das.« Ruby tritt ans Bett und streichelt mir über die Haare. »Du kannst ein kleiner fauler Hund sein, solange du willst.«

»Na gut.« Leo seufzt. »Wie wäre es, wenn wir sein Haus mit faulen Eiern bewerfen?«

Ruby verdreht die Augen. »Wie alt sind wir? Acht?«

»Du hast mit acht anderer Leute Häuser mit Eiern beworfen?«

»Lass uns nicht aus den Augen verlieren, worum es hier geht«, wischt Ruby seine Frage beiseite und wandert weiter auf und ab. »Wir können sein Haus nicht mit Eiern bewerfen, weil er keines hat, falls du das vergessen hast. Er wohnt wieder bei seinen Eltern. Und sosehr ich ihn im Moment auch mit jeder Faser meines Körpers hasse, seine Eltern scheinen nett zu sein. Tut mir leid, Freya.«

»Muss es nicht«, erwidere ich bedrückt. »Sie sind nett. Wirklich nett.«

Leo legt schweigend eine Hand auf meine.

Ruby setzt sich auf die Bettkante. »Hast du inzwischen mal von Matthew gehört?«

»Nicht wirklich«, gebe ich zu. »Er hat letzten Samstag angerufen und gefragt, ob alles okay ist.«

»Er fragte tatsächlich, ob an dem Tag, an dem ihr eigentlich heiraten wolltet, alles okay bei dir ist? Wie einfühlsam!« Ruby schüttelt den Kopf. »Ich bin *stinkwütend* auf diesen Kerl.«

»Dad ließ ihn nicht mit mir reden. Er hatte mein Telefon für mich verwahrt. Als ich es wiederhatte, habe ich Matthew etwa fünf Billionen Mal angerufen, aber er ist nicht rangegangen.« Ich zögere und nestle an meinen Fingernägeln herum. »Irgendwann hat er geschrieben, dass wir den Kontakt vorerst besser abbrechen und uns Zeit und Raum geben sollten. Was mich nicht davon abgehalten hat, ihn weiterhin zweimal am Tag anzurufen. Ich habe mein Handy aus dem Fenster geworfen, um nicht mehr in Versuchung zu geraten, aber zehn Minuten später bin ich in den Garten hinunter und habe danach gesucht. Es war in einer Hecke gelandet und unbeschädigt. Ich habe ihn sofort noch einmal angerufen, aber er ging nicht ran. Scheiße, bin ich erbärmlich.«

»Nein, bist du nicht. Das ginge jedem so, nach allem, was passiert ist«, erklärt Leo, und Ruby nickt zustimmend.

Ich seufze schwer. »Ich... ich weiß bloß, dass es noch nicht vorbei ist. Wir finden am Ende immer eine Lösung. Er braucht Zeit, dann kommt alles wieder in Ordnung.«

Ruby sieht mich blinzelnd an und runzelt die Stirn. »Moment. Du glaubst, das wird wieder?«

Ich werfe aufgebracht die Hände hoch. »Wir waren zwölf Jahre zusammen. Zwölf Jahre. So etwas schmeißt man nicht einfach weg. Er hat vor der Hochzeit kalte Füße bekommen, das kann passieren. Es ist eine bedeutende Angelegenheit. Der Druck ist riesig. Das verstehe ich. Aber wir sind füreinander bestimmt, das wird er bald erkennen.«

»Freya...«, beginnt Ruby vorsichtig.

»Es war eine Kurzschlusshandlung. Er hat sich das nicht richtig überlegt. Wenn er erst ein wenig Zeit hat, bemerkt er es schon. Und, ja, ich bin am Boden zerstört, dass er unsere Hochzeit ruiniert hat, und er hat mich vor... na ja, vor allen gedemütigt, aber am Ende des Tages lieben wir einander. Das weiß er.«

Ruby und Leo wechseln einen Blick. Ich weiß, was sie denken, aber ich weiß auch, dass ich recht habe. Ich hatte die ganze Woche Zeit, um darüber nachzudenken. Matthew ist in Panik geraten und hat aus einer Laune heraus mit mir Schluss gemacht.

Wir waren unsere ganzen Zwanziger zusammen, kein Wunder, dass er Angst hat, er hätte etwas verpasst. Aber ich glaube nicht, dass er mich nicht mehr liebt.

Warum hat er mir einen Verlobungsring angesteckt, wenn es nicht so wäre? Ich habe ihn ja nicht dazu gezwungen. Es ging allein von ihm aus.

»Freya«, beginnt Ruby von Neuem und räuspert sich. »Willst du ihn überhaupt zurück? Nach allem, was er dir angetan hat?«

»Ich weiß, es klingt verrückt«, antworte ich schulterzuckend, »aber ja, ich kann mir ein Leben ohne ihn nicht vorstellen. Die vergangene Woche war die Hölle. In den letzten zwölf Jahren gab es keinen einzigen Tag, an dem ich nicht zumindest mit ihm gesprochen habe. Es ist wie ein kalter Entzug. Grauenhaft.«

»Matthew hat *am Tag vor deiner Hochzeit* mit dir Schluss gemacht«, wiederholt Ruby, als hätte ich es vergessen. »Er verdient es nicht, dass du jemals wieder mit ihm redest. Er ist ein selbstsüchtiger, rückgratloser…«

»Also, was Ruby damit sagen will…«, unterbricht Leo Ruby und wirft ihr einen warnenden Blick zu. »Du hast viel durchgemacht. Dein ganzes Leben wurde auf den Kopf gestellt. Du solltest dich vor allem auf dich selbst konzentrieren, anstatt darauf zu warten, dass er zurückkommt. Wir wollen alle nur, dass es dir gut geht.«

Ich drehe mich zur Seite, um ihn anzusehen. »Wir *alle*?«

»Du hast ein gutes Netzwerk, und deine Freunde sind für dich da, was auch immer du brauchst.«

Ich drücke den Kopf tiefer ins Kissen. »Sie tratschen und lästern doch nur über mich, oder? Es ist so demütigend. Ich habe noch auf keine einzige Nachricht geantwortet. Sie klingen so bemitleidend.«

»So ist es überhaupt nicht«, widerspricht Ruby ernst. »Alle halten Matthew für das Letzte. Niemand tratscht oder lästert über dich. Es ist einfach… beschissen.«

»Aber es wird besser«, fügt Leo fröhlich hinzu. »Du stehst das durch und gehst gestärkt daraus hervor.«

»Genau wie Britney und Kelly Clarkson und die anderen Großen immer sagen«, fügt Ruby feierlich hinzu.

Ich schaffe ein Lächeln. »Ihr habt recht. Aber jetzt genug von mir. Reden wir über euch! Wie war eure Woche? Wie geht es den Hochzeitsvorbereitungen?«

Leo sieht mich entsetzt an. »Freya, wir reden jetzt *sicher nicht* über unsere Hochzeitsvorbereitungen.«

»Komm schon, Leo, ich kann dem Thema ohnehin nicht aus dem Weg gehen. Es ist Hochzeitssaison, weißt du noch? Es sind acht. Moment... sieben. Acht waren es mit meiner eigenen.«

»Du solltest im Moment nicht über solche Dinge nachdenken«, erklärt Ruby mir sanft.

»Okay, aber irgendwann muss ich es. Natürlich ist das Jahr, in dem ich vor dem Altar sitzen gelassen wurde, das geschäftigste Hochzeitsjahr bisher.« Ich seufze tief. »Was bis jetzt auch gut war. Es sollte das beste Jahr meines Lebens werden.«

»Wir begleiten dich jeden Schritt des Weges«, erinnert mich Leo.

»Ganz genau«, bestätigt Ruby. »Wir arbeiten einen Plan aus, um dich unbeschadet durch die Saison zu bringen. Überlass das nur uns. Und technisch gesehen, wurdest du nicht vor dem Altar sitzen gelassen. Das ist doch schon mal was.«

»Ja, das ist es wohl. Eine Besenkammer ist um einiges diskreter. Er hat mir gar nicht erst die Chance gegeben, in mein Kleid zu schlüpfen.«

Ruby zuckt zusammen und sieht zu dem Kleid hoch, das immer noch in einem Kleidersack an meiner Schranktür hängt.

Ich weiß, es klingt materialistisch, aber ein Teil von mir findet, das Traurigste an der Absage ist, dass ich dieses Kleid nicht tragen konnte. Das Kleid, das ich erst in der siebten Brautkleiderboutique gefunden habe. Ein elfenbeinfarbenes Kreppkleid mit überkreuztem, schulterfreiem Oberteil, herzförmigem Ausschnitt und einem fließenden A-Linien-Rock. Es ist wirklich wunderschön.

»Soll ich es irgendwo verstecken?«, bietet Ruby an.

»Nein, schon gut. Ich behalte es hier, nur für den Fall.«

»Aber jetzt reden wir nicht mehr von diesen Dingen«, meint Ruby plötzlich. »Sehen wir uns lieber trashige Filme an, stopfen uns mit köstlichem Essen voll und trinken schon am Vormittag. Ein Tag nach dem anderen, okay?«

»Ganz genau.« Ich sehe zu dem Kleidersack hoch. »Ein Tag nach dem anderen.«

Ruby streckt die Hand aus und drückt meine, dann richtet sie sich auf. »Also, Leo und ich haben etwas vorbereitet, um dich aufzumuntern und dich daran zu erinnern, dass alles gut wird.«

Leo stöhnt und vergräbt das Gesicht in den Händen. »Nein, Rubes. Du hast mich dazu gezwungen.«

»Ja, Leo, ganz genau«, stößt Ruby zwischen den Zähnen hervor. »Weil Freya etwas zum Lachen braucht.«

»Warum muss ich das machen?«

»Leo, komm und nimm deine Position ein. Sofort.«

Leo klettert zögerlich aus dem Bett, während ich verwirrt von einem zum anderen schaue. »Was soll das?«

»Du wirst schon sehen«, verkündet Ruby, verbindet ihr Handy mit den Lautsprechern und stellt die Bierflasche ab.

Leo stemmt die Hände in die Hüften. »Das war nicht meine Idee.«

»Wir haben die ganze Woche daran gearbeitet«, informiert mich Ruby. »Bist du bereit?«

»Ich schätze schon.«

Sie wählt etwas auf ihrem Handy aus und legt es auf den Tisch. Britney Spears' *Stronger* dröhnt aus den Lautsprechern, und Ruby und Leo beginnen zu tanzen. »Tanzen« klingt ziemlich professionell – in Wahrheit springt Ruby durchs Zimmer und versucht Leo aufzumuntern, der halbherzig ihre Arm- und Beinbewegungen imitiert und die Hüften schwingt. Ich breche in Gelächter aus, setze mich auf und genieße die Show. Ich kann gar nicht aufhören zu kichern.

»Siehst du?«, ruft Ruby glücklich. »Ich habe dir ja gesagt, dass es sie aufmuntern wird! Also, Leo, bereit für die Dirty-Dancing-Hebefigur?«

»Rubes, ich glaube echt nicht, dass…«

Sie sprintet in vollem Tempo auf ihn zu, und er gibt sein Bestes, um sie hochzuheben. Als sie am Ende in einem Knäuel auf dem Boden zusammenbrechen, kreische ich vor Lachen und halte mir den Bauch. In diesem Moment scheint alles ein wenig leichter, und das bedeutet eine Menge. Denn vor ein paar Tagen, in den dunkelsten Momenten, war ich mir nicht sicher, ob ich jemals wieder lachen könnte.

Kapitel 3

Eine Woche später kehre ich in die Wohnung in London zurück.

Ich stehe mit den Taschen neben meinen Füßen in der stillen, leeren Diele und bereue sofort, dass ich darauf bestanden habe, es allein durchzuziehen.

Alle meine Sachen sind genau dort, wo ich sie zurückgelassen habe. Als ich noch dachte, ich hätte mein Leben unter Kontrolle, in seliger Unwissenheit, dass es bereits in Trümmern lag. Matthews Sachen sind fort und haben bizarre Lücken hinterlassen. Die Fotosammlung auf dem Kaminsims wirkt ohne das Foto seiner Eltern asymmetrisch, unter dem Fernseher fehlt die PlayStation und im Bücherregal klaffen Löcher, wo seine Biografien Platz gefunden haben. Er liest ausschließlich Biografien.

Ein Teil von mir dachte, er würde sich nicht die Mühe machen auszuziehen. Ein Teil von mir dachte, er würde die Wohnung betreten, sich an das Leben erinnern, das wir zusammen aufgebaut haben, und erkennen, dass er einen riesigen Fehler begangen hat.

»O mein Gott«, flüstere ich, als mir etwas dämmert. »Er hat *Percy* mitgenommen!«

Okay, eine Sekunde lang war ich traurig, aber jetzt bin ich *stinkwütend*. Ich hole das Handy heraus und rufe Ruby an. Sie antwortet nach dem zweiten Klingeln.

»Hey! Bist du schon in der Wohnung? Ist alles okay?«

»ER HAT PERCY MITGENOMMEN!«

»Häh?«

»PERCY! ER HAT IHN MITGENOMMEN!«

Sie schnappt nach Luft. »Nein!«

»Doch!«

»Dieser WICHSER!«

»Ich weiß! Ich kann es nicht glauben! Er hat ihn einfach mitgenommen! Er ist fort!«

»Aber du solltest das Sorgerecht bekommen!«

»Natürlich! Was soll ich jetzt tun?«

Ich höre Leo im Hintergrund, der wissen möchte, was los ist.

»Matthew hat Percy mitgenommen«, erklärt Ruby ihm, während ich warte. »Freya ist gerade in die Wohnung gekommen, und Percy ist fort.« Es folgte eine Pause. »Komm schon... Percy! Du kennst doch Percy! Die Topfpflanze!«

»Nicht *irgendeine* Topfpflanze«, schnaube ich. »Ein Fensterblatt, das ich gekauft und großgezogen habe. Percy ist riesig, und er gehört *mir*. Aber er hat ihn mitgenommen!«

»Du bist jetzt auf Lautsprecher«, informiert mich Ruby.

»Hi, Freya«, erklingt Leos leise Stimme.

»Leo, ist das zu glauben? Wie konnte er nur? Er hat Percy mitgenommen!«

»Moment«, meint Leo vorsichtig. »Hast du ihm die Pflanze nicht geschenkt?«

Es folgt eine kurze Pause, dann zischt Ruby: »Ach, halt die Klappe, Leo. Was hat das denn damit zu tun?«

»Ich meine ja nur«, erklärt Leo und bereut offensichtlich, dass er sich in das Gespräch eingemischt hat. »Vielleicht dachte Matthew, Percy würde ihm gehören, nachdem er ihn ja zum Geburtstag bekommen hat.«

»Ja, klar, und ich dachte, wir würden heiraten, nachdem Matthew ja um meine Hand angehalten hat«, erwidere ich giftig. »Manche Dinge *ändern* sich, Leo.«

»Weißt du was? Du hast recht«, keucht Leo, dem Ruby vermutlich gerade in den Arm geboxt hat. »Er hätte dir Percy überlassen sollen. Die Pflanze gehört auf jeden Fall dir.« Dann fügt er eilig »Matthew ist ein Arschloch« hinzu, falls noch Fragen bezüglich seiner Loyalität offen sind.

»Danke, Leo«, bemerkt Ruby kühl. »Vergiss bloß nicht, auf wessen Seite du stehst.«

»Leute, was soll ich tun?«, frage ich verzweifelt und kann den Blick nicht von der leeren Stelle abwenden, an der Percy gestanden hatte. »Ich muss ihn zurückholen! Aber ich kann Matthew nicht anrufen. Nach dem Vorfall am letzten Wochenende habe ich mir geschworen, dass ich mich eine Weile nicht melde.«

Am anderen Ende der Leitung herrscht erneut Stille, und ich sehe vor mir, wie Leo Ruby einen anklagenden Blick zuwirft. Er gibt ihr immer noch die Schuld an dem, was passiert ist, dabei war ich die Schuldige. Ich habe es nicht geplant, es ist einfach… passiert.

Ich kann mich nicht einmal auf zu viel Alkohol hinausreden, denn ich war nüchtern.

Letzten Samstag nach dem Abendessen gingen Leo und Dad ins Wohnzimmer, tranken Bier und redeten über Golf oder etwas ähnlich Langweiliges. Ruby und ich quatschten in meinem Zimmer, und ich weiß auch nicht, aber irgendwie haben wir einander aufgestachelt, bis wir es für eine gute Idee hielten, zum Haus von Matthews Eltern zu fahren und eine Erklärung einzufordern.

Ich bin mir sicher, dass es meine Idee war, auch wenn Ruby sich keine Mühe gab, mich davon abzubringen. »Los, machen wir's!«, waren ihre exakten Worte.

Wir schlichen uns aus dem Haus zu meinem Auto, weil wir wussten, dass Leo und Dad es uns ausreden würden.

Nachdem Ruby schon am Vormittag mit dem Trinken begonnen hatte, saß ich hinterm Steuer, und sie wählte die Musik aus. Wir hörten Hits wie Kelly Clarksons *Since U Been Gone* und Gloria Gaynors *I Will Survive* in voller Lautstärke und sangen lauthals mit. Als wir schließlich in die Auffahrt von Matthews Eltern bogen, war ich aufgekratzt ohne Ende.

»Ich schaffe das«, erklärte ich, während ich den Motor ausmachte.

»Du schaffst das!«, stimmte Ruby mir zu.

Ich stieg aus und klopfte. Sie hatten mich offenbar durchs Fenster gesehen, denn es dauerte eine Weile, bis jemand reagierte. Als die Tür schließlich aufging, stand Matthew vor mir.

»Was machst du hier, Freya?«, fragte er und warf mir einen mitleidigen Blick zu. »Du solltest nicht hier sein.«

Mit einem Mal stieg Zorn in mir hoch. Wie konnte er es wagen, mir zu sagen, was ich tun sollte und was nicht? Außerdem brauchte ich seine mitleidigen Blicke nicht. MIR GING ES GUT!

»Ich verdiene eine Erklärung!«, verkündete ich.

»Wie bitte?«

»Du musst mir sagen, warum es so weit gekommen ist!«

Er seufzte. »Ich rufe jetzt deinen Dad an, damit er dich abholt.«

»Ich kann selbst nach Hause fahren, vielen Dank auch!«

»Okay. Dann ... dann solltest du genau das tun.«

In diesem Moment hätte ich beinahe die Beherrschung verloren. Da stand er, die Liebe meines Lebens. Direkt vor mir. Mir wurde erst jetzt richtig bewusst, dass wir uns tatsächlich getrennt hatten und nicht heiraten würden, und die Gefühle drohten aus mir herauszubrechen.

Ich presste die Lippen, so fest es ging, aufeinander und versuchte nach Kräften, nicht zu weinen. Ruby hatte gesehen, dass ich zu kämpfen hatte, und war inzwischen ausgestiegen. Sie legte einen Arm um mich, warf Matthew einen bitterbösen Blick zu, sagte ihm *ganz genau*, was sie von ihm hielt – was ihn zusammenzucken ließ, weil er Ruby echt gerne mochte –, und verkündete, dass wir nun nach Hause fahren würden.

Und was machte Matthew?

Er sagte: »Das wird schon wieder, Baby.«

Ruby und ich erstarrten. Seine Worte hingen einen Augenblick lang in der Luft, bevor ihm klar wurde, dass er gleich auf mehreren Ebenen einen schweren Fehler begangen hatte. Der Tonfall. Der Kosename. Der ganze Satz drang wie ein Dolch tief in mein Herz.

Das wird schon wieder, Baby.

Willst du mich verarschen?

WILLST DU MICH VERARSCHEN?

Ich kann ruhigen Gewissens behaupten, dass ich rotsah.

Ich schüttelte Rubys Arm ab, ging mit großen Schritten auf ihn zu, bevor er sich entschuldigen konnte, und trat ihm wie eine Karatekämpferin in die Eier.

Jap. Es war schlimm. Und *Karatekämpferin* trifft es nicht ganz. Ich habe als Teenager Karate ausprobiert, und es hat mir gut gefallen, aber ich habe es schon jahrelang nicht mehr gemacht. Mein Gleichgewicht ist nicht mehr das, was es einmal war, und ich bin nicht mehr gelenkig genug, weshalb es nicht sehr elegant aussieht. Aber die Kraft lässt nach wie vor nichts zu wünschen übrig.

Matthew krümmte sich und schnappte schmerzerfüllt nach Luft. Ruby keuchte überrascht auf und brach dann in hysterisches Gelächter aus. »JA!«, kreischte sie. »LOS, FREYA!«

Matthews Mum hatte uns offenbar durchs Fenster beobachtet, denn sie eilte aus dem Haus, um ihrem Sohn beizustehen. Ich räusperte mich.

»Tut mir leid, dass du das mit ansehen musstest, Gail«, erklärte ich ihr. »Ich hoffe, du hast Eis im Haus.«

Dann machte ich auf dem Absatz kehrt und marschierte zurück zum Auto, während Ruby mir jubelnd folgte.

Natürlich bereute ich es, sobald wir zu Hause waren und die Wirkung des Adrenalins nachgelassen hatte. Jetzt würde er auf keinen Fall zu mir zurückkommen. Ganz egal, wie oft Ruby mir versicherte, dass er es verdient hatte, ich glaubte ihr nicht. Falls er jemals Zweifel gehabt hatte, ob er das Richtige getan hatte – ein Tritt in die Weichteile hatte ihm die Entscheidung sicher einfacher gemacht.

Ich schwor mir, Matthew ab jetzt in Ruhe zu lassen, ganz

egal, wie unnatürlich und schmerzhaft es war. Er hatte recht. Wir brauchten Abstand. Ich musste darauf vertrauen, dass er zu mir zurückkommt, und in der Zwischenzeit würde ich Dads Rat befolgen und einen Fuß vor den anderen setzen.

Dad meinte, die Karatetritt-Geschichte wäre die beste, die er je gehört hatte, und Leo fand ebenfalls, dass Matthew es auf jeden Fall verdient hatte, aber er merkte auch, wie sehr mich der Vorfall mitnahm. Er machte Ruby Vorwürfe, weil wir uns davongeschlichen hatten, ohne vorher mit ihm zu reden.

Ruby meinte damals, dass sie es nicht bereuen würde, aber die Stille am anderen Ende der Telefonleitung, nachdem ich den Abend gerade wieder angesprochen habe, ist ein Zeichen, dass die Lage zwischen ihr und Leo noch immer angespannt ist.

»Vielleicht hat Matthew sich Percy verdient, nachdem ich ihn getreten habe«, gebe ich widerwillig zu.

»Und was ist mit den Dingen, die er dir angetan hat? Er hat sich überhaupt nichts verdient«, beharrt Ruby.

»Mal abgesehen von Percy, wie fühlt es sich an, nach ... allem ... zurück in der Wohnung zu sein?«, fragte Leo. »Bist du sicher, dass wir nicht vorbeikommen sollen?«

»Ja. Aber danke.«

»Ich wünschte wirklich, wir könnten bei dir sein«, erklärt Ruby mit ernster Stimme. »Nur die erste Nacht. Bitte. Es wäre kein Problem für uns.«

Ich lächle ins Telefon. Ruby und ich haben das in den letzten Tagen Hunderte Male diskutiert. Sie hat sogar einen Plan ausgearbeitet, wie sie, Leo, Cali und Simone (zwei andere enge Freundinnen von der Uni) sich die Woche über abwechseln würden, damit ich nicht allein in der Wohnung sein musste. Aber ich blieb hart, denn ich *wollte* in der ersten Nacht alleine sein.

Ich will nicht, dass irgendjemand sieht, wie ich zusammenbreche, und ich kann nicht versprechen, dass heute Nacht nichts dergleichen passieren wird.

»Du bist die Beste, Rubes, aber bitte mach dir keine Sorgen«, versichere ich ihr erneut. »Ich habe mich bei Dad lange genug in meinem Schmerz gesuhlt, es wird Zeit, wieder auf Kurs zu kommen.«

»Okay, aber es ist doch erst zwei Wochen her«, meint Ruby sanft.

»Ich weiß.« Mein Blick fällt auf ein Foto von mir und Matthew, das an der Wand hängt. »Ich komme klar, versprochen. Ich rufe an, falls nicht. Ich bestelle mir etwas Leckeres zum Essen, nehme ein Bad… du weißt schon. Ich kümmere mich um mich selbst.«

»Gut. Melde dich sofort, falls du etwas brauchst«, sagt Leo.

»Mach ich.«

»Und halte uns auf dem Laufenden, was er sonst noch mitgenommen hat«, fügt Ruby hinzu. »Wir machen eine Liste und holen es uns zurück.«

»Klar. Wir hören uns später.«

»Bye, Frey!«, verabschiedet sich Ruby. »Und tritt niemandem in die Eier, wenn ich nicht dabei bin, hörst du?«

Ich lache und lege auf. Erneut breitet sich eine unheimliche Stille aus. Ich hole tief Luft, nehme meine Taschen und mache mich auf den Weg ins Schlafzimmer, um nachzusehen, was Matthew sonst noch eingepackt hat.

Dann habe ich es hinter mir.

Ich kann es nicht fassen. Er hat das Bild mitgenommen, das wir an dem Tag, an dem er mir den Antrag gemacht hat, am Spitalfields Market gekauft haben! Wir haben es bei einem sehr talentierten jungen Künstler erstanden, und ein paar Stunden später ging Matthew vor mir in die Knie, also habe ich es gerahmt und gegenüber unserem Bett an die Wand gehängt!

Dachte er, er würde mir damit einen *Gefallen* tun?

Vermutlich. Er fand es wohl seltsam, es an der Wand zu lassen. Womit er vermutlich recht hatte. Es wäre bloß eine schmerzhafte Erinnerung an diesen Tag gewesen.

Trotzdem nervt es mich.

Verdammt. Er hat seinen ganzen Kleiderschrank ausgeräumt. Ich habe mit dem Gedanken gespielt, eines seiner Hemden zu verbrennen. Im Film sieht das immer witzig aus.

Obwohl ich meine Rache mit dem Karatetritt in die Weichteile eigentlich schon hatte.

Aber ein Lagerfeuer mit dieser ekelerregenden braunen Jacke, die er so liebt, hätte mir auch gefallen.

Er hat seine Nachttischlampe abmontiert, aber das ist in Ordnung. Es war immerhin seine Seite, weshalb sie technisch gesehen ihm gehört. Allerdings sieht das Zimmer jetzt asymmetrisch aus, und er hatte auch keine besondere Beziehung zu dieser Lampe. Es war nur eine einfache Lampe von IKEA. Nicht, dass es mir etwas ausmacht. Es ist sein gutes Recht.

Er braucht sie wahrscheinlich, um seine Biografien ein zweites Mal zu lesen.

Ich persönlich finde es kleinlich, aber das tut nichts zur Sache.

Typisch. Er hat das Schachbrett mitgenommen. Ich wurde langsam richtig gut, und ich weiß noch, dass sein Dad es *uns beiden* geschenkt hat. Aber wie auch immer. Er hat auch unser *Monopoly* für sich beansprucht. Nur Jenga ist noch da. Wie aufmerksam von ihm.

ER HAT DIE ANTIHAFTBESCHICHTETE BRATPFANNE EINGEPACKT!

Er weiß, dass es die einzige Pfanne ist, die mir wirklich etwas bedeutet. Er hätte jede andere haben können, und es wäre mir egal gewesen, aber die schicke antihaftbeschichtete Pfanne war brandneu. Okay, er war der Koch in unserer Beziehung, während ich eher eine Niete in der Küche bin, aber darum geht es hier nicht. Ich mochte diese Pfanne. Sie war hübsch und einfach zu reinigen. Ich habe ihn einmal ertappt, wie er sie in die Spülmaschine schmuggeln wollte. Ernsthaft! Hatte er denn die Beschreibung auf dem Boden nicht gelesen, wo explizit stand, dass man sie nicht in die Spülmaschine geben durfte?

Er hat sich diese Pfanne nicht verdient. Er behandelt sie nicht gut.

Alle Tupperware-Behälter sind fort. *Alle.*

Was soll das, verdammt?

Er hat auch den elektrischen Rührbesen und die Käsereibe mitgenommen.

Die Käsereibe. GEHT'S NOCH?

Wer ist dieses *Monster?*

Wie ich sehe, hat er sich am Spirituosenschrank bedient. Wenn du recht überlegst, *Matthew*, dann ist *mein Job* der Grund, warum wir diese teuren Köstlichkeiten besaßen, die du so selbstverständlich als dein Eigentum betrachtest.

Glücklicherweise kann ich den Schrank mit den mindestens zwanzig Flaschen wieder auffüllen, die ich für die Cocktails organisiert habe, die wir auf der Hochzeit, die nicht stattfand, nicht getrunken haben.

Wo wir gerade dabei sind: Es wird langsam Zeit für einen Whisky.

Im Badezimmer ist Gott sei Dank alles noch da. Er hat nur sein billiges Duschgel, den Rasierer und die Zahnbürste eingepackt. Die teure Feuchtigkeitscreme, die ich ihm letztes Jahr zu Weihnachten geschenkt habe, steht noch im Schrank. Ich habe gerade nachgesehen. Er hat sie nicht einmal geöffnet.

Wie auch immer. Seine Haut verdient keine Feuchtigkeit. Soll er doch verdorren.

Wo ist die Handcreme von *Aesop*? Verschwunden. Nein, das würde er nicht wagen. DAS WÜRDE ER NICHT WAGEN.

Ich verliere gleich meine…

Oh, da ist sie ja. Krise abgewandt.

Mir ist gerade aufgefallen, dass der Türstopper in Eulenform fort ist, den er von seinem Onkel bekommen hat und den wir für die Schlafzimmertür benutzt haben. Wow.

Den wäre ich also auch los. Er hat nicht einmal wie eine Eule ausgesehen. Eher wie ein handgestrickter brauner Klecks mit Glupschaugen.

Und ich bin hundertmal am Tag darübergestolpert.

Auf Nimmerwiedersehen, du glupschäugiger Klecks. Ich werde dich nicht vermissen.

Ich trete mit einem Glas Staeburn Scotch ins Schlafzimmer – es ist eine der Marken, die ich betreue, ein geschmeidiger, milder Single Malt mit einem Hauch Vanille – und öffne Matthews Nachttisch, um nachzusehen, ob er etwas vergessen hat. Nachdem er sogar die Lampe abmontiert hat, gehe ich allerdings nicht davon aus, dass sich noch etwas in der Schublade befindet.

Sie ist tatsächlich leer – abgesehen von dem Kästchen, in dem sich mein Verlobungsring befand.

Ich starre darauf hinunter. Mir war nicht klar, dass er es behalten hat. Ich weiß noch, dass ich ihn darum gebeten hatte, falls ich den Ring beim Abwasch ablegen musste und ihn an einem sicheren Ort aufbewahren wollte. Aber nachdem ich ihn nie abgenommen habe, habe ich es vergessen. Und als er seine Sachen aus der Wohnung geholt hat, hat er auch den Nachttisch geleert und dabei beschlossen, diese eine Sache zurückzulassen.

Schwer zu sagen, ob es aus absichtlicher Grausamkeit geschah.

Ich lasse mich auf das Bett sinken und strecke die Hand aus. Ich habe den Ring noch nicht abgenommen. Dad hat mir erzählt, dass Matthew die Eheringe zurückgebracht hat, und da ich ohnehin nie die Möglichkeit hatte, meinen zu tragen, war es nicht besonders schmerzhaft. Es gab in diesem Moment wichtigere Dinge.

Aber der Verlobungsring ist etwas anderes. Ich trage ihn seit einem Jahr. Ich habe mich an ihn gewöhnt. Er gehört zu mir. Meine Hand würde sich ohne ihn nackt und seltsam anfühlen.

Wenn ich ihn abnehme, wird alles … Realität.

Ich schließe die Augen und erlaube mir, an den Tag zurückzudenken, an dem Matthew und ich zu einem Juwelier in Hatton Garden fuhren, um den Ring auszusuchen. Es fühlt sich an, als wäre seither ein halbes Leben vergangen. Matthew nahm (zu Recht) an, dass ich mir den Verlobungsring selbst aussuchen wollte, und so hat er mit einem geschmackvollen Ring von Astley Clarke mit einem milchigen Mondstein um meine Hand angehalten, und ich habe den schmalen Goldring mehrere Wochen getragen, bis wir einen Termin beim Juwelier bekamen. Ich wusste nicht genau, was ich wollte, bis ich den Ring sah, der schließlich mein Verlobungsring wurde. Ein Ring in Weißgold mit einem einzelnen Diamanten. Klassisch, zeitlos, elegant. So beschrieb es der geschniegelte Verkäufer, der meinen Finger vermaß.

»Er ist wunderschön«, sagte ich, steckte ihn an und hielt die Hand ins Licht, um den Solitär zu bewundern. »Was meinst du, Matthew?«

»Wenn er dir gefällt, gefällt er mir auch«, bestätigte er.

Wir verließen den Juwelier Hand in Hand. Ich sah strahlend und aufgeregt zu ihm hoch. Er lachte, als er mein Gesicht sah, und drückte mir einen Kuss auf den Scheitel.

Ein stechender Schmerz durchfährt meine Brust, und ich beiße die Zähne zusammen. Ich nehme mich zusammen, öffne die Augen, stürze den Rest des Whiskys hinunter und ziehe den Ring vom Finger. Dann öffne ich das Kästchen und drücke ihn vorsichtig in den Spalt in dem schwarzen Samtkissen.

Ich bin mir sicher, dass ich diesen Ring irgendwann wieder tragen werde.

Ich werfe einen letzten Blick auf den makellosen Diamanten, der grausam im Licht funkelt.

Dann lasse ich das Kästchen zuschnappen.

Kapitel 4

Ich habe ein neues Hobby. Es wurde in jedem Artikel, den ich bis jetzt über den richtigen Umgang mit Trennungen gelesen habe, als gute Methode genannt, den Schmerz zu überwinden. Offenbar ist jetzt der perfekte Zeitpunkt, um positive Erfahrungen zu machen und Neues auszuprobieren.

Mir ist klar geworden, dass ich – abgesehen von der morgendlichen Joggingrunde, die ich langsam wieder in meinen Alltag aufnehme – keine Hobbys habe, weshalb praktisch alles neu und aufregend ist.

Dank Ruby, Leo, Simone und Cali muss ich mein Leben nicht alleine umkrempeln. Ich habe seit meiner Rückkehr nach London vor ein paar Wochen kaum einen Abend allein verbracht, und ich weiß, dass sie sich die größte Mühe geben, mich zu beschäftigen. Es gab gemütliche Kinoabende, feuchtfröhliche Abendessen und mit verschiedenen Aktivitäten überladene Wochenenden. Simone nutzte meinen verletzlichen Gemütszustand aus, um mich zu einer interaktiven Theaterperformance mitzuschleppen, womit mein schlimmster Albtraum wahr wurde, aber ich hatte nicht die Kraft, mich zu wehren.

Es war eine schreckliche Erfahrung, aber wahrscheinlich immer noch besser, als den Abend zu Hause zu verbringen, in mein Gin-Glas zu heulen und einen Psychothriller im Fernsehen anzuschauen, was durchaus vorkommt, falls ich abends doch auf mich allein gestellt bin.

Simone fand meine Hilflosigkeit während der interaktiven Show überaus erheiternd. Sie stammt aus Leeds und ist eine wahre Naturgewalt mit starkem Willen, den sie laut und furchtlos kundtut. Cali hingegen ist eine sanfte Seele, freundlich und gutmütig. Matthew meinte einmal, dass sie ihn an eine Disney-Prinzessin erinnert, und ehrlich gesagt, hat er recht. Sie ist fröhlich, optimistisch und ein Mensch, den man gerne an sich drückt, wenn man traurig ist. Als sie mit meiner Abendgestaltung an der Reihe war, tranken wir Kräutertee, aßen Schokokekse und sahen uns alte Folgen von *Keeping Up With The Kardashians* an.

Es ist etwas seltsam, dass Calis Verlobter Dominic ein enger Freund von Matthew ist. Cali hat ständig das Bedürfnis, mir zu versichern, dass sie schrecklich wütend auf Matthew ist, voll auf meiner Seite steht und nichts mehr mit ihm zu tun haben möchte. Es ist für sie als Paar nicht einfach, aber ich kann es nicht ändern.

Als ich Cali zum ersten Mal nach der Trennung traf, hätte ich ihr gerne Hunderte Fragen über Matthew gestellt – *Ist er traurig? Vermisst er mich? Redet er über mich? Bereut er es?* –, aber das geht nicht. Es wäre ihr gegenüber nicht fair.

Und ehrlich gesagt, weiß ich nicht, ob ich die Antworten hören will.

Zuerst dachte ich, dass Yoga ein gutes Hobby wäre, aber der Versuch scheiterte. Ich hatte gehofft, dass es meinem Gehirn eine Stunde Pause von den sich ständig drehenden Gedanken gewähren würde, aber es machte alles nur noch schlimmer. Yoga ist so ruhig und friedlich. Jedes Mal, wenn es hieß, man solle »den Kopf frei machen«, meldete sich eine leise, nervenaufreibende Stimme und fragte sich, was Matthew jetzt wohl gerade tat.

»Du lernst schon noch, deinen Kopf frei zu bekommen«, erklärte mir Ruby, nachdem ich ihr nach der Einheit mein Leid geklagt hatte. »Das braucht Zeit und Übung.«

»Funktioniert es denn bei allen Köpfen? Oder nur bei manchen?«

»Du machst dir Sorgen, dass du den Kopf niemals frei bekommen wirst?«

»Ruby, es war die reinste Folter. Ich habe begonnen, in Gedanken eine Einkaufsliste zu schreiben, nur um nicht länger an Matthew zu denken. Als die Kursleiterin am Ende mit dieser seltsamen Glocke bimmelte und uns auftrug, uns zurückzulegen und die Augen zu schließen, dachte ich immerfort: ›Vergiss auf keinen Fall die Salsa. Vergiss auf keinen Fall die Salsa. *Salsa, Salsa, Salsa, Salsa.*‹ Danach war ich in dem Supermarkt gegenüber, und rate mal, was passiert ist?«

»Du hast die Salsa vergessen?«

»Genau. Weil ich mir den ganzen Heimweg nur noch Gedanken darüber gemacht habe, was passiert, wenn ich meinen Kopf nie mehr frei bekomme.«

»Wofür brauchst du die Salsa? Was isst du denn heute Abend?«

»Doritos.«

Es folgte eine kurze Pause am anderen Ende der Leitung. »Aber nicht nur, oder?«

»Natürlich nicht«, versicherte ich ihr. »Die sind bloß die Beilage.«

»Was ist das Hauptgericht?«

Ich zögerte. »Käse.«

»Weißt du was? Wie wäre es, wenn du es anstatt mit Yoga mit Kochen versuchen würdest?«

Das war ein guter Tipp. Klar konnte ich ein paar einfache Gerichte zubereiten – wobei ich dabei meistens nur etwas Vorgekochtes in den Ofen schob –, aber ich war eben nicht experimentierfreudig. Nachdem Matthew die antihaftbeschichtete Pfanne mitgenommen hatte, hatte ich zwar noch weniger Lust, meine Zeit in der Küche zu verbringen (außer vor dem Kühlschrank), aber Ruby hatte recht. Kochen war nicht nur als neues Hobby eine gute Idee, es kam auch meiner Gesundheit zugute.

Nachdem Yoga ein Reinfall war, versuchte ich es also mit Kochen. Aber auch das lief nicht wie geplant.

Timing ist beim Kochen sehr wichtig, und man würde meinen, dass ich darin ein echter Profi bin. Ich bin gut organisiert, umsichtig und pünktlich, und mein Zeitmanagement sucht seinesgleichen. Es ist sogar zu gut, würde Matthew wahrscheinlich sagen. Zumindest hat er genau das in der Besenkammer behauptet, oder? Dass ich zu gefasst bin. Dass ich alles zu gut unter Kontrolle habe.

Tut mir leid, Matthew, dass ich nicht ständig alles durcheinanderbringe. Ich wünsche dir viel Spaß mit einem Leben, in dem du zwei Karten für dasselbe Event kaufst, Geburtstage vergisst und nicht weißt, dass am Montag Bankfeiertag ist. Viel Glück, wenn du an einem sommerlichen Freitagabend einen Tisch im Biergarten eines Pubs reservieren willst, Kumpel!

Wie auch immer, wir sprachen von Timing. Es ist die Grundlage des Kochens, wie ich herausgefunden habe. Aber wie soll man rechtzeitig etwas aus dem Ofen holen, während man gleichzeitig Zutaten schnippelt und weitere Zutaten in Marinade einlegen soll?

Ich stellte so viele verschiedene Timer, dass ich am Ende nicht mehr wusste, welcher wofür war. Man kann also sagen, dass mein erster Kochversuch danebenging. Aber aus Fehlern sollte man lernen, nicht wahr? Ich wollte das Kochen nicht so schnell aufgeben wie den Yogakurs. Wenigstens hatte ich bei dem ganzen Stress keine Zeit, an Matthew zu denken. Ich war zu beschäftigt damit, nicht in Flammen aufzugehen. Also beschloss ich, es noch einmal zu versuchen.

Vielleicht hatte ich mir zu viel vorgenommen. Beim zweiten Mal ging ich auf eine Kochseite im Internet und wählte ein One-Pot-Rezept aus der Kategorie »einfach«.

Diese verdammten Mistkerle. Es war NICHT einfach.

Zunächst einmal: Was zum Teufel bedeutet *Cacciatore*? Ich hatte keine Ahnung, was ich kochte, aber die Fotos sahen lecker aus, und offenbar war es ein Rezept, das in einen Topf passte und das man mit Reis servierte, also nahm ich an, das perfekte Gericht gefunden zu haben.

Irgendwann musste ich schließlich Zwiebel zu dem gekochten Hühnerfleisch geben und beides anbraten, bis die Zwiebeln weich waren.

Woher weiß man, wann die Zwiebeln weich sind? Muss man sie mit der Gabel anstechen? Aber wie sticht man die verdammten Dinger mit der Gabel an? Ich hatte sie doch laut Rezept klein gehackt. Nachdem ich sie nicht mit den Fingern anfassen wollte, weil ich mich sonst verbrannt hätte, musste ich wohl oder übel raten. Haben Sie eine Ahnung, wie stressig Raten für einen Kontrollfreak ist? SEHR STRESSIG.

Danach wurde Wein in den Topf gegossen, der »langsam einkochen« sollte. Was bedeutet *langsam einkochen*? Sollte ich *sehen*, wie sich die Flüssigkeit in Gas verwandelt? So gut sehe ich auf keinen Fall! Das sieht doch kein Mensch, oder?

Ehrlich, wer hatte dieses Rezept verfasst? Ein *Adler?*

An diesem Punkt ging ich dazu über, den Wein abwechselnd in den Topf und in meinen Mund zu kippen. Kochanweisungen sollten definitiv genauer verfasst werden. Am Ende war mein Huhn *Cacciatore* verbrannt und die Zwiebeln nicht mehr identifizierbar, und ich schrieb Ruby, dass Kochen doch nicht das Hobby meiner Wahl wäre.

Bevor ich am Tag vor meiner Hochzeit in einer Besenkammer den Laufpass bekam, war ich der festen Überzeugung, dass alles aus einem guten Grund passiert. Mittlerweile glaube ich, dass viele schreckliche Dinge einfach deshalb geschehen, weil Leute wie Matthew sich wie Arschlöcher benehmen und allen anderen das Leben versauen.

O Mann! Ich vermisse ihn.

Wenigstens habe ich durch meine missglückten Kochversuche zu dem perfekten neuen Hobby gefunden.

Gärtnern.

Das wird mein Ding. Es hat einfach alles: Es ist beruhigend, man fühlt sich eins mit der Natur, und man erzielt befriedigende Resultate. Zu meiner Wohnung gehört ein kleiner Innenhof, in dem derzeit bloß Unkraut wächst, und der schrecklich vernachlässigt aussieht.

Matthew und ich wollten nach der Hochzeit eine Wohnung kaufen. Wir wollten etwas Eigenes, und wir haben dafür gespart, aber wir haben beschlossen, uns zuerst auf die Hochzeit zu konzentrieren und uns erst dann umzusehen. Es war aufregend, denn nach der Verlobung wurden Gespräche über *Die Zukunft* plötzlich viel realer, und *Die Zukunft* selbst rückte immer näher. Matthew hat das wohl ebenfalls gespürt – bloß, dass er es nicht als positiv, sondern als negativ empfand.

Ich liebe diese Wohnung, aber nachdem sie nur gemietet war, hatten wir nie das Gefühl, alles tun zu können, was wir wollten, und das bekam auch der Innenhof zu spüren.

Mittlerweile bin ich überzeugt, dass ich Talent fürs Gärtnern besitze. Ich werde hart arbeiten, und der Innenhof wird in neuem Glanz erstrahlen.

»Du kannst nicht einfach eine Grabgabel kaufen und so tun, als wärest du eine Gärtnerin«, sagt Adrian und blickt mir vom Bildschirm entgegen.

Ich stelle das Tablet auf den Küchenstuhl, den ich nach draußen geschleppt habe, damit er meinen ersten Vorstoß in die unbekannte Welt der Pflanzen und der Natur live miterleben kann.

»Ich habe nicht nur eine Grabgabel gekauft«, erwidere ich selbstgefällig und hebe die Hände, die in brandneuen, gepunkteten Gartenhandschuhen stecken. »Ich habe auch die hier gefunden. Und diesen süßen kleinen Spaten.«

»Das nennt man Handschaufel.«

»Du bist bloß eifersüchtig, weil du in New York keinen eigenen Garten hast.«

»Das stimmt zum Teil sogar«, gibt er grinsend zu. »Aber ich bin mir nicht sicher, ob man das, was du hast, als *Garten* bezeichnen kann. Es sind eher ein paar Betonplatten mit einer begrünten Umrandung.«

»Wenn ich damit fertig bin, ist es eine Oase. Ich werde hier draußen sitzen, dem Vogelgezwitscher lauschen und beobachten, wie die Welt an mir vorbeizieht.«

»Hier sind doch überall Mauern. Du kannst maximal Ziegelsteine beobachten.«

»Du weißt, was ich meine«, murre ich und öffne den großen Sack für die Gartenabfälle. »Wie ist es eigentlich auf der anderen Seite des Großen Teiches? Alles gut bei dir?«

»Im Büro ist es stressig, ich mache viele Überstunden«, sagt er und fährt sich mit der Hand durch die Haare. »Ich vermisse zu Hause.«

»Du vermisst es jedes Mal etwa eine Woche lang, dann hast du *good old England* angesichts der funkelnden Lichter New Yorks vergessen.«

»Ich liebe diese Stadt tatsächlich.«

»Ich auch.«

»Du musst mich unbedingt bald besuchen kommen. Hey, kannst du mir beim nächsten Mal Crumpets mitschicken? Und Schokoknöpfe?«

»Wie alt bist du? Fünf?« Ich knie mich lachend auf den Boden und ziehe das erste Unkraut aus der Erde. Ich erwische alle Wurzeln, was extrem befriedigend ist, und werfe die Pflanze triumphierend in den Abfallsack. Ja, Gärtnern ist total meins.

»Als wir vor zwei Tagen telefoniert haben, hast du Brausestäbchen gegessen«, merkt Adrian an.

»Das stimmt.« Ich greife nach dem nächsten Unkraut. »Ich hatte vergessen, wie lecker die sind.«

»Sie sind sensationell lecker.«

»Ich schreibe die Crumpets und die Schokoknöpfe auf die Liste«, verspreche ich ihm.

»Wo wir gerade von zu Hause reden, ich habe neulich mit Mum gesprochen.«

Ich habe das Unkraut halb rausgezogen, doch nun halte ich inne und wende mich dem Bildschirm zu. »Echt? Hat sie eine Voicemail hinterlassen, oder hast du tatsächlich mit ihr geredet?«

»Wie haben tatsächlich geredet«, erwidert er.

Ich ziehe weiter an dem Unkraut, schleudere es in den Sack und mache mich mit der Grabgabel an die nächste Pflanze, die etwas widerspenstiger aussieht. »Was hat sie gesagt?«

»Sie hat wegen dir angerufen. Sie wollte wissen, ob du klarkommst. Offenbar habt ihr nicht miteinander gesprochen, seit… seit das alles passiert ist.«

»Oder eben *nicht* passiert ist.« Ich treibe die Gabel in die Erde. »Ich habe ihr nicht viel zu sagen. Aber ich habe ihr eine oder zwei Nachrichten geschrieben und ihr versichert, dass es mir gut geht.«

»Ja schon, aber sie weiß, dass es nicht so ist.«

»Es geht mir aber gut.«

»Komm schon, Freya.« Adrian seufzt. »Du schlägst dich unglaublich, und ich bin sehr stolz auf dich, aber du hast eine Menge durchgemacht. Und ich weiß, Mum war in der Vergangenheit nicht wirklich für uns da, aber…«

»Bist du jetzt auf ihrer Seite?« Ich reiße das widerspenstige Unkraut aus und schüttle die Erde von den verdammten Wurzeln. »Wie hat sie das denn geschafft?«

»Es gibt keine Seiten, Freya, und du weißt, dass ich nicht gerade Mums größter Fan bin. Aber sie klang ehrlich besorgt, und wir wissen beide seit einer Weile, dass sie es wiedergutmachen möchte.«

»Ihre Vorstellung davon, es wiedergutzumachen, verlangt von uns, in den Lake District zu fahren, um dort mit ihr und Evan Gedichte zu schreiben. Wenn sie so viele Jahre später wirklich Wert darauf legen würde, würde sie sich ab und zu die Mühe machen, nach London zu kommen.«

»Ich glaube nicht, dass sie von uns erwartet, dass wir gleich ihrem Poesie-Club beitreten, wenn wir sie mal besuchen«, meint Adrian leise lachend. »Vielleicht bekommen wir das ein oder andere Gedicht zu hören, aber ich glaube nicht, dass es Pflicht ist. Sie meinte, du würdest nicht abheben, wenn sie anruft.«

»Da hat sie recht.«

»Hör mal.« Er holt tief Luft und wirkt plötzlich ernst, was überhaupt nicht zu ihm passt. »Es ist jetzt schon einige Wochen her, und sie bombardiert dich immer noch mit Anrufen – ganz zu schweigen von mir und Dad –, weil sie sichergehen will, dass es dir gut geht. Das muss doch etwas zu bedeuten haben, oder nicht?«

»Sie ruft Dad an?«

Schlechtes Gewissen packt mich. Wir reden nie darüber, aber ich glaube, Dad ist nie über Mum hinweggekommen. Er war nie mit einer anderen aus, und es ist schon *ewig* her, seit Mum ihn für Evan verlassen hat. Er meint, es hätte nichts mit ihr zu tun, und er hätte einfach kein Interesse, sich wieder ins Spiel zu bringen, aber wir wissen alle, dass sie ihm mit ihrem Auszug das Herz gebrochen hat.

Dad will, dass wir uns gut mit Mum verstehen. Er sagt ständig, wie wichtig es ist, dass wir wieder zueinanderfinden. Aber auch wenn er so tut, als ob Mum und er mittlerweile gut miteinander auskommen, ist er sicher nicht glücklich darüber, dass sie ihn anruft, um ihn nach mir zu fragen.

»Dad ist das egal«, sagt Adrian, als hätte er meine Gedanken gelesen. »Er will nicht, dass sie dir auf die Nerven geht, wenn du nicht mit ihr sprechen willst. Aber nach ein paar verpassten Anrufen von ihr habe ich beschlossen abzuheben, und wir haben uns unterhalten. Sie klang ehrlich besorgt, und ich glaube, es könnte sich auszahlen, sie anzurufen. Sie ist immer noch unsere Mum, weißt du? Sie ist am Boden zerstört, dass dir jemand so etwas angetan hat.«

Ich seufze schwer und wische mir mit dem Handrücken über die Stirn. »Na gut.«

»Du rufst sie an?«

»Ich hebe ab, wenn sie sich das nächste Mal meldet.«

»Auch gut.« Er grinst. »Ich muss zum Frühstück, aber halte mich auf dem Laufenden, wie das Gärtnern vorangeht, okay?«

»Klar. Danke für den Anruf.«

»Ich bin echt froh, dass du ein Hobby gefunden hast, das du mit Leidenschaft betreiben kannst. Darf ich dir einen Tipp geben?«

»Ich brauche keine Tipps.«

»Wenn du Gartenhandschuhe trägst und dir damit über die Stirn fährst, kann es sein, dass du dich mit Erde beschmierst.« Er winkt fröhlich in die Kamera. »Byeeee!«

Nachdem er aufgelegt hat, werfe ich einen Blick auf das spiegelnde Tablett. Meine Stirn ist voller Erde. Ich verdrehe verärgert die Augen, aber ich lasse den Dreck, wo er ist, weil mich ohnehin niemand sieht. Ich konzentriere mich wieder auf das Unkraut und beginne die Erde umzustechen, und langsam sieht die Umrandung des Innenhofes tatsächlich besser aus.

Es ist so friedlich hier draußen. Matthew und ich wussten das nie zu schätzen. Klar, der Innenhof ist winzig, aber mit ein bisschen Arbeit und ein paar bunten Blumen und Pflanzen wird er zu einem idyllischen, fröhlichen Ort werden. Wir hätten auf zwei hübschen Gartenstühlen sitzen und den Sonnenschein genießen können, wenn wir uns die Mühe gemacht hätten, Möbel zu kaufen. Ich glaube sogar, dass neben den Stühlen auch einer dieser kleinen, runden Gartentische Platz hätte.

Ich frage mich, warum Matthew und ich nie hier draußen saßen. Ich überlege in letzter Zeit häufig, ob unsere Beziehung gehalten hätte, wenn wir gewisse Dinge anders gemacht hätten. Ich weiß, ich sollte mich auf die Zukunft konzentrieren und nicht in der Vergangenheit schwelgen, aber wenn in meinem Leben etwas schiefgeht, dann analysiere ich es, um es beim nächsten Mal besser zu machen und den Fehler in Zukunft zu vermeiden.

Ich schätze, wir haben deshalb nicht das Beste aus unserem Innenhof herausgeholt, weil wir zu selbstzufrieden waren. Nach zwölf Jahren passiert das einfach. Wenn wir in der Sonne sitzen wollten, dann gingen wir mit Freunden in einen Gastgarten. Wir kamen nicht auf die Idee, gemeinsam hier zu sitzen und einen ruhigen, warmen Abend zu genießen.

War das mein Fehler oder seiner? Hätten wir Dinge getan, wie in unserem hübschen kleinen Innenhof zu sitzen, den wir gemeinsam gestaltet hatten, wäre unsere Zukunft ihm in einem besseren Licht erschienen?

Hätte ich Matthew nicht in die Weichteile getreten, würde ich ihn jetzt anrufen und fragen.

Es wäre einfach, seinen Sinneswandel auf den verwahrlosten Innenhof zu schieben, aber wenn ich so darüber nachdenke, waren wir durchaus zu zweit unterwegs. Wir haben uns zum Abendessen in einem Restaurant verabredet. Wir haben gelacht. Wir waren glücklich.

Warum hat er uns kaputt gemacht?

Ich ramme die Grabgabel ein wenig zu enthusiastisch in den Boden, und als ich sie herausziehe, spritzt mir Erde ins Gesicht. Ich zucke zurück und wische den Schmutz von meinen Klamotten.

Da sehe ich ihn. DEN LÄNGSTEN WURM, DEN ICH JE ZU GESICHT BEKOMMEN HABE.

»Aaaaaah!« Ich springe kreischend hoch, taumle rückwärts und lasse die Grabgabel fallen.

Ich hüpfe kreischend auf und ab, reiße mir die Handschuhe von den Händen und wische mir damit hektisch über die Klamotten und die Haare. Es fühlt sich an, als wäre ich von Kopf bis Fuß mit Würmern bedeckt, obwohl ich mir ziemlich sicher bin, dass es nur einer war. Mein Handy vibriert in meiner Hosentasche, und ich hebe ab. Ich winde mich noch immer angeekelt, während ich dem Wurm zusehe, wie er sich über den Innenhof davonmacht.

»Hey.« Es ist Ruby. »Willst du heute zum Abendessen kommen? Ich habe herrlichen Rotwein gekauft.«

»DA WAR EIN WURM! ER HAT MICH ANGEGRIFFEN.«

»Was?«

»EIN WURM HAT SICH AUF MICH GESTÜRZT.«

Sie schnappt nach Luft. »Echt? Ich wusste nicht, dass Würmer das können! Sie stürzen sich auf Menschen? Ist ja widerlich!«

»Okay, technisch gesehen habe ich ihn beim Gärtnern in die Luft geschleudert, aber … o mein Gott, es ist der größte Wurm, den ich in meinem Leben gesehen habe!«

»Hast du gerade gesagt, dass du *gärtnerst?*«

»Ja! Das ist mein neues Hobby.«

»Dein neues Hobby ist Gärtnern?«, fragt sie fassungslos.

»Können wir uns bitte auf den Wurm konzentrieren?«

»Kriecht er noch auf dir herum?«

»Nein. Er ist auf dem Boden. IGITT! Warum bewegen sich die Dinger so seltsam? Als ob der Kopf vorläuft und das Hinterteil aufschließen muss. Warum bewegen sie sich nicht wie normale Würmer?«

»Meinst du Tausendfüßler?«

»O Gott, gibt es in England etwa Tausendfüßler? Muss ich auf Würmer *und* Tausendfüßler achten, wenn ich gärtnern will? Was soll denn das, verdammt?«

»Du meinst, das wusstest du nicht?«

»Ich habe überhaupt nicht darüber nachgedacht.« Ich zögere. »Ich habe an Matthew gedacht, als der Wurm mich angegriffen hat. Ich habe mich gefragt, warum wir nie hier draußen gesessen haben.«

»Vielleicht hat das Universum dir ein Zeichen geschickt«, meint sie. »Wenn du anfängst, an Matthew zu denken, fliegen dir Würmer um den Schädel.«

Ich seufze schwer. »Wie war das mit dem Rotwein?«

»Er hat zwölf Pfund gekostet, nur damit du weißt, dass es etwas Ordentliches ist. Kommst du so um sechs?«

»Ich werde da sein.«

»Super. Weißt du, ich kann immer noch nicht glauben, dass du gärtnerst. Aber es ist eine echt gute Idee. Ich werde dich in vollem Maße unterstützen.«

»Wirklich?«

»Es ist gut für die Gesundheit und gut für die Seele. Meine Grandma war verrückt nach ihrem Garten, und sie fand es sehr beruhigend. Einmal hat sie eine Biene gestochen, aber sie hat danach noch mehr Fingerhüte gepflanzt. Offenbar lieben Bienen Fingerhüte. Ich kaufe dir einen riesigen Sonnenhut mit einem Gummi unterm Kinn. Sie hatte auch so einen und sah entzückend damit aus.«

»Ich bin zweiunddreißig, Ruby. Ich glaube nicht, dass ich einen Sonnenhut mit Kinngummi brauche.«

»Wie wäre es, wenn wir am kommenden Wochenende zu dir kommen, im Innenhof sitzen und deine Arbeit bewundern? Außer es regnet, dann bewundern wir sie durchs Fenster.«

»Nächste Woche ist Isabelles Junggesellinnenabschied.«

Es folgt eine Pause, dann fragt sie vorsichtig. »Du gehst dorthin? Ist das eine gute Idee?«

»Ja, klar«, erwidere ich und versuche, überzeugter zu klingen, als ich mich fühle. »Ich will für Isabelle da sein. Es ist jetzt schon einige Wochen her, Rubes. Ich kann mich nicht für immer vor den anderen verstecken. Und es ist eine gute Methode, um mich auf die Hochzeitssaison einzustimmen. Die findet so und so statt, ob ich nun bereit dafür bin oder nicht.«

»Ja, wahrscheinlich«, stimmt sie mir zögernd zu. »Und deine Gartenerfolge können wir auch an einem anderen Tag bewundern. Mach einfach weiter.«

»Auch wenn die Chance besteht, dass mich wieder ein Wurm angreift?«

»Ach, bitte. Du hast dich zwölf Jahre mit Matthew rumgeschlagen.« Sie schnaubt. »Was sind da ein paar Würmer?«

Kapitel 5

»Es tut mir so leid, Freya. Trennungen sind das Allerschlimmste«, erklärt mir Isabelle und richtet ihren Schleier gerade. »Ich weiß ehrlich nicht, wie du das machst. Wenn ich dasselbe durchgemacht hätte, würde ich... also... nie wieder aufstehen.«

Ich nippe an dem pinken Papierbecher. »Mhmm.«

»Du bist so stark.« Sie legt eine Hand auf meine Schulter und mustert mich unter ihren stark getuschten Wimpern hervor. »Du sollst wissen, dass wir alle für dich da sind.« Sie hickst lautstark und beginnt zu kichern. »Ups! Was trinkst du da?«

»Prosecco.«

»Kann ich mir den ausleihen? Der einzige Weg, um Schluckauf loszuwerden, ist, mit dem Kopf nach unten etwas zu trinken.«

»Macht man das nicht mit Wasser?«

»Jaaa, aber das ist mein Junggesellinnenabschied!«, ruft sie. »Also nehmen wir Prosecco!«

Ich lächle und halte den Becher außer Reichweite. »Jetzt pinkle erst mal zu Ende, dann kannst du versuchen, ihn kopfüber auszutrinken.«

»Du bist so schlau«, lallt sie und greift nach dem Toilettenpapier.

Sie stemmt sich rechts und links mit den Händen an die Wände, um aufzustehen, streicht ihr Kleid glatt und schwankt auf ihren High Heels zum Waschbecken, um sich die Hände zu waschen. Ich stehe vom Badewannenrand auf, wo ich auf sie gewartet habe.

»Ich bewundere dich sehr, Freya. Das solltest du wissen. Das tun wir alle.«

»Danke, Isabelle.« Ich lache. »Aber jetzt komm, gehen wir zurück zu den anderen. Das nächste Spiel wartet sicher schon. Wie geht es deinem Schluckauf? Brauchst du jetzt ein Glas Wasser?«

»Nein, ich will dir nur noch eines sagen«, erklärt sie bestimmt, macht das Wasser aus, dreht sich um und deutet mit dem Finger auf mich. »Du bist unglaublich. Du musstest nicht herkommen, und trotzdem bist du hier.«

Ich habe mich darauf eingestellt, im Laufe des Wochenendes viele dieser Floskeln zu hören. Isabelle hatte mir letzte Woche ständig geschrieben, dass sie mir absolut keinen Druck machen will. Dass ihr Junggesellinnenabschied sicher das Letzte war, was ich jetzt wollte. Dass sie die Vorstellung nicht ertrug, ich könnte mich dazu zwingen. Und auch ihre Trauzeugin hatte mir einige sehr nette WhatsApp-Nachrichten geschrieben.

Aber auch wenn alles, was mit Hochzeiten zu tun hat, im Moment schwer zu ertragen ist, wollte ich das hier auf keinen Fall verpassen. Sie sind zwar schrecklich albern, aber an die Junggesellinnenabschiede deiner Freundinnen erinnerst du dich dein ganzes Leben lang. Ich war während der Schulzeit eng mit Isabelle befreundet, und ich *wollte* mit ihr feiern. Ganz egal, wie schwer es werden würde.

Also habe ich der Trauzeugin geantwortet, dass es sehr nett, aber nicht notwendig sei, sich um mich Sorgen zu machen, und dass ich natürlich kommen würde. Ich habe die Nachricht so fröhlich wie möglich formuliert und jede Menge Emojis eingebaut, damit kein Zweifel daran besteht, dass es mir gut geht.

Das Problem ist, dass Isabelle nach ein paar Drinks zu tiefsinnigen Gesprächen neigt, weshalb ich den Großteil des Tages damit verbracht habe, sie von der Sache zwischen Matthew und mir abzulenken. Als sie vorhin meine Hand schnappte und darauf bestand, dass ich sie zum Pinkeln begleite, wusste ich sofort, dass mir eine alkoholgeschwängerte Ansprache in der Toilette bevorstand, und ich versuchte mich abzuseilen, aber ihre kleinen Hände sind schrecklich stark, und ich konnte ihre klammernden Finger nicht von meiner Hand lösen.

»Ich würde das nicht schaffen«, fährt sie fort und schüttelt übertrieben den Kopf. »Nach allem, was du durchgemacht hast, bist du trotzdem für mich da. Du bist heute hier…« Sie deutet auf mich, und ihre Augen glänzen, während sie vom Schluckauf gebeutelt wird. »Und das bedeutet mir mehr als alles andere. Ich hoffe, das weißt du.«

»Ja. Komm, gehen wir.«

»Ich liebe dich, Freya.« Sie schlingt die Arme um mich und drückt mich so innig, dass sie mir beinahe die Rippen bricht.

»Ich liebe dich auch«, keuche ich.

Sie löst sich von mir, umfasst mein Gesicht mit den Händen und tätschelt mir liebevoll die Wangen, während ich die Tür für sie öffne. Sie taumelt nach draußen und stolpert zurück ins Wohnzimmer des Airbnb in Bath, das sie eigens gemietet hat. Dort wird sie vom Jubel und Gekreische der anderen Gäste empfangen.

»Da bist du ja!«, brüllt Kelly, die Trauzeugin, packt Isabelle und drückt sie auf einen Stuhl. »Es wird Zeit für das nächste Spiel. Füllt eure Gläser, Mädels, wir spielen… *Steck dem Kerl den Schwanz an*!«

Während der Raum im Chaos versinkt, stehle ich mich heimlich in die Küche, wo ich mein Glas auffülle und weiter in den Garten hinter dem Haus gehe. Draußen sitzt Niamh in der Nachmittagssonne und raucht. Sie ist eine weitere Schulfreundin und außer der Braut das einzige bekannte Gesicht auf der Party.

Sie hebt eine Augenbraue hinter der Sonnenbrille, als ich durch die Tür trete. »Ich wusste gar nicht, dass du rauchst.«

»Tu ich auch nicht«, erwidere ich und gehe zu ihr. »Ich brauchte frische Luft.«

Sie lächelt in sich hinein. »Das ist der Code für: ›Ich muss schleunigst hier raus.‹«

»Nein, nein.« Ich setze mich lachend neben sie. »Es ist echt nett hier, aber Isabelle hat mich auf der Toilette in die Enge getrieben. Sie wollte mir sagen, wie stark ich bin.«

»Ah.« Niamh nimmt einen Zug von ihrer Zigarette. »Typisch Izzy. Das betrunkene Vieraugengespräch.« Sie zögert. »Aber wir sollen sie nicht mehr Izzy nennen, oder? *Isabelle* ist ihr lieber. Es ist nicht leicht, Schulgewohnheiten abzulegen.«

»Aber ich verstehe sie irgendwie. Erinnerst du dich, als mich alle in der Schule ›Hühnchen‹ nannten?«

»O ja.« Sie lacht. »Wegen dieses Hutes damals.«

Ich verziehe bei der Erinnerung daran das Gesicht. Es war einer jener schrecklichen Momente meines Lebens, für die ich meine Mutter verantwortlich mache. Sie kam mit einem riesigen Hut zur Jahresabschlussfeier, aus dem Dutzende Federn ragten. Die Leute, die hinter ihr saßen, waren außer sich, aber natürlich merkte sie es nicht, oder es war ihr egal. Alle Kinder lachten über sie, und mir war es entsetzlich peinlich.

Wobei man fairerweise sagen muss, dass sie zumindest aufgetaucht ist. Es war vermutlich die einzige Schulveranstaltung, bei der sie sich blicken ließ. Natürlich musste sie da einen bleibenden Eindruck hinterlassen.

Ich habe seit Adrians Anruf noch immer nicht mit ihr geredet. Sie hat mich einmal angerufen, als ich gerade im Büro war, und ich habe noch nicht den Mut aufgebracht, sie zurückzurufen. Ich nehme mir vor, das nachzuholen, sobald ich vom Junggesellinnenabschied zurück bin. Adrian und Dad zuliebe.

»Wie geht es deiner Mum?«, fragt Niamh und stößt den Rauch aus. »Siehst du sie manchmal?«

»Nicht wirklich.«

Niamh nickt. Einige Augenblicke lang herrscht angenehmes Schweigen, dann fragt sie leise: »Also, wie geht es dir? Ich wollte dieses Wochenende nicht davon anfangen, aber nachdem wir hier gemütlich und ohne Gekreische beisammensitzen…« Sie deutet mit dem Kopf aufs Haus, wo gerade hysterisches Gelächter erklingt, während die mit Augenbinde ausgestattete Isabelle versucht, einen Papierpenis auf das Bild eines muskulösen, nackten Kerls zu pinnen, »… wäre es seltsam, es nicht anzusprechen. Du kannst aber ruhig sagen, wenn du nicht darüber reden willst.«

»Das ist süß von dir. Aber mir geht es gut.«

»Wirklich? So richtig gut? Oder gut, aber nicht so richtig gut?«

Ich lächle. »Vielleicht irgendetwas dazwischen.«

»Es muss schwer sein, hier zu sein.« Sie macht eine ausladende Handbewegung. »Die Erinnerungen an deinen Junggesellinnenabschied und all das.«

»Ein bisschen.«

Niamh nimmt einen weiteren Zug. »Willst du das Thema wechseln?«

So ist das mit Niamh. Sie redet immer Klartext. Wenn ihr jemand in der Schule auf die Nerven ging, sagte sie es demjenigen. Trotzdem hat sie die Gabe, nicht verletzend zu sein, auch wenn das, was sie sagt, manchmal schwer zu verdauen ist. Aber es muss gesagt werden. Sie ist nie grundlos unverblümt.

»Ja, es ist besser, nicht darüber nachzudenken.« Ich schenke ihr ein müdes Lächeln. »Wie geht es Freddie?«

»Gut. Er steht jetzt auf Golf, das kam ziemlich unerwartet.«

»Ich versuche es mit Gärtnern.«

»Das kommt genauso unerwartet.«

Ich lache und lehne den Kopf zurück. »Es dauert nicht mehr lange bis zu eurer Hochzeit. Wie fühlst du dich?«

»Gut. Die Hochzeitsplanerin im Hotel in Dublin ist unglaublich. Sie kümmert sich mehr oder weniger um alles.«

»Das ist toll.«

Wir verstummen. Sie will nicht über ihre Hochzeit reden, und ich bin mir nicht sicher, ob ich davon hören will. Was mich nebenbei bemerkt echt wütend macht. Es ist schrecklich, dass

Matthew mich dazu gebracht hat, vor diesen riesigen, aufregenden Veränderungen im Leben meiner Freundinnen Angst zu haben.

»Habe ich dir eigentlich einmal von dem Heiratsantrag erzählt, den ich gemacht habe?«, fragt Niamh plötzlich.

»Wie bitte?« Ich starre sie an. »Ich dachte, Freddie hätte dir den Antrag gemacht?«

»Hat er auch. Ich meinte meine Ex. Jules.«

»Du hast ihr einen Antrag gemacht?«

»Jap. Auf einer Picknickdecke im Richmond Park, umgeben von Hirschen.« Sie lächelt in sich hinein. »Es war extrem romantisch, wenn ich das so sagen darf.«

»Was ist passiert? Das höre ich heute zum ersten Mal.«

Sie zuckt mit den Schultern und dämpft die Zigarette aus. »Ich habe es noch nie jemandem erzählt, abgesehen von meinen Eltern. Ich habe einen Ring gekauft und eine Woche vor ihrem Geburtstag um ihre Hand angehalten. Sie sagte Ja, und alles war perfekt, aber am nächsten Abend hat sie ihre Meinung geändert, und wir haben Schluss gemacht.«

Ich sehe sie fassungslos an. Ich bin entsetzt, dass ich nichts davon wusste, und traurig, dass sie so etwas erleben musste.

»Aber …« Ich suche nach den richtigen Worten. »Niamh, es tut mir so leid.«

»Es ist schon ewig her.«

»Warum hat sie zuerst Ja gesagt und ihre Meinung dann doch geändert?«

»Offenbar habe ich sie überrumpelt, und sie hatte das Gefühl, dass sie Ja sagen musste. Doch dann lag sie die ganze Nacht wach und wusste tief in ihrem Inneren, dass sie sich selbst und mir gegenüber nicht ehrlich gewesen war. Es hat mir das Herz gebrochen. Für mich war es die glücklichste Nacht meines Lebens, während ihre Gedanken keine Ruhe fanden. Ich dachte, es wäre für immer – und dann war es innerhalb eines Wimpernschlages vorbei.«

Ich sehe zu Boden. Dann wissen wir also beide, wie sich das anfühlt.

Niamh steckt die nächste Zigarette an. »Hör mal, das ist ewig her, und mittlerweile bin ich verrückt nach Freddie, aber ich dachte, du solltest es wissen. Die Leute sagen allen möglichen Scheiß zu dir, und es bedeutet gar nichts, aber ich weiß aus erster Hand, dass es tatsächlich einfacher wird. Es fühlt sich zwar im Moment nicht so an, aber… es wird wieder heller in deinem Leben.«

»Ich klammere mich an diese Hoffnung. Danke, dass du es mir erzählt hast.«

»Aber erzähl es ja nicht rum.«

»Meine Lippen sind versiegelt. Danke noch mal, Niamh.«

»Immer gerne, Hühnchen.«

Wir schweigen erneut, und ich sehe auf den gepflegten Rasen hinaus. Wem auch immer dieses Haus gehört, er hat ganze Arbeit geleistet. Die Beete am Rand sind voller bunter Blumen, und in der Mitte steht ein geschmackvoller Springbrunnen, dessen Plätschern dem Garten eine ruhige, friedliche Atmosphäre verleiht.

»Ich habe Matthew in die Eier getreten«, platze ich heraus.

Niamh beginnt zu husten, und Rauch bauscht sich um ihr Gesicht. »Du hast *was?*«

»Ich habe ihm in die Eier getreten«, wiederhole ich.

»Was zum…?« Sie richtet sich auf und schiebt sich die Sonnenbrille in die Haare. »Du machst Witze.«

»Nein. Ruby war dabei. Ich habe die Beherrschung verloren.«

»Verdammt noch mal, Freya, das ist genial! Sag mir, dass er vor Schmerz zusammengebrochen ist.«

»Ja, ist er. Er hat kein Wort herausgebracht. Seine Mum musste ihm zurück ins Haus helfen.«

Sie bricht in schallendes Gelächter aus. »Da verlierst du *ein Mal* die Beherrschung, und ich bin nicht dabei! Wäre ich nicht so glücklich darüber, dass es überhaupt passiert ist, wäre ich stinksauer. Gut gemacht!«

»Ich bin nicht gerade stolz darauf.«

»Glaub mir, Freya, wenn es jemand verdient, dann Matthew.« Sie lehnt sich zurück. »Das ist echt das Beste, was dieses Jahr passiert ist. Dagegen kommt absolut nichts an.«

»Ähm... und was ist mit deiner Hochzeit diesen Sommer?« Ich lache. »Die hat sicher die Nase vorne, oder?«

»Meine Hochzeit ist nichts im Vergleich dazu, dass du Matthew in die Eier getreten hast«, erklärt sie todernst. »Ruby hat es nicht zufällig gefilmt?«

»Zum Glück nicht. Ich hatte das nicht geplant.«

»Du bist meine neue Heldin, Freya Scott. Nur, damit du's weißt.« Sie lacht und deutet mit der Zigarette auf mich. »Weißt du, was du tun solltest?«

»Was?«

»Du solltest dir einen großen, aufsehenerregenden Ring kaufen. Du steckst ihn an den Mittelfinger, und jedes Mal, wenn du ihn siehst, bist du nicht mehr traurig, sondern stolz.«

»Stolz worauf? Dass ich jemandem in die Eier getreten habe?«

Sie kichert. »Stolz, dass du alles überstanden hast.«

Ich betrachte meinen Finger, auf dem noch immer der Abdruck des Verlobungsringes zu sehen ist. Plötzlich schwingt die Tür auf, und Kelly platzt in den Garten. »Ach, hier versteckt ihr euch!«, ruft sie vergnügt und klatscht in die Hände. Die Trauzeuginnenkrone auf ihrem Kopf sitzt schon ein wenig schief. »Isabelle sucht euch. Sie will, dass ihr auch mal den Schwanz ansteckt. Aber natürlich verstehe ich, wenn ihr mal eine Pause braucht. Wir machen einfach mit dem nächsten Spiel weiter.«

»Wir wollten nur eine rauchen«, erklärt Niamh und drückt die Zigarette aus. »Aber jetzt habe ich echt Lust, dem Kerl den Schwanz anzustecken. Was meinst du, Freya?«

»Und ich erst«, rufe ich und springe auf.

»Wenn es um die Weichteile eines Mannes geht«, erklärt Niamh Kelly grinsend, als wir zurück ins Haus gehen, »weiß Freya ganz genau, wohin sie zielen muss.«

Kapitel 6

Es kommt aus dem Nichts. Gerade noch amüsiere ich mich prächtig und bin überzeugt, den Junggesellinnenabschied unbeschadet zu überstehen, und im nächsten Moment überkommt mich ein überwältigendes Gefühl des Verlustes. Dabei ist das absolut kein guter Zeitpunkt, um zusammenzubrechen. Ich bin umgeben von einer fröhlichen Truppe, die sich königlich amüsiert. Ich will den Junggesellinnenabschied nicht ruinieren – und noch viel weniger will ich, dass jemand sieht, wie ich mich in ein Häufchen Elend verwandle.

Ich halte nichts von öffentlicher Zurschaustellung von Zuneigung und Emotionen. Ich weiß, dass ich dadurch manchmal kalt wirke. In der Mitarbeiterbeurteilung in meinem alten Job hatte mich ein nicht namentlich genannter Kollege als »unnahbar« und »schwer einzuschätzen« beschrieben.

(Du kannst mich mal, Jeffrey, ich weiß, dass du das warst. Bloß, weil ich nicht wie alle anderen mit Komplimenten um mich geworfen habe, als du die selbst gemachten Mandel-Brownies mitgebracht hast. Sie waren staubtrocken, Jeffrey. *Staubtrocken.*)

Mir ist bewusst, dass ich daran arbeiten sollte. Matthew war zweifellos der Gesprächigere von uns beiden und lernte leichter neue Leute kennen, und ich habe Ruby immer darum beneidet, wie offen, freundlich und überschwänglich sie ist. Die Leute fühlen sich sofort von ihr angezogen. Sie hat keine Probleme damit, anderen ihre Gefühle zu zeigen. Als Leo und sie anfingen, miteinander auszugehen, erzählte sie mir – trotz meiner unwillkürlichen Abneigung gegen ihre Verbindung – absolut alles. Wie sie jedes Mal Schmetterlinge im Bauch hatte, wenn er lächelte. Wie verletzlich sie sich gefühlt hatte, nachdem sie ihm ihre Gefühle gestanden hatte. Wie unglaublich wütend er sie machte.

Ich hatte nie das Bedürfnis, intime Details meiner Beziehung mit Matthew mit anderen zu teilen, nicht einmal mit Ruby und Leo. Wir stritten nie vor anderen, aber wir küssten uns auch nie. Und das war ausschließlich mein Wunsch. Es war nicht so, dass ich unbedingt alles geheim halten wollte. Ich hatte nur einfach nicht das Gefühl, unsere Beziehung präsentieren zu müssen. Wir waren glücklich, und es ging uns gut. Wir stritten, wie jedes andere Paar, aber es war nie wichtig genug, um lange daran zu knabbern, und es ging um alberne Dinge (etwa darum, dass er die Schranktüren nicht normal schließen konnte, sondern sie jedes Mal zuknallen musste).

Ich bin gut darin, die Contenance zu wahren, und aus irgendeinem Grund bin ich davon besessen, niemandem ein anderes Bild von mir zu zeigen. Als mich also während Isabelles Junggesellinnenabschied plötzlich dieses niederschmetternde Gefühl überfällt, muss ich schleunigst raus aus dem Zimmer. Ich presse mir eine Hand auf den Bauch – denn es fühlt sich tatsächlich wie ein körperlicher Schmerz an, der so stark ist, dass beinahe meine Knie nachgeben –, eile hinaus und stolpere die Treppe hoch in das Zimmer, das ich mir mit Niamh teile.

Ich schließe die Tür und atme tief ein, während mir unkontrolliert die Tränen über die Wangen kullern. Ich lehne mich mit dem Rücken an die Tür und lasse mich auf den Boden sinken, wo ich mit den Armen die Knie umschlinge, sie an meine Brust ziehe, die Stirn darauf ablege und einsam und leise zu weinen beginne.

Es gab einige Momente im Laufe des Tages, die mir einen Stich versetzten, aber ich dachte wirklich, ich hätte es überstanden.

Der erste schwierige Moment war, als Kelly nach *Steck dem Kerl den Schwanz* an (bei dem ich echt mies war und den Schwanz an die linke Brustwarze pinnte) das nächste Spiel ankündigte, in dem jede Freundin ein Geständnis zu Papier bringen sollte.

»Schreibt die witzigste oder unfassbarste Geschichte auf, die ihr je erlebt habt«, trug sie uns auf und teilte Stifte und Papier aus. »Egal, was. Alkoholgeschwängerte Abende, peinliche Momente, Beziehungskatastrophen. Am Ende wird Isabelle die Geschichten vorlesen und raten, wem sie passiert sind.«

Ich nahm einen Schluck Prosecco und starrte auf das leere Blatt in meinem Schoß hinunter. Die anderen Frauen kicherten und kritzelten eifrig. Einige versicherten aufgeregt, genau zu wissen, was die andere schreiben sollte, und brachen dann gemeinsam in hysterisches Gelächter aus.

Eigentlich musste ich nicht lange überlegen. Dass man einen Tag vor der Hochzeit in der Besenkammer den Laufpass bekommt, war auf jeden Fall unfassbar und fiel auch in die Kategorie »Beziehungskatastrophen«, aber die Geschichte passte nicht zum Anlass. Ich beschloss, mich an die »alkoholgeschwängerten Abende« zu halten, und überlegte, welche lustigen Geschichten ich bereits erlebt hatte.

Und in diesem Moment überkam mich die erste große Welle der gefühlsbedingten Übelkeit. Denn während ich mir den Kopf zerbrach, wurde mir klar, dass Matthew an all diesen Momenten beteiligt gewesen war.

Als wir uns kennenlernten, war ich im ersten Uni-Jahr und er im zweiten. Leo, Ruby und ich waren bereits enge Freunde, und Ruby verkündete eines Tages, dass sie sich dem Theater-Club anschließen wollte. Sie zwang mich, sie zum Vorsprechen zu begleiten, weil sie alleine zu nervös sein würde. Wir saßen vor dem Zimmer, und sie ging ihren Text noch einmal durch. Im Flur hatte sich eine kurze Schlange gebildet, und es herrschte eine seltsame Stille, während die hoffnungsvollen Vorsprechenden die ihnen zugeteilten Zeilen studierten.

»Die sehen alle sehr professionell aus«, flüsterte Ruby. »Vielleicht sollten wir wieder gehen.«

»Du siehst genauso professionell aus wie die anderen.«

»Ja, aber die anderen sind auch total trendy. Wie echte Schauspielstudenten. Ich bin nicht cool genug.«

»Du bist sehr cool«, versicherte ich ihr. »Sei nicht albern.«

»Was, wenn sie mich nach meinem Musikgeschmack fragen?«

»Warum sollten sie?«

»Die Studenten aus dem dritten Jahr halten das Vorsprechen ab«, flüsterte sie aufgeregt. »Vielleicht stellen sie danach noch Fragen, um rauszufinden, ob ich cool genug bin, um mit ihnen abzuhängen.«

»Wenn sie das tun, sind sie Wichser.«

Der Kerl neben mir steckte die Nase in seine Unterlagen und schnaubte. Er fing meinen Blick auf und lächelte. Ich erinnere mich, dass mir damals schon die schönen Wimpern auffielen, die seine hellgrünen Augen umrahmten. Er war damals um einiges schlaksiger – er begann erst ein paar Jahre später mit dem Fitnesscenter, dem er inzwischen beinahe jeden Abend einen Besuch abstattet –, und in seinen mausbraunen Haaren war zu viel Wachs. Er hatte Sommersprossen auf der Nase und ein liebenswert schiefes Lächeln.

Der Kerl war Matthew. Ein Jahr vor dem Heiratsantrag bekam er eine Zahnspange, und sie war so teuer, dass ich ihm lieber nicht sagte, dass mir sein Lächeln besser gefallen hatte, bevor die Zähne gerade und gebleicht waren.

»Sag mir irgendeine ausgefallene Band«, verlangte Ruby, nachdem die Kandidatin vor ihr aufgerufen wurde. »Schnell.«

Ich seufzte. »Ich kenne keine ausgefallenen Bands. Ich weiß nicht einmal, was du mit ausgefallen meinst.«

»Etwas, das cool ist und kein Mainstream. Eine Band, von der noch nie jemand gehört hat.«

»Wenn noch nie jemand von der Band gehört hat, warum erfindest du dann nicht einfach eine?«

Ruby schnappte nach Luft. »Freya, das ist eine geniale Idee!«

(War es nicht. Obwohl sich während des Vorsprechens niemand für Rubys Musikgeschmack interessierte, kam das Thema auf, nachdem sie eine kleine Rolle ergattert hatte und alle zusammen ausgingen, um sich besser kennenzulernen. Einer der Kerle, mit denen sie sich unterhalten hatte, googelte den unglaublichen Singer-Songwriter Elvis McGee, von dem sie die ganze Nacht geschwärmt hatte, und fand nicht das Geringste über ihn.)

Während Ruby vorsprach, fragte mich der Kerl neben mir, welche Rolle ich wollte, und ich informierte ihn eilig, dass ich nur zur seelischen Unterstützung mitgekommen wäre. Er fragte mich, warum ich kein Interesse an der Schauspielerei hätte, und ich erklärte, dass ich nicht gerne im Rampenlicht stehen würde.

Er neigte den Kopf, sah mich an und meinte mit einem einzigartigen Lächeln, bei dem mein Herz einen Salto schlug: »Bist du sicher?« Es war kitschig, albern und wunderschön.

Und so hat alles begonnen. Nach nur wenigen Monaten an der Uni hatte ich bereits den Einen getroffen. Ich weiß, dass manche der Meinung sind, Beziehungen würden dem Uni-Leben jeden Spaß rauben, aber bei mir war das nicht der Fall. Matthew sorgte dafür, dass ich Spaß hatte, und an den besten Erinnerungen war er immer beteiligt. Dabei klebten wir nicht rund um die Uhr aneinander, und ich achtete penibel darauf, dass wir auch allein Zeit verbrachten. Ich wollte nie eines dieser Paare werden, die ihre Freunde nicht mehr sehen. Ich legte Wert darauf, *vernünftig* zu sein, was bedeutete, dass wir nicht zu früh zusammenzogen, sicherstellten, dass wir unsere eigenen Leidenschaften und Interessen weiterverfolgten und ohne den anderen Freunde trafen. Ich hatte die Warnungen in den verschiedensten Filmen und Büchern sehr ernst genommen und wusste, was mit Paaren passierte, die es zu schnell angingen und sich von ihren Freunden lossagten. Wenn alles den Bach hinunterging, was dann? An wen wandte man sich? Man sagt, man solle dem Herzen folgen, wenn man sich Hals über Kopf verliebt, aber ich bin kein Mensch, der alle Bedenken über Bord wirft.

Und es funktionierte.

Viele bekannte Paare trennten sich nach der Uni, doch Matthew und ich blieben zusammen. Wir verbrachten unsere gesamten Zwanziger miteinander und erlebten jeden Meilenstein gemeinsam. Ich organisierte eine riesige Party zu seinem fünfundzwanzigsten Geburtstag, er führte mich schick zum Essen aus, als ich den Job bei Suttworth bekam, wir verbrachten lange Wochenenden überall in Großbritannien, fuhren ins Ausland, machten Urlaub mit der Familie. Alles war wunderbar. Unsere Beziehung war friedlich, stark und frei von Dramen. Ich habe sie nie infrage gestellt. Wir waren in Stein gemeißelt.

»Wie eine Schildkröte«, sagte ich zu ihm, nachdem ich zur Feier unserer Verlobung einige sehr starke Cocktails getrunken hatte.

»Wie bitte?«

»Du und ich«, lallte ich und lehnte mich an ihn. »Wir sind stark und robust. Wie eine Schildkröte.«

»Wirklich?« Er nahm lachend einen Schluck Bier. »Sehr sexy.«

Ich war betrunken, und es war ein alberner Vergleich, aber er stimmte. Wir hatten es so weit geschafft, dass es unmöglich schien, dass uns irgendeine Hürde zu Fall bringen würde.

Tja, das Leben ist voller Überraschungen.

»Freya, hast du deine Geschichte schon fertig?«, fragte Kelly und riss mich aus meinen deprimierenden Gedanken an die Vergangenheit.

Die anderen Gäste sahen mich erwartungsvoll an. Ich war die Einzige, die ihren Zettel noch in der Hand hielt, die anderen hatten ihn offenbar bereits abgegeben. Ich versuchte zu antworten, doch meine Kehle war wie zugeschnürt.

Weil Matthew meine Geschichte war. Und jetzt war er fort.

»Was ist mit Isabelle?«, fragte Niamh, und alle Köpfe fuhren zu ihr herum. »Sie hat doch sicher auch eine peinliche Geschichte. Bitte sagt mir, dass ihr alle schon mal von dem Kerl gehört habt, den sie auf Ibiza kennengelernt hat? Kommt euch der Name *Gladiator Gordan* bekannt vor?«

Isabelle kreischte beschämt auf und schlug sich die Hände vors Gesicht, während die anderen Frauen sie sofort bestürmten und die Geschichte hören wollten. Ich schenkte Niamh ein dankbares Lächeln und zwang mich, mich auf Isabelles zum Schreien komische Erinnerungen an Gladiator Gordan zu konzentrieren, der so muskulös war, dass er sie wie eine Feder auf der Tanzfläche – und im Schlafzimmer – herumwirbeln konnte. Als schließlich die Geheimnisse vorgelesen wurden, war ich wieder bereit, mich zu amüsieren, und hatte ein paar Zeilen über einen Theaterbesuch niedergeschrieben. Auf der Suche nach meiner Sitzreihe fiel ich die Treppe runter, und nachdem ich mich wieder aufgerichtet hatte und die Leute sahen, dass es mir gut ging, brandete tosender Applaus auf.

Allein die Erinnerung daran beschert mir Schweißausbrüche, dabei ist es schon dreizehn Jahre her.

Die nächste Welle beinahe unerträglichen Kummers überrollte mich während des Spiels *Mr und Mrs*, das bei keinem Junggesellinnenabschied fehlen durfte. Kelly hatte Isabelles Verlobtem Ryan Fragen gestellt und die Antworten gefilmt, doch bevor sie die Clips abspielte, las Kelly die Frage laut vor, und Isabelle musste raten, was Ryan gesagt hatte.

Die Art, wie Ryan über Isabelle sprach, wie er verlegen lachend neugierige Fragen über ihre Vorlieben, Abneigungen und ihr Sex-Leben beantwortete, wie er erklärte, was er am meisten an ihr liebte und wie er sich die gemeinsame Zukunft vorstellte, erinnerte mich an die Clips, die Ruby bei meiner Party vorgespielt hatte und auf denen Matthew genau dieselben Fragen beantwortet hatte.

Er hatte ausschließlich richtige Antworten gegeben und sich genau so verhalten, wie es von ihm erwartet wurde. Meine Freundinnen hatten geseufzt und sich eine Hand auf die Brust gelegt, als er mir am Ende einen wunderschönen Junggesellinnenabschied wünschte und erklärte, dass er unseren großen Tag kaum noch erwarten könne.

Ich hatte bis zu diesem Moment kein einziges Mal an diese Clips gedacht, doch nun zog sich meine Brust ob der erschreckenden Erkenntnis zusammen, dass er bereits damals wusste, dass er mich nicht heiraten würde. Trotzdem hatte er Ruby gegenübergesessen, in die Kamera geblickt und mit seinem typischen charmanten Lächeln erklärt, dass er es nicht erwarten könne, vor den Altar zu treten. Weil er wusste, dass ich es ansehen würde. Umgeben von meinen besten Freundinnen. Er hatte sie genauso hinters Licht geführt.

Und das tat verdammt weh.

Als *Mr und Mrs* vorbei war, bekam ich kaum noch Luft, aber ich war erleichtert, dass wir es hinter uns hatten und weitermachen konnten. Ich setzte mich zu Niamh in eine Ecke, die offenbar merkte, dass ich eine Minute Zeit brauchte. Sie unterhielt sich mit einigen anderen Gästen, während ich mit Daumen und Zeigefinger die Nasenwurzel massierte und versuchte, die Tränen zurückzudrängen, die sich bilden wollten. Ich durfte auf keinen Fall die Aufmerksamkeit auf mich und meinen Kummer lenken. Das war das Schlimmste, was ich Isabelle antun konnte, und in diesem Fall wäre es besser gewesen, ich wäre gar nicht erst gekommen. Ich durfte ihr nicht das Gefühl geben, dass ihre Party meinen Kummer nur noch schlimmer machte.

Ich war hergekommen, und es war meine Pflicht, es zu genießen. Ich schüttelte den Kopf, als könnte ich Matthew abschütteln, nahm einen tiefen, beruhigenden Atemzug und bat Niamh, meinen Becher mit Prosecco aufzufüllen, was sie sofort tat. Wir stießen an, und ich schloss mich dem heiteren Gespräch an, das sie gerade mit Isabelles Cousinen begonnen hatte.

Aber es stand noch ein Stich ins Herz bevor. Irgendwann gingen wir alle in unsere Zimmer, um uns für den Abend in der Stadt zurechtzumachen. Niamh und ich standen nebeneinander vor dem Spiegel und legten Make-up auf, während wir uns lachend an unsere ersten Make-up-Versuche an der Schule erinnerten. Wir waren echt mies, was diverse Fotos von dem leuchtend blauen

Lidschatten, der bis zu den Augenbrauen verschmiert war, eindeutig beweisen.

Ich war bester Laune, als ich nach unten ging, und freute mich auf einen Mädelsabend in Bath. Wir hatten noch eine halbe Stunde, bis das Programm begann, und alle, die bereits fertig waren, saßen im Wohnzimmer und unterhielten sich.

»Bevor wir gehen, bitte ich euch, etwas in Isabelles Erinnerungsbuch zu schreiben!«, rief Kelly und deutete auf den Tisch mit dem Buch. »Ich ziehe mich inzwischen um.«

Die anderen versammelten sich um das Buch und sahen die witzigen Fotos aus Isabelles bisherigem Leben durch, die Kelly eigens dafür aufgetrieben hatte. Ich wartete, bis sie fertig waren, dann nahm ich das Buch mit zu einem Stuhl in der Ecke, um es mir in Ruhe anzusehen, während die anderen immer betrunkener und ausgelassener wurden.

Isabelle war ein supersüßes Baby, und es gab einige zum Schreien komische Schulfotos von Isabelle, Niamh und mir, darunter auch das besagte Foto mit dem blauen Lidschatten. Ich blätterte lächelnd weiter bis zu den leeren Seiten am Ende, die Kelly für unsere Nachrichten reserviert hatte. Ganz oben auf jeder Seite stand »Meine Nachricht an Isabelle…« und nach einigen leeren Zeilen schließlich »Mein Rat an die Braut…«.

Ich schrieb eine kurze und, wie ich fand, auch ziemlich witzige Nachricht an Isabelle, dass sie sich wahrscheinlich nicht an die Wette erinnern konnte, die wir in der siebten Klasse abgeschlossen hatten. Sie hatte damals geschworen, einen Schauspieler aus *OC California* zu heiraten, und nun schuldete sie mir noch einen Schokoriegel. Ich schloss mit den nicht allzu überschwänglichen Worten, dass ich stolz auf sie sei. Sie wusste, was sie mir bedeutete. Ich hatte nicht das Gefühl, es aufschreiben zu müssen.

Mein Stift schwebte über den nächsten leeren Zeilen. *Mein Rat an die Braut.*

Ich hatte mit einem Mal einen Kloß im Hals. Warum sollte *ich* ihr einen Rat geben? Was wusste ich schon? Hier ist mein Rat an dich, Isabelle: Stell sicher, dass der Kerl, den du heiraten wirst, dich auch tatsächlich heiraten will. Dass er dir einen Ring angesteckt hat und du alles für die Hochzeit organisiert hast, heißt NOCH LANGE NICHT, dass ihr tatsächlich heiraten werdet.

Ich war blind.

Das war der Moment, in dem mir alles zu viel wurde. Die Gefühle, die ich den ganzen Tag unter Verschluss gehalten hatte, kochten über.

Jetzt sitze ich hier auf dem Boden, mit dem Kopf zwischen den Knien und tränenüberströmtem Gesicht. Ich habe mich dem Kummer letztlich doch hingegeben.

Einige Zeit später klopft es an der Tür.

»Freya, bist du da drin?«, fragt Niamh. »Alles okay?«

»Ja, klar! Ich… ähm… muss nur noch was erledigen. Müssen wir schon los?«

»Du hast noch zehn Minuten.«

»Okay, danke. Ich komme dann runter.«

»Bis später!«

Ich bedanke mich noch einmal und höre zu, wie sie die Treppe hinuntergeht. Ich bleibe noch ein paar Minuten zusammengekauert sitzen und versinke in Selbstmitleid, dann greife ich nach dem Handy und rufe Ruby an.

»Hey, alles okay?«, fragt sie sofort.

»Klar. Ich bin nur… du weißt schon… Es geht mir gut.«

»Ach, Freya«, sagt sie und versteht sofort. »Sollen wir dich holen?«

»Ich bin in Bath.«

»Na und? Es gibt Straßen zwischen London und Bath, weißt du?«

Ich kichere und wische mir die Tränen von den Wangen. »Du bist die Beste. Danke, aber es geht schon. Ich fahre morgen früh zurück. Es macht ja auch wirklich Spaß hier. Es ist nur… viel.«

»Das kann ich mir vorstellen.«

»Ich will mich nicht so fühlen.«

»Ich weiß«, sagt sie mit so liebevoller Stimme, dass mir erneut Tränen in die Augen steigen. »Du musst dir erlauben, zu trauern. Es wird irgendwann einfacher. Daran musst du fest glauben. Sieh nur, wie weit du es schon geschafft hast!«

»Niamh hat vorhin etwas Ähnliches gesagt.«

»Sie ist eine weise Frau. Genießt Isabelle den Tag?«

»Ja, auf jeden Fall.« Ich hole tief Luft. »Ich sollte mich noch mal um mein Make-up kümmern, bevor es losgeht. Ich werde einen Weg finden, heute nicht mehr an Matthew zu denken.«

»Er ist ein Wichser und hat keinen einzigen deiner Gedanken verdient.«

»Ruby, wenn ich es schon kaum durch einen Junggesellinnenabschied schaffe, ohne mich so zu fühlen wie im Moment«, beginne ich und lehne den Kopf an die Tür. »Wie zum Teufel soll ich die Hochzeitssaison überstehen?«

Kapitel 7

In der darauffolgenden Woche bin ich gerade auf dem Weg zu Ruby und Leo, als es zu einer unangenehmen Begegnung kommt. Glücklicherweise ist es nicht Matthew. Dafür ist es sein Trauzeuge Akin.

Er ist mit seiner Freundin Sarah unterwegs, und ich sehe ihn nicht gleich, weil ich den Kopf gesenkt halte und Ruby und Leo eine Nachricht schreibe, ob sie noch etwas für das Abendessen brauchen. Ich hebe im Tippen kurz den Blick, damit ich nicht in eine Straßenlaterne laufe, und bemerke zu spät, dass ich kurz davor bin, in etwas oder *jemanden* zu laufen, was viel schlimmer ist.

»Freya! O Gott, hi!«, platzt Akin heraus, nachdem wir beide kurz vor dem Zusammenprall wie angewurzelt stehen geblieben sind. Ich habe ihn seit der Trennung nicht mehr gesehen. Sarah hat mir danach eine sehr nette Nachricht geschrieben, aber von Akin kam nichts, was mich sehr verletzt hat. Natürlich ist er Matthews alter Freund, aber ich kenne ihn schon lange und dachte, wir würden uns nahestehen. Ich verstehe, dass er sich in einer unangenehmen Position befindet, aber er hätte zumindest nachfragen und etwas Mitgefühl zeigen können, ohne dass es seiner Loyalität gegenüber seinem besten Freund Abbruch getan hätte.

»Hey.« Ich senke das Telefon und danke dem Himmel, dass ich heute Morgen für ein Kundenmeeting Make-up aufgelegt habe.

Wäre ich ihnen an einem anderen Tag dieser Woche begegnet, hätte es anders ausgesehen. Seit der Trennung sind meine Maßstäbe, was als gesellschaftsfähig gilt, dramatisch gesunken. Als ich am Sonntag von dem Junggesellinnenabschied nach Hause kam, ging ich verkatert, ohne BH und nur mit einer kurzen Schlafanzughose und einem Poncho zum Einkaufen.

»Hi, Freya.« Sarah lächelt liebenswürdig. »Wie geht es dir?«

»Gut, danke. Ja, echt gut. Super. Und dir?«

»Gut, danke«, antwortet sie, während Akin von einem Fuß auf den anderen steigt und sich in seiner fatalen Position sichtlich unwohl fühlt.

»Super.«

»Gehst du aus?«, fragt sie. »Du siehst unglaublich aus!«

»Danke! Ja. Ja, gehe noch aus.«

Ich verschweige, wohin ich unterwegs bin. Eine geheimnisvolle Aura kann nicht schaden. Vielleicht bin ich sogar auf dem Weg zu einem Date! Na, wie würde dir das gefallen, Matthew? Vielleicht treffe ich mich gleich mit einem intelligenten, witzigen Adonis, der eine Burg besitzt! Jawohl!

Keine Ahnung, woher die Idee mit der Burg kommt, aber es wäre nett.

»Wie geht es dir, Akin?«, frage ich demonstrativ, während er versucht, Augenkontakt zu vermeiden.

»Gut, gut. Sehr beschäftigt.« Er räuspert sich und wendet sich an Sarah. »Wir sollten weiter, sonst kommen wir noch zu spät zu... dieser Sache.«

»Klar.« Ich nicke, während Sarah die Stirn runzelt. »Viel Spaß bei eurer *Sache*. War schön, dich wiederzusehen, Sarah.«

Sie schenkt mir ein entschuldigendes Lächeln, und ich trete eilig an ihnen vorbei und stapfe die Straße entlang. Adrenalin schießt durch meine Adern, so unangenehm war die Begegnung. Ich biege um die Ecke, lehne mich an die nächstbeste Wand und atme ein paarmal tief durch.

Eine der grauenhaften Nebenwirkungen einer Trennung ist,

dass man dabei auch Freunde verliert. Nicht nur Matthew ist aus meinem Leben verschwunden, sondern auch seine Eltern und Leute, die ich über ihn kennengelernt habe. Es gibt einige, mit denen ich in Kontakt bleiben werde – die wahren Freunde –, aber ich muss akzeptieren, dass ich andere gehen lassen muss. Und nachdem Akin sich kein einziges Mal gemeldet hat, bin ich mir nicht sicher, ob es mir etwas ausmacht.

Es gibt Loyalität, und es gibt Rückgratlosigkeit.

Mein Handy, das ich nach der Nachricht an Ruby und Leo noch immer umklammere, vibriert. Ich werfe einen Blick auf das Display und stöhne. *Mum.* Ich überlege, es klingeln zu lassen, aber ich habe noch immer nicht mit ihr gesprochen und kann es genauso gut gleich hinter mich bringen. Zumindest kann ich mich mit der Ausrede entschuldigen, dass Freunde auf mich warten.

Außerdem habe ich gerade ein peinliches Gespräch hinter mir, da macht eines mehr auch keinen Unterschied. Vom Regen in die Traufe, wie man so schön sagt.

»Hi, Mum.«

»FREYA!«, kreischt sie überrascht, und ich halte das Handy vom Ohr weg, damit das Trommelfell nicht platzt. »Hallo, Schätzchen! Ich bin's! Mum! Ach, Schätzchen, wie geht es dir?«

»Gut, danke. Und dir?«

»Ich habe mir solche Sorgen um dich gemacht! Du armes, armes Ding! Kommst du zurecht? Soll ich vorbeikommen und ein paar Tage bei dir bleiben? Oder willst du zu uns an den See kommen? Mal alles hinter dir lassen? Ich kann nicht fassen, was du durchmachen musstest. Du armes Ding!«

Ach, Mum.

Wenn wir uns unterhalten – was ohnehin sehr selten vorkommt –, tut sie jedes Mal so, als wären wir die allerbesten Freundinnen, die ständig alles bequatschen, und das ist eines der Dinge, die mich am meisten an ihr stören. Selbst wenn ich spitze Kommentare abgebe – was ich zugegebenermaßen tue, weil es schwer ist, davon abzusehen, wenn jemand absolut keine Verantwortung für seine Fehler übernehmen möchte –, tut sie, als hätte sie nichts gehört, oder geht darüber hinweg und wechselt das Thema.

Es fühlt sich an wie im Theater. Sie ist stets die fröhliche, exzentrische, witzige Meredith. Nichts wirkt *echt* an ihr. Vielleicht, weil sie die schrecklichen, unschönen Geschehnisse der Vergangenheit unter den Teppich kehren und noch einmal von vorne beginnen will, nachdem Adrian und ich erwachsen sind. Aber so läuft das Leben nun mal nicht.

Wir können nicht so tun, als hätte sie uns nicht verlassen. Sie war auch davor nicht unbedingt präsent, aber nachdem sie Dad verlassen hat und zu Evan gezogen ist, war es, als hätte sie vergessen, dass sie eine Familie hat. Als sie Evan kennenlernte, arbeitete sie als Eventkoordinatorin für eine Umweltstiftung, und er leitete ein Wiederaufforstungsprojekt, das ihre Firma mitfinanzierte.

Ich weiß, es ist keine sehr erotische Umgebung, die zu einer leidenschaftlichen Affäre verleitet, aber man soll sich nicht täuschen.

Ich war fünfzehn und Adrian elf, als unsere Mum von einem Tag auf den anderen verschwand. Sie besuchte uns nicht, sie bat uns nicht, übers Wochenende zu ihr zu kommen, und weder sie noch Dad erklärten uns, was schiefgelaufen war. Wir waren traurig und verwirrt, aber ihr war es egal. Das einzig Gute an den darauffolgenden Jahren war, dass sie Adrian und mich einander nähergebracht haben. Wir waren gezwungen, uns aufeinander zu verlassen, wie wir es sonst niemals getan hätten.

Mum hatte von Anfang an keinen ausgeprägten Mutterinstinkt. Sie ging gerne aus und war der Mittelpunkt jeder Party. Sie hatte einen lauten, extravaganten Freundeskreis und immer einen vollen Kalender. Ich bin mir nicht sicher, ob sie überhaupt Kinder wollte. Als sie Dad heiratete, war sie bereits mit mir schwanger. Er war derjenige, der uns großzog, selbst als sie noch zusammen waren. Er machte uns morgens für die Schule fertig, kochte jeden Tag, machte am Wochenende Ausflüge mit uns und kam zu jeder Schulveranstaltung. Er war ein alleinerziehender Vater, lange bevor sie ihn verließ.

Mum und Dad sind so verschieden, dass es einem Wunder gleichkommt, dass sie es überhaupt so lange miteinander ausgehalten haben. Obwohl es den einen oder anderen Streit gab, kamen sie in meiner Erinnerung gut miteinander aus. Mum brachte Dad oft zum Lachen. Aber als ich nach der Scheidung genauer darüber nachdachte, wurde mir klar, dass Dad ständig Entschuldigungen für sie fand. Wenn sie versprach, uns irgendwo zu treffen, war es ziemlich wahrscheinlich, dass sie nicht auftauchte. Und nachdem sie in den Lake District gezogen war, endeten auch diese Versprechen.

»Ja, es war hart, aber ich bin okay«, erkläre ich ihr und sehe zu Boden. »Danke für die vielen Anrufe und Nachrichten. Aber ich muss jetzt los, ich treffe mich mit …«

»Ich wollte dir sagen, wie leid es mir tut, dass das passiert ist«, sagt sie, und die Verzweiflung in ihrer Stimme lässt mich nicht unberührt. Ich verstehe jetzt, was Adrian gemeint hat. Es klingt tatsächlich so, als würde sie es ernst meinen, aber sie ist eine unheimlich überzeugende Schauspielerin. »Ich kann mir gar nicht vorstellen, wie das sein muss. Wie hast du das überstanden?«

»Gut«, versichere ich ihr. »Ich hatte immer etwas zu tun.«

»Das ist sehr wichtig. Hast du gute Freunde, die dich unterstützen und auf dich aufpassen?«

»Ja.«

»Gott sei Dank. Ich meine es ernst, Freya. Falls du aus London raus und mal eine Pause einlegen willst, bist du jederzeit willkommen. Wir würden uns freuen, wenn du kommst. Man kann hier wunderbar um die Seen spazieren und Frieden finden, das ist gut für die Seele.«

Ich spitze die Lippen. »Danke für das Angebot, aber ich kann auch hier Frieden finden.«

»Isst du denn auch genug? Und bekommst du ausreichend Schlaf? Ich kann dir ein paar Meditationstechniken empfehlen, die dir helfen könnten.«

»Das habe ich schon versucht, aber ich schaffe es nicht, die Gedanken abzustellen. Und wie gesagt: Es geht mir gut.«

»Ich habe dir ein kleines Carepaket geschickt. Hast du es bekommen?«

Ich hebe überrascht die Augenbrauen. »Du hast mir etwas geschickt?«

»Ja, du solltest es mittlerweile bekommen haben. Viele nette Dinge zum Verwöhnen und Genießen. Ist es noch nicht da? Ich hoffe, es ist nicht auf dem Weg verloren gegangen.«

»Wann hast du es abgeschickt?«

»Vor ein paar Wochen.«

»Wirklich? Das müsste tatsächlich längst angekommen sein. Hast du es an die richtige Adresse geschickt?«

»Ja! In Peckham!«

Mein Herz wird schwer. Ich weiß nicht, was ich erwartet habe. »Das ist meine alte Adresse, Mum. Wir sind vor zwei Jahren nach Forest Hill gezogen.«

»Nein, du machst Witze! So was! Jetzt genießt ein anderer dein tolles Carepaket!«

Natürlich macht sie sich darüber am meisten Gedanken. Nicht darüber, dass sie vergessen hat, dass ich umgezogen bin. Nicht darüber, dass sie sich nicht die Mühe gemacht hat, meine neue Adresse aufzuschreiben. Es geht ihr darum, dass nun ein anderer in dem Schaumbad liegt, das sie ausgesucht hat. »Trotzdem danke, Mum«, sage ich, denn nach meiner Begegnung mit Akin habe ich absolut keine Lust auf einen Streit. »Ich muss jetzt los. Ich bin bei Ruby und Leo zum Abendessen eingeladen und schon spät dran.«

»Ja, natürlich. Geh nur, und mach dir einen schönen Abend. Aber irgendwann bald mal müssen wir uns richtig unterhalten. Vielleicht über Video? Das wäre schön. Es ist… es ist schon so lange her. Und denk darüber nach, ob du nicht doch herkommen möchtest. Oder ich kann zu dir kommen.«

»Es geht mir gut, ehrlich.«

»In Zeiten wie diesen braucht jeder Mensch seine Mutter.«

Es ist ein Satz, der liebevoll und süß klingen sollte, aber er versetzt mir einen derartigen Stich, dass ich die Augen schließe und mir auf die Lippe beiße, um nicht etwas zu sagen, das ich im Nachhinein bereue. Ich brauche sie nicht, und sie hat mich dazu gezwungen. Es ist ihre Schuld, dass es so weit gekommen ist.

»Ich muss jetzt los«, presse ich krächzend hervor. »Bye, Mum.«

»Bye, Schätzchen«, trällert sie, und ich lege auf.

Die immer noch schmerzhafte Erinnerung an den exakten Moment, in dem mir klar wurde, dass ich mich niemals auf meine Mutter verlassen könnte, steigt in mir hoch, als ich mein Telefon zurück in die Tasche stecke. Damals habe ich mir geschworen, nie wieder auf sie zu zählen.

Ich war siebzehn, und wir machten einen Schulausflug in den Peak District, wo wir die gelungenen Abschlussprüfungen feiern wollten. Es war ein gut organisierter Spaß – ein wenig Sightseeing, Spiele im Freien und Marshmallows am Lagerfeuer.

Die Trennung meiner Eltern war erst zwei Jahre her, und Dad stand immer noch neben sich. Er konnte es nicht wahrhaben, außerdem arbeitete er rund um die Uhr und musste sich um zwei launische Teenager kümmern. Es war sicher nicht einfach. Aber er war entschlossen, ein »guter Dad« zu sein, was bedeutete, dass er mich ermunterte, den Kontakt mit Mum aufrechtzuerhalten, obwohl er selbst mit ihr zu kämpfen hatte.

Das Sommercamp im Peak District war etwa zweieinhalb Stunden Autofahrt von Mums neuem Zuhause entfernt, also sehr viel näher als die fünf Stunden Fahrt zwischen ihr und Dads Haus. Er dachte, es wäre die perfekte Gelegenheit für ein Treffen. Er beharrte so vehement darauf, dass ich am Ende nachgab. Ich rief Mum an, und wir machten einen Plan. Ich würde nicht mit den anderen im Bus nach Berkshire zurückfahren, stattdessen würde mich Mum abholen, und ich würde eine Nacht bei ihr und Evan verbringen. Am darauffolgenden Nachmittag würde sie mich nach Manchester fahren, ich würde einen Direktzug nach Reading besteigen, und Dad würde mich schließlich in Reading abholen.

Am letzten Morgen wartete ich mit meiner Tasche vor dem Camp, und der Aufsichtslehrer stand neben mir, während der Bus mit den anderen Schülern auf ihn wartete. Die Lehrer hatten – als verantwortungsvolle Erwachsene – beschlossen, dass sie mich nicht allein mitten im Peak District zurücklassen konnten, ohne sicherzustellen, dass meine Mutter mich tatsächlich abholte.

Nach einer halben Stunde rief ich sie an, doch niemand hob ab. Nach einer Stunde war offensichtlich, dass sie mich versetzt hatte.

Das Schrecklichste daran war nicht, dass Mum nicht auftauchte, es war die Tatsache, dass meine ganze Klasse wusste, was passiert war. Ich werde niemals die Schande vergessen, die ich empfand, als die anderen Kinder wütend aus dem Bus riefen, dass ihnen langweilig wäre und sie endlich losfahren wollten. Konnten die Lehrer mich nicht zurücklassen, und ich rief sie an, sobald Mum da war?

Als Mum sich schließlich meldete und mir aufgeregt erklärte, dass sie noch etwas Dringendes zu erledigen und darüber die Zeit vergessen hätte, dass ihr Telefon verschwunden wäre und dass der Verkehr – wer hätte das gedacht – ein Albtraum sei. Aber jetzt wäre sie auf dem Weg und könnte es nicht erwarten, mich zu sehen – bloß, dass ich bereits im Bus auf dem Nachhauseweg war. Ich fauchte sie an, legte auf und schrieb Dad, um alles zu erklären. Dann saß ich da und starrte aus dem Fenster, während meine Klassenkameraden mir entweder mitfühlende Blicke oder blöde Kommentare zuwarfen.

Als der Bus vor der Schule hielt, warteten mein Dad und Adrian bereits auf mich.

»Es tut mir so leid, Freya. Das ist alles meine Schuld«, erklärte er, nachdem er mich ausgiebig umarmt hatte. »Geht es dir wieder einigermaßen?«

»Mir geht es gut. Es war keine große Sache, Dad«, versicherte ich ihm nachdrücklich. »Und es ist nicht deine Schuld. Der Bus hat ja auf mich gewartet, ich bin also nicht gestrandet oder so. Schön, wieder zu Hause zu sein. Komm, Adrian«, ich zerzauste meinem Bruder die Haare, »du kannst mir auf dem Heimweg erzählen, wie sehr du mich vermisst hast.«

Nachdem das Thema erfolgreich übergangen worden war, aßen wir Fish and Chips, und Dads Laune besserte sich, als ich ihnen von den witzigen Vorfällen des Ausflugs erzählte. Mum schickte eine beschwingte Nachricht, in der sie sich dafür entschuldigte, dass unser Plan nicht aufgegangen wäre. Sie könnte es nicht erwarten, mich bald wiederzusehen, wann auch immer es dazu kommen würde.

Aber sie rief in der darauffolgenden Woche kein einziges Mal an, um sich nach mir zu erkundigen, und das tat am meisten weh. Nicht ihre absurde Verspätung, sondern ihre vollkommene Ignoranz, wie ich mich ihretwegen gefühlt hatte.

Es schmerzt sogar jetzt noch, wenn ich daran denke. Obwohl so viele Jahre vergangen sind.

Die Wut beflügelt meine Schritte, und ich bin in Rekordzeit bei Ruby und Leo.

»Du bist ja total aus dem Häuschen, was ist denn los?«, fragt Ruby, als sie die Tür öffnet.

»Ich bin gerade Akin begegnet.«

»Scheiße.«

»Und dann bekam ich einen Anruf von meiner Mum.«

»Verdammt.«

»Sie meinte: ›In Zeiten wie diesen braucht jeder Mensch seine Mutter.‹«

»Ich wollte dir gerade ein Glas Wein einschenken, aber vermutlich brauchst du die ganze Flasche«, sagt Ruby weise und tritt zur Seite, damit ich in die Wohnung stürzen kann.

»Hallo, Freya«, ruft Leo aus der Küche und winkt mir mit den Ofenhandschuhen an den Händen zu, während ich meinen Mantel aufhänge. »Habe ich richtig gehört, dass du Akin begegnet bist? Wie war's?«

»Er sah aus, als wäre er am liebsten im Erdboden versunken«, antworte ich und gehe zu ihm, um ihn zu umarmen.

»Hat er sich zwischendurch mal gemeldet?«, fragt Ruby und schenkt mir ein großes Glas Rotwein ein.

»Kein einziges Mal.« Ich sinke aufs Sofa, nehme dankbar den Wein entgegen und nippe daran, bevor ich weiterspreche. »Danke für die Einladung! Wie geht es euch? Wie war die Woche bis jetzt?«

»Bei uns gibt es nichts Neues.« Ruby setzt sich zu mir und hält mir eine Schüssel Chips als Vorspeise entgegen. »Außer, dass Leo einmal im Schwimmbad war und jetzt denkt, er sei Michael Phelps.«

»Ich habe mir eine neue Schwimmbrille gekauft«, informiert Leo mich stolz.

»Cool.« Ich nicke. »An Schwimmen habe ich gar nicht gedacht, als ich ein neues Hobby gesucht habe.«

»Schwimmen ist purer Stress«, meint Ruby und lehnt sich auf dem Sofa zurück. »Es herrscht riesiger Druck, das Tempo zu halten, sobald man in der vorgegebenen Bahn schwimmt. Beim letzten Mal wurde ich ständig überholt, dabei war ich schon auf der langsamsten Bahn unterwegs.«

Leo lacht leise. »Ruby hat den Altersdurchschnitt in der Schneckenbahn um ein paar Jahrzehnte gesenkt.«

Ruby wirft ihm einen bösen Blick zu. »Eine neue Brille macht dich noch lange nicht zum Profi. Also halt die Luft an, und kümmere dich um die Lasagne, bitte.« Sie wendet sich wieder an mich. »Ist nach dem Telefonat mit deiner Mum alles in Ordnung mit dir? Das klang ziemlich heftig vorhin.«

»Es ist, als würde sie auf einem anderen Planeten leben. Sie hat keinen blassen Schimmer. Sie befindet sich mit Evan in einer

Blase und glaubt, mit allem, was sie sagt, durchzukommen. Bloß, weil meine Hochzeit abgesagt wurde, darf sie mich noch lange nicht mit mütterlicher Liebe bedrängen.«

»Hast du ihr das gesagt?«

»Nein, natürlich nicht. Ich habe ihr gesagt, dass es mir gut geht und ich weitermuss. Sie ist ein Albtraum.«

»Vielleicht solltest du ihr sagen, wie es dir wirklich geht.«

»Als würde das etwas ändern.« Ich verdrehe die Augen. »Vertrau mir, das hat keinen Sinn. Aber jetzt lass uns keine Zeit an meine Mutter oder Akin verschwenden. Erzähl mir etwas Nettes aus eurem Leben. Abgesehen von dem Besuch im Schwimmbad.«

»Können wir zuerst noch darauf anstoßen, dass du Akin gesehen und die Situation bravourös gemeistert hast?«, schlägt Ruby vor.

»Darauf trinke ich auch«, ruft Leo und kommt mit einem frischen Glas Wein zu uns.

»Woher wisst ihr, dass ich es bravourös gemeistert habe?«, lache ich.

»Weil du einfach du bist«, antwortet Ruby und hebt ohne weitere Erklärung ihr Glas, um mit uns anzustoßen. »Cheers!«

»Cheers!«, erwidern Leo und ich.

Es ist der Beginn eines Abends, der langsam, aber sicher feuchtfröhliche Ausmaße annimmt. Ich sollte eigentlich nicht an einem Wochentag trinken, vor allem nicht nach dem Junggesellinnenabschied letztes Wochenende, aber ich schlage alle Vorsicht in den Wind. Es ist ja nicht so, dass zu Hause jemand auf mich wartet.

»Vielleicht lege ich mir eine Katze zu«, überlege ich laut, nachdem wir gegessen haben, und tapse vom Küchentisch zu dem gemütlichen Lehnstuhl am Fenster.

»Bist du ein Katzenmensch?«, fragt Leo und wirft sich mit solchem Schwung neben Ruby auf das Sofa, dass der Wein beinahe aus seinem Glas schwappt.

»Vielleicht. Und es wäre nett, wenn ein freundliches Tier auf mich warten würde, wenn ich heimkomme.«

»Ich finde, das ist eine großartige Idee«, erklärt Ruby ernst. »Warum nicht? Ernsthaft. Der Wein zeigt bereits Wirkung. *Warum nicht?* Du kannst tun und lassen, was du willst. Du musst dich auf *dich* konzentrieren. Du willst eine Katze. Ich sage: Hol dir eine Katze.«

»Kaum zu glauben, dass du Akin über den Weg gelaufen bist«, kommt Leo auf Matthews Trauzeugen zurück. »Ich meine, wie hoch ist die Wahrscheinlichkeit?«

»Eigentlich recht hoch. Er wohnt nur wenige Straßen entfernt. Ich hätte mich besser darauf vorbereiten sollen.«

»Hast du ihm gesagt, dass du auf dem Weg zu uns bist?«, fragt er.

Ich schüttle den Kopf. »Ich habe nur gesagt, dass ich ausgehe, aber nicht, mit wem. Ich dachte, etwas Geheimniskrämerei kann nicht schaden.«

»Gut gemacht«, sagt Ruby und hebt ihr Glas. »Jetzt glaubt er vermutlich, dass du ein Date hast.«

»Es war superseltsam, Akin zu sehen. Wie schlimm wird es dann erst werden, wenn ich Matthew wiedersehe?« Ich erschaudere bei dem Gedanken daran.

»Du musst Matthew nie wieder sehen!«, verkündet Ruby trotzig.

»Doch, das muss ich.« Ich seufze schwer. »Er wird bei Calis und Dominics Hochzeit sein. Ich kann nicht verhindern, dass er die Hochzeit einer gemeinsamen Freundin besucht. Irgendwann werden wir im selben Raum enden.«

»Dann darfst du dich nicht unterkriegen lassen und musst dich darauf konzentrieren, wie viel besser du dich ohne dieses durchtriebene kleine Wiesel fühlst.« Rubys Augen werden schmal.

»Wie soll ich das schaffen? Wie soll ich mich auf irgendetwas außer ihm konzentrieren?«, stöhne ich und leere den Rest des

Glases. »Wie soll ich es schaffen, ihn während all der Hochzeiten aus meinen Gedanken zu verbannen?«

Leo greift nach der Flasche, um uns nachzuschenken. Ruby wirkt nachdenklich, dann hellt sich ihr Gesicht auf. »Ich hab's!«, ruft sie, steht auf und stellt ihr Glas ab. »Bin gleich wieder da.«

Sie eilt hinaus und kommt einen Augenblick später mit einem Textmarker und einem A3-Block zurück.

»Hey.« Leo runzelt die Stirn. »Was hast du mit meinem Zeichenblock vor?«

Leo war schon immer künstlerisch begabt, und vor etwa einem Jahr beschloss er, wieder mit dem Zeichnen zu beginnen. Er kaufte die gesamte Ausrüstung, und ich dachte wirklich, er würde es durchziehen, aber zwölf Monate später hat er immer noch keinen Modellkurs besucht oder etwas zu Papier gebracht.

»Ich muss ihn mir kurz ausleihen«, erwidert Ruby knapp, öffnet den violetten Stift und schlägt die erste Seite auf.

»Wozu denn? Das ist echt teures Zeichenpapier, Ruby«, schnaubt Leo, und ich grinse in mein Glas. »Du kannst nicht sinnlos darauf herumkritzeln.«

»Wer hat hier etwas von Kritzeln gesagt? Ich habe einen sehr guten Grund, dass ich es mir ausleihe«, erwidert sie überheblich. »Wir machen einen Plan.«

»Was für einen Plan?«

»Freya muss die Hochzeitssaison unbeschadet überstehen«, verkündet sie, und ihre Augen blitzen gefährlich. »Und wir überlegen uns, wie.«

Kapitel 8

Ich lache auf, doch Ruby meint es todernst. Sie schreibt etwas auf das erste Blatt und hält es hoch, damit wir es lesen können: »*Überlebensplan für die Hochzeitssaison.*«

»Du machst Witze, oder?«, frage ich nervös.

Sie fixiert mich. »Sehe ich so aus? Ich habe einen *Titel* in die oberste Zeile geschrieben, Freya.« Sie deutet mit dem Finger darauf. »*Und* ich habe ihn unterstrichen. Man unterstreicht keinen Titel in der obersten Zeile, wenn man es nicht ernst meint. Hast du in der Schule denn nichts gelernt?«

»Ein Überlebensplan für die Hochzeitssaison ist eine gute Idee«, stimmt Leo mit ein. »Um ehrlich zu sein, könnte ich so etwas auch gebrauchen.«

»Hier geht's aber nicht um dich, Leo«, neckt ihn Ruby. »Es soll ein persönlicher Leitfaden für Freya sein. Wir brauchen Aufgaben, auf die du dich während der jeweiligen Hochzeit konzentrieren musst, damit du genügend Ablenkung hast.«

»Von dem erbärmlichen Schlamassel, zu dem mein Leben geworden ist?«

»Dein Leben ist kein erbärmliches Schlamassel«, stellt sie mit strengem Blick klar. »Du hast einfach einen anderen Weg eingeschlagen als erwartet, mehr nicht. Außerdem bist du jetzt eine Gärtnerin. Und Gärtnerinnen wissen, wo der Hammer hängt. Das weiß jeder.«

»Und wie arbeiten wir diesen Plan aus?«, fragt Leo neugierig.

»Zunächst brauchen wir Freyas Erlaubnis zur Erstellung eines Überlebensplans für die Hochzeitssaison«, verkündet Ruby und deutet mit dem Stift auf mich. »Es hat keinen Sinn, wenn du nicht hundertprozentig an Bord bist. Du musst mitziehen.«

Ich nehme einen Schluck Wein. »Ich bin dabei. Warum auch nicht, verdammt.«

»Das ist mein Mädchen.« Sie grinst, setzt sich im Schneidersitz auf das Sofa und legt den Block auf ihren Knien ab. »Jetzt, wo wir die Erlaubnis haben, brauchen wir Details. Wessen Hochzeit ist die erste?«

»Okay, die erste Hochzeit der Saison…« Ich hole mein Handy heraus und öffne den Kalender. »Das sind Obi und Eva am 21. Mai.«

»Natürlich!« Ruby beginnt zu schreiben. »Ein perfekter Start. Die Hochzeit ist in London, nicht weit von zu Hause, und Leo und ich werden auch da sein.«

Leo zwinkert mir zu. »Wir werden dich moralisch unterstützen.«

»Was könnte deine erste Aufgabe sein?«, fragt Ruby und sieht von ihren Aufzeichnungen hoch.

»Aufgabe.« Ich sehe sie blinzelnd an. »Wovon redest du?«

»Von der Aufgabe, die du erledigen sollst, um die Hochzeit zu überleben.«

»Wie soll eine Aufgabe mir helfen, eine Hochzeit zu überleben?«

»Weil es die beste Art ist, dich abzulenken. Du brauchst etwas, worauf du dich konzentrieren kannst. Eine herausfordernde Challenge, die du bestehen musst. Was hast du dir denn unter einem Überlebensplan vorgestellt?«

»Ich weiß auch nicht.« Ich zucke mit den Schultern. »Ich dachte, es wären Tipps oder so. Angenehme Gedanken, positive Sprüche zum Nachdenken, Dinge, die mich aufrichten, wenn ich mit den Nerven am Ende bin. So etwas.«

Ruby verdreht die Augen. »Das ist im Prinzip der Inhalt des

Buches, das bei uns auf der Toilette rumliegt. Ah! Mir ist gerade eingefallen, was du als Erstes tun musst.« Ehe ich Protest einlegen kann, sagte sie: »Bei der ersten Hochzeit der Saison musst du die letzte Person auf der Tanzfläche sein.«

Bevor sie es aufschreiben kann, meint Leo: »Schreib lieber ›die letzte Überlebende‹, das klingt besser.«

»Du hast absolut recht.« Ruby sieht ihn erstaunt an. »Das ist gut, Leo! Verstehst du, Freya? Deine Aufgabe ist, als letzte Überlebende auf der Tanzfläche zu stehen.«

»Das soll wohl ein Scherz sein.« Ich sehe die beiden an, als hätten sie den Verstand verloren. »Ich soll die letzte… die letzte Überlebende auf der Tanzfläche sein? Ihr wisst doch, dass ich um jede Tanzfläche einen großen Bogen mache.«

»Oh, entschuldige, du kleine Zicke«, ruft Ruby mit affektierter, schriller Stimme. »Wenn du nicht tanzen kannst, dann musst du es eben lernen, nicht wahr?«

»Schreib das ja nicht auf!«, befehle ich, doch Ruby ignoriert mich und beginnt in ihrer ausgefallenen Schrift zu kritzeln. »Ruby! Ich kann unmöglich die Letzte auf der Tanzfläche sein. Die Letzte, die auf der Tanzfläche *rumsitzt*, vielleicht. Das schaffe ich gerade noch.«

»Jaaa, klar. Das klingt nach Spaß«, meint sie sarkastisch und hebt die Augenbrauen. »Der Sinn und Zweck unseres Plans ist ja gerade, dass du etwas Neues versuchst. Etwas Herausforderndes. Du musst das Gefühl haben, tatsächlich etwas erreicht zu haben. Auf Obis und Evas Hochzeit musst du die Letzte auf der Tanzfläche sein, und es gibt keine Ausrede. Du darfst nicht früher nach Hause, und du darfst dich auch nicht mit einer Packung Gummizeug und einer Dose Cola in die Ecke verziehen…«

»Das war doch nur dieses eine Mal bei Lanas Hochzeit, und der Stand mit dem Gummizeug war total verrückt.«

»…und du darfst auch nicht kneifen, weil du dich schämst. Wir sorgen dafür, dass du die Zeit dort genießt. Es hilft, deine Hemmungen abzubauen und dich im Moment zu verlieren. Du wirst keine Zeit haben, dir über irgendetwas Gedanken zu machen, weil du dich zu den klebrig süßen Songtexten von Jason Derulo verbiegst.«

»Ruby hat recht«, fügt Leo hinzu. »Vielleicht wird die Tanzfläche dank dieser Aufgabe in Zukunft zu deinem zweiten Zuhause.«

»Ja!« Ruby und Leo schlagen ein. »Okay, also, bei der ersten Hochzeit bist du die Letzte auf der Tanzfläche. Wie sieht es mit Hochzeit Nummer 2 aus?«

»Das ist Isabelle, auf deren Junggesellinnenabschied ich gerade war. Ryan und sie heiraten am 18. Juni in Devon.«

»Okay, das ist natürlich etwas kniffliger, weil es sich um eine deiner Schulfreundinnen handelt.« Ruby stupst Leos Arm mit ihrem Stift an. »Wir brauchen eine echt gute Aufgabe, weil wir nicht dabei sein werden, um sie zu unterstützen. Also streng dich an.«

»Schon klar, schon klar«, murmelt er und runzelt konzentriert die Stirn. »Wie wäre es, wenn du … einen Kerl küssen musst?«

»NEIN!« Ich weiche entsetzt zurück. »Das ist *viel* zu früh!«

»Jaaa, Leo!« Ruby schlägt ihm mit dem Stift auf den Arm. »Das ist viel zu früh! Was ist los mit dir?«

Er hebt die Hände. »Okay, okay, war ja nur ein Vorschlag! Ich meine, so abwegig ist es auch wieder nicht.« Sein Blick huscht nervös zwischen Ruby und mir hin und her. »Oder?«

Ich möchte mir nicht einmal vorstellen, einen anderen zu küssen. Es käme mir abartig vor, und – seltsamerweise – hätte ich trotz allem das Gefühl, Matthew zu betrügen. Ich will keinen anderen Mann küssen.

Ich will nicht, dass er eine andere Frau küsst.

»Überlegen wir weiter«, schlägt Ruby vor, als sie mein gequältes Gesicht sieht.

»Ja, unbedingt«, stimmt Leo energisch nickend zu. »Okay, also die zweite Aufgabe …«

»Wie wäre es, wenn du dir von einem Kerl die Nummer besorgst?«, schlägt Ruby vor.

»Ich kann mir nicht vorstellen, dass sie schon so weit ist«, zeigt sich Leo jetzt einfühlsam.

»Aber bis dahin vielleicht schon, Freya. Und wenn nicht, macht es auch nichts. Du musst ihn ja nicht anrufen. Es ist ein Spiel, das dich ein wenig zum Flirten animieren soll. Wann hast du das letzte Mal mit jemandem geflirtet?«

Ich denke kurz nach. »Ist es Flirten, wenn du vor der Selbstbedienungskasse stehst und nicht wirklich aufpasst, und dann sagt der Kerl hinter dir, dass am anderen Ende eine Kasse frei ist, und ihr seht euch einen Moment lang tief in die Augen?«

»Nein.«

»Dann war das letzte Mal wohl mit dem heißen Kerl an der Tankstelle in Frankreich. Erinnerst du dich an ihn?«

Ruby blinzelt. »Das ist zwei Jahre her, und wir haben kein Wort verstanden.«

»Jaaa, aber es klang, als wollte er flirten.«

»Wow, das ist noch schlimmer, als ich dachte«, meint Ruby entsetzt. »Auf der zweiten Hochzeit dieses Jahres wirst du deine Flirtfähigkeiten unter Beweis stellen und dir die Telefonnummer eines Mannes sichern. Und keine Angst, wir werden bis dahin intensiv an diesen Fähigkeiten arbeiten.«

»Moment. Also, ich finde, sie sollte sich stattdessen die Manschettenknöpfe eines Mannes besorgen«, unterbricht Leo selbstgefällig. »Sonst denkt sie sich einfach eine Nummer aus und sagt, sie hätte sie bekommen. Oder sie nimmt einem Kerl die Nummer ohne jeglichen Flirtversuch ab. Weil sie aus irgendeinem Grund seine Hilfe braucht, zum Beispiel.«

»Hey!« Ich werfe den beiden einen bösen Blick zu. »Ich würde niemals schummeln. Und, Ruby, glaub nicht, dass ich überhört habe, dass du an meinen Flirtfähigkeiten arbeiten willst. Ich kann sehr charmant sein, wenn ich will.«

»Ach, ja?«

»Ja!«

Sie grinst boshaft. »Dann wird es ja kein Problem sein, auf Isabelles und Ryans Hochzeit die Manschettenknöpfe eines Mannes zu ergattern.«

»Der war gut!« Leo hebt die Hand, und sie schlagen erneut ein.

»Okay, jetzt ist aber Schluss mit diesen bekloppten High Fives!«, murre ich, und die beiden wirken zu Recht peinlich berührt. »Aber gut, das sollte kein Problem sein. Machen wir mit Hochzeit Nummer drei weiter. Das sind Dominic und Cali Mitte Juli. Matthew wird auch dort sein.«

Leo verzieht das Gesicht. »Bist du dir sicher, dass er hingeht?«

»Er hat sich sehr auf die Hochzeit gefreut, deshalb wird er sie nicht einfach sausen lassen. Außerdem denkt er vermutlich, dass bis Mitte Juli genug Zeit vergangen ist.«

»Matthew wird kein Problem sein«, erklärt Ruby. »Die Hochzeit ist in Frankreich, und Leo und ich werden dabei sein. Es gibt keinen besseren Ort, um Matthew zum ersten Mal gegenüberzutreten, als Südfrankreich, wo du gebräunt, wunderschön und von innen heraus strahlend in einem kurzen Sommerkleid sämtliche Männer um den Verstand bringen wirst.«

Leo räuspert sich. »Ich glaube, du hattest genug Wein, Rubes.«

»Deshalb wirst du dir auf Hochzeit Nummer drei...« Sie hält inne, um es spannend zu machen, und strahlt mich an. »... einen Gutenachtkuss abholen.«

»WAS?« Leo wirft die Hände hoch. »Ihr habt mir beinahe den Kopf abgerissen, als ich das eben vorgeschlagen habe!«

»Ja, da ging es um Hochzeit Nummer zwei, Leo! Wir reden jetzt von Hochzeit Nummer drei! Das ist etwas vollkommen anderes.«

»Hast du Freyas Reaktion nicht gesehen?«, widerspricht er eindringlich und wirft mir einen Blick zu. »Es ist nicht angemessen, so etwas...«

»Vielleicht ist es eine gute Idee«, meine ich nachdenklich und lasse den Wein im Glas kreisen wie ein Bond-Bösewicht.

»Ist das euer Ernst?« Leo fährt sich mit den Händen durch die

Haare, dann verschränkt er empört die Arme. »Ich kapier's nicht. Wirklich nicht. Ihr beide seid mir ein Rätsel.«

»Wir sorgen nur dafür, dass du nicht einrostest, Leo«, erklärt Ruby und tätschelt beruhigend seinen Arm. »Ein Gutenachtkuss im Juli in Frankreich. Was meinst du dazu, Freya?«

»Ich bin dabei. Und wenn Matthew es mitbekommt, ist das sicher von Vorteil.«

»Genau! Wen kümmert, was er denkt?«

»Meine Lippen gehören ihm nicht mehr.«

»Nein, definitiv nicht.«

»Ich hole mir einen Gutenachtkuss. Schreib es auf!«

»Ich schreibe es auf!«, bestätigt Ruby, während ich triumphierend einen Schluck Wein nehme.

Leo seufzt. »Ich fühle mich immer ausgeschlossen, wenn sich eure wahnsinnigen Gehirne auf diese Art verbinden.«

»Dann sind wir jetzt bei Hochzeit Nummer vier«, erklärt Ruby. »Wer ist das?«

»Meine andere Schulfreundin«, erwidere ich nach einem Blick in den Kalender. »Die wundervolle Niamh heiratet Ende Juli in Dublin ihren Verlobten Freddie. Ihr werdet nicht dabei sein, also bin ich auf mich allein gestellt.«

»Ich finde, die Aufgabe muss ein wenig ausgefallener und witziger sein«, schlägt Leo vor. »Wir reden hier von Irland, da geht Langweile gar nicht.«

»Ja, wir dürfen die Iren keinesfalls enttäuschen.« Ruby kichert. »Ich habe neulich eine Doku über die *Spice Girls* gesehen, und eine hat zugegeben, dass sie ab und zu nackt durch den Hotelflur gelaufen sind.«

»Nein, sind sie nicht!«

»Doch, wirklich«, beharrt sie. »Das ist perfekt!«

»Moment.« Ich stelle mein Glas ab. »Was genau meinst du damit?«

»Wenn du dich schon von jemandem inspirieren lässt, warum nicht gleich von den *Spice Girls*?«, meint Leo und wechselt einen wissenden Blick mit Ruby. »Auf der vierten Hochzeit der Saison wirst du nackt durch den Hotelflur laufen.«

»WAS? Nein. Auf keinen Fall!«

»Ach, komm schon, Freya, das ist genial! So etwas würde dir normalerweise nicht im Traum einfallen!«, ruft Ruby.

»Das würde *niemandem* im Traum einfallen!«

»Aber du wirst keine Zeit haben, an irgendetwas anderes zu denken. Du wirst viel zu beschäftigt sein, den richtigen Moment zu finden, um nackt durch den Flur zu laufen.«

»Das ist eine *Hochzeit!* Da läuft man nicht einfach nackt herum!«

»Du sollst ja auch nicht durch die Hochzeitsgesellschaft laufen«, stellt Leo klar. »Bloß in dem Hotel, in dem du untergebracht bist.«

»Das ist doch Haarspalterei!«

»Du warst noch nie nacktbaden, oder?«, fragt Ruby und lehnt sich neugierig nach vorne.

»Warum sollte man nackt baden? Das ist lächerlich.«

»Es macht Spaß und ist befreiend«, erklärt Leo. »Wir waren letztes Jahr in Portugal nacktbaden, nicht wahr, Rubes?«

»Igitt.« Ich rümpfe die Nase. »Warum erzählt ihr mir das? Ich will so etwas gar nicht wissen. Es ist keine große Sache, dass ich noch nie nacktbaden war und nicht nackt durch einen Hotelflur laufen möchte. Was ist, wenn mich jemand sieht?«

»Dann musst du eben dafür sorgen, dass dich niemand sieht.« Ruby seufzt ungeduldig. »Entweder du gehst nacktbaden – und das Meer in Irland ist saukalt –, oder du spazierst nackt den Flur entlang, und niemand sieht dich. Was suchst du dir aus?«

Ich starre sie fassungslos an, und sie starrt mit ausdruckslosem Gesicht zurück. Ich will gerade weiteren Einspruch erheben, als mir einfällt, was Matthew in der Besenkammer gesagt hat. Ich bin zu *pragmatisch*. Zu *gefasst*. Nicht spontan und witzig wie die Frau, die er sich an seiner Seite wünscht.

»Gut, ich mache es«, verkünde ich. »Schreib es auf.«

»Super.« Ruby beginnt zu schreiben, während Leo mich beeindruckt ansieht. »Okay, jetzt zur fünften Hochzeit.«

»Carley und Rachel, am 13. August in Norwich.«

»Rachel ist deine Cousine, oder?«, fragt Leo.

»Ja, Tante Ems Tochter. Ihr habt sie auf der Verlobungsparty kennengelernt, wisst ihr noch? Ich kenne dort nur die Familie. Meinen Dad und meinen Bruder. Und Mum ist leider auch eingeladen.«

»Dann ist es ja einfach«, erklärt Leo zuversichtlich. »Du hältst eine Rede.«

»Was? Sei nicht albern.«

»Du hast selbst gesagt, dass Rachel und du einander nahesteht«, fährt er fort. »Es wäre nicht so abwegig, dass du auf ihrer Hochzeit eine spontane Rede hältst, oder?«

»Ähm ... doch. Die Leute, die auf Hochzeiten die Reden halten, werden von der Braut und vom Bräutigam ausgesucht, Leo. Ich kann nicht einfach das Mikrofon schnappen und ein paar Worte sagen.«

»Warum nicht? Ich finde, das ist eine nette Idee«, meint Ruby aufmunternd.

»Habt ihr vergessen, wie sehr ich es hasse, vor anderen zu sprechen?«, jammere ich und versuche, an ihr Mitgefühl zu appellieren. »Ich bin eine schreckliche Rednerin. Ich schaffe es kaum, bei einem Team-Meeting das Wort zu ergreifen. Mein Mund ist dann immer staubtrocken.«

»Genau deshalb ist es eine tolle Aufgabe! Es geht hier um die Herausforderung, Freya. Wenn es einfach wäre, hätte es keinen Sinn. Du wirst keinen Gedanken an Matthew verschwenden, während du dir eine unterhaltsame, geistreiche Rede ausdenkst.«

Ich stöhne. »Ich kann keine unterhaltsamen, geistreichen Reden halten.«

»Das glaubst du jetzt.« Ruby schreibt bereits weiter. »Vielleicht bist du am Ende des Sommers anderer Meinung.«

»Ich hasse euch. Alle beide.«

»Hochzeit Nummer sechs«, sagt Leo, ohne mich zu beachten. »Wir befinden uns auf der Zielgeraden.«

Ich werfe ihm einen wütenden Blick zu, nehme mein Handy und scrolle durch die Termine. »Die nächste Hochzeit sind Andy und Roshni, am 27. August in St Ives.«

»Wird Matthew auch da sein?«

»Nein, er war zwar eingeladen, aber er kennt Roshni nicht sonderlich gut. Ich habe mal mit ihr gearbeitet. Es wird eine riesige indisch-englische Hochzeit, er verpasst also definitiv etwas.«

»Ich hätte da eine Idee«, beginnt Ruby vorsichtig. »Glaubst du, Roshni würde dich jemanden mitbringen lassen?«

»Ich weiß nicht. Vielleicht. Ich kenne dort im Prinzip niemanden, also wäre es nett, jemanden dabeizuhaben. Ich habe noch nicht mit ihr darüber gesprochen, weil...« Ich verstumme. »Moment. Warum fragst du?«

»Aufgabe Nummer sechs: Bring eine *unerwartete* Begleitung zur Hochzeit mit.«

Leo schnappt nach Luft. »Das ist genial!«

»Nein, ist es nicht. Wen, um alles in der Welt, sollte ich da fragen?«

»Deshalb heißt es ja *unerwartet!*«, ruft Ruby. »Du wirst dir jemanden überlegen müssen. Vielleicht lernst du jemanden kennen, während du deine anderen Aufgaben erfüllst. Wer weiß?«

»Also kann ich nicht einen von euch beiden fragen?«

»Nein, kannst du nicht. Ich schreibe es gleich mal auf.«

»Die Idee war echt super, Babe«, flüstert Leo deutlich hörbar.

»Und zu guter Letzt: Hochzeit Nummer sieben?«, fragt Ruby und sieht von der Liste auf.

»Das wäre am 24. September. Ihr beide«, antworte ich.

»Ach ja, genau!« Sie sieht Leo an. »Was meinst du?«

»Ich glaube, damit sollten wir noch warten«, sagt er und streicht sich übers Kinn. »Wir warten, bis sie die anderen Aufgaben erledigt hat, und überlegen uns den perfekten Abschluss. So etwas braucht Zeit.«

»Ja, das klingt gut«, stimmt Ruby ihm zu. »Es muss ein perfektes Ende sein. Ist das okay für dich, Freya?«

»Ich kann ohnehin nichts dagegen machen.«

»Dann sind wir fertig!« Rubys Augen funkeln vor Aufregung. »Vertrau mir, du wirst dich einen Dreck um den dämlichen Matthew scheren und nicht daran denken, was vor eurer Hochzeit passiert ist. Du wirst viel zu beschäftigt mit diesen wundervollen, witzigen Aufgaben sein.« Sie hebt die Liste hoch, damit wir sie gemeinsam bewundern können.

»Also, was meinst du, Freya?« Leo lacht leise. »Bist du bereit für die Hochzeitssaison?«

»Ich habe gesagt, dass ich dabei bin, und dabei bleibe ich auch«, bestätige ich zögerlich und vergrabe den Kopf in den Händen. »Obwohl ich es sicher noch bereuen werde.«

Überlebensplan für die Hochzeitssaison

Hochzeit eins

Obi und Eva

Sei die letzte Überlebende auf der Tanzfläche

Hochzeit zwei

Ryan und Isabelle

Bring ein Paar Manschettenknöpfe nach Hause

Hochzeit drei

Dominic und Cali

Sichere dir einen Gutenachtkuss

Hochzeit vier

Freddie und Niamh

Lauf nackt durch den Hotelflur

Hochzeit fünf

Rachel und Carley

Halte eine Rede

Hochzeit sechs

Andy und Roshni

Bring eine unerwartete Begleitung mit

Hochzeit sieben

Leo und Ruby

Wird bekannt gegeben ...

Kapitel 9

Am Morgen von Obis und Evas Hochzeit bin ich guter Dinge, was den vor mir liegenden Tag betrifft.

Es ist sogar irgendwie angenehm, dass Matthew nicht hier ist und sich mit mir zurechtmacht. Ich kann so lange im Badezimmer bleiben, wie ich will. Niemand klopft ungeduldig an die Tür, während ich dusche, und niemand schreit, dass ich mich beeilen soll, weil er den Barttrimmer braucht. Es gibt keine bösen Kommentare, weil das Bett voller Bräunungscreme ist, die ich gestern Abend sorgfältig aufgetragen habe, und kein Gemurre, weil ich den großen Spiegel in Beschlag nehme, um die passenden Schuhe auszusuchen.

Während ich in meinem gemütlichen Morgenmantel die letzten Haarsträhnen eindrehe, denke ich über die Vorteile meiner jetzigen Situation nach. Ich hasse es, bei den Vorbereitungen gehetzt zu werden. Ich brauche viel Zeit, falls ich mich bezüglich des Outfits umentscheide oder das Make-up verpfusche und noch einmal von vorne beginnen muss. Ich hasse es, in letzter Minute stressgeplagt zur Tür hinauszustolpern. Matthew hat mich immer damit aufgezogen, dass ich so lange brauche. Dabei nahm er sich selbst auch immer viel Zeit und kümmerte sich ausgiebig um sein Äußeres, weshalb es ihn ja so zur Weißglut brachte, wenn ich den Spiegel in Beschlag nahm.

Ich begreife immer mehr, wie wichtig es ist, neben den schmerzhaften Dingen die positiven Seiten einer Trennung anzuerkennen.

Ganz egal, wie sehr ich Matthew vermisse, es lässt sich nicht leugnen, dass ich es genieße, friedlich Make-up aufzulegen, während eine aufmunternde Playlist aus den Neunzigern spielt.

Seht mich an, ich bin Single und nehme mir so viel Zeit, wie ich brauche.

Ich schlendere ins Badezimmer und spritze Parfum auf die Handgelenke. Herrlich. Ich betrachte mein Spiegelbild, ohne dass mich jemand zur Seite schubst, damit er seine Nasenhaare beäugen kann. Sagenhaft. Das ist genial.

Ich trete ans Bett, greife nach dem Handy, das am Ladekabel hängt, und checke die Uhrzeit.

Oh! Verdammt!

Wieso ist es schon so spät? Es sind doch gerade mal gefühlte fünf Minuten vergangen, seit ich zum letzten Mal nachgesehen habe! Leo und Ruby kommen jeden Moment mit dem Uber vorbei! UND ICH BIN NOCH IM MORGENMANTEL!

Vor dem Haus hupt ein Auto.

Verdammt, verdammt!

Ich laufe durchs Zimmer und stolpere nicht nur einmal, sondern gleich dreimal über das Kabel meines Glätteisens, bevor ich es wutentbrannt aus der Steckdose ziehe. Ich ignoriere das klingelnde Handy und kurz darauf die Türklingel, werfe meinen Morgenmantel beiseite und schnappe mir das blaue Kleid, das ich mir eigens für diesen Anlass gegönnt habe. Ich reiße es vom Kleiderhaken, schlüpfe hinein und erinnere mich erst jetzt, dass es lediglich einen kurzen Reißverschluss am Hintern hat. Der Rest wird mit zarten Haken und Ösen verschlossen, die bis zum Nacken reichen.

Ich drehe mich vom Spiegel fort und blicke über die Schulter, um ungeschickt nach dem untersten Häkchen zu greifen und es zu schließen. Es gelingt mir nicht. Und auch beim zweiten Mal ziele ich daneben.

Die Ösen sind so klein, dass ich sie im Spiegel nicht sehen kann, also versuche ich es stattdessen mit Gefühl. Ich taste nach dem Häkchen und anschließend nach der passenden Öse.

Uuuuund... verdammt, daneben. Okay, da ist das kleine Häkchen. Da ist das kleine Loch. Wenn ich sie übereinanderhalte und vorsichtig das Häkchen nach oben gleiten lasse, schließen sie sich. Ganz einfach. Uuuuund...

VERDAMMT NOCH MAL!

WER HAT DIESE DÄMLICHEN Häkchen ERFUNDEN, DIE NIRGENDWO EINHAKEN?

»Freya? Bist du da drin?« Rubys Stimme dringt durch den Briefschlitz.

»Ja! Ich komme gleich!«, rufe ich und schüttle die Arme aus, bevor ich es noch einmal versuche. »Ich habe bloß Schwierigkeiten mit dem Verschluss meines Kleides.«

»Lass mich rein, dann helfe ich dir.«

»Nein, ich muss das alleine machen!«

»Warum?«

»Weil ich es alleine schaffen muss.«

»Wovon sprichst du?«

»Ich habe keinen Matthew mehr, der mir hilft.«

»Ja, aber du hast mich!«

»Du kannst nicht jedes Mal vorbeikommen, wenn ich ein Kleid nicht zumachen kann!«

»Und warum nicht?«

»Darum! Weil es lächerlich ist. Du hast viel zu tun.«

»Kaum.«

»Ich hasse diese Häkchen!«

»O Mann, das Kleid hat doch nicht diese silbernen Häkchen, die man durch winzige Ösen stecken muss, oder?«

»Doch!«

»Das kann man nicht allein machen. Das schafft niemand!«

»Ich muss es hinkriegen!«

»Nein, musst du nicht. Lässt du mich bitte rein?«

»Was ist mit dem Uber?«

»Das ist schon in Ordnung. Der Fahrer ist nett. Leo und er unterhalten sich gerade. Er meint, er wartet gerne.«

»Hast du dir das gerade ausgedacht?«

»LASS MICH REIN!«

Ich gebe auf, stapfe zur Tür und reiße sie auf. Ruby stürzt in die Wohnung und marschiert ins Schlafzimmer. Ich sehe Leo auf dem Rücksitz des wartenden Autos und winke ihm entschuldigend zu.

»Okay, dreh dich um«, befiehlt Ruby, als ich nach ihr ins Schlafzimmer schlurfe. Sie beginnt mit dem untersten Häkchen. »Die Dinger sind echt knifflig.«

»Wie soll ich nachher wieder aus dem Kleid kommen?«

»Ich erledige das auf der Heimfahrt im Taxi.« Sie schließt das letzte Häkchen im Nacken. »Fertig. Okay, welche Schuhe nimmst du, und hast du deine Clutch schon gepackt?«

Es ist ein seltsamer Rollentausch. Normalerweise gebe ich Ruby Anweisungen, während sie hektisch herumläuft und alles bis zur letzten Minute aufschiebt. Während der Unizeit steckte ihre Tasche meist in meiner, weil sie sie ständig vergaß und es schrecklich nervtötend war, wenn wir endlich am Ende der Schlange angekommen waren und nicht in den Club durften, weil sie ihren Ausweis nicht dabeihatte. Es war ein Running Gag zwischen uns, wie unterschiedlich unsere Hochzeiten sein würden: meine durchorganisiert und bis ins letzte Detail geplant, Rubys ein feierliches Chaos erster Güte. Ein paar Wochen nach Leos Antrag fragte ich sie, ob sie bereits Ideen für den großen Tag hatte, und sie meinte vollkommen im Ernst: »Ich will etwas essen. Und Trompeten.«

Dass Ruby gerade die Führung übernimmt, ist beunruhigend. Aber ich werde mich nicht beschweren, wenn sie ausnahmsweise die Vernünftige ist. Ich wähle eilig die passenden Schuhe aus, während sie mein Telefon vom Ladekabel nimmt und in die Clutch steckt, die auf dem ungemachten Bett liegt. Es folgt meine kleine Geldbörse mit der Kreditkarte, dann geht sie ins Badezimmer und holt Lippenstift und Eyeliner.

»Was machst du da?«, frage ich, als ich sehe, wie sie Toilettenpapier abreißt, einrollt und in die Clutch steckt.

»Man sollte immer Klopapier dabeihaben, Freya. Das hast du mir selbst beigebracht.«

»Wirklich?«

»Jap. Gleich im ersten Jahr. Ich habe es nie vergessen.«

»Das ist ein guter Tipp.«

»Du siehst großartig aus.«

»Du auch. Dein Kleid ist toll.« Ich bewundere lächelnd ihr rot geblümtes Kleid und die schwarzen Locken, die sie offen über einer Schulter trägt.

»Bist du bereit?«

Ich hole tief Luft. »Ja, ich glaube schon.«

»Denk daran, du musst die letzte Überlebende auf der Tanzfläche sein.«

Sie wirft mir ein Grinsen zu und schiebt mich aus dem Haus. Ich rutsche zu Leo auf den Rücksitz, während sie im Beifahrersitz Platz nimmt und den Fahrer fragt, ob sie ihr Handy mit dem Radio verbinden und die Musik aussuchen darf. Auf der Fahrt durch London in Richtung Stoke Newington erzählen mir die beiden von ihrer Woche, und wir besprechen wichtige Details der bevorstehenden Hochzeit. Wir fragen uns, ob wir wohl am selben Tisch sitzen, und überlegen, welchen Hauptgang wir auf der Antwortkarte ausgewählt haben. Als wir uns der Kirche nähern, dreht Ruby sich zu uns um.

»Okay, Freya, wie fühlst du dich?«

»Gut.«

»Wirklich?«

»Wirklich.«

Und ich meine es auch so. Obwohl ich während der Fahrt unwillkürlich daran denken musste, was Eva wohl jetzt gerade tut. Die Trauung beginnt in nicht einmal einer Stunde, das heißt, sie trägt bereits ihr Kleid und trinkt mit den Brautjungfern Champagner. Sie posiert für Fotos, und Nervosität und Aufregung lassen das Adrenalin durch ihre Adern schießen. Ich muss lächeln, als ich mir vorstelle, wie sie diese besonderen Momente erlebt, und im selben Moment macht sich unglaubliche Einsamkeit in mir breit. Es ist nicht einfach, sich für jemanden zu freuen und gleichzeitig so traurig zu sein.

Aber ich werde die Hochzeiten in diesem Jahr hinter mich bringen, ohne jemanden darum zu beneiden, was er hat, und ohne Kummer darüber, was ich verloren habe.

Als ich aus dem Auto steige, bin ich fest entschlossen, den Tag zu genießen. Leo bietet mir den rechten Arm an und Ruby den linken, und wir gesellen uns zu den herausgeputzten Hochzeitsgästen, die langsam in die Kirche schlendern. Das Gebäude mit den alten Steinböden ist wunderschön, und es ist auf den ersten Blick klar, dass es sogar im Sommer eiskalt sein wird. Ich nehme ein Kirchenblatt von einem der Freunde des Bräutigams entgegen, die die Gäste begrüßen, und folge Ruby zu einer Reihe im hinteren Teil der Kirche. Ich rutsche auf den Platz neben Leo und entdecke Obi, der sich vor dem Altar mit seinem Trauzeugen unterhält und nervös auflacht. Unsere Blicke treffen sich, und er schenkt mir ein warmherziges Lächeln.

Obi wohnte in unserem Wohnheim, und wir standen uns während der Studienzeit und auch danach sehr nahe, haben uns aber in den letzten Jahren immer weiter voneinander entfernt. Ich schätze, das ist normal, wenn man älter wird, und nach Obis Umzug in den Norden Londons trifft man sich nicht mehr einfach so zwischendurch, aber immer wenn ich ihn sehe, kommt eine Freude in mir auf, die man nur bei alten Freunden verspürt, die man wirklich außerordentlich gut kennt. Obi ist freigiebig, freundlich, entspannt und hat einen schwarzen Sinn für Humor. Er ist inzwischen Lehrer an der Oberstufe, und ich wette, seine Schüler und Schülerinnen lieben ihn.

Er hat Eva, eine Kinderkrankenschwester, über eine Dating-App kennengelernt. Die beiden haben viel gemeinsam, weshalb es kein Wunder ist, dass sie ein Match ergaben. Beide brennen für ihren Beruf und sind in der Freizeit sehr aktiv. Obi spielt Fußball, und Eva ist in einem Netball-Team. Als ich vor ein paar Jahren die weite Reise in ihren Teil Londons angetreten habe, um die beiden zu besuchen, hat Obi mich zu einem Spiel mitgenommen, und ich habe Eva von einer anderen Seite kennengelernt. Im normalen Leben ist sie ein sanfter, ruhiger Mensch, doch im Netball-Spielfeld war sie extrem ehrgeizig, fokussiert und unglaublich schnell. Sie schoss derart durch die Halle, dass ich sie immer wieder aus den Augen verlor. Ihre Flitterwochen führen die beiden nach Kanada, wo sie sich die Zeit mit »Wanderungen und Wassersport« vertreiben wollen.

Nicht meine Vorstellung eines entspannten Urlaubs, aber jeder, wie er möchte.

Einige von Obis entfernten Verwandten sind eigens für die Hochzeit nach England geflogen und sitzen in ihren auffallenden und fröhlich bunten westafrikanischen Gewändern vor uns. Die Orgel spielt sanfte Hintergrundmusik, und die Gäste unterhalten sich leise, während ich den Blick über die Köpfe schweifen lasse. Ich kenne nicht viele Leute, aber irgendwann trifft mein Blick auf eine Reihe mit flüchtigen Bekannten. Ich bemerke, dass sie sich immer wieder zu mir umdrehen, und meine Wangen beginnen vor Verlegenheit zu glühen. Sie haben sicher alle gehört, was passiert ist.

»Ist alles okay?«, flüstert Leo und stößt mich in die Seite.

»Ja«, erwidere ich und werfe einen neuerlichen Blick nach vorne. Einige Gäste flüstern, und eine Frau dreht sich um und wirft mir einen mitleidsvollen Blick zu. Ich senke den Blick, peinlich berührt ob der Dinge, die sie vermutlich über mich sagen, und entsetzt, dass mir vor Scham Tränen in die Augen steigen.

»Bin gleich wieder da«, zische ich Leo zu, stehe auf und eile leise nach draußen.

Der Windfang der Kirche ist leer, also bleibe ich dort einen Moment lang stehen und hoffe, dass die Freunde des Bräutigams, die noch immer vor der Tür stehen, mich nicht bemerken. Rechts befindet sich eine Toilette, die jedoch »außer Betrieb« ist, wie ein Schild an der Tür den Gästen verkündet.

Als ich sehe, dass noch ein paar Nachzügler auf dem Weg in die Kirche sind, flüchte ich in die Toilette, was dank der schweren Holztür gar nicht so einfach ist. Es ist egal, dass die Toilette außer Betrieb ist, ich habe ohnehin nicht vor, sie zu benutzen. Ich brauche nur einen Moment für mich allein, um mich wieder zu fangen.

Die Tür schließt sich knarrend, ohne jedoch ganz ins Schloss zu fallen. Es ist einiges an Kraft notwendig, um den alten, verrosteten Riegel vorzuschieben, und nachdem ich es endlich geschafft habe, stoße ich ein erleichtertes Seufzen aus. Es gibt kein Toilettenpapier, und ich danke Ruby im Stillen dafür, dass sie sich meinen exzellenten Ratschlag zu Herzen genommen hat, hole ein Stück Toilettenpapier aus meiner Clutch und tupfe die Augenwinkel trocken, immer bemüht, das Make-up nicht zu ruinieren.

Komm schon, Freya!

Was bedeutet es schon, wenn Leute mich wegen dem, was mir widerfahren ist, bemitleiden? Es macht sie zu freundlichen, mitfühlenden Menschen. Ich sollte nicht wütend auf sie sein, sondern ihre Freundlichkeit schätzen. Außerdem kann ich ihnen zeigen, dass ihr Mitleid nicht notwendig ist, indem ich mich amüsiere. Dann werden sie mich nicht mehr so ansehen.

Habt ihr Freya gesehen?, werden sie sagen. *Wurde die nicht am Tag vor der Hochzeit in einer Besenkammer abserviert? Ja genau, das ist sie! Sie hat die ganze Nacht durchgefeiert! Sie sah fantastisch aus! Sie hat sich prächtig amüsiert! Sieht so aus, als würde es ihr wirklich gut gehen!*

Ruby und Leo hatten recht mit meiner ersten Aufgabe. So absurd es klingt, aber wenn ich letzte Überlebende auf der Tanzfläche bin, beweise ich nicht nur den anderen, sondern auch mir selbst, dass ich es überstehen werde. Ich atme tief durch und fühle mich viel besser.

Meine aufmunternden Worte waren genau das, was ich gebraucht habe. Jetzt muss ich nur noch hier raus und den Tag genießen. Das bin ich Obi und Eva schuldig.

Ich knülle das Toilettenpapier zusammen und stecke es zurück in meine Clutch. Dann greife ich nach der Tür.

Der Riegel lässt sich nicht öffnen.

Ich versuche es noch einmal. Er bewegt sich nicht. Ich stecke meine Clutch unter den Arm und nehme beide Hände, um daran zu rütteln, doch er steckt fest.

O nein!

Panik überkommt mich, während ich weiter versuche, den Riegel aufzureißen. Das ist nicht gut. Ganz und gar nicht. Ich trete gegen das Holz, aber auch das bringt mich nicht weiter. Also versuche ich noch einmal mit aller Kraft, den Riegel zu öffnen, doch es klappt auch dieses Mal nicht. Ich trete einen Schritt zurück und betrachte bestürzt die verschlossene Tür.

Ich habe mich in einer Toilette eingeschlossen. Auf einer sehr alten Kirchentoilette. Während einer Hochzeit.

Das ist *nicht* der coole, beherrschte Wiedereintritt in die Gesellschaft, den ich mir erhofft hatte.

»Nein, nein, nein«, murmle ich und versuche es verzweifelt immer wieder, bis meine Hand wehtut. »Komm schon!«

Ich hole mein Handy hervor und rufe Ruby an. Sie geht nicht ran. Ich versuche es bei Leo. Der Anruf kommt sofort auf die Mobilbox.

Ich erinnere mich, dass er uns vorher ermahnt hat, die Telefone lautlos zu stellen oder auszuschalten, bevor wir in die Kirche gehen. *Aaah!* Warum muss er immer so vernünftig sein?

Ich wähle erneut Rubys Nummer. Vielleicht wundert sie sich, wo ich abgeblieben bin, und sieht auf dem Handy nach, ob ich mich vielleicht in einer alten Kirchentoilette eingeschlossen habe, aber offenbar bin ich meinen Freunden egal. Ich schicke ihnen ein paar verzweifelte Nachrichten, dann versuche ich es noch einmal mit dem Riegel.

Ich werde wohl um Hilfe rufen müssen, was ich ABSOLUT nicht will. Aber es ist meine einzige Hoffnung. Ich kann nicht während der gesamten Trauung auf der Toilette festsitzen. Womöglich hat

Obi mich beim Hinaushuschen gesehen und denkt, ich würde nicht mehr zurückkommen!

»Hilfe!«, fiepse ich zaghaft und klopfe an die Tür. »Hallo, ihr da draußen! Hört mich jemand? Hilfe!«

Die Orgelmusik ist so laut, dass ich sie sogar durch die Tür hören kann. Ich muss lauter werden.

»HILFE!«, rufe ich und hämmere gegen die Tür. »Ich sitze hier drin fest! Bitte helft mir!«

Ich werfe einen Blick auf mein Handy, aber es hat sich niemand gemeldet. Warum sind Ruby und Leo noch nicht auf die Idee gekommen, nach mir zu sehen? Wenn ich erst aus der Toilette raus bin, werde ich ein ernstes Wort mit ihnen reden.

»HILFE! BITTE, SO HELFT MIR DOCH!«

Ein Schaudern durchfährt mich, als mir klar wird, dass die Orgelmusik verstummt ist. Ich presse das Ohr an die Tür und höre aufgeregte Stimmen im Windfang.

O Gott, die Braut ist eingetroffen. Die Braut ist eingetroffen, und ich sitze auf der Toilette fest.

Vielleicht ist sie es gar nicht. Vielleicht sind es nur ein paar aufgeregte Gäste. Oder die Freunde des Bräutigams, die die Gäste begrüßt haben! Wie auch immer, das ist meine Chance, dass mich endlich jemand hört.

Ich gebe mir das Versprechen, dass ich nie wieder – unter gar keinen Umständen – eine Kirchentoilette benutzen werde, dann nehme ich allen Mut zusammen, klopfe an die Tür und rufe ein letztes Mal um Hilfe. »Hallo! Ist da jemand? Ich sitze hier fest!«

Plötzlich höre ich eine Stimme. »H-hallo?«

»Hi! Oh, Gott sei Dank! Hi! Ich sitze auf der Toilette fest! Das Schloss lässt sich nicht öffnen.«

»Jemand ist in der Toilette eingeschlossen!«, erklärt die Stimme den anderen Personen im Windfang entsetzt.

»Aber die ist doch außer Betrieb!«, erwidert eine weitere Stimme.

»Ja, weil der Riegel sich verhakt«, antwortet die erste Stimme.

Nun, es wäre vielleicht gut gewesen, diese Information auf das verdammte Schild zu schreiben.

»Können Sie mir helfen?«, frage ich leise und hoffe, dass mich nicht die gesamte Gästeschar hört. »Was soll ich tun?«

»Haben Sie schon versucht, den Riegel zu öffnen?«, fragt die erste Stimme.

Ja sicher, du Schwachkopf, was denn sonst? »Ja, das habe ich, danke, aber er rührt sich nicht«, antworte ich.

»Dann bleibt uns nur noch eins übrig. Beim letzten Mal haben wir es gerade noch geschafft, deshalb haben wir das Schild aufgehängt. Damit so etwas nicht noch einmal passiert.«

»Ja, ähm… ich habe die Toilette gar nicht benutzt«, erkläre ich durch die Tür hindurch. »Ich brauchte bloß… ein Papiertuch. Deshalb hielt ich das Schild für irrelevant. Ich wollte bloß etwas holen und nicht auf die Toilette, falls Sie verstehen, was ich meine?«

Warum erzähle ich das? Warum rechtfertige ich mich für meine Dummheit? Das macht die Situation nicht weniger peinlich. Eher im Gegenteil.

»Wie auch immer«, fahre ich eilig fort. »Machen Sie bitte das, was beim letzten Mal auch funktioniert hat. Das wäre toll.«

»Gut. Hier, Gerald, halten Sie die Bibel.«

Gerald. Evas Dad. Es ist also definitiv die Braut. Toll. Und die Person, mit der ich gesprochen habe, ist offenbar der Vikar. Was bedeutet, dass ich den Vikar in Gedanken gerade Schwachkopf genannt habe! In einer Kirche!

Das ist nicht gut.

»Wer auch immer hinter der Tür steht, bitte treten Sie zurück!«, warnt der Vikar im Befehlston.

Ich weiche verdutzt so weit wie möglich zurück. Einen Moment herrscht Stille, und ich frage mich, was, um alles in der Welt, dort draußen vor sich geht, dann folgt ein lauter Knall. Ich schnappe nach Luft, als etwas mit voller Wucht gegen die Tür prallt und den Riegel mit roher Gewalt aufbricht. Die Tür schwingt auf, und der Vikar taumelt in die Toilette.

Er rudert mit den Armen und fängt sich, bevor er ins Pissoir fällt.

Ich starre ihn mit offenem Mund an, beeindruckt von seiner Kraft. Er zieht sich aus der Toilette zurück und hält mir die Tür auf, während er sich mit der anderen Hand durch die zerzausten Haare fährt.

»Bitte sehr«, meint er und winkt mich aus der Toilette.

»Danke!«, krächze ich und blicke bewundernd zu ihm auf. »Sind Sie okay? Es tut mir so leid!«

»Mir geht es gut«, antwortet er freundlich und reibt sich den Arm. »Das gibt bloß einen kleinen Bluterguss. Die Trauung beginnt jede Minute. Wenn Sie also hineingehen würden? Wir sind in einer Minute bei Ihnen.«

Ich trete durch die Tür und treffe auf Gerald, die Brautjungfern und Eva, die mich fassungslos anstarren.

»Hi! Tut mir echt leid. Ihr seht alle toll aus«, flüstere ich und ringe mir ein Lächeln ab. »Eva, wow. Du bist wunderschön. Obi kann sich glücklich schätzen. Wie auch immer, wir sehen uns ja gleich. Entschuldige noch mal.«

Jegliche Hoffnung, schnell und unbemerkt zu meinem Platz zu kommen, ohne einen weiteren peinlichen Vorfall zu provozieren, verpufft, als ich durch die Tür ins Kirchenschiff trete. Die Musik zum Einzug setzt mit voller Lautstärke ein, und alle drehen sich gespannt um, um einen ersten Blick auf die Braut zu erhaschen. Stattdessen stehe ich wie ein Reh im Scheinwerferlicht in der Tür.

Und was mache ich?

Ich recke begeistert beide Daumen in die Höhe.

Jap. Ganz genau.

Ich recke die Daumen in die Höhe.

Und ich habe doch tatsächlich gedacht, das Debakel in der Besenkammer wäre der schrecklichste Moment in diesem Jahr. Wie sich gerade eben herausgestellt hat, kann es tatsächlich noch schlimmer kommen.

Kapitel 10

»Der Vikar hat die Tür aufgebrochen?« Leo sieht mich erstaunt an. »Sehr beeindruckend.«

Wir sind gerade aus der Kirche in den Festsaal gekommen und haben uns in eine ruhige Ecke zurückgezogen. Es ist sehr trendig – eine alte Lagerhalle, die zur Hochzeitslocation umgebaut wurde. An den Decken und Wänden hängen Lichterketten, und die langen Tische für das Hochzeitsessen sind mit Blumen in Marmeladengläsern dekoriert.

»Und sexy«, meint Ruby.

Leo zuckt zurück. »*Wie bitte?*«

»Komm schon! Ein Vikar, der sich gegen eine Tür wirft, um Freya zu retten? Das ist wie eine Szene aus einem Actionfilm.«

»Welche Actionfilme siehst du dir an?«, fragt er stirnrunzelnd.

»Du musst der Wahrheit ins Auge blicken, Leo.« Sie seufzt. »Ich finde den Vikar sexy. Da kann man nichts machen.«

»Es war total peinlich.« Ich verziehe das Gesicht. »Seid ihr sicher, dass keiner in der Kirche etwas bemerkt hat?«

»Es waren seltsame Geräusche im Windfang zu hören, aber ich wäre nie auf die Idee gekommen, dass du dich in der Toilette eingeschlossen hast«, versichert mir Leo. »Aber als du dann durch die Tür getreten bist und beide Daumen in die Höhe gereckt hast, ahnte ich, dass etwas Großes passiert war.«

»Die Daumen…« Ich stöhne bei der Erinnerung daran. »Warum nur?«

»Das war doch cool«, beharrt Ruby, doch ihre Stimme ist ein wenig zu schrill, um glaubwürdig zu klingen. »Ein einzigartiger Auftritt.«

»Ja, auf einer fremden Hochzeit!«, zische ich. »Eva ist sicher stinksauer.«

»Aber wo. Wenn so etwas auf unserer Hochzeit passieren würde, würde ich herzhaft lachen!«

»Ja, weil ihr meine besten Freunde seid. Das heute war etwas anderes. Ich muss mich bei ihr entschuldigen.«

»Du machst dir zu viele Gedanken.« Ruby deutet auf die Hochzeitsgäste, die sich prächtig unterhalten. »Die anderen haben das längst vergessen. Sie wissen nicht einmal etwas von dem Toilettenvorfall.«

»Ich wollte diese Hochzeit im Stillen hinter mich bringen, ohne meine Würde zu verlieren, stattdessen habe ich noch mehr Aufmerksamkeit auf mich gezogen.«

»Es schadet nicht, mal im Rampenlicht zu stehen«, erklärt Ruby und nippt am Champagner. »Nicht wahr, Leo?«

»Absolut nicht. Es ist besser, als in der Masse unterzugehen. Was willst du denn? Dass niemand bemerkt, dass du überhaupt hier bist?«

»Das wäre super.«

»Na, da hast du aber Pech, immerhin wirst du heute Abend die letzte Überlebende auf der Tanzfläche sein.« Er wirft mir ein boshaftes Grinsen zu, dann wandert sein Blick über meine Schulter. »Ah! Da kommt das glückliche Paar.«

Ich drehe mich nervös um und mache mich darauf gefasst, dass Obi und Eva mich wütend zur Rede stellen und mir vorwerfen, dass ich Evas Auftritt ruiniert habe und der Vikar sich nie wieder von der Verletzung an seinem Arm erholen würde, doch sie schließen mich bloß lächelnd in die Arme.

»Ich danke dir so sehr, dass du gekommen bist!«, flüstert Eva mir ins Ohr und drückt mich fest an sich.

»Herzlichen Glückwunsch euch beiden!«, erwidere ich, dann

setze ich zu einer Entschuldigung an. »Es tut mir so leid, was in der Kirche passiert ist. Ihr habt allen Grund, mich …«

»Warum entschuldigst du dich?« Obi lacht, und sein Lachen ist so ansteckend, dass es mich sofort beruhigt. »Eva hat mir alles erzählt. Die Geschichte ist *genial.* Wer hätte gedacht, dass sich in unserem Vikar ein solcher Actionheld versteckt?«

»Ja, oder?«, meint Ruby und ist begeistert, dass Obi es genauso sieht wie sie.

»Es war sogar richtig sexy«, setzt Eva hinzu, und Ruby schenkt dem mürrischen Leo ein selbstgefälliges Grinsen.

Ich stoße Obi in den Arm. »Also, wie fühlt man sich als verheirateter Mann?«

»Fantastisch.« Er strahlt und hebt die Hand. »Obwohl sich der Ring seltsam anfühlt.«

»Du wirst dich daran gewöhnen«, versichere ich ihm.

Werde ich mich jemals daran gewöhnen, keinen zu tragen?

Während Eva sich mit Ruby und Leo unterhält, legt Obi einen Arm um meine Schultern und drückt mich tröstend an sich. Vielleicht hat er mir meine Gedanken angesehen.

»Wie geht es dir?«, fragt er leise. »Kommst du zurecht?«

»Mir geht es hervorragend, danke!«

»Es tut mir leid, was … passiert ist.«

Ich ringe mir ein Lächeln ab und beeile mich, das Thema zu wechseln. »Danke, Obi. Die Location ist total cool und ausgefallen. Ich schätze, das war Evas Idee?«

»Hey!« Er lacht leise. »Was willst du damit sagen, häh? Dass ich nicht cool bin?«

»Na ja, angesichts der Tatsache, dass wir uns zusammen *High School Musical 3* im Kino angesehen haben …«

»Wir hatten doch abgemacht, dass wir nie wieder darüber reden«, zischt er, doch dann beginnt er zu lachen. »Okay, na gut. Die Location und Deko waren Evas Werk, aber warte, bis das Essen kommt. Das war ich ganz allein. Die nigerianische Küche wird dich umhauen, vertrau mir. Oh, und ich habe dich neben einen ganz besonderen Gast gesetzt.« Er wackelt mit den Augenbrauen.

»Was soll denn das heißen?«, frage ich nervös.

»Du weißt schon, er ist Single, weltoffen, charmant, gut aussehend…«

Mein Mund klappt auf, und ich will bereits Einspruch einlegen, da tritt Eva neben Obi, verschränkt die Finger mit seinen und schenkt mir ein entschuldigendes Lächeln. »Entschuldige, Obi, der Fotograf braucht uns. Es war nett, sich mit euch dreien zu unterhalten. Wir sehen uns später!«

Obi zwinkert mir noch einmal frech zu, dann verschwindet er mit seiner Frau und lässt mich leicht panisch zurück. Ruby fragt, warum ich so besorgt aussehe.

»Obi hat gerade angedeutet, dass er mich verkuppeln will!«

»Wie meinst du das? Mit einem Mann?«, fragt Leo.

»Nein, Leo, mit einem der Marmeladengläser!« Ich verdrehe die Augen. »Natürlich mit einem Mann!«

»Moment, was hat er gesagt?«, will Ruby wissen und sieht sich um, als könnte sie am Aussehen erkennen, wer von den Anwesenden Single ist.

»Er meinte, er hätte mich neben einen charmanten, gut aussehenden Single-Mann gesetzt!«

»Das klingt doch perfekt!«

»Ruby! Ich bin noch nicht bereit dafür!

»Bereit für was?« Sie neigt den Kopf und sieht mich an. »Neben jemandem zu sitzen, den du nicht kennst? Du weißt aber schon, dass du selbst entscheiden kannst, was du tust, oder? Du wirst am Tisch neben einem alleinstehenden Mann sitzen. Das bedeutet nicht, dass du etwas mit ihm anfangen musst. Genieße einfach die Gesellschaft eines gut aussehenden Fremden.«

Ich hole tief Luft. »Du hast recht. Ich habe überreagiert.«

»Du schaffst das.«

»Okay. Ganz genau. Ich schaffe das«, wiederhole ich wenig überzeugt.

Als es Zeit wird, die Plätze einzunehmen, werfe ich einen schnellen Blick auf den Sitzplan und stelle erleichtert fest, dass Ruby und Leo ganz in der Nähe sitzen. Ich schlendere den Tisch entlang zu meinem Platz. Auf jeder Hochzeit gibt es diesen einen unbehaglichen Moment, wenn man seinen Platz gefunden hat, aber noch niemand am Tisch sitzt, weshalb man erst mal rumsteht und so tut, als hätte man nichts Besseres zu tun, bis jemand den ersten Schritt macht und sich niederlässt. Ich zum Beispiel bewundere die hübsch gestalteten Platzkarten.

»Eva hat sie mit der Hand gezeichnet«, erklärt eine Stimme hinter mir. »Schön, Sie kennenzulernen, Freya. Ich bin Chido, Obis Onkel.«

»Die Freude ist ganz meinerseits«, erwidere ich, während er sich setzt.

Der Platzkarte nach sitzt Evas Freundin Holly auf meiner anderen Seite, weshalb ich annehme, dass Obi vorhin von Chido gesprochen hat. Ich muss mich später noch bei ihm bedanken. Ruby und ich wechseln einen Blick. Chido ist in den Sechzigern und definitiv charmant, gut aussehend und weltoffen, aber es ist offensichtlich, dass keiner von uns verkuppelt werden will. Wir tauschen ein paar Höflichkeiten aus und lehnen uns zurück, um den Reden zu lauschen, dann wird der erste Gang auf einer Platte für zwei Personen serviert. Chido füllt meinen Teller, bevor er sich bedient.

»Also, wie war Obi als Student?«, fragt er und schenkt mir Wasser nach.

»Der Mittelpunkt jeder Party«, offenbare ich, und Chido lacht leise und nickt zustimmend. »Er hat ein Talent, aus jeder Situation eine lustige Anekdote zu machen.«

Eine zufällige Erinnerung steigt an die Oberfläche. Vor ein paar Jahren haben Matthew und ich Obi, Leo und Ruby zum Essen eingeladen, und der Besuch wurde zu einem dieser unerwartet unvergesslichen Abende. Nach dem Essen spielten wir Jenga. Ruby, Matthew und ich saßen auf dem Sofa, Obi und Leo auf dem Boden vor den gestapelten Holzklötzen.

Bevor die Gäste gekommen waren, hatte ich die Wohnung, in der wir damals lebten, einem schnellen Check unterzogen. Zum Putzen blieb keine Zeit, nachdem wir beide vom Büro kamen und wussten, dass die Gäste bald eintreffen würden, also räumte ich bloß eilig auf und steckte den Krimskrams, der auf dem Boden verteilt war, in das Fach unter der Tischplatte, wo er nicht so leicht zu entdecken war. Darunter befand sich auch eine Dose Trockenshampoo.

»Hey, was ist das?«, sagte Obi, nachdem er seinen Zug gemacht hatte, und griff unter den Tisch nach der Dose. »Trockenshampoo?«, las er. »Was ist das?«

»Das verwendet man, wenn man keine Zeit zum Haarewaschen hat«, erklärte ich ihm.

»Es funktioniert ohne Wasser?«

»Es ist eine Art Talkumpuder für die Haare«, fuhr Ruby fort. »Sie sehen damit weniger fettig aus.«

Obi wirkte beeindruckt. Er zog den Deckel von der Dose, zielte auf seinen Kopf und begann zu sprühen. Wir brachen in schallendes Gelächter aus, als sein ganzer Kopf mit einer dünnen weißen Schicht bedeckt war.

»Du musst mehr Abstand halten und es in die Haare einmassieren«, kicherte ich. »Du siehst aus wie ein alter Mann!«

»Ach, ja?«

Obi sprang auf und rannte mit der Dose in der Hand auf uns zu. Er besprühte Rubys und meine Haare, während wir lachend und kreischend versuchten, ihn abzuwehren. Als er fertig war, hatten Ruby und ich weiß-graue Haare und lachten Tränen. Obi stimmte triumphierend mit ein.

»Ich brauche unbedingt auch so etwas«, erklärte er, schüttelte die Dose und sah sich nach dem nächsten Opfer um.

Matthew streckte die Hand aus und fuhr mir durch die Haare. »Ich sehe gerade meine Zukunft vor mir«, meinte er. »Du siehst sogar mit fünfundneunzig noch zum Anbeißen aus.«

Ich drückte lachend seinen Arm.

Ich habe lange nicht mehr an diesen Moment gedacht, aber wir haben damals schon gewusst, dass wir für immer zusammenbleiben würden. *Er* hat es gewusst.

»Freya?«

Chidos Stimme reißt mich aus meinen Gedanken, und ich wende mich höflich lächelnd zu ihm herum.

»Tut mir leid, ich war gerade mit den Gedanken woanders. Was haben Sie gesagt?«

»Es war bloß eine langweilige Frage. Ich wollte wissen, wo Sie wohnen«, sagt er mit einer wegwerfenden Handbewegung.

»Das ist nicht langweilig«, versichere ich ihm. »Ich lebe in Südlondon.«

»Mit Ihrer Familie?«

»Nein, alleine.«

»Haben Sie einen Partner?«

Ich zögere. »Ich hatte einen. Aber im Moment ... ist alles ... in der Schwebe.«

»Ah, das tut mir leid.«

»Das muss es nicht. Was ist mit Ihnen?«

»Ich bin Witwer.« Er deutet auf seinen Ehering. »Seit fünf Jahren.«

»Das tut mir leid«, sage ich, und mein Herz wird schwer.

»Sie hätten sie gemocht.« Er bietet mir noch mehr geschmortes Rind an, doch ich lehne ab. Ich habe mich am Reis satt gegessen. »Sie war geistreich und schlagfertig. Ich weiß nicht genau, was sie in mir gesehen hat, aber ich werde für immer dankbar dafür sein, dass sie mich zu ihrem Mann genommen hat. Das war mein großes Glück.«

Ich lächle. »Sie vermissen sie sicher. Vor allem an Tagen wie heute.«

»Natürlich.« Er zuckt traurig mit den Schultern. Dann stiehlt sich ein Lächeln auf sein Gesicht. »Aber Hochzeiten feiern den Beginn von etwas Neuem, und das gefällt mir. Es ist so aufregend.«

Ich nicke und schlucke den Kloß in meinem Hals hinunter.

Er mustert mich eingehend. »Der Partner, dessen Sie sich nicht sicher sind ... ist er heute hier?«

»Nein.« Normalerweise würde ich niemals mit einem Fremden über solche Dinge sprechen, aber Chidos Verletzlichkeit lässt mich meine Zurückhaltung ablegen. »Wir sollten vor zwei Monaten heiraten, aber er hat kalte Füße bekommen, und wir haben uns getrennt. Ich bin mir nicht sicher, ob es für immer vorbei ist. Ich meine, irgendwie hoffe ich, dass es nicht so ist.«

»Ich verstehe.«

»Das klingt sicher albern.«

»Nein, gar nicht. Das Herz will, was das Herz will.«

»Wenn dieses Gefühl bloß auf Gegenseitigkeit beruhen würde«, meine ich betont locker, was mir gründlich misslingt.

»Es wird besser, Sie werden sehen«, erklärt Chido schlicht. »Es fühlt sich nicht so an, aber mit der Zeit wird es besser. Eines Tages werden Sie irgendwo sein – es kann überall sein, und dann wird es Ihnen plötzlich klar werden. Sie werden es nicht erwarten. Es wird Sie wie aus heiterem Himmel treffen.« Er klatscht in die Hände. »Bum!«

»Was? Was wird mir klar werden?«

»Dass es Ihnen wieder gut geht.« Er schenkt mir ein warmes, hoffnungsvolles Lächeln. »Es wird passieren«, fährt er fort. »Sie werden es nicht glauben, aber das wird es. So ist es immer.«

»Meine Freunde haben mir für diesen Abend eine besondere Aufgabe gestellt«, erzähle ich ihm. »Um mich abzulenken. Ich muss die letzte Überlebende auf der Tanzfläche sein.«

Er legt den Kopf in den Nacken und lacht vergnügt auf. »Das ist wunderbar! Ich hoffe, Sie haben vor, die Aufgabe zu erfüllen?«

»Ich bin keine Frau, die Herausforderungen scheut, Chido.«

»Das dachte ich mir schon.«

»Aber ich bin keine Tänzerin.«

»Nicht?«

»Tanzen Sie?«

»Ach, ich bin ein schrecklicher Tänzer.«

»Das ist toll.« Ich lächle ihn an. »Dann können Sie gleich mitmachen.«

Ich steige aus dem Taxi und hebe mein Kleid, das am Rücken bereits offen steht. »Danke, Ruby«, sage ich leicht lallend und schaue noch einmal durch die Tür zum Rücksitz. »Ohne dich würde ich für immer in diesem Kleid feststecken.«

»Ohne mich hättest du es nicht einmal zubekommen.« Sie lehnt sich über den Sitz und sieht zu mir hoch.

»Das stimmt.«

»Freya, darf ich dir noch etwas sagen, bevor du gehst?« Leo lässt das Fenster am Beifahrersitz nach unten.

»Jetzt geht es los.« Ruby kichert. »Die emotionale Rede des Abends.«

»Nein, gar nicht! Ich wollte nur sagen, dass ich stolz auf dich bin, Freya.«

Ruby stöhnt. »Ich hab's dir ja gesagt.«

»Du hast es geschafft. Du hast die Aufgabe erfüllt. Mehr wollte ich gar nicht sagen.«

»Danke, Leo.« Ich schenke ihm ein Lächeln. »Du bist der Beste.«

»*Du* bist die Beste.«

»Danke, dass ihr heute auf mich achtgegeben habt. Und jetzt kommt gut nach Hause.« Ich winke Ruby zu und schließe die Tür.

Der Uber-Fahrer, der die lange Verabschiedung stoisch zur Kenntnis genommen hat, fährt los und Leo schreit ein letztes »Gute Nacht« durchs Fenster. Ich hole den Schlüssel aus meiner Clutch, schließe auf und stolpere ins Haus, dankbar, dass ich meine Schuhe und das Kleid ausziehen und ins Bett schlüpfen kann.

Ich reinige mein Gesicht, putze die Zähne und denke darüber nach, wie viel Spaß ich heute hatte. Heute Abend hatte ich die Aufgabe zu tanzen, als würde mir niemand dabei zusehen.

Ich musste mich zwingen, nicht darüber nachzudenken, was die anderen von mir hielten. War es so befreiend, wie es in all den inspirierenden Zitaten immer heißt?

Nein, war es nicht. Es war schrecklich, und ich hasse mich dafür, dass ich mir das angetan habe.

Aber jetzt, da es vorbei ist, weiß ich, dass es ein Erfolg war. Und es gab sogar einen Moment, in dem ich beinahe vergaß, wie peinlich alles war, nämlich als Rubys Wunschlied gespielt wurde. Es war *5,6,7,8* von *Steps*, ein Song mit dazu passenden, formelhaften Tanzschritten, die ich seit meiner Schulzeit kenne. Als der Song herauskam, war er ein Muss auf sämtlichen Schuldiscos. Chido klatschte im Takt, während ich die Hüften schwang und wie beim Linedance hin und her trampelte.

Als der DJ Schluss machte und alle nach draußen gingen, um Obi und Eva mit brennenden Wunderkerzen zu verabschieden, blieb ich als Letzte auf der Tanzfläche. Ich hob die Hände und verbeugte mich formvollendet. Ruby und Leo klatschten anerkennend, dann eilten wir nach draußen zu den anderen und winkten der Braut und dem Bräutigam zum Abschied hinterher.

Ich kuschle mich in meine Decke und lächle ins Kissen, als ich daran denke, wie ich zu den *Steps* tanzte und Ruby und Leo laut jubelnd um mich im Kreis hüpften, während Obi und Eva taumelnd versuchten, meine Schritte zu kopieren, und dabei Tränen lachten.

Das Gefühl, das ich in diesem Moment hatte, als ich aufgekratzt mit meinen Freunden herumalberte, ist das Letzte, woran ich denke, bevor ich in einen tiefen Schlaf falle. Matthew war nicht da, aber das spielte keine Rolle.

Mein Herz ging vor Liebe über.

Kapitel 11

Ich habe etwas Dummes getan.

Das ist so typisch. Vor wenigen Wochen habe ich mich noch königlich auf Obis Hochzeit amüsiert. Ich war bereit, nach vorne zu schauen. Ich dachte, ich würde mich gut schlagen und irgendwann zu dieser unglaublich mutigen Frau werden, die Onkel Chido in mir gesehen hat. Und dann rufe ich mehrmals hintereinander Matthews Mum an, und als sie nicht abhebt, hinterlasse ich ihr auch noch ein paar sentimentale Nachrichten.

Ja. Ich weiß! Seine Mum. *Was habe ich mir nur dabei gedacht?*

Schuld ist einzig und allein Mary Berry. Gestern Abend saß ich in meine Schmusedecke gehüllt vor dem Fernseher – eine Decke mit Ärmeln, die mir Matthew als Scherz zu Weihnachten geschenkt hat, aber man sieht ja, wer zuletzt lacht! – und sah mir alte Folgen von *Das Backduell* an, weil ich nur zu gerne in der tröstlichen, fröhlichen Welt leben würde, die die Sendung porträtiert. Die Teilnehmer und Teilnehmerinnen buken vor sich hin, und da war Mary Berry, die sie unterstützte, aufmunterte und einfach nett war.

Sie erinnerte mich an Gail. Sie liebte Mary Berry und hatte alle ihre Kochbücher. Wir haben die Sendung manchmal zusammen angesehen, wenn ich mit Matthew bei seinen Eltern war. Wir diskutierten die verschiedenen Kreationen und feuerten unsere Favoriten an. Es war bezaubernd.

Jetzt musste ich die Sendung allein ansehen, und das ist

Matthews Schuld. Zuerst war ich wütend, dann traurig. Warum muss ich neben Matthew auch Gail verlieren? Warum darf ich nie mehr mit ihr sprechen? Warum können wir nicht weiter Freundinnen sein? Sie will es doch sicher auch. Gail liebt mich.

Na ja, vielleicht liebt sie mich mittlerweile etwas weniger, nachdem sie zusehen musste, wie ich ihrem Sohn in die Weichteile getreten habe, aber sie muss doch zugeben, dass er es verdient hat. Was, wenn sie mich schrecklich vermisst und es sie unheimlich traurig macht, wie sich alles entwickelt hat? Vielleicht will sie wissen, wie es mir geht, aber sie traut sich nicht wegen Matthew? Vielleicht wartet sie nur darauf, dass ich sie anrufe?

Das waren die Gedanken, die mich schließlich dazu verleitet haben, etwas Dummes zu tun.

Mir war in diesem Augenblick nicht klar, dass es eine Schnapsidee war, Matthews Mum anzurufen. Ich hielt sie für genial. Es zeigte, dass sie mir etwas bedeutete, ich verletzte damit keine Regeln, denn ich rief ja nicht *ihn* an, nur erinnerte ich nebenbei daran, dass ich auch noch da war.

Genial.

Vielleicht würde sie ihm sagen, dass ich angerufen habe, und er würde eifersüchtig werden und unbedingt wissen wollen, wie es mir geht. Er würde sich fragen, ob er nicht einen großen Fehler gemacht hat, und schließlich zu mir zurückkommen.

Gestern Abend, auf dem Sofa, klang das alles sehr durchdacht.

Ich rief sie an, und während es klingelte, stellte ich mir vor, wie ruhig und gefasst ich klingen würde. »Oh, hey, Gail, wie geht es dir? Ich sehe mir gerade *Das Backduell* an und musste an dich denken. Ich hoffe, es geht dir gut?« Aber ich bekam nicht die Möglichkeit, ihr zu zeigen, wie cool und in mir selbst ruhend ich war, denn es klingelte immer weiter, bevor ich auf die Mobilbox kam.

Ich legte auf und warf meinem Handy einen verletzten Blick zu. Warum hob sie nicht ab? Vielleicht war sie beschäftigt. Oder sie ging davon aus, dass ich betrunken war, denn viele Leute machen solche Anrufe nur, wenn sie betrunken sind. Ich hingegen war nüchtern (zumindest an dem Abend) und glaubte, es wäre gut, sie noch einmal anzurufen und ihr zu erklären, dass ich nicht betrunken war. Also wählte ich erneut, und es begann zu klingeln.

Als ich wieder auf die Mobilbox kam, stieg Verwirrung in mir hoch. Dass sie den Anruf beim ersten Mal verpasst hatte, war verständlich, aber zweimal? Vielleicht hatte sie viel zu tun. Ich legte das Handy fort und sah weiter fern.

Zwanzig quälende Minuten später hatte sie noch immer nicht zurückgerufen. Niemand ist an einem Donnerstagabend zwanzig Minuten lang zu beschäftigt, um zurückzurufen, oder?

Ich griff entschlossen nach dem Handy und rief sie wieder an. Als sie auch diesmal nicht antwortete, kam mir ein schrecklicher Gedanke, und mir wurde kalt bis auf die Knochen. Was, wenn sie nicht abhob, weil sie gerade Matthews neue Freundin kennenlernte? Vielleicht aßen sie gerade zu Abend, und sie konnte deshalb nicht abheben. Vielleicht sahen sie sich sogar *Das Backduell* gemeinsam an?

WIE KONNTE SIE NUR?

Ich begann beinahe zu hyperventilieren, so nahe ging mir ihr Verrat, und ich rief sie noch einmal an, um sie zu fragen, wie sie so *wankelmütig* und *oberflächlich* sein und sich *keinen Deut* um mich scheren konnte, obwohl ich *jahrelang* ihre Geburtstagsgeschenke besorgt hatte, weil Matthew *keinen Bock* darauf gehabt hatte.

Als sie sich auch dieses Mal nicht meldete, verpuffte die Wut, und Traurigkeit setzte ein. Das war der Moment, in dem ich schließlich eine Nachricht auf ihrer Mobilbox hinterließ. Sie war Gott sei Dank nicht allzu lang, aber trotzdem peinlich genug. Ich sagte etwas wie: »Hallo, Gail, hier ist Freya. Ich rufe an, weil ich mir gerade alte Folgen von *Das Backduell* ansehe, und das macht mich so traurig. Und jetzt hebst du nicht ab und ... O Gott. Vergiss es. Tut mir leid. Bye, Gail.« Sobald ich aufgelegt hatte, wurde mir klar, was ich gerade getan hatte, und ich wählte erneut ihre Nummer, um die folgende Nachricht zu hinterlassen: »Hi, Gail, hier ist noch mal Freya. Bitte erzähle Matthew nichts davon. Vergiss, dass ich angerufen habe, wenn das geht. Danke, Gail. Es tut mir so leid. Bye.«

Anschließend vergrub ich den Kopf unter der Decke und fragte mich, wie man nur SO DÄMLICH sein konnte. Ich blieb so, bis mein Telefon mit einer eingegangenen Nachricht vibrierte.

Hi, Freya. Es tut mir leid, dass ich deine Anrufe verpasst habe. Ich war im Kino und habe mir einen Film über ein Roboter-Nilpferd angesehen, das außer Korntolle gerät und jede Menge Leute auffrisst. Es war kein guter Film. Ich hoffe, es geht dir gut. Hab einen angenehmen Abend. Gail.

Es ist ein Wunder, dass ich nach einer derartigen Nachricht heute Morgen überhaupt aufgewacht bin. Ich schaffe es noch nicht, Ruby und Leo davon zu erzählen. Die Geschichte ist schon peinlich genug, aber die Nachricht war das Sahnehäubchen. Erstens ist es bedenklich, dass ein Großteil der Nachricht von einem Roboter-Nilpferd handelt. Und sie *erwähnt* meine Sprachnachrichten nicht einmal. Aber das »hab einen schönen Abend« bringt das Fass zum Überlaufen. So *förmlich!* So distanziert. Wie ein Dolchstoß ins Herz.

Ich habe letzte Nacht schlecht geschlafen, weil ich mir ständig vorstellte, dass Gail Matthew erzählt, wie erbärmlich ich bin. In einer perfekten Welt könnte ich das ganze Wochenende im Bett bleiben, mich unter der Decke verkriechen und so tun, als wäre nichts passiert, aber leider kann ich das nicht, weil Isabelle und Ryan heiraten, und ich habe mir heute freigenommen, um auch die Grillparty vor dem großen Tag zu besuchen.

Ich packe missmutig meinen Koffer und versuche, an alles zu denken, was ich die nächsten Tage brauchen werde, dann checke ich den Verkehr und sehe nach, wie lange die Fahrt nach Devon dauern wird. Mein Handy klingelt, und Isabelles Name erscheint auf dem Display. Vielleicht haben die Brautjungfern etwas vergessen, und ich soll es aus London mitnehmen.

Ich liege gar nicht so falsch. Bloß, dass es nicht um etwas geht, sondern um *jemanden*.

Genauer gesagt um Jamie, einen von Ryans Freunden, der nicht allzu weit entfernt von mir wohnt und dessen Wohnung mehr oder weniger auf der Strecke liegt. Er hätte eigentlich mit dem Zug nach Exeter und von dort mit dem Taxi weiterfahren sollen, aber es gab offenbar ein Problem mit der Bahn, und alle Vormittagszüge wurden gestrichen. Nun fragt sich Isabelle, ob ich ihnen einen riesigen Gefallen tun und ihn mitnehmen könnte. Ich stimme zu, denn am Tag vor der Hochzeit sagt man auf keinen Fall Nein zu der Braut (es sei denn, man heißt Matthew und sagt Nein zur ganzen Hochzeit), und sie dankt mir überschwänglich und erklärt, wie sehr sie sich auf unser Kommen freut.

Es macht mir nichts aus, jemanden mitzunehmen, und Hochzeiten bringen gerne die großzügige Seite an Menschen zum Vorschein, aber ich bin ein wenig enttäuscht, dass ich die lange Fahrt nach Devon höflich und gesellig sein muss, anstatt Süßigkeiten zu futtern und mir aufbauende Podcasts über Tiere anzuhören. Aber vielleicht kann ich das sogar. Vielleicht mag Jamie Süßigkeiten und interessante Tierinfos. Wir werden sehen.

Isabelle schickt mir seine Adresse und Telefonnummer, und ich lade meinen riesigen Koffer ins Auto – ich konnte mich nach der Sache mit Gail nicht aufs Packen konzentrieren, also habe ich einfach alles mitgenommen, was schon okay ist, denn immerhin gibt es im Auto kein Gewichtslimit. Mein Handy vibriert erneut. Dieses Mal ist es eine Nachricht aus der WhatsApp-Gruppe, die ich mit Leo und Ruby habe.

Ruby
Viel Spaß auf Isabelles Hochzeit! Vergiss nicht deine Aufgabe. Du musst ein Paar Manschettenknöpfe ergattern.

Leo
Aber du darfst ihm nicht von der Aufgabe erzählen. Das wäre nicht der Sinn der Übung. Es muss raffiniert sein.
Solltet ihr nicht arbeiten?

Ruby
Ich freue mich schon auf den Bericht, wie es bei deinem ersten Flirtversuch gelaufen ist. Wir verlangen Details.

Leo
Wir haben volles Vertrauen in dich. Du schaffst das! Ran an den Speck!

Ruby
Das ist peinlich, Leo.

Ich lege das Handy beiseite und mache mich auf den Weg zu Jamie. Ich bin davon ausgegangen, dass er bereits vor dem Haus wartet, aber es ist niemand zu sehen. Ich gebe ihm ein paar Minuten und trommle ungeduldig auf das Lenkrad, dann steige ich aus und klingle. Niemand rührt sich. Ich überprüfe die Adresse, die Isabelle mir gegeben hat. Ja, ich bin hier definitiv richtig. Ich klingle erneut, und als das nichts hilft, klopfe ich an die Tür.

»O Gott«, murmle ich. »Ich muss ihn anrufen.«

Unbekannte anzurufen ist immer unangenehm, und als er nicht abhebt, habe ich das Gefühl, die ganze Welt hätte sich gegen mich verschworen. Zuerst Gail und jetzt dieser Jamie. Wozu haben die Leute ein Handy, wenn sie nicht rangehen?

Nachdem ich durch den Briefschlitz nach Jamie gerufen und keine Antwort bekommen habe, wähle ich zögerlich Isabelles Nummer. Ich will sie eigentlich nicht stören, aber mir bleibt keine andere Wahl. Der Verkehr wird von Minute zu Minute stärker, und ich möchte auf keinen Fall zu spät kommen.

»Es tut mir leid, Freya, das ist echt seltsam!«, meint Isabelle, nachdem ich ihr alles erklärt habe. »Warte, ich gebe dir Ryan. Er kennt Jamie besser und weiß vielleicht, was los ist.« Der Klang ihrer Stimme wird leiser, vermutlich hält sie das Handy von sich gestreckt. »Ryan! RYAN! Komm her! Du musst mit Freya reden. Sie steht vor Jamies Haus, aber er ist nicht da. Wo ist er?... Sie hat geklingelt, aber er rührt sich nicht. Du hast doch mit ihm gesprochen, oder?... Moment, wie bitte? Ryan!«

Es folgt seltsames Gemurmel, dann dringt Ryans Stimme aus dem Telefon. »Freya?«

»Hey, Ryan!« Ich versuche, optimistisch und aufgeregt zu klingen anstatt entnervt. »Wie fühlst du dich am Tag vor dem großen Tag? Wuuu-Huu!«

Ich bin normalerweise kein »Wuuu-Huu«-Typ, deshalb klingt es vielleicht ein wenig höhnisch, aber dagegen kann ich nichts machen.

»Sehr aufgeregt. Es wird genial«, erklärt er mir. »Es tut mir leid wegen Jamie. Ich habe heute noch gar nicht mit ihm gesprochen.«

»Er weiß nicht, dass ich ihn abhole?«

»Ein anderer Gast hat mir gesagt, dass die Züge gestrichen wurden, also dachte ich, ich schreibe ihm und bitte Isabelle, so bald wie möglich mit dir zu sprechen. Damit war für mich das Problem gelöst.«

»Sehr effizient.«

»Aber er hat sich noch nicht zurückgemeldet. Ich habe ihm gestern Abend geschrieben, da war er mit Kollegen unterwegs. Vermutlich wurde es ein längerer Abend. Klingle einfach immer weiter, dann wacht er schon auf.«

»Ähm…«

»Ehrlich, mach dir keine Sorgen. Jamie hat einen tiefen Schlaf. Klingle weiter, und ich rufe ihn außerdem noch mal an. Wenn er dann nicht auftaucht, können wir wenigstens sagen, dass wir es versucht haben. Und er muss eben am Abend mit dem Zug nachkommen, sollten sie bis dahin wieder fahren, was ich doch sehr hoffe.«

»Okay, machen wir es so. Danke, Ryan.«

»Bis bald!«

Wir legen auf, und ich stecke das Handy seufzend in die Tasche zurück. Das ist lächerlich. Er ist womöglich noch nicht einmal aufgestanden? Wenn das wahr ist, dann beeilt er sich besser, ich will hier nicht ewig herumstehen. Ich habe schon genug Zeit vergeudet. Ich klingle erneut und hoffe unwillkürlich, dass er nicht antwortet, denn dann hätte ich eine Entschuldigung und könnte weiterfahren.

Aber ich höre Schritte, die sich der Tür nähern. Sie schwingt auf, und mir gegenüber steht ein Mann in Boxershorts. Ich erstarre und weiß nicht, was ich sagen oder wo ich hinsehen soll.

»Hi, tut mir leid. Ich komme ja schon«, murmelt er, mustert mich blinzelnd und schiebt sich die zerzausten Haare aus der Stirn. »Ich bin gleich bei dir.«

Dann schlägt er die Tür wieder zu. Ähm. HALLO? Wo bleiben seine Manieren? Er hat nicht einmal gefragt, wer ich bin, oder ob ich im Haus warten möchte! Er hat sich nicht einmal vorgestellt! Ich stehe einen Moment lang mit in die Hüften gestemmten Händen vor der Tür, schnaube und stapfe anschließend zu meinem Auto zurück.

Ich kann diesen Kerl nicht leiden.

Kaum zu glauben, dass er die Tür in Boxershorts geöffnet hat! Das ist mehr oder weniger *nackt*. Ich habe das Gefühl, als hätte ich seine Privatsphäre verletzt, dabei hatte ich keine andere Wahl. Wir haben noch kein richtiges Wort gewechselt, aber ich kenne ihn bereits oben ohne.

Als er siebzehn Minuten später aus dem Haus tritt, sind seine Haare nass von der Dusche, und er trägt eine Sporttasche über der Schulter. Ich beschließe, ihm nicht übel zu nehmen, dass er mir die Tür vor der Nase zugeschlagen hat, offenbar hat er einen Kater, und es ist nicht fair, Leute in diesem Zustand zu beurteilen. Am Tag nach Obis Hochzeit habe ich nicht geduscht, den ganzen Tag im Morgenmantel und meinen Uggs vor dem Fernseher verbracht und mir zum Mittag- und Abendessen Pizza bestellt.

Ich rede mir ein, dass die Zusteller mich an diesem Tag auch nicht dafür verurteilt haben, also gestehe ich Jamie dasselbe zu.

Er öffnet die hintere Autotür, stellt seine Tasche auf den Rücksitz und setzt sich neben mich. Er lässt den Sitz zurückklappen, macht es sich bequem und wendet sich zu mir. »Hi, ich bin Jamie.«

»Schön, dich kennenzulernen. Ich bin Freya.«

»Cool. Tut mir leid, dass du warten musstest.«

»Schon gut.«

»Ich hatte gestern ein paar Drinks zu viel. Hey, macht es dir etwas aus, wenn ich ein Nickerchen mache?«

Ich blinzle. »Wie bitte?«

»Ich würde gerne meine Augen zuklappen und schlafen, aber das wäre ziemlich unhöflich, immerhin kenne ich dich nicht, und du bringst mich nach Devon. Also dachte ich, ich frage lieber.«

»Oh. Ähm. Das ist okay. Ja, klar. Schlaf gut.«

»Danke.« Er lehnt den Kopf zurück und schließt die Augen. »Wenn ich aufwache, bin ich wieder ein richtiger Mensch, und dann magst du mich sicher lieber als jetzt.«

Ich drehe den Zündschlüssel und fahre los. Nach ein paar Minuten beginnt er zu schnarchen. Ich atme hörbar durch und starte einen Podcast über das geheime Leben von Lemuren, die – wie ich bald erfahre – faszinierende kleine Kreaturen sind.

Ich wage ein paar verstohlene Blick auf Jamie, den ich absolut nicht einschätzen kann. Wäre er nicht so unhöflich, würde ich ihn als durchaus attraktiv bezeichnen. Groß, dunkle Locken, kräftige

Augenbrauen, lange dunkle Wimpern. Er lässt sich offenbar einen Bart wachsen, und als er das Gesicht zum Fenster dreht, sehe ich das Ende eines Tattoos auf seinem Rücken, wobei der größere Teil unter seinem T-Shirt versteckt ist.

Nach etwa anderthalb Stunden halte ich an einer Tankstelle, um zu pinkeln. Jamie hat die ganze bisherige Fahrt geschlafen und fährt hoch, als ich anhalte. »Sind wir schon da?«, fragt er und reibt sich die Augen.

»Nein, tut mir leid. Ich muss nur auf die Toilette.«

»Oh. Okay. Cool. Ich hole etwas zu essen.« Er steigt aus, streckt sich, gähnt laut und schlurft zur Tankstelle. Ich folge ihm ins Gebäude, und als ich fertig bin, warte ich beim Auto und sehe zu, wie er orientierungslos durch den Laden streift. Schließlich geht er zur Kasse und kehrt mit einer durchsichtigen Plastiktüte voller Chips zum Auto zurück.

»Hast du bloß Chips gekauft?«, frage ich, nachdem wir wieder losgefahren sind.

»Jap. Willst du auch welche?«

»Nein, danke. Wie viele hast du gekauft?«

»Fünf Packungen.« Er reißt eine auf und mampft los. »Das bringt mich wieder auf Schiene. Ich habe außerdem noch Limo. Wenn wir in Devon sind, bin ich wieder hellwach und zu jeder Schandtat bereit.«

Ich lächle höflich und konzentriere mich auf die Straße, während es neben mir knuspert.

»Das Nickerchen war toll, ich fühle mich wie neugeboren«, erklärt er mir. »Tut mir echt leid deswegen.«

»Kein Problem. Wir haben das alle schon mal erlebt.«

»Wenn ich mit den Kollegen unterwegs bin, kann es schon mal dauern. Eigentlich wollte ich nicht so lange bleiben.« Er sieht mich an. »Was machst du beruflich?«

»Ich arbeite für Suttworth, den Getränkekonzern.«

Normalerweise sind die Leute in diesem Moment beeindruckt oder haben zumindest ein paar nette Worte parat. Die meisten kennen Suttworth, und wenn nicht, dann kennen sie zumindest unsere Getränkemarken.

Jamie allerdings ist nicht beeindruckt und reagiert auch nicht erfreut. Stattdessen wirkt er abgestoßen. Er rutscht von mir ab und sieht mich an, als würde ich ihm plötzlich in einem neuen Licht erscheinen. »Suttworth?«, fragt er hörbar angewidert.

»Ja, ich bin Markenbeauftragte«, antworte ich einigermaßen entnervt von seiner Reaktion. »Stimmt etwas nicht?«

»Du bist der Feind.«

»*Wie bitte?*«

»Ich arbeite bei *Dancing Bear.*«

»Was soll das sein?«

»Ganz genau.« Er schüttelt den Kopf, als hätte ich ihn enttäuscht. »Wir sind eine kleine, unabhängige Brauerei.«

»Ah. Dann meinst du mit *Feind* also die bösen Großkonzerne. Ist das nicht ein ziemliches Klischee?«

Er schnaubt. »Du kannst nicht behaupten, Suttworth wäre kein böser Großkonzern, der nur darauf aus ist, das meiste Geld herauszuholen, ohne eine echte Leidenschaft für seine Produkte zu empfinden.«

»Hey!« Kaum zu glauben, wie unverschämt und respektlos dieser Kerl ist! »Nur damit du's weißt, Suttworth empfindet extreme Leidenschaft für seine Marken. Wenn es uns nicht gäbe, wären viele kleine Unternehmen schon vor langer Zeit pleitegegangen.«

»Ja, weil ihr den Markt übernommen und sie verdrängt habt. Sie hatten keine andere Wahl, als sich aufkaufen zu lassen. Aber *Dancing Bear* bekommt ihr nicht, das ist schon mal sicher.«

»Ich kenne *Dancing Bear* nicht mal!«

»Weil es eine anständige, heimische Marke ist. Wir fahren keine globalen Werbekampagnen, die die Qualität unseres Produktes gefährden. Du bist also Markenbeauftragte? Das heißt, du kümmerst dich um mehrere Marken, nicht wahr?«

»Ja.«

»Ich wette, du magst nicht einmal die Hälfte davon.«

»Ich liebe alle meine Marken!«, lüge ich und werfe ihm einen schnellen Blick zu. Er hebt wenig überzeugt die Augenbrauen. »Okay, na gut. Ich liebe nicht *alle*, aber die Geschmäcker sind nun mal verschieden! Und ich liebe die meisten. Deshalb bin ich so gut darin, sie zu verkaufen. Ich betreibe meinen Beruf mit Leidenschaft, und ich bin – nur damit du's weißt – sehr erfolgreich darin.«

»Vielleicht«, erwidert er. »Aber ich wette, du kennst die Getränke und die Leute, die dahinterstehen, nicht so wie ich und mein Team *Dancing Bear* kennen. Wir empfinden echte Leidenschaft. Keine Leidenschaft, für die wir bezahlt werden.«

»Du bist ein totaler Snob!«

»*Ich* bin ein Snob?« Er hebt die Hände. »Ich bin nicht derjenige, der für einen riesigen, piekfeinen, aalglatten Konzern arbeitet.«

»Lass mich raten, *Dancing Bear* hat seinen Sitz im Osten Londons, und deine Kollegen haben genauso ungepflegte Bärte wie du, tragen bei der Arbeit karierte Hemden und Turnschuhe und hören ›ausgefallene‹ Bands, die hauptsächlich deshalb unbekannt sind, weil sie schreckliche Musik machen.« Ich nehme den Blick von der Straße und sehe ihn selbstgefällig an, wobei ich zufrieden bemerke, wie er sich in seinem Sitz windet. Ich habe ins Schwarze getroffen. »Du kennst mich nicht und hast trotzdem sofort ein Urteil parat und behauptest, ich würde keine echte Leidenschaft empfinden. Du und dein Team bei *Dancing Bear* haltet euch für einzigartig, cool und trendig, obwohl ihr genauso seid wie alle anderen: anmaßende Snobs, die auf alles und jeden hinunterblicken.«

»Mein Bart ist *nicht* ungepflegt«, murmelt er.

Er richtet den Blick zum Fenster hinaus, und ich starre geradeaus, während wir für ein paar Minuten in grollendes Schweigen versinken. Dieser Kerl ist echt ein starkes Stück. Ich erweise ihm einen riesigen Gefallen, und er verbringt die Fahrt damit, mich zu beleidigen! Kaum zu glauben, dass Ryan mit so jemandem befreundet ist. Ich hatte immer eine hohe Meinung von ihm, und es fällt mir nun schwer, ihn nicht nach den Leuten zu beurteilen, mit denen er sich abgibt.

»Na gut«, meint er schließlich und seufzt. »Vielleicht hätte ich nicht so vorschnell urteilen sollen. Du hast recht, ich kenne dich nicht. Es tut mir leid. Das war unhöflich.«

Ich nicke, sage aber nichts. Ich bin mir nicht sicher, ob ich schon bereit bin, seine Entschuldigung anzunehmen, und bleibe lieber noch ein wenig auf meinem hohen Ross. Ich bin Meisterin darin, auf meinem Standpunkt zu beharren.

»Aber wenn du so viele Marken betreust, ist es unwahrscheinlich, dass du dieselbe Leidenschaft empfindest wie ich für *Dancing Bear*. Und was deinen Kommentar über ausgefallene Bands betrifft: Ich kann dir garantieren, dass mein Musikgeschmack besser ist als deiner.«

»Du hast keine Ahnung von meinem ...«

»Ich habe eine gewisse Ahnung, nachdem du auf der bisherigen Fahrt einen Podcast über Lemuren laufen hattest, gefolgt von einer Playlist, zu der unter anderem *Take That* und ein Song über das Jahr 3000 gehörten.«

Ich sehe ihn mit schmalen Augen an. »Behaupte ja nicht, du hättest noch nie von *Busted* gehört. Außerdem dachte ich, du würdest schlafen!«

»Du bist ein typisches Produkt des bedeutungslosen Mainstreams und des Autotune-Pops der Neunziger.«

»Ha! *Busted* waren in den Nullerjahren! Da hast du's!«

Er wirkt nicht gerade beeindruckt von meinem Einwand, und ich muss zugeben, dass es tatsächlich kein gutes Argument war. Aber wie kann er es wagen, meine kulturellen Vorlieben zu kritisieren? Mir ist klar, dass ich kein Musik-Maestro bin, aber das ist mir egal. Ich habe noch nie jemanden kennengelernt, der so selbstgefällig und unverschämt ist.

Wir verfallen erneut in Schweigen, das bis zum Ende der Fahrt anhält. Ich mache zur Ablenkung das Radio an und drehe es absichtlich lauter, sobald ein Popsong erklingt. Er verdreht die Augen und starrt aus dem Fenster.

Als wir vor dem Countryhouse-Hotel halten, in dem wir während der Hochzeit untergebracht sind und in dem auch die Grillparty stattfindet, verlasse ich das Auto so schnell wie menschenmöglich. Ich zerre meinen riesigen Koffer aus dem Kofferraum, und Jamie zieht die Augenbrauen hoch, sagt aber nichts. Ach, jetzt macht er sich auch noch darüber lustig, wie viele Klamotten ich mitgenommen habe? Bin ich etwa eine Konsumsklavin, bloß weil ich gerne mehrere Outfits zur Auswahl habe?

Für wen hält sich dieser Kerl?

»Danke fürs Mitnehmen«, sagt er und wirft sich die Sporttasche über die Schulter. »Ich zahle das Benzin.«

»Nicht nötig«, zische ich, knalle den Kofferraumdeckel zu und versperre das Auto. »Viel Spaß auf der Hochzeit.«

Ich mache auf dem Absatz kehrt und stapfe ins Hotel, fest entschlossen, ihm für den Rest des Wochenendes aus dem Weg zu gehen und ihn danach hoffentlich nie mehr wiederzusehen.

Kapitel 12

»*Verdammt noch mal!*«

Ich trete bestürzt einen Schritt vom Sitzplan zurück. Niamh, die ihn gerade ebenfalls studiert, dreht sich verwirrt zu mir um. »Was ist denn? Wir sitzen am selben Tisch.«

»Ja, aber dieser Jamie auch.« Ich führe sie weiter, damit sich die Leute hinter uns ebenfalls ihrem Schicksal stellen können. »Das ist der Kerl, den ich gestern hierher mitgenommen habe. Es war die schrecklichste Autofahrt *ever*. Er ist ein Albtraum!«

»Er ist eigentlich echt nett. Du hast ihn wohl an einem schlechten Tag erwischt.«

Ich sehe sie ungläubig an. »Du kennst ihn?«

»Ja, er ist ein guter Freund von Freddie. Wir haben ihn über Isabelle und Ryan kennengelernt, und mittlerweile hängen die Jungs regelmäßig miteinander ab.« Sie wirft mir einen seltsamen Blick zu. »Ich hätte gedacht, ihr beide würdet euch gut verstehen.«

Ich versichere ihr, dass wir das *nicht* tun, dann schlendern wir in den Veranstaltungssaal des Hotels und machen uns auf die Suche nach unserem Tisch. Ich versuche mich nicht ausgeschlossen zu fühlen, weil Matthew nicht von den »Jungs« zu ihren Treffen eingeladen wurde, aber im Prinzip spielt das keine Rolle mehr. Außerdem bin ich froh, wenn ich nicht mehr Zeit als absolut notwendig mit Jamie verbringen muss.

Während der Grillparty sind wir einander absichtlich aus dem Weg gegangen, obwohl es nicht gerade viele Gäste gab, mit denen ich mich unterhalten konnte – dank der gestrichenen Verbindungen waren die darauffolgenden Züge massiv überfüllt und verspätet, weshalb Niamh erst am späten Abend eintraf. Es war zwar nett, mit ein paar von Isabelles Freundinnen zu plaudern, die ich vom Junggesellinnenabschied kannte, aber ich wurde immer wieder von Jamie abgelenkt, der sich mitten im Geschehen befand und sich blendend mit Ryan und dessen Freunden unterhielt.

Was soll's. Ich hatte ohnehin keine Lust, den ganzen Abend an der Hotelbar zu hocken (und genau das taten sie). Ich war mehr als zufrieden damit, mich heimlich auf mein Zimmer zu verziehen, ein Bad zu nehmen und vor dem großen Tag früh zu Bett zu gehen.

Die Hochzeit ist elegant und stylish, genau wie Isabelle. In der Mitte jedes Tisches steht ein eindrucksvoller Strauß aus Hortensien, Rosen und Grünzeug in einer hohen Glasvase, um die Teelichter arrangiert sind. Die Zeremonie fand im Freien statt, und Braut und Bräutigam gaben sich ihr Versprechen auf der Terrasse, die wunderschön mit weißen Rosen geschmückt war, die wiederum perfekt zu Isabelles Brautstrauß und den Blumen der Brautjungfern passten. Danach gab es Champagner, bis wir in den Festsaal geführt wurden, in dem moderne Kronenleuchter von der hohen Decke hängen und die zimmerhohen Fenster einen herrlichen Ausblick auf die Landschaft Devons bieten. Ich habe mich bis vorhin darauf gefreut, mich endlich an einen Tisch zu setzen und zu essen, aber jetzt, da ich die Tischordnung kenne, erscheint es mir weniger erstrebenswert.

Niamh und ich finden unseren Tisch, der sich ganz in der Nähe der Tanzfläche befindet, und ich suche meinen Platz.

»*Verdammt noch mal!*«, murmle ich erneut, als ich erkenne, dass Jamie *direkt neben mir* sitzt, während Niamhs Platz am anderen Ende des Tisches ist.

»Ah.« Er tritt hinter mich und stellt seine Bierflasche ab. »So trifft man sich wieder.«

Ich sage nichts und setze mich. Hoffentlich kann ich mich das ganze Essen über mit dem Gast zu meiner Linken unterhalten. Leider steht dieser allerdings total auf *Dungeons and Dragons*, und nachdem der Gast zu *seiner* Linken ebenfalls ein großer Fan ist, wendet er mir bald den Rücken zu.

»Wie schmeckt dein Essen?«, fragt Jamie, der auch niemanden zum Unterhalten gefunden hat.

»Toll, danke«, erwidere ich knapp und nehme den letzten Bissen des zur Vorspeise gereichten Räucherlachses. »Und deins?«

»Sehr gut.«

Wir verfallen in Schweigen. Er nippt an seinem Bier. Ich versuche die Klappe zu halten, aber es gelingt mir nicht. »Interessante Getränkewahl«, platze ich heraus.

»Wie bitte?«

»Total Mainstream.« Ich deute mit dem Kopf auf seine Flasche. »Das ist eine Suttworth Marke, nicht wahr?«

»Ja«, murrt er. »Ist es.«

»Ich dachte, du wärst dir zu gut, um so etwas zu trinken.«

»An der Getränkeauswahl bei einer Hochzeit kann man nichts ändern.«

»Ich informiere Isabelle und Ryan gerne, dass sie eine schlechte Wahl getroffen haben.«

»Vielleicht hätten sie mehr Auswahlmöglichkeiten gehabt, wenn Suttworth mit den niedrigen Preisen nicht den Rest des Marktes zerstört hätte. Ein kleines, unabhängiges Unternehmen kann eben nicht derart billig produzieren.«

»Dann bist du also gegen billige Getränke?«

Er seufzt. »Vielleicht sollten wir das Thema wechseln. Wir sind diesbezüglich eben anderer Meinung, und ich weiß nicht, ob es den Ärger wert ist, weiter darüber zu diskutieren.«

»Von mir aus. Du warst derjenige, der mich gestern niedergemacht hat.«

»Was mir tatsächlich irgendwie leidtut.«

Ich hebe die Augenbrauen. »Wirklich?«

»Ja. Ich gebe den schrecklichen Kopfschmerzen die Schuld

daran. Aber dafür habe ich mich bereits entschuldigt.« Er räuspert sich, holt tief Luft und setzt ein Lächeln auf. »Also! Hattest du einen schönen Tag? Hat dir die Hochzeit bis jetzt gefallen?«

»Ja, es war sehr schön. Die beiden sehen sehr glücklich aus.«

Er sieht zu Isabelle und Ryan hinüber, die gerade aufstehen, um von Tisch zu Tisch zu gehen und die Gäste zu begrüßen. »Das tun sie.«

»Die Location ist umwerfend.«

»Ja. Meine Cousine hat letztes Jahr in Devon geheiratet.«

»Ah. Sehr nett. Familienhochzeiten sind immer toll.«

»Ja. Meine Mum kommt aus Ägypten, also sehe ich ihre Seite der Familie nur selten. Aber ein Großteil ist hergeflogen.«

»Super.« Ich nippe an meinem Wein, er nippt an seinem Bier. O Gott, das ist so schrecklich gestelzt. Wir werden von Isabelle gerettet, die plötzlich zwischen uns steht.

»Hallo!« Sie strahlt. »Wie geht es euch? Schmeckt euch das Essen?«

»Es ist köstlich«, schwärme ich, und sie drückt mir einen Kuss auf die Wange. »Du siehst bezaubernd aus, Mrs Warner! Dein Kleid ist eine Wucht.«

Sie trägt ein hautenges, modernes Kleid mit zarten, perlenbestickten Spaghettiträgern, das ihre fantastische Figur betont. Ihre Nägel schimmern neonblau – das Blau, das jede Braut braucht, nehme ich an –, und sie trägt die Haare locker hochgesteckt und kaum Make-up, sodass sie frisch und sehr elegant aussieht.

Sie ist bereits ein wenig beschwipst vom Champagner, was bedeutet, dass die Gäste bald mit ein paar klassischen, tiefsinnigen Gesprächen bedacht werden.

»Ich danke dir! Es ist ein unglaublicher Tag«, erwidert sie und wendet sich an Jamie. »Ist Freya nicht toll? Ich dachte, ich setze euch nebeneinander, weil ihr so viele Gemeinsamkeiten habt!«

»Haben wir die?«, murmelt er, und ich werfe ihm einen wütenden Blick zu. Er fährt lauter und enthusiastischer fort: »Klar haben wir die!«

»Ihr seid beide in der Getränkebranche, ihr habt einen ähnlichen Sinn für Humor, ihr seid beide ziemlich sarkastisch...« Ehe sie unsere verwirrten Gesichter zu dieser Einschätzung bemerkt, wird sie von einem Gast abgelenkt, der ihr von der anderen Seite des Tisches zuwinkt. »Ich muss weiter und Hallo sagen. Habt einen schönen Tag!«

»Danke!«, rufe ich ihr nach, während ein Kellner den Vorspeisenteller abserviert.

»Mir war nicht klar, dass mein Hang zum Sarkasmus so offensichtlich ist«, murmelt Jamie.

»Mir auch nicht. Aber ich schätze, es gibt Schlimmeres.«

»Das stimmt. Ich wurde einmal als frivol bezeichnet, das hat echt wehgetan.«

»Autsch. Wer hat dich so genannt?«

»Eine Ex.«

»Ah.« Ich nicke und beschließe, ehrlich zu sein, wenn wir uns schon unterhalten. »Mein Ex nannte mich *pragmatisch* und *gefasst*. Was aber nicht als Kompliment gemeint war.«

»Wow. Das ist hart.«

»Ich bin mir nicht sicher, was schlimmer ist. Das, oder als Produkt des Neunziger-Mainstream-Pops abgestempelt zu werden.«

»Was soll *ich* sagen? Ich wurde als überheblicher Snob mit ungepflegtem Bart beschimpft.«

»Wobei er heute ein wenig gepflegter aussieht.«

»Ich dachte, ich gebe mir dem Anlass entsprechend besondere Mühe.« Er lehnt sich zurück, während der Hauptgang serviert wird.

»Was macht dich so gefasst? Dein piekfeiner Job bei Suttworth?«

»Keine Ahnung«, gestehe ich.

»Ist es nicht eigentlich gut, gefasst zu sein und alles unter Kontrolle zu haben? Ich dachte, das wäre das Ziel vieler Leute?«, fährt Jamie fort und macht sich über sein Essen her.

»Ja, na ja. Mittlerweile habe ich gar nichts mehr unter Kontrolle.« Ich ramme die Gabel in eine Kartoffel. »Und was macht dich so frivol?«

»Ein Scherz, den ich über etwas gemacht habe, was meine Ex getan hat.«

»Was hat sie denn getan?«

Er nimmt einen Schluck Bier. »Sie hat mich betrogen.«

»Ach herrje. Das ist… schrecklich.« Ich mustere ihn neugierig. »Warum hast du einen Scherz darüber gemacht? Du warst doch sicher stinksauer.«

»Es war wohl ein Bewältigungsmechanismus. Das sagt zumindest eine befreundete Therapeutin. Ich habe ihr gesagt, dass sie aufhören soll, mich zu analysieren, aber das fällt Therapeuten offenbar schwer.«

»Das kann ich mir vorstellen.«

»Es ist wie ein nervöser Tick.«

»Dein Scherz über ihr Fremdgehen war ein Versuch, damit fertigzuwerden.«

»Genau das hat die Therapeutin auch gesagt.«

»Das verstehe ich.« Ich denke zurück an die Besenkammer und meine seltsame Sorge über die verschwundenen Pfauen, obwohl Matthew mir gerade das Herz gebrochen und mein Leben zerstört hatte. »Schockierende Erlebnisse können zu sehr seltsamen Reaktionen führen.«

»Ich kenne jemanden, dem seine Kündigung so naheging, dass er den Getränkeautomaten aus dem Büro geklaut hat. Er hat den Stecker gezogen und ist damit losmarschiert. So etwas hätte er sonst nie getan.«

»Wie bitte?« Ich starre ihn an. »Das ist lächerlich. Das hast du dir ausgedacht.«

»Es ist wahr.«

»Kennst du den Kerl persönlich?«

»Er ist der Freund eines Freundes.«

»Wie konnte er ganz alleine einen Getränkeautomaten tragen?«

»Er ist sehr stark.«

»So stark ist niemand.«

»Es war bloß ein kleiner Automat.«

»Klar.« Ich verdrehe die Augen. »Obwohl ich jemanden kenne, der so fassungslos über den Heiratsantrag seines Freundes war, dass er ihm einen Faustschlag ins Gesicht verpasst hat.«

»Nicht im Ernst.«

»Ich schwöre es dir. Er hat ihm beinahe die Nase gebrochen, bevor er Ja gesagt hat.«

»Du willst mich veräppeln.«

»Nein, das ist die Wahrheit«, beharre ich. »Es war ein Freund meines Bruders aus New York. Es gibt ein Foto von den beiden auf der Dachterrasse einer Bar. Beide weinen vor Freude, einer hat eine blutige Nase.«

»Moment, der Kerl, der den Antrag gemacht hat, wollte den Kerl, der ihn geschlagen hat, trotzdem heiraten?«

»Sicher!«

»Ich glaube dir erst, wenn ich das Foto sehe.«

»Kein Problem. Und ich glaube *dir*, wenn ich ein Foto des Getränkeautomaten in der Wohnung des Mannes sehe, der ihn aus dem Büro mitgenommen hat.«

»Er hat es nicht bis nach Hause geschafft. Er musste ihn in der Lobby stehen lassen, weil er ihn nicht durch die Drehtür bekam. Aber er ist damit im Aufzug nach unten gefahren.«

Ich schüttle den Kopf. »Wie kann jemand ganz allein einen Getränkeautomaten in einen Aufzug heben?«

»Das ist einfach. Man muss ihn nur richtig kippen.«

»Dafür braucht man eine Sackkarre. So stark ist niemand.«

Jamie kaut gedankenverloren, schluckt und meint: »Ich glaube, ich könnte einen Getränkeautomaten hochheben.«

»Was? Nein, auf keinen Fall!«

»Ich schleppe jede Menge Fässer, weißt du? Ich weiß nicht, ob ich es schon erwähnt habe, aber ich arbeite für eine kleine, unabhängige Brauerei.« Seine Mundwinkel zucken.

Ich gehe nicht darauf ein. »Ein Fass ist etwas vollkommen

anderes als ein Getränkeautomat. Es hat eine andere Form, und der Automat ist voller Getränke.«

»Ja, und das Fass ist voller Flüssigkeit.«

»Das ist albern, ich werde nicht mehr länger mit dir darüber diskutieren, ob du einen Getränkeautomaten hochheben kannst oder nicht«, verkünde ich stur. »Wie sind wir überhaupt darauf gekommen?«

»Wir haben darüber gesprochen, dass Leute seltsam auf schockierende Ereignisse reagieren«, erinnert er mich und greift nach einer Flasche, die vor uns auf dem Tisch steht. »Darf ich dir nachschenken?«

»Gerne.« Ich schiebe ihm mein Glas entgegen.

»Dein Bruder wohnt also in New York?«

»Ja, er arbeitet im Recruiting.«

»Cool. Hast du ihn schon einmal besucht?«

Ich nicke. »Ja, es war unglaublich. Warst du schon mal in Amerika?«

»Nein, aber ich würde gerne mal hin. Es gibt dort einige exzellente Brauereien.«

»Und exzellenten Whisky.«

Er lacht, verstummt aber sofort, als er mein Gesicht sieht. »Oh. War das etwa ernst gemeint?«

»Ähm, ja? Schon mal was von Bourbon gehört? Lebst du in einem deiner Fässer?«

»Darüber habe ich nicht gelacht«, erklärt er. »Eher darüber, dass du ein Whisky-Fan bist.«

»O mein Gott, du bist so *herablassend!*« Ich sehe ihn böse an. »Wie sehen Whisky-Fans deiner Meinung nach aus? Sind es alte, Pfeifen rauchende Männer mit Filzhüten?«

Er hebt lachend die Hände. »Ist schon gut, sorry. Das klang wirklich herablassend, aber ich schwöre, dass es nicht so gemeint war. Es ist nur, weil du für Suttworth arbeitest.«

»Einige der besten Experten auf dem Gebiet der alkoholischen Getränke arbeiten für Suttworth.«

»Und du bist eine davon?«

»Natürlich nicht«, fauche ich. »Aber du scheinst Suttworth für ein Unternehmen zu halten, bei dem keiner weiß, wovon er spricht. Das ist frustrierend. Ich schätze, ich bin um einiges besser als du, was Whisky anbelangt.«

»Das ist eine mutige Ansage«, erwidert er mit einem wissenden Lächeln. »Aber dein Selbstvertrauen gefällt mir. Würdest du auch Geld darauf setzen?«

»Du willst wetten?«

»Hinter der Bar stehen einige Whiskyflaschen. Wir machen eine Blindverkostung und sehen, wer gewinnt.«

Sein Vorschlag gefällt mir. Natürlich ist er schrecklich kindisch. Warum gleich einen Wettbewerb daraus machen? Dieser Mann scheint unfähig, sich wie ein Erwachsener zu benehmen. Andererseits ist es verlockend, weil ich weiß, dass ich gewinnen würde.

Mir kommt eine Idee. »Wenn ich gewinne, bekomme ich deine Manschettenknöpfe«, schlage ich vor.

Er wirft mir einen seltsamen Blick zu. »Dein Vorschlag ist etwas bedenklich. Sammelst du Andenken an deine Opfer?«

»Sehr witzig. Es ist nicht so derb wie Geld, aber ich bekomme trotzdem etwas von dir.«

»Was, wenn ich gewinne?«

»Dann darfst du zu Recht selbstzufrieden sein.«

»Netter Versuch.« Er lehnt sich nach vorne und denkt einen Moment lang nach. »Wenn ich gewinne, musst du zu uns in die Brauerei kommen, ein Pint kaufen und zugeben, dass *Dancing Bear* besser ist als alles, was ihr im Angebot habt.«

»Das werde ich sicher nicht zugeben. Wo ist die Brauerei?«

Er zögert und lässt sich Zeit mit der Antwort.

»Zufällig im Osten Londons?«, frage ich unschuldig.

»Dalston«, murmelt er.

Ich genieße den Augenblick, denn meine Vermutung gestern war zwar ebenfalls herablassend, aber korrekt. »Gut. Abgemacht.«

Als Ryans Trauzeuge auf das Mikrofon klopft und sich erhebt, um die ersten Reden anzukündigen, strecke ich Jamie die Hand entgegen. Er schüttelt sie lächelnd.

»Du täuschst dich«, erkläre ich zuversichtlich und tippe gegen das Glas. »Das ist ein irischer Whisky. *Tullamore Dew*, würde ich sagen.«

Jamie verschränkt die Arme vor der Brust. »Das ist noch mal ein köstlicher Scotch. *Monkey Shoulder* wäre mein Tipp... Was machst du für ein Gesicht?«, fragt er lachend.

»Das ist mein Bist-du-verrückt?-Gesicht. Das ist niemals ein *Monkey Shoulder*.«

»Es geht um den entscheidenden Punkt. Wir haben beide einen richtig. Der dritte gibt den Ausschlag.«

Er dreht sich zum Barkeeper herum, der begeistert von unserer Wette war und uns jeweils drei Whisky servierte, ohne uns die Etiketten oder die Flaschen zu zeigen. Nachdem wir bis nach dem ersten Tanz gewartet hatten, war die Hochzeits-Bar einigermaßen überlaufen, weshalb wir uns für die Hotelbar entschieden haben.

»Los, Neil, erlösen Sie uns von unserem Leid.«

Neil genießt den dramatischen Moment, wartet, um Spannung aufzubauen, und schiebt uns dann die Flasche entgegen. Es ist ein *Tullamore Dew*.

»JA!«, rufe ich triumphierend.

»Neeeeeiiiin!« Jamie vergräbt den Kopf in den Händen. »Wie ist das möglich?«

»Danke für die exzellente Auswahl, Neil«, lobe ich den Barkeeper und neige respektvoll den Kopf. »Jamie, du schuldest mir ein Paar Manschettenknöpfe.«

»Mann!« Er öffnet die Knöpfe und legt sie in meine ausgestreckte Hand. »Gut. Nimm sie. Genauso wie meine Würde.«

»Ach komm, sei nicht zu hart zu dir selbst.« Ich lasse die Manschettenknöpfe in meine Clutch gleiten. »Du hast einen von dreien erraten. Nicht schlecht für einen Amateur.«

»Du wirst ab jetzt unerträglich sein, oder?«

»Wenn es andersherum wäre, wärst du dann unerträglich?«

»Ja«, gibt er niedergeschlagen zu.

»Dann glaube ich…« Ich verstumme. Ich habe gerade mein Handy aus der Clutch geholt, um die Manschettenknöpfe zu verstauen, und als ich einen Blick auf das Display werfe, sehe ich, dass Matthew mir eine Nachricht geschrieben hat.

Jamie runzelt die Stirn. »Was ist los?«

»N-nichts.«

Allein sein Name auf dem Display lässt meine Ohren klingeln. Das Herz schlägt mir bis zum Hals, meine Kehle ist wie zugeschnürt, und mein Magen zieht sich zusammen. Mir ist übel, mein Mund ist staubtrocken, und gleichzeitig verspüre ich das überwältigende, wenn auch hoffnungslose Verlangen, die Nachricht zu öffnen und zu lesen, dass er mich immer noch liebt.

Ich vergesse alles um mich herum und klicke auf die Nachricht.

Hi, Freya. Mum hat gesagt, dass du sie angerufen hast. Ich glaube, es wäre besser, das in Zukunft zu lassen. Es bringt sie in eine unangenehme Situation. Beste Grüße.

»Ist alles in Ordnung?«, fragt Jamie und mustert mich. »Du siehst nicht gut aus.«

»Ich… ich… ich bin nicht…« Es fühlt sich an wie eine Ohrfeige. Wie kann er mir eine derart kühle Nachricht schreiben? Ich habe jahrelang mein Leben mit ihm geteilt. Ich wollte ihn heiraten. Und jetzt schließt er seine Nachricht mit »Beste Grüße«, so wie ich meine Geschäftsemails an vollkommen Fremde.

Ich habe einmal einen Podcast gehört, in dem eine Journalistin über die Macht der Worte interviewt wurde. Sie erklärte, wie die sorgsame Strukturierung eines Satzes dem Satz eine völlig andere Bedeutung verleihen und bemerkenswerte Dinge bewirken kann. Etwa in der entscheidenden Phase einer wichtigen Diskussion, um eine ganze Nation zu motivieren, oder um jemandem das Herz zu brechen.

Beste Grüße.

»Ehrlich, geht es dir gut? Du siehst aus, als müsstest du dich übergeben. Soll ich dir ein Glas Wasser bestellen?«, fragt Jamie und beugt sich besorgt vor.

»T-tut mir leid. Mir geht es gut. Aber Wasser… ja. Wasser wäre super.«

Jamie winkt Neil, der mir ein Glas Leitungswasser bringt. Ich greife mit zitternden Händen danach und trinke.

Jamie beobachtet mich stirnrunzelnd. »Besser?«

»Ja. Tut mir leid.« Ich lege wie betäubt das Handy auf die Bar. »Eine Nachricht von… einem Kerl.«

»Der eine, der ein Problem damit hatte, dass du gefasst bist und dein Leben im Griff hast?«

Ich nicke. »Jetzt siehst du, wie falsch er lag.«

Jamie schenkt mir ein tröstendes Lächeln. »Ich habe einmal einen Anruf von einer Ex-Freundin erhalten, als ich gerade in einem Kajak saß, und ich habe mich so beeilt, das Handy herauszufischen, bevor sie auflegt, dass ich kenterte und das Handy hinüber war.«

»Du hast in einem Kajak gesessen?«, frage ich, dankbar für die Ablenkung, und zwinge mich, interessiert zuzuhören, obwohl Matthews Nachricht durch meinen Kopf hallt.

»Ich wollte mal etwas Neues ausprobieren.«

Die Band im Festsaal stimmt ein bekanntes Lied an, und die Hochzeitsgäste jubeln begeistert. Ich stecke das Handy in meine Clutch. Ich werde später Matthew antworten.

»Wir sollten zurück zu den anderen.« Ich rutsche vom Barhocker. »Aber das hat Spaß gemacht.«

»Das sagst du so leicht.« Er seufzt, und ich verlasse die Bar vor ihm. »Du hast ja gewonnen.«

Ich ringe mir ein Lächeln ab, und als wir zurück in den Saal treten, winken mich Niamh und Freddie zu sich, die immer noch am Tisch sitzen. Ich lausche den Gesprächen der anderen Gäste, ich sehe ihnen beim Tanzen zu, ich esse ein Stück Hochzeitstorte, ich gönne mir einen Espresso Martini, den Jamie an den Tisch bringt, ich umarme Isabelle und Ryan zum Abschied, sage ihnen, dass ich sie liebe, und wünsche ihnen eine schöne Hochzeitsreise.

Dennoch schwebt das Entsetzen den ganzen Abend über mir. Die Nachricht auf meinem Handy, die nur darauf wartet, mir immer und immer wieder das Herz zu zerreißen.

Beste Grüße.

Kapitel 13

Ich treffe zehn Minuten zu früh am Bahnhof King's Cross ein.

Noch ist niemand außer mir am vereinbarten Treffpunkt, dabei habe ich bereits so viel Zeit wie möglich verschwendet und bin unendlich lange durch *Marks & Spencer* geschlendert, um ein paar Cocktaildosen für die Bahnfahrt zu kaufen. Man möchte meinen, dass zumindest Niamh und Freddie oder ihre beiden Trauzeugen früher kommen, um die Gäste ihres kombinierten Junggesellen- und Junggesellinnenabschieds zu begrüßen, aber offenbar ist hier niemand derart vorausschauend. Wir fahren übers Wochenende nach Leeds, und unser Zug geht in vierzig Minuten.

Ich warte neben einem *Pret a Manger* und hole das Handy heraus, um beschäftigt zu wirken, wobei ich den Treffpunkt im Auge behalte, falls jemand von den anderen auftaucht. Ich öffne WhatsApp und schreibe eine Nachricht an Isabelle.

Ich hoffe, ihr genießt die Flitterwochen! Es wäre schön, wenn du dieses Wochenende auch dabei sein könntest.

Freyaaaaaa! ICH VERMISSE DICH SO! Uns geht es blendend, obwohl sich Ryan gestern Abend den Magen verdorben hat. Das war nicht sehr sexy. Er hat Glück, dass er mich geheiratet hat, BEVOR ich das mit ansehen musste!

O nein, geht es ihm gut?

Mittlerweile ja. Er isst wie ein Schwein. O mein Gott, ich wäre dieses Wochenende SO gerne dabei! Bitte mach VIELE FOTOS! Und Videos. Schick mir alles, was du hast. Im Geiste bin ich bei euch.

Wird gemacht!

Ich hebe den Blick vom Handy und sehe, dass jemand am Treffpunkt eingetroffen ist. Ich warte noch ein paar Minuten, bis sich weitere Gäste dazugesellen, und als Niamh und Freddie unter lautem Jubel auftauchen, stecke ich das Handy fort, nehme die Tüte mit den Drinks und meinen Rollkoffer und schlendere auf die Gruppe zu, als wäre ich gerade erst angekommen.

Freddies Trauzeuge gibt mir die Fahrkarte, dann stehe ich planlos herum. Der Beginn solcher Zusammenkünfte ist immer seltsam, wenn man niemanden kennt. Ich stelle mich einem Pärchen vor, und wir betreiben angenehmen Small Talk, bis sie einen weiteren Freund entdecken und ich in den Hintergrund trete. Ich weiß, dass es besser werden wird, aber es wäre wirklich schön, wenn Isabelle hier wäre. Wenigstens wird es im Zug nicht mehr so offensichtlich sein, dass ich niemanden kenne. Aber jetzt am Rand der Gruppe zu stehen und nicht dazuzugehören, fühlt sich schlimm an.

»Ich habe noch zwei Fahrkarten«, ruft der Trauzeuge, als es schließlich Zeit wird. »Wer fehlt noch?«

»Jamie kommt mal wieder zu spät«, antwortet jemand.

Jamie. Natürlich! Ich hatte vergessen, dass er mit Freddie und Niamh befreundet ist, und ich hätte nicht gedacht, dass er ihnen nahe genug steht, um zum *JunggesellInnenabschied* eingeladen zu werden. Es wäre nett, jemanden zu kennen, auch wenn *er* es ist. Am Ende von Isabelles Hochzeit verstanden wir uns ganz gut. Ich habe ihn am nächsten Tag allerdings nicht nach London zurückgebracht. Einer seiner Freunde hatte noch Platz im Auto, und Jamie meinte, ich würde »zu früh zurückfahren«.

Ich habe das Hotel genau zur vorgegebenen Check-out-Zeit verlassen, aber wenn er meint... Vielleicht brauchte er eine Ausrede, um nicht wieder ein paar Stunden mit mir im Auto festzusitzen.

Die Heimfahrt war wohlgemerkt sehr angenehm. Ich konnte mir in aller Ruhe einige Podcasts und Whitney Houstons Greatest Hits anhören.

Jedenfalls wundert es mich nicht, dass er zu spät dran ist. Er kommt vermutlich zu allem zu spät. Er ist so...

»Wo ist Matthew?«, fragt der Trauzeuge mit Blick auf die Liste, und ich erstarre. Meine Wangen brennen vor Scham. Ich sehe, wie sich die anderen Gäste ansehen, als wüsste jemand die Antwort. Freddies Augen weiten sich entsetzt. Dann räuspert er sich und meint mit einer wegwerfenden Handbewegung: »Der kommt nicht«, bevor er die Gäste zum Zug scheucht.

Ich weiß, dass Niamh sich zu mir umgedreht hat, um zu sehen, ob es mir gut geht, aber ich ertrage es gerade nicht, ihr in die Augen zu schauen, also halte ich den Kopf gesenkt, während ich der aufgeregten Truppe auf den Bahnsteig folge.

Mir geht es gut.

Natürlich haben Niamh und Freddie auch Matthew zu der Party eingeladen. Damals, als alle noch davon ausgingen, dass wir um diese Zeit bereits verheiratet sein würden. Sie haben offenbar vergessen, ihn von der Liste zu streichen. Vielleicht wäre das aber auch meine Aufgabe gewesen.

Ich habe vorhin bei *Marks & Spencer* ein ungeheuerlich großes Plätzchen gekauft, um es während der Fahrt zu essen, falls ich hungrig werde, aber jetzt brauche ich es so schnell wie möglich.

Unsere Reservierungen okkupieren einen Großteil des Waggons, und der Trauzeuge bittet uns, einfach irgendwo Platz zu nehmen. Ich warte geduldig, bis die anderen ihre Taschen verstaut und es sich bequem gemacht haben, dann schleiche ich unauffällig zur letzten Reihe.

Ich lache leise, als Freddie eine Flasche Prosecco öffnet und Niamhs Sektflöte aus Plastik füllt, wobei er die Hälfte verschüttet und sie damit zum Lachen bringt. Die Trauzeugin gibt den beiden zwei Kronen und verspricht uns, dass die Verkleidungen im Laufe des Wochenendes ausgefallener werden. Ich hoffe, den anderen Passagieren im Waggon macht es nichts aus, ihn mit unserer lauten, chaotischen Truppe zu teilen. Ich bin froh, dass ich zwei Plätze für mich alleine habe, und greife in die Einkaufstüte, um mein Plätzchen herauszuholen. Ich halte den Kopf gesenkt und nehme einen großen Bissen.

O mein Gott. So herrlich pappig. Dieses Plätzchen ist nun offiziell mein Lebensretter.

Ein Pfeifen kündigt die Abfahrt des Zuges an, und alle jubeln. Ich recke den Kopf und sehe, dass Jamie es geschafft hat. Er hüpft in den Waggon, kurz bevor die Türen schließen. Die anderen klopfen ihm auf den Rücken, und er fährt sich lachend mit der Hand durch die Haare.

Nachdem er seine Freunde begrüßt und Niamh und Freddie umarmt hat, wandert er auf der Suche nach einem Sitzplatz den Mittelgang entlang. Ich sinke tiefer und hoffe, dass er mich und den leeren Platz neben mir nicht bemerkt. Es sollte noch einen freien Sitzplatz geben, nachdem Matthew nicht hier ist, und den kann er ruhig haben.

Ich habe nichts gegen Jamie. Ich freue mich nur darauf, ein wenig Abstand zu den anderen zu halten und mich mit meinem Plätzchen auf meinem Doppelsitz zu verstecken.

»Na, sieh mal einer an«, meint er und bleibt vor meiner Reihe stehen.

Ich hebe den Blick und gebe vor, ihn erst jetzt gesehen zu haben. »Oh. Hallo, Jamie.«

»Hallo, Freya.« Er grinst, stopft seine Tasche in die Gepäckablage über mir und lässt sich neben mich sinken. »Sieht so aus, als würde uns eine weitere gemeinsame Reise bevorstehen.«

Ich rutsche weiter zum Fenster, als er gegen meinen Arm stößt, während er in seiner eigenen *Marks & Spencer*-Tüte kramt und eine Flasche Wasser und eine Dose Bier hervorholt. Er ist echt ein starkes Stück.

»Warum siehst du jetzt schon aus, als wärst du wütend auf mich?«, fragt er, öffnet die Wasserflasche und nimmt einige Schlucke.

»Ich wundere mich, dass du Zeit zum Einkaufen hattest, obwohl du beinahe den Zug verpasst hättest.«

»Ich hatte noch genug Zeit.«

»Du hast ihn mehr oder weniger auf den letzten Drücker erwischt.«

»Ja, aber ich hatte noch *genug* Zeit, als ich den Laden betreten habe. Ich lag perfekt im Plan. Aber dann habe ich mich verzettelt. Was aber keine Rolle spielt, weil ich jetzt hier bin.«

»Wie kannst du dabei so ruhig bleiben?«

»Das war ich bis vor einer Minute noch nicht. Ich bin wie ein Verrückter gerannt und habe Leute angebrüllt, dass sie mir aus dem Weg gehen sollen. Ich glaube, ich habe in der Eile eine alte Dame umgestoßen.« Er richtet den Blick auf die Verpackung vor mir. »Dieses Plätzchen ist gigantisch. Magst du Süßes?«

»Ein bisschen.«

»Ich stehe eher auf Pikantes. Wie lange dauert die Fahrt?«

»Etwas mehr als zwei Stunden.«

»Das ist okay.« Er öffnet die Bierdose. »Und falls wir Verspätung haben, wird niemand verhungern, weil wir dieses riesige Plätzchen haben. Davon wird der ganze Zug satt.«

Meine Augen werden schmal. »Was ist falsch an meinem Plätzchen?«

»Ich habe nicht gesagt, dass etwas falsch daran ist.« Er nimmt einen Schluck Bier. »Also, verrätst du mir, wie es meinen Manschettenknöpfen ergangen ist? Du hast doch kein Gift daraus gebraut und mich verflucht, oder? Ich hatte nämlich eine außerordentlich miese Woche.«

»Hatte der *Dancing Bear* Schwierigkeiten, den Rhythmus zu finden?«

»Okay, das war jetzt echt ein mieser Witz. Darauf solltest du nicht stolz sein«, erwidert er. »Die Arbeit war auch nicht toll, aber so richtig scheiße war die Woche wegen meiner Schwester.«

Ich kann meine Überraschung nicht verbergen. »Wegen deiner Schwester?«

»Ja.« Er runzelt die Stirn. »Warum siehst du mich so schockiert an?«

»Keine Ahnung. Ich dachte, du wärst ein Einzelkind.«

»Warum?«

»Ich weiß nicht. Vielleicht, weil du so…« Mir fällt kein passendes Wort ein, also vollführe ich eine seltsame, winkende Handbewegung.

»Was bedeutet…?« Er imitiert meine Handbewegung.

»Du weißt schon.«

»Nein.«

»Irgendwie… ein leichter Junge.«

»Ein *leichter* Junge?« Er sieht mich an, als wäre ich verrückt geworden. »Echt jetzt?«

»Ja, du… existierst in deiner eigenen Welt.«

Er legt den Kopf in den Nacken und lacht. »Das bedeutet ›leichter Junge‹ aber nicht!«

»Na ja, du… gleitest schwerelos durchs Leben.«

»Das heißt es auch nicht.«

»Nicht?«

»Nein, du Knallkopf!«

»Knallkopf?« Ich schnaube. »Wer sagt heute noch Knallkopf?«

»Wer bezeichnet jemanden als ›leichter Junge‹? Solche Wörter verwenden sie in Filmen wie *Bugsy Malone*, um Frauen zu beschreiben, die leicht zu haben sind.«

»Oh. Aber so klingt das doch gar nicht.«

Er schüttelt ungläubig den Kopf. »Du solltest zuerst nachlesen, was gewisse Worte bedeuten, bevor du sie verwendest. Und fürs Protokoll: Ich gleite nicht durchs Leben. Und ich bin kein Einzelkind. Ich habe eine jüngere Schwester namens Layla.«

»Okay. Was hat Layla angestellt, um dir die Woche zu versauen?«

»Sie hat gar nichts getan. Das war ich.« Er nimmt noch einen Schluck Bier. »Wir haben gestritten, und jetzt redet sie nicht mehr mit mir. Zu allem Überfluss ist mir am Montag ein Fass auf die Zehen gefallen, *und* ich habe einen Fehler in einer Berechnung eingebaut und musste noch mal von vorne beginnen. Wenn du den Fluch, den du mir auferlegt hast, also wieder von mir nehmen könntest, wäre das toll.«

»Wenn ich dir einen Fluch auferlegt hätte, wären dir spannendere Dinge passiert als ein Fass auf die Zehen und ein Fehler in einer langweiligen Berechnung«, erkläre ich ihm. »Ich hätte dir vielleicht... ein paar Heuschrecken auf den Hals gehetzt.«

»Sehr originell.«

»Oder du würdest ständig in irgendwelche Schächte fallen.«

»Okay, *das* war jetzt wirklich originell, das vorhin war sarkastisch gemeint.«

»Ich schwöre, dass ich dich nicht mit einem Fluch belegt habe.«

Er seufzt lange und schwer. »Dann bin ich wohl doch selbst schuld. Das war mit Sicherheit das letzte Mal, dass ich meiner Schwester meine Meinung zu einem Thema gesagt habe.«

»Ah.«

»Was? Warum grinst du?«

Ich zucke mit den Schultern. »Ich weiß, wie es sich anhört, wenn du deine Meinung sagst.«

»Die Suttworth-Sache ist etwas anderes«, erwidert er. »Da geht es ums Geschäft. Dieses Mal war es privat.«

»Das ist ja noch schlimmer.«

»Ich weiß«, gibt er zu und verzieht das Gesicht. »Streitest du dich manchmal mit deinem Bruder? Mit dem in New York?«

»Ja, klar. Mittlerweile nicht mehr so oft, aber ab und zu geraten wir uns wegen irgendeiner dummen Kleinigkeit in die Haare.«

»Und wie schafft er es, dass du wieder mit ihm redest? Oder umgekehrt?«

»Das kommt darauf an.« Ich hebe die Augenbrauen. »Hast du etwas gesagt, wofür du dich entschuldigen solltest?«

»Einiges.«

»Dann fang vielleicht damit an. Sag ihr, dass es dir leidtut und warum. Das ist ein guter Weg, um das Eis zu brechen.«

Er lehnt den Kopf zurück. »Die klassische Entschuldigung also.«

»Das funktioniert immer – wenn du es ernst meinst.« Ich sehe ihn an. Er wirkt niedergeschlagen, weshalb ich ihm zögernd das Plätzchen entgegenstrecke. »Willst du ein Stück?«

Er scheint beeindruckt. »Nein. Aber danke.«

Ich greife in meine Tüte, hole eine Dose heraus und stelle sie auf meinen Tisch. Er wirft einen Blick darauf und schnaubt.

»Was?«, frage ich abwehrend und öffne sie.

»Ein Pornstar Martini. Aus der Dose.«

»Ich wusste es. Überheblich und von oben herab. Ich bin auf jeden Fall auf der Seite deiner Schwester. Egal, worüber ihr euch gestritten habt.«

»Komm schon, mit solchen Kommentaren musst du rechnen, wenn du dir einen Cocktail in der Dose kaufst«, bemerkt er und deutet auf meinen Drink, während ich einen Schluck nehme. »Du hättest dir wenigstens etwas Gutes aussuchen können. Einen klassischen Gin Tonic zum Beispiel.«

»Klassisch? Wohl eher langweilig. Hast du nie den Wunsch, mal etwas anderes zu mischen und etwas Interessantes auszuprobieren? Du musst lernen, das Leben auszukosten, Jamie.«

»Ha! Das sagt ausgerechnet die Frau, die nur die bekanntesten Marken vertritt und immer und überall zu früh dran ist.«

»Ich bin gerne vorbereitet und pünktlich. Es zeugt von Respekt.«

»Das stimmt. Es ist beeindruckend.« Er nippt an seinem Bier. »Aber wenn du sagst, dass ich das Leben auskosten soll, ist das schon ein wenig heuchlerisch, oder nicht?«

»Oh, dann glaubst du, weil du ein Tattoo und einen Bart hast, bist du eine spannendere Gesellschaft als ich?«

Er runzelt verwirrt die Stirn. »Woher weißt du von meinem Tattoo?«

»Ich habe es im Auto gesehen«, erkläre ich peinlich berührt, als hätte ich seine Privatsphäre verletzt. »Ich habe aber nicht viel gesehen, bloß das obere Ende.«

»Hey, ihr beiden!«, trällert Niamh und lehnt sich über den Sitz vor uns. »Gefällt euch die Fahrt bis jetzt?«

»Oh, ja«, antwortet Jamie und leert den Rest seiner Dose. Ich kann nicht beurteilen, ob er es sarkastisch meint oder nicht. »Und dir?«

»Ich bin bereits ein wenig beschwipst«, gibt sie zu und wirft mir einen mitleidsvollen Blick zu. »Freya, die Sache mit Matthew am Bahnhof tut mir schrecklich leid. Geht es dir gut?«

Jetzt, wo sie es anspricht, wird mir klar, dass ich den peinlichen Zwischenfall bereits vergessen hatte. Das ist, ehrlich gesagt, eine sehr angenehme Erkenntnis – weniger angenehm ist allerdings, dass sie mich wieder daran erinnert hat.

»Das war doch nicht der Rede wert«, erkläre ich, lächle aufgesetzt und halte meinen Pornstar Martini in die Höhe. »Vergiss es. Ich amüsiere mich prächtig.«

»Buh.« Sie stößt erleichtert die Luft aus. »Es wäre Freddies Aufgabe gewesen... Nun, egal. Ich bin froh, dass es dir gut geht.«

»Niamh! Komm wieder her! Wir spielen ein Spiel!«, brüllt die Trauzeugin durch den Mittelgang.

Niamh windet sich. »Ich hasse diese dämlichen Spiele.«

»Das gehört alles zum Spaß dazu«, erinnert Jamie sie.

Sie schenkt uns ein Lächeln und wankt zu ihrem Platz zurück.

»Ist Matthew dein Ex?«, fragt Jamie, sobald sie fort ist.

»Jap.«

»Der, der meinte, du wärst zu *gefasst?* Der dir während der letzten Hochzeit eine Nachricht geschickt hat, nach der du aussahst, als wärst du einem Geist begegnet?«

»Genau der.« Ich nehme zwei große Schlucke aus meiner Dose.

»Alles klar. Es tut mir leid, dass ich dich vorhin damit aufgezogen habe, dass du immer und überall zu früh dran bist«, meint er vorsichtig und verzieht das Gesicht. »Hat er das mit *zu pragmatisch und gefasst* gemeint?«

»Ja, schon irgendwie. Aber es ging auch um meinen Mangel an sichtbaren Gefühlsregungen, also mach dir keine Gedanken.«

Er wirkt überrascht. »Um deinen Mangel an sichtbaren Gefühlsregungen?«

Ich stürze den Rest des Cocktails hinunter und greife nach der nächsten Dose. »Als er uns miteinander verglich, bezeichnete er sich selbst als temperamentvoll und emotional und mich als das genaue Gegenteil. Ich habe das nie so empfunden. Ich bin zwar besonnen und pragmatisch, aber für mich war das kein Grund, warum wir nicht zusammenpassen. Ich dachte, wir würden einander ausgleichen. Ich weiß auch nicht, vielleicht war ich naiv.«

Ich habe keine Ahnung, warum ich Jamie davon erzähle, immerhin kenne ich ihn kaum. Der Pornstar Martini ist mir wohl zu Kopf gestiegen.

»Er klingt wie ein Vollidiot«, erklärt er und setzt eine frische Dose Bier an die Lippen.

Trotz allem gefällt es mir nicht, dass ein Fremder Matthew als Vollidiot bezeichnet. Ich habe das Bedürfnis, ihn zu verteidigen. »Wie kommst du darauf?«

»Weil ich dich kaum kenne, aber trotzdem schon weiß, dass das vollkommener Schwachsinn ist.«

Ich starre ihn fassungslos an. »Aber er hat recht. Ich bin nicht emotional. Ich bin sarkastisch. Wie Isabelle auf ihrer Hochzeit gesagt hat.«

»Kann man nicht beides sein?«

»Sicher. Aber ich bin es nicht.«

»Okay. Trotzdem glaube ich nicht, dass du nicht mit temperamentvollen, emotionalen Leuten zusammenpasst«, wendet er ein. »Ich bin temperamentvoll und emotional, und wir haben keine Probleme.«

Ich blinzle überrascht. »Das ist, weil ... weil wir uns eigentlich gar nicht kennen. Außerdem sind wir uns gleich zu Beginn in die Haare geraten. Aber Moment mal! Bist du wirklich emotional und temperamentvoll?«

»Ja. Deshalb auch das Tattoo. Ein Adler mit einem Monokel.«

»Tut mir leid, was hast du gerade gesagt?«

Er lächelt betreten.

»Du hast ein Tattoo von einem Adler, der ein Monokel trägt?«

»Ganz genau. Erinnerst du dich an die Ex, von der ich dir erzählt habe? Die mich betrogen hat? Wir hatten einen riesigen Streit, bevor wir uns getrennt haben, und ich bin danach sofort zum Tätowierer, um es ihr so richtig heimzuzahlen.«

»Inwiefern kann man es jemandem mit einem Tattoo von einem Adler mit Monokel heimzahlen?«

»Sie hasst Tattoos. Und Vögel.«

»Okay, und warum das Monokel?«

»Ich dachte, es würde intellektueller wirken. Wenn du es dir ansiehst, wirst du wissen, was ich meine.« Er dreht mir den Rücken zu und zieht das T-Shirt am Halsausschnitt nach unten, sodass ich das Kunstwerk begutachten kann.

Ich schlage mir eine Hand vor den Mund. »O mein Gott! Das sieht absurd aus!«

»Aber auch ziemlich intellektuell, oder?«

»Nein.«

»Kein bisschen?«

Ich lache immer noch. »Okay. Vielleicht macht das Monokel den Adler tatsächlich *eine Spur* intelligenter.«

»Als würde er in seiner Freizeit Shakespeare lesen…« Jamie dreht sich lachend zu mir um. »Das Schlimmste daran ist – sie hat es nie gesehen.«

»Du machst Witze! Nach dem Aufwand?«

»Ich habe sie seit der Trennung nicht mehr gesehen.« Er schüttelt den Kopf. »Ich bin ein Idiot. Aber ehrlich gesagt liebe ich das Tattoo mittlerweile. Das Leben gerät oft auf seltsame Art genau in die richtigen Bahnen. Aber vielleicht glaube ich das auch nur, weil ich ein *leichter Junge* bin.«

Ich senke lächelnd den Kopf. »Man treibt federleicht durchs Leben. Das klingt logisch.«

»Wie gesagt, dieser Matthew weiß nicht, wovon er redet. Ich bin temperamentvoll, genau wie er von sich behauptet, und trotzdem verstehen wir uns blendend, nicht wahr?«

»Ich kenne dich gerade mal seit zwei Tagen, und der Beginn war ziemlich steinig.«

»Weil ich einen schrecklichen Kater hatte und mich nicht mal wie ein Mensch gefühlt habe«, erinnert er mich.

»Okay, aber zu Matthews Verteidigung: Du musstest noch keine zwölf Jahre an meiner Seite verbringen.«

»Ihr wart zwölf Jahre zusammen?« Seine Augen weiten sich. »Wow. Das ist beachtlich.«

»Wie lange war es bei dir und deiner Ex?«, frage ich neugierig.

»Zwei Jahre. Aber das war nicht meine längste Beziehung. Vor ihr war ich drei Jahre mit jemandem zusammen. Wir sind noch immer befreundet.«

Wir verfallen in angenehmes Schweigen. Wir haben London hinter uns gelassen, und ich sehe hinaus zu den Feldern und Bäumen, die am Fenster vorbeiziehen. Ich kann mir nicht vorstellen, mit Matthew befreundet zu sein. Ihn zu treffen, aber nicht mit ihm zusammen zu sein. Wie funktioniert so etwas? Das ist mir ein Rätsel.

Im vorderen Teil des Waggons erklingt Gelächter, und ich reiße den Blick vom Fenster los und recke den Kopf, um nachzusehen, was da passiert. Freddie steht im Mittelgang und erzählt mit viel Einsatz eine Geschichte, die das gebannt lauschende Publikum mit wiederholtem Lachen quittiert. Niamh sitzt neben ihm und vergräbt den Kopf in den Händen, offenbar geht es in der peinlichen Anekdote um sie. Sie greift nach seiner Hand und drückt sie liebevoll, bevor er mit dem nächsten Teil der Geschichte weitermacht.

Jamie deutet mit dem Kopf in Freddies Richtung. »Ist das, abgesehen von Isabelle und Ryan, deine einzige Hochzeit dieses Jahr?«

Ich breche ein Stück von meinem Plätzchen ab. »Nein. Es stehen noch fünf weitere im Kalender. Zwei habe ich bereits hinter mir.«

Er lacht. »Bei mir sind es auch ein paar. Drei noch, glaube ich.«

Ich schlucke das Plätzchen hinunter. »So ist das, wenn man über dreißig ist. Junggesellinnenabschiede, Hochzeiten, Babypartys, Einweihungsfeiern...«

Jamie nickt wissend. »Jap.«

»Ehrlich gesagt, ist es schwer, sich nicht ein wenig verloren zu fühlen, wenn man selbst keine Ahnung hat, wohin das Leben führt, während alle anderen derart große Schritte wagen.«

Er schweigt eine gefühlte Ewigkeit, und meine Wangen beginnen zu glühen. Das war wohl zu viel auf einmal. »Weißt du was? Ich glaube, jeder fühlt sich ab und an verloren. Sogar Leute mit Spitzenjobs in riesigen Getränkekonzernen, die... wie war noch mal das Wort? Ah ja. Die eigentlich total *gefasst* sind.«

»Ich schätze, du hast recht. Das kann ich bescheinigen.«

»Wir können nur versuchen, uns durchzuschlagen. Und der beste Weg ist, Pornstar Martinis aus der Dose zu trinken, übers Wochenende nach Leeds zu fahren und eine verdammt tolle Zeit zu haben.«

»Welch weise Worte.«

»Von Plato, glaube ich.«

»Eher Sokrates.«

»Einer von beiden wird's wohl gewesen sein.« Er hebt seine Dose. »Cheers.«

»Cheers!« Ich stoße fröhlich mit ihm an. »Auf das Durchschlagen.«

In einigen der Artikel, die ich zum Thema Trennungen gelesen habe, stand, dass Listen in stressigen und traurigen Augenblicken helfen, den Silberstreif am Horizont zu erkennen.

Okay, dann versuchen wir das mal.

Dinge, die ich getan hätte, wenn Matthew und ich noch zusammen wären:

- Ich hätte geheiratet.
- Ich hätte unglaubliche Flitterwochen verbracht.
- Ich wäre glücklich zurückgekehrt und hätte aufgeregt in die Zukunft geblickt.

Dinge, die ich getan habe, weil Matthew und ich nicht mehr zusammen sind:

- Ich habe einem Mann in die Eier getreten.
- Ich habe das Gärtnern für mich entdeckt und den Angriff eines Killerwurms überlebt.
- Ich habe mich auf einer Toilette eingeschlossen und wurde von einem sexy Vikar gerettet.
- Ich habe mit dem charmanten Chido ein ehrliches Gespräch über gebrochene Herzen geführt.
- Ich habe zu *5,6,7,8* getanzt und sogar die Schrittfolge eingehalten, um auf Obis Hochzeit die letzte Überlebende auf der Tanzfläche zu werden. Und das, obwohl der Tanz echt peinlich ist.*
- Ich habe während einer langen Autofahrt mit einem rüpelhaften und unausstehlichen Fremden über Getränkemarken diskutiert.**

- Ich habe besagten Fremden bei einem Whisky-Duell besiegt und seine Manschettenknöpfe gewonnen.
- Ich habe mutig und ganz allein an einem kombinierten *Junggesellinnenabschied* teilgenommen, obwohl ich nur die Braut, den Bräutigam und besagten rüpelhaften, unausstehlichen Fremden kannte.
- Ich habe während des *JunggesellInnenabschieds* in Leeds betrunken einen Verkehrskegel gestohlen, nachdem ich von besagtem Fremden dazu angestiftet wurde, wobei der Fremde mittlerweile eher ein Bekannter ist.
- Ich habe den gestohlenen Verkehrskegel in den frühen Morgenstunden wieder an den Tatort zurückgebracht, nachdem ich vor schlechtem Gewissen nicht schlafen konnte.
- Ich habe meinem neuen Bekannten klargemacht, dass ein solches Verhalten VOLLKOMMEN inakzeptabel ist.
- Ich war insgeheim stolz, weil ich nie gedacht hätte, dass ich so mutig bin.

* Trotzdem lieben den Tanz alle, und wenn jemand sagt, dass dem nicht so ist, dann lügt er und arbeitet vermutlich für eine unabhängige Brauerei in Dalston, weshalb er ständig sein cooles Image im Blick behalten muss.

** Jamie hat mittlerweile zugegeben, dass er die Tanzschritte von den *Steps* auch toll findet.

Kapitel 14

Ruby
Ich habe gerade einen Last-Minute-Termin zum Bikini-Waxing gebucht.

Ich war gestern. Hat verdammt wehgetan. Es war das erste Mal seit der Trennung.

Ruby
Ich war auch schon seit Ewigkeiten nicht mehr. Der totale Wildwuchs. Ich bin so was von BEREIT für diesen Urlaub/die Hochzeit. Morgen sitzen wir im Bikini an einem Pool in Frankreich, und alle Augen werden auf uns gerichtet sein.

Leo
Hallo. Ihr beide wisst aber schon, dass das hier ein Gruppen-Chat ist, oder?

Ruby
Ups. Sorry, Leo!

Leo
Ich freue mich auch, dass ich morgen am Pool sitzen werde und alle Augen auf mich gerichtet sind.

Ruby
Vor allem, nachdem du deine Augenbrauen zupfen hast lassen.

Leo
Du hast versprochen, niemandem davon zu erzählen.

Ruby
Leo hat seine Augenbrauen zupfen lassen, Freya. Seine Monobraue ist nicht mehr.

Da werden wirklich alle Augen machen.

Leo
Ich muss sagen, dass ich echt gut aussehe.

Ruby
Klar, Schatz.
Ich kann unser Glas Prosecco um 6 Uhr morgens am Flughafen jedenfalls kaum erwarten. Frankreich, wir kommen!

Calis und Dominics Hochzeitshotel ist grandios. Ich verstehe, warum sie sich Hals über Kopf in das Hotel verliebt haben, als es sie während der Suche nach einer Location ins Département Aude verschlagen hat. Es ist unglaublich glamourös und herrschaftlich, mit einem riesigen, fantastischen Pool und weitläufigen Rasenflächen. Die Sonne scheint, es ist brütend heiß, und das türkise Wasser ruft nach uns.

Nachdem Leo, Ruby und ich eingecheckt haben, beschließen wir, sofort an den Pool zu gehen, und eilen in unsere Zimmer, um uns umzuziehen. Ich liebe mein Zimmer. Hotelzimmer haben immer etwas Besonderes an sich und sind viel aufregender als normale Zimmer. Sobald ich die Schlüsselkarte überlistet habe und ins Zimmer getreten bin, laufe ich zum Fenster, um die Aussicht zu checken. Ich sehe den Pool und in der Ferne das Meer. Ich nehme einen tiefen, beruhigenden Atemzug.

Ich habe gemischte Gefühle, was dieses Wochenende betrifft. Ich freue mich, mit meinen besten Freunden Zeit an einem wunderschönen Ort zu verbringen, und ich kann es kaum erwarten, dass Cali heiratet.

Allerdings ist Matthew auch hier.

Wir werden uns zum ersten Mal sehen, seit ich ihm in die Eier getreten habe, und wenn ich daran denke, wird mir übel. Ich habe es unzählige Male im Kopf durchgespielt. Ich habe mir vorgestellt, was er sagt und was ich erwidere, was ich trage und wie es ablaufen wird. Ruby meinte, ich solle so tun, als wäre er nicht da, denn nur so könne ich die Tage genießen, und sie hat recht. Aber wie soll ich das anstellen?

Ich trete vom Fenster zurück und öffne meine Tasche. Cali hat mir verraten, dass Matthew erst später eintreffen wird, also habe ich wenigstens noch einen entspannten Tag vor mir, ohne dass ich mir Gedanken über ihn machen muss. Ich schnappe mein Badetuch, schlüpfe in meine Flip-Flops und stecke mir die Sonnenbrille in die Haare. Ich werde das M-Wort aus meinen Gedanken verbannen.

»Wir haben dir einen Platz frei gehalten!«, brüllt Ruby über den Pool hinweg, als ich aus der Lobby trete, und ich entdecke sie und Leo, die es sich bereits bequem gemacht haben.

»Es ist einfach herrlich«, erkläre ich, lasse mich auf den Liegestuhl neben Ruby fallen und trage erst mal Sonnencreme auf.

»Was hältst du davon?«, fragt Ruby und deutet auf ihren breitkrempigen Hut. »Total Audrey Hepburn, oder? Ich fühle mich wie eine Hollywoodschauspielerin der Fünfziger, die gerade einen unglaublichen Vertrag unterzeichnet hat.«

»Er sieht fantastisch aus«, stimme ich ihr zu, und mein Blick fällt auf Leos Shorts, die mit lauter Schildkröten bedruckt sind. »Coole Badehose, Leo.«

»Schildkröten sind abgefahren«, erklärt Leo, ohne die Augen zu öffnen.

Nachdem ich mich fertig eingecremt habe, lehne ich mich zurück und genieße die warmen Sonnenstrahlen auf der Haut. Ich schließe die Augen und stoße die Luft aus, so entspannt fühle ich mich. Das ist genau, was ich gebraucht habe.

»Ich habe übrigens bereits einen Tisch fürs Abendessen reserviert, Freya«, meint Leo. »Im Freien. Dominic meinte, das Essen wäre hervorragend. Und die Cocktails ebenfalls.«

»Perfekt, danke.«

»Bilde ich mir das nur ein, oder sind die Angestellten hier alle Models?«, will Ruby wissen, und ich lache. »Das war ernst gemeint!«

Leo räuspert sich. »Zuerst der gestrige WhatsApp-Chat, in

dem du dir gewünscht hast, dass alle Augen auf dich gerichtet sind, und jetzt das. Langsam mache ich mir echt Sorgen. Du zeigst unangemessen viel Interesse an anderen Kerlen, Rubes.«

»Du musst dir keine Sorgen machen, Schatz«, versichert sie ihm. »Und tu nicht so, als wäre dir beim Anblick der heißen Rezeptionistin nicht das Wasser im Mund zusammengelaufen.«

»Sie hat wohl eher mit *mir* geflirtet«, behauptet er. »Das ist mein unwiderstehlicher Charme. Dem verfallen alle.«

Ruby schnaubt verächtlich. »Ja, sie wurde ganz wuschig, als du sie gefragt hast, ob es im Zimmer ein Bügelbrett gibt. Sehr sexy.«

»Ich schaffe es, dass alles sexy klingt.«

»Gut, dann los!«

»Was?«

»Sag Bügelbrett so sexy, wie du kannst«, fordert Ruby ihn auf.

»Okay, Herausforderung angenommen.« Er wartet einen Augenblick und sagt dann mit einem seltsamen Knurren: *»Bügelbrett.«*

Ruby und ich brechen in schallendes Gelächter aus.

»Das war nicht sexy!«, verkündet Ruby.

»Freya, was meinst du?«, fragt Leo.

»Ich würde sagen, die Rezeptionistin war Wachs in deinen Händen.«

»Wo wir schon von Urlaubsflirts sprechen«, fährt Ruby fort. »Wie fühlst du dich, wenn du an deine nächste Hochzeits-Aufgabe denkst?«

»Nicht sehr zuversichtlich.«

»Du bekommst morgen Abend einen Gutenachtkuss.«

»Ich weiß, ich habe das seit dem damaligen Abend schon mehrmals angesprochen, aber wir waren betrunken, als wir diese Liste erstellt haben.« Ich öffne die Augen und sehe zu Ruby, die sich aufgerichtet hat und mich mustert. »Ich glaube, ich war ein wenig übereifrig, was meinen Wiedereinstieg in die Dating-Welt betrifft. Ich bin mir nicht sicher, ob ich bereit bin, einen anderen zu küssen.«

»Es kann ja auch ein Schmatz sein, der nichts weiter zu bedeuten hat«, schlägt Ruby mit einem frechen Grinsen vor. »Wir sind nicht mehr in England, Freya. Wir sind in Frankreich. Das Land der Romantik und der Abenteuer.«

»Und das Land des Käses und des Weines, worauf ich mich, ehrlich gesagt, mehr freue.«

»Klar sind der Käse und der Wein wichtiger, aber ein wenig Romantik kann auch nicht schaden.«

»Ich glaube, ich bin noch nicht so weit.« Ich seufze laut. »Matthew wird auch hier sein. Ich kann nicht vor seinen Augen einen anderen küssen, das wäre nicht fair.«

»*WAS?*« Ruby schnappt nach Luft. »Leo, sag ihr, wie albern das ist!«

»Freya«, erklärt er roboterhaft. »Das ist albern.«

»Siehst du? Sogar Leo findet das albern«, erklärt Ruby, und ich grinse. »Es ist nur fair, dass du dich amüsierst und dich nicht darum kümmerst, was Matthew denkt.«

»Vielleicht. Aber so bin ich nicht«, erwidere ich, um die Diskussion zu beenden.

Ruby stößt ein enttäuschtes Seufzen aus. Wir verfallen in angenehmes Schweigen, bis mir jemand auf die Schulter tippt. Es ist Ruby, die mir einen ihrer Ohrstöpsel entgegenhält. Ich stehe lächelnd auf und schiebe meinen Liegestuhl an ihren heran. Ich lasse mich erneut sinken, nehme den Kopfhörer und stecke ihn in mein rechtes Ohr, während sie ihren Kopfhörer ins linke Ohr steckt.

»Erinnerst du dich, wie wir das immer in der Uni-Bibliothek gemacht haben?«, fragt sie und scrollt auf der Suche nach einer guten Playlist durch ihr Handy.

Ich grinse. »Wir sollten für die Prüfungen lernen, aber du hast mich mit deinem Rumgewippe zu deiner R&B-Musik total aus dem Konzept gebracht. O Gott, und damals in deiner Indie-Rock-Phase …«

»Das war doch toll. Die karierten Hemden und der schwarze

Eyeliner standen mir. Nur die Stirnfransen waren ein Fehler«, gibt sie leise zu.

Ich lächle, mache es mir bequem und schließe die Augen, um im Sonnenschein zu dösen. Ich nicke gerade zufrieden ein, als eine unerwartet heftige Erinnerung über mich hereinbricht, obwohl ich gehofft hatte, dass mir Gedanken an *ihn* zumindest heute erspart bleiben.

Vor einigen Jahren verbrachten Matthew und ich den Sommerurlaub in Kroatien. Wir waren am Strand, und ich kam gerade mit einem breiten Lächeln auf dem Gesicht aus dem Wasser, weil es herrlich und erfrischend gewesen war. Ich tappte auf ihn zu und wollte ihn aufziehen, warum er nicht mitgekommen war. Ich hatte ihm vom Wasser aus zugewinkt und nach ihm gerufen, doch er hatte den Blick die ganze Zeit auf sein Handy gerichtet.

Er sah auch nicht auf, als ich vor ihn trat, mein Badetuch aus der Tasche holte und es um den Körper wickelte.

»Du hättest mitkommen sollen! Es war super.«

»Ich habe den Job!«, erwiderte er aufgeregt und wischte auf dem Display nach unten.

»Wie bitte?«

»Die Beförderung! Ich habe sie bekommen!«

Ich sah ihn überrascht an. »Welche Beförderung?«

Nun schien er verwirrt. »Du weißt doch. Cate ist gegangen, und ich habe mich um ihren Posten beworben.«

»Ich wusste nicht, dass Cate gegangen ist. Das hast du mir nie erzählt.«

»Oh.« Er richtete den Blick wieder auf sein Handy und zuckte mit den Schultern. »Ich meine, es ist ja keine große Sache, bloß ein interner Wechsel. Aber trotzdem! Wir sollten feiern! Komm, nimm deine Sachen. *Senior Grafikdesigner*. Klingt gut, oder?«

Die Neuigkeit brachte mich aus dem Gleichgewicht, doch ich wischte das Gefühl beiseite, zog das Kleid über den nassen Bikini und tat, als würde es mir nichts ausmachen, dass ich voller Salzwasser war und meine Haare tropfnass waren, als wir in eine

Bar gingen, um mit einem Glas Blubberwasser auf seinen Erfolg anzustoßen.

Ich lächelte und gratulierte ihm und fand es wunderbar, dass er plötzlich viel besserer Laune war als noch am Morgen. Er erzählte mir alles über den neuen Job, und ich nickte und erklärte, wie stolz ich auf ihn wäre. Ich ließ mir nicht anmerken, wie gedemütigt ich mich fühlte, als er seine Mutter über Video-Call anrief und ihr die guten Nachrichten überbrachte, wobei klar wurde, dass sie die ganze Zeit von der Bewerbung gewusst hatte.

»Ist das nicht wundervoll, Freya?«, schwärmte sie. »Ich habe ihm gesagt, dass er sich bewerben soll! Und wenn man bedenkt, wie nervös er am Tag des Gesprächs war. Gut gemacht, Matthew!«

»Ja, absolut.« Ich nickte und lächelte gezwungen. »Es ist toll. Wirklich toll.«

Ich fragte mich die ganze Zeit, warum er mir nichts erzählt hatte. Als ich es am nächsten Tag ansprach, meinte er, er hätte gedacht, ich wüsste es. Außerdem spielte es ohnehin keine Rolle mehr, denn *er hatte den Job!*

Auf dem Liegestuhl unter der Sonne Frankreichs erinnere ich mich genau an den Schmerz und die Scham. Ich weiß nicht, ob er wirklich dachte, er hätte es mir gesagt. Im Nachhinein scheint es wahrscheinlicher, dass ich bereits damals langsam meinen Platz als Vertraute in seinem Leben verlor und er nicht mehr alles mit mir teilen wollte. Hätte es sich um eine Kleinigkeit gehandelt, wäre es nicht weiter tragisch gewesen. So etwas passiert in Beziehungen und ist normalerweise kein Grund zur Sorge.

Aber das war eine große Sache. Er hatte sich um eine Beförderung beworben und mehrere Gespräche durchlaufen. Wie konnte es sein, dass er am Tag des entscheidenden Gespräches nichts gesagt hatte? Er war nervös und aufgeregt ins Büro gegangen, ohne etwas zu sagen. Und er war erleichtert nach Hause zurückgekehrt und hatte beklommen auf das Ergebnis gewartet, ohne seine Gefühle mit mir zu teilen. Ich hatte ihn damals sicher gefragt, wie sein Tag gewesen war, und er hatte vermutlich mit »gut« geantwortet.

Wie konnte er da vergessen, es mir zu sagen?

Ich stand doch direkt vor ihm.

»Wenn ihr die Weltbesten in einer Sportart sein könntet, was würdet ihr euch aussuchen?«, fragt Leo, trocknet sich ab und lässt sich wieder auf den Liegestuhl fallen.

Wir haben ein herrliches, langes Mittagessen hinter uns, dem ein Nickerchen im Schatten folgte. Nachdem wir Leo dabei zugesehen haben, wie er den Sonnenschirm – der schwerer ist, als er aussieht – weiter heranrückte, ohne in den Pool zu fallen, genossen wir ein kleines Bad, und nun lassen wir uns von der Nachmittagssonne trocknen.

»Gute Frage.« Ruby überlegt. »Formel-1, glaube ich.«

Leo sieht sie erstaunt an. »Was? Wieso?«

»Weil es cool ist«, antwortet Ruby leichthin. »Ich wäre stinkreich und könnte echt schnell Auto fahren.«

»Aber es ist auch supergefährlich.«

»Ja, aber ich wäre ja die Beste, deshalb wären meine Chancen gering, einen Unfall zu bauen. Was wäre es bei dir?«

»Golf.«

»*Golf?*« Ruby rümpft die Nase. »Du kannst dir jeden Sport der Welt aussuchen, und du nimmst Golf? Ehrlich, Leo, ich schäme mich für dich. Ich weiß nicht, ob ich dich noch heiraten kann.«

»Die Wahl ist doch einleuchtend«, widerspricht er, setzt die Sonnenbrille auf und wischt sich die nassen Haare aus dem Gesicht. »Golf ist extrem schwer, also ist man als Profi total angesehen. Es ist nicht gefährlich, ruhig, und man muss nicht rennen. Außerdem verdient man jede Menge Geld, reist rund um die Welt, spaziert in der frischen Luft im strahlenden Sonnenschein über endlose Rasenflächen und vollbringt einzigartige, überaus befriedigende Schläge. Golf ist nobel.«

»Aber langweilig«, erwidert Ruby bestürzt.

»Nein, ist es nicht. Und wenn du es dir einmal zusammen mit mir angesehen oder ein paar Stunden genommen hättest, wie ich es dir vorgeschlagen habe, würdest du das auch erkennen. Obwohl du vermutlich nicht die Geduld für einen derart präzisen Sport hast«, murrt er. »Freya, was würdest du dir aussuchen?«

»Das ist eine sehr gute Frage«, bemerke ich, lehne mich zurück und lege die Hände auf den Bauch.

»Ja, es sagt eine Menge über jemanden aus«, meint Ruby und sieht Leo mit schmalen Augen an. *»Golf!«*

»Tennis wäre super, weil es sicher ein einzigartiger Moment ist, wenn man Wimbledon gewinnt«, überlege ich laut, und die anderen nicken zustimmend. »Aber ein Wintersport wäre vielleicht auch witzig. Eislaufen zum Beispiel. Das ist elegant und athletisch.«

»Jaaa, und du kannst jede Menge Pailletten tragen«, fügt Ruby hinzu.

»Ich weiß«, erwidere ich, da kommt mir plötzlich ein Gedanke, und ich schnippe mit den Fingern. »Fechten.«

Ruby sieht mich überrascht an. »Wie bitte?«

»Fechten.«

»Warum, um alles in der Welt, suchst du dir Fechten aus?«, fragt sie fassungslos. »Hast du es mal ausprobiert?«

»Nein, aber man darf einen Degen benutzen.«

Leo ist begeistert. »An Fechten habe ich gar nicht gedacht. Das ist klasse!« Er strahlt mich an.

»Okay, hattet ihr beiden heimlich Wein zum Mittagessen?«, fragt Ruby ungläubig. »Ihr hättet die Möglichkeit in einer beliebigen Sportart die Besten der Welt zu sein, und mein Freund nimmt *Golf*, während sich meine beste Freundin für *Fechten* entscheidet. Was stimmt nicht mit euch? Freya, niemand kennt die Namen von Fecht-Champions!«

»Das glaube ich nicht. Es gibt sicher eingeschworene Fans, die das wissen.«

»Und reich wird man damit auch nicht!«

»Es geht nicht immer nur ums Geld«, sage ich. Es gefällt mir, wie sehr sie meine Wahl aus der Ruhe gebracht hat. »Außerdem würde ich nicht nur bei Olympia brillieren, ich könnte auch als Double für Filmstars Kampfszenen drehen und große Action-Filme choreografieren. Das wäre cool.«

»Total cool«, stimmt Leo mir zu. »Und ich könnte als Double arbeiten, wenn in einem Film Golf gespielt wird.«

»Unbedingt.« Ich nicke.

»Mann.« Ruby stöhnt »Ich bin von Langweilern umzingelt.«

»Ruby, es kann nicht jeder auf der Überholspur leben wie du«, erklärt Leo ihr. »Wenn du einmal eine Golfstunde mitmachen würdest, wärst du angenehm…«

»O mein Gott«, unterbricht Ruby ihn keuchend. Ihr Blick ist auf die andere Seite des Pools gerichtet.

»Jetzt hör mir doch zu! Golf ist…«

»Es geht doch nicht um Golf«, zischt sie und wendet sich sorgenvoll zu mir um. »Matthew ist hier.«

Mein Kopf fährt so schnell hoch, dass ich beinahe ein Schleudertrauma erleide. Da ist er! Er trägt eine Wayfarer-Sonnenbrille, ein hellblaues Leinenhemd, marineblaue Shorts und Flip-Flops. Seine Haare sind länger und nach hinten gekämmt. Er wirkt glücklich und entspannt und lässt den Blick zufrieden über den Pool und die Restaurantterrasse wandern.

Ich presse mich so flach es geht auf den Liegestuhl. »Was soll ich jetzt tun?«, kiekse ich panisch.

»Ruhig bleiben«, befiehlt Leo, dem die Panik ebenfalls anzusehen ist. »Es ist alles gut.«

»Nein, es ist *nicht* alles gut«, erwidere ich. »Meine Haare sind nass und zerzaust, ich schwitze und glänze von der Sonnencreme. Ich bin ein riesiger Schleimklumpen, hört ihr? EIN SCHLEIMKLUMPEN!«

»Okay, beruhige dich«, murmelt Ruby. »Du siehst klasse aus und…«

»Ich muss hier weg! Aber wenn ich aufstehe und um den Pool

herum gehe, dann sieht er mich oder läuft direkt in mich hinein! Ich wollte unglaublich aussehen, wenn wir uns wiedersehen! Ich wollte elegant und sexy aussehen! Leichtlebig! DAS WAR ALLES GANZ ANDERS GEPLANT!«

»Über das *leichtlebig* müssen wir uns aber noch mal unterhalten«, bemerkt Ruby.

»Du weißt genau, was ich meine! Dann von mir aus eben *unbekümmert.* JETZT IST NICHT DER RICHTIGE ZEITPUNKT FÜR WORTKLAUBEREIEN, RUBY!«

»Vielleicht sieht er uns gar nicht«, überlegt Leo und lässt Matthew nicht aus den Augen. »Oh. Moment.«

»Hat er uns gesehen?«, frage ich angespannt.

»Nein, aber er kommt in unsere Richtung.«

»O MEIN GOTT.«

»Warum gehen wir nicht…?«

Ich warte nicht auf Leos Vorschlag. Ich tue das Einzige, was ich in einer derart grauenhaften Situation tun kann: Ich rolle mich blitzschnell vom Liegestuhl auf den Boden.

»Freya? Was machst du da?«, fragt Ruby langsam.

Ich antworte nicht, sondern drehe mich auf den Bauch und stemme mich auf alle viere hoch, wobei sich der Liegestuhl wie ein Schild zwischen mir und Matthew erhebt.

»Freya!«, zischt Ruby und reckt den Hals, um zu mir nach unten zu sehen. »Das ist keine wilde Schießerei! Du kannst nicht einfach *davonrobben!*«

Doch ich robbe bereits mit beeindruckender Geschwindigkeit (wenn ich das selbst sagen darf) auf die nächste Palme und den riesigen Topf zu, in den sie gepflanzt ist. Sicher angekommen, stemme ich mich auf die Knie hoch und spähe durch die Wedel.

Matthew hat Leo und Ruby gerade entdeckt und kommt nervös auf sie zu. Ich beobachte alles von meinem Versteck aus.

»Entschuldigen Sie«, sagt plötzlich eine Stimme hinter mir. Ich schnappe nach Luft und hätte BEINAHE meine Tarnung aufgegeben, aber als ich eilig nachschaue, bemerke ich erleichtert, dass Matthew nicht hersieht.

Ich drehe mich zu dem Kellner um, der hinter mir steht. »Ja?«

»Ist alles ... in Ordnung?«, fragt er.

Es sieht wohl ziemlich seltsam aus, immerhin hocke ich in einem nassen Badeanzug und ohne Schuhe hinter einer Topfpflanze, und meine Knie sind nach meiner überstürzten Flucht voller Erde.

»O ja. Danke«, flüstere ich. »Alles bestens.«

Er wirkt verwirrt, senkt aber solidarisch ebenfalls die Stimme. »Sind Sie sicher?«

»Ja. Ich ... ich brauchte nur etwas Schatten.«

»Ich kann Ihnen einen Sonnenschirm bringen, wenn Sie wollen?«, schlägt er leise vor.

Dieser Kerl ist schrecklich hilfsbereit. Und er ist – auch wenn es nichts zur Sache tut – schrecklich attraktiv. Gebräunte Haut, dunkle Haare, hübsches Gesicht, und der französische Akzent ist unerhört sexy. Leo kann sich ein Beispiel daran nehmen, wie der Kellner »Sonnenschirm« ausgesprochen hat. Da kann er sein mitleiderregendes »Bügelbrett« einpacken.

»Nein, schon gut«, zische ich und hoffe inständig, dass er geht. Nicht, dass Matthew sieht, wie er sich mit einer Topfpflanze unterhält.

»Darf ich Ihnen einen Drink bringen?«

»Nein! Es geht mir gut, ehrlich!«, erwidere ich verzweifelt.

»Okay, sagen Sie mir einfach, falls ich Ihnen doch helfen kann.« Er wendet sich ab.

»Moment mal!«, flüstere ich – ich wäre verrückt, wenn ich diese Gelegenheit verstreichen lasse. »Haben Sie Piña Coladas?«

»Ja, natürlich.«

»In großen Gläsern?«

»Ja.«

»Dann nehme ich ein Glas.«

»Gerne. Wie lautet die Zimmernummer?«

»Eins eins zwei.«

»Wunderbar.« Er zögert. »Soll ich den Drink hier hinter der Topfpflanze servieren?«

»Falls ich noch hier bin, dann ja. Wissen Sie was, ich nehme drei Gläser. Meine Freunde bekommen auch eines.«

Er verspricht, gleich zurück zu sein. Es überrascht mich, dass er so ruhig auf die Situation reagiert hat. Vielleicht glaubt er, dass verrückte englische Frauen sich ständig hinter Topfpflanzen verstecken, Piña Colada trinken und Leute beobachten.

Ich wende mich wieder Matthew zu. Er hat die Hände in die Hosentaschen gesteckt und scheint sich extrem unwohl zu fühlen. Könnte ich bloß hören, was er sagt. Während er redet, hebt er die rechte Hand ans Ohr und nestelt am Ohrläppchen. Ist er nervös, oder redet er über Ohrläppchen? Vielleicht sogar über *meine*? Meine Ohrläppchen sind tatsächlich ziemlich groß! Dieser Meinung war ich schon immer, aber ich habe ihm nie etwas davon gesagt. Ist das einer der Gründe, warum er mit mir Schluss gemacht hat? MEINE ABSURD GROSSEN OHRLÄPPCHEN?

Matthew winkt Ruby und Leo ungelenk zu und wendet sich endlich ab, um bemüht lässig zum Hotel zu schlendern, obwohl jeder sieht, dass er so schnell wie möglich fortwill. Nachdem er durch die Türen verschwunden ist, warte ich sicherheitshalber noch eine Minute, dann trete ich hinter der Palme hervor und tappe vorsichtig zu meinem Liegestuhl zurück.

»Was war denn *das?*«, fragt Ruby, als ich mich neben sie fallen lasse. »Du hast ausgesehen wie die Leute in diesen bizarren Army-Camps.«

»Hat er mich gesehen?«

Leo schüttelt den Kopf. »Nein, das war sehr clever von dir.«

»Ihr seid ja verrückt«, erklärt Ruby, doch dann verzieht sie den Mund zu einem Lächeln. »Geht's dir gut?«

»Was hat er gesagt? Ging es um meine seltsam großen Ohrläppchen? Ihr könnt ruhig ehrlich sein, ist schon okay.«

Ruby und Leo wechseln einen verwirrten Blick, dann räuspert

sich Leo und antwortet: »Nein, Freya, deine Ohrläppchen wurden nicht erwähnt.«

»Worüber habt ihr dann geredet?«, frage ich verzweifelt.

»Nun, ich kann ruhigen Gewissens behaupten, dass Matthew unter Rubys bösem Blick einen Meter geschrumpft ist«, erwidert Leo. »Er hat uns begrüßt und gesagt, wie schön es sei, uns zu sehen, aber von uns bekam er natürlich keine derartigen Höflichkeiten zu hören.«

»Ich habe ihn gewarnt, dass er uns die nächsten Tage am besten aus dem Weg geht, wenn er weiß, was gut für ihn ist«, erzählt Ruby trotzig. »Zuerst hielt er es für einen Scherz und lachte, aber ich habe ihm deutlich klargemacht, dass ich es ernst meine.«

»Ich habe hingegen versucht, mich zivilisiert mit ihm zu unterhalten, weil ich weiß, dass du genau das gewollt hättest, Freya«, meint Leo und wirft Ruby einen vielsagenden Blick zu. »Ich habe ihm ein schönes Wochenende gewünscht.«

Ich beiße mir auf die Lippe. »Hat er mich überhaupt erwähnt?«

»Er hat gefragt, wie es dir geht«, antwortet Leo.

»Ich habe ihm gesagt, dass es dir blendend geht«, erklärt Ruby.

»Das war's? Mehr wurde nicht gesagt?«

»Ja, das war's im Großen und Ganzen«, bestätigt Leo, und ich seufze erleichtert. »Er meinte, er wolle gleich zum Abendessen, und wir würden uns morgen auf der Hochzeit sehen.«

»Das heißt, er kommt nicht mehr an den Pool?«

Leo grinst. »Extrem unwahrscheinlich nach Rubys Drohung.«

»Gott sei Dank.« Ich stoße die Luft aus und lächle dankbar. »Ihr zwei seid die Besten.«

»Zumindest hast du ihn jetzt schon mal gesehen, und es ist nicht allzu schlecht gelaufen«, meint Leo fröhlich. »Es hätte viel schlimmer kommen können.«

»Ja, das stimmt«, erwidert Ruby trocken. »Sie hätte sich *im* Palmentopf verstecken können.«

»Drei Piña Coladas«, verkündet der Kellner und tritt mit einem Tablett und drei leckeren Cocktails an meinen Liegestuhl.

In jedem steckt ein kleiner Sonnenschirm. »Hier ist es bestimmt bequemer als hinter der Palme.«

Ich lache nervös, als Ruby und Leo sich überrascht aufrichten.

»Ha-ha. Ja. Tut mir leid deswegen.«

»Lassen Sie sich die Drinks schmecken, und rufen Sie, wenn Sie noch etwas brauchen«, sagt der Kellner und wirft mir ein Grinsen zu. Dann steckt er sich das Tablett unter den Arm und verschwindet.

Ruby sieht ihm nach. »Seht ihr? Ich habe ja gesagt, dass sie alle wie Models aussehen.«

»Du solltest ihn hören, wenn er *Sonnenschirm* sagt.«

»Und er hat gesagt, dass du ihn rufen sollst, wenn du noch etwas brauchst. Weißt du, was ich glaube?« Ruby kichert verstohlen. »Ich glaube, wir haben einen geeigneten Kandidaten für den Gutenachtkuss gefunden.«

Kapitel 15

Es ist seltsam, aber wenn man mit dem Ex auf einer Veranstaltung ist, weiß man IMMER, wo er sich gerade aufhält.

Als Matthew und ich noch zusammen waren, sind wir gemeinsam auf eine Party und haben uns dort mit den verschiedensten Leuten unterhalten. Es war nicht notwendig, ständig aneinanderzukleben, und ich verschwendete keinen Gedanken an ihn, bis wir uns am Ende des Abends wiederfanden, um zusammen nach Hause zu fahren. Jetzt, wo wir kein Paar mehr sind, weiß ich den ganzen verdammten Tag über ganz genau, wo er ist und mit wem er sich unterhält. Ich bin mir seiner Anwesenheit mehr als bewusst, auch wenn ich versuche, ihn zu ignorieren.

Ich habe ihm gerade den Rücken zugedreht, aber ich weiß trotzdem, dass er mit ein paar anderen Gästen einige Meter hinter mir steht. Ich sehe ihn aus dem Augenwinkel, und wenn ich mich ganz leicht zurücklehne, kann ich ihn noch besser erkennen.

»Was machst du da?«, fragt Ruby.

»Was meinst du?«

»Du verbiegst dich so seltsam.«

»Gar nicht.«

»Doch. Du lehnst dich zurück und verdrehst den Oberkörper. Sieht aus wie beim Yoga«, beharrt sie.

»Sei nicht albern.«

»Versuchst du, sexy und gelenkig auszusehen?«

»Warum sollte ich?«

»Für den Sonnenschirm-Kellner. Er serviert heute die Drinks. Wirfst du dich für ihn in Pose?« Ruby wechselt einen grinsenden Blick mit Simone, die gestern Abend mit dem letzten Flug angekommen ist. Somit ist die Uni-Truppe nun komplett versammelt, um Cali an ihrem großen Tag zu begleiten.

»Nein!« Ich verdrehe die Augen und gestehe widerwillig: »Ich versuche, Matthew im Auge zu behalten.«

»Aha.« Ruby wirft einen angewiderten Blick in Matthews Richtung. »Ist ihm klar, dass seine Schuhe nicht zu seinem Anzug passen?«

»Sie sind schrecklich, oder? Aber abgesehen davon, sieht er gut aus.«

»Er sieht aus wie ein Saftarsch.«

»Ruby hat recht«, meint auch Simone. »Das tut er wirklich.«

»Das würdet ihr auch sagen, wenn er etwas anderes tragen würde.«

»Nein, würden wir nicht. Jeder sieht doch, dass er die falschen Schuhe trägt, Freya. Er hat jetzt niemanden mehr, der seine grauenhafte Vorliebe für beschissene Klamotten im Zaum hält. Das ist das Problem.« Ruby seufzt schwer. »Wirst du mit ihm reden?«

»Ich bin mir nicht sicher, ob es sich vermeiden lässt.«

Die Zeremonie war wunderschön. Sie fand im Sonnenschein auf dem Rasen statt, und Cali und Dominic gaben sich ihr Versprechen unter einem bunten Blumenbogen. Cali sieht in dem eleganten, trägerlosen Kleid mit dem fließenden Chiffonrock, das perfekt zu dem heißen Tag passt, einfach hinreißend aus, und Dominic und seine Freunde tragen schicke hellbeige Jacken und marineblaue Hosen. Wir haben gerade das Hochzeitsmahl beendet, das wahrhaft köstlich war, und die Jazzband macht sich bereit, während wir auf das Anschneiden der Hochzeitstorte warten. Es ist ein herrlicher warmer Abend, und alle sind ausgelassen und glücklich.

Matthew und ich haben nie darüber nachgedacht, unsere Hochzeit im Ausland zu feiern, weil ich immer eine traditionelle englische Gartenhochzeit bei Dad zu Hause wollte. Aber jetzt, wo ich hier bin und alles so zauberhaft, überwältigend schön und herrlich weit fort von der Realität ist, bin ich mir nicht mehr so sicher.

Nicht, dass ich glaube, mir irgendwann noch einmal Gedanken über eine Hochzeit machen zu müssen.

Was ein seltsamer Gedanke ist. Werde ich irgendwann heiraten? Werde ich jemals genug Vertrauen haben, dass es dieses Mal klappt? Falls ich mich noch einmal verloben sollte, hätte ich die ganze Zeit schreckliche Angst, dass es nicht echt ist?

»Du siehst angespannt aus«, bemerkt Ruby. »Machst du dir Sorgen, wie es sein wird, mit ihm zu sprechen?«

»Ich habe mich gerade gefragt, ob ich jemals wieder jemandem vertrauen kann.«

»Verdammt.« Simone seufzt. »Das sind genau die richtigen unbeschwerten Gedanken für eine Hochzeit.«

»Ich werde wohl zu einer zynischen, verbitterten alten Hexe«, fahre ich fort.

»Du *wirst* dazu?« Ruby zieht die Augenbrauen hoch. »Du bist bereits zynisch genug. Jedes Mal, wenn wir uns eine nette Romcom ansehen, erklärst du schon beim Abspann, dass das Paar nicht zusammenbleiben wird.«

»Weil die Leute in den Filmen meistens noch so jung sind. Da ist das nun mal unwahrscheinlich.«

»Und glaube ja nicht, ich hätte deinen bissigen Kommentar nicht gehört, als wir am Flughafen das knutschende Paar gesehen haben.«

»Das sah doch jeder, dass der Kerl ständig anderen Frauen nachgeglotzt hat. Er wird sie früher oder später betrügen.«

»Wir haben kein einziges Wort mit ihnen gewechselt.«

»Ja, aber ich habe gesehen, wie er dann die Flugbegleiterinnen abgecheckt hat, als wir ins Flugzeug stiegen.«

Sie lächelt amüsiert. »Lass nicht zu, dass Matthew deinen Glauben an die Liebe zerstört.«

»Falls ich jemals einen Beweis brauchen sollte, dass wahre Liebe ewig hält, habe ich doch dich und Leo«, versichere ich ihr, und Ruby sieht beschämt zu Boden. »Ganz zu schweigen von den anderen Brautpaaren dieses Jahr. Also keine Sorge. Ich bin noch keine alte Hexe. Ich wollte dich nur vorwarnen, falls ich mich in diese Richtung entwickeln sollte.«

»In der Hoffnung, dass du es nie so weit kommen lässt«, mischt Simone sich ein, »möchte ich anmerken, dass der Kellner dich nicht aus den Augen lässt.«

Sie deutet mit dem Kopf in Richtung Bar. Ich sehe hoffentlich einigermaßen unauffällig hinüber. Er ist gerade dabei, eine Flasche Champagner zu öffnen. Er fängt meinen Blick auf, lächelt und zieht den Korken mit einer schnellen, eleganten Handbewegung heraus.

»Verdammt noch mal«, flüstert Ruby. »Das macht mich gerade unglaublich scharf.«

»Ruby!«

»Tut mir leid, aber habt ihr gesehen, wie er die Flasche geöffnet hat?«, keucht Simone. »Und wie sich seine Armmuskeln gespannt haben? Ich glaube, ich brauche ein Glas Eiswasser.«

»Warum das denn?«, fragt Leo, der gerade von der Toilette kommt. »Hat der aufreizende französische Kellner wieder *Sonnenschirm* gesagt?«

»Wer?«, fragt Ruby unschuldig.

»Ihr steht übrigens auf der falschen Seite«, fährt Leo fort. »Auf dem Weg zur Toilette habe ich gesehen, dass es dort drüben haufenweise Macarons gibt.«

»WAS?« Rubys Augen werden so groß wie Untertassen. »Ich *liebe* Macarons, und in Frankreich sind sie sicher umwerfend lecker. Bring uns sofort hin, Leo! Und ich hätte sie beinahe verpasst!«

Leo lacht und winkt uns mit sich durch die Gäste. Ich gehe

hinter den anderen her, als ich eine Hand auf meinem Arm spüre, mich umdrehe und Matthew gegenüberstehe. Leo, Simone und Ruby bemerken es nicht und laufen eilig weiter in Richtung Macarons. Ich bin auf mich allein gestellt.

»Freya«, sagt er mit seiner typischen belegten Stimme. »Hi.«

»Hi«, presse ich hervor. »Wie geht es dir?«

»Gut.« Er deutet auf mein Kleid. »Du siehst hübsch aus.«

Ich sehe tatsächlich hübsch aus, und das ist kein Zufall. Nachdem ich wusste, dass ich Matthew heute wiedersehen würde, habe ich etwa fünf Stunden mit den Vorbereitungen verbracht. Ich habe ein kleines Vermögen ausgegeben, um mich von dem schicken Hairstylisten frisieren zu lassen, den Cali Ruby und mir empfohlen hat, und ich habe Ewigkeiten mit dem Make-up verbracht, das ich zu Hause bereits mit der Hilfe von einigen Youtuberinnen perfektioniert habe, die alle aussehen wie fünfzehn, aber wissen, wovon sie reden. Ich habe viele – wirklich viele – Kleider bestellt und anprobiert, aus verschiedenen Winkeln Fotos von meinem Spiegelbild geschossen und diese im Büro analysiert, wenn Phil gerade nicht hergesehen hat. Am Ende habe ich mich für ein rückenfreies, blaugrünes Midi-Kleid mit Spaghettiträgern entschieden, das nach der gestrigen klugen Anwendung einer Tube Selbstbräuner sogar noch besser aussieht als bei der ersten Anprobe.

Das Beste an meinem Outfit ist jedoch der Ring. Ich habe mir Niamhs Rat zu Herzen genommen und mir einen goldenen Ring mit grünen Schmucksteinen gekauft, den ich am Mittelfinger trage. Ich habe ihn beim Surfen auf ein paar leistbaren Juwelierseiten im Internet gefunden, während ich mir Realityshows angesehen habe. Wenn ich jetzt auf meine Hand blicke, überkommt mich keine plötzliche Traurigkeit darüber, dass etwas fehlt. Ich sehe diesen sagenhaften neuen Ring, lächle selbstgefällig und fühle mich toll.

»Danke«, erwidere ich. »Du auch.«

Abgesehen von den Schuhen. Und genau deshalb brauchst du mich.

Warum brauchst du mich nicht mehr?

»Danke.«

Das ist so peinlich. Er hat den Kopf gesenkt und weiß offenbar nicht, was er sagen soll.

»Wie ist es dir in letzter Zeit ergangen?«, fragt er schließlich.

»Super, danke. Echt super«, informiere ich ihn und versuche es nicht zu sehr zu betonen, um nicht unglaubwürdig zu klingen. Gleichzeitig hoffe ich, dass es reicht und er aufhört, mich so mitleidig anzusehen. »Und dir?«

»Ganz okay.« Er nickt. »Hör mal, wegen der Anrufe bei meiner Mum...«

»Die waren ein Fehler«, unterbreche ich und sehe ihn verärgert an. Warum muss er jetzt damit anfangen? »Ich habe deine Nachricht bekommen, danke. Es gibt also keinen Grund, das noch einmal durchzukauen.«

»Nein, das wollte ich gar nicht. Tut mir leid, ich wollte dich nicht in Verlegenheit bringen«, erklärt er eilig und wird rot. »Ich wollte mich für die Nachricht entschuldigen. Ich habe neulich Ryan getroffen, und er hat mir erklärt, wie es rüberkam. Ich hatte echt nicht daran gedacht... jedenfalls... es tut mir leid, dass du es als kaltherzig empfunden hast. Das war keine Absicht.«

Hm. Interessant. Es klingt wie eine Entschuldigung, aber gleichzeitig deutet er an, dass ich die Nachricht falsch aufgefasst habe, nicht dass er sie falsch verfasst hat. War er immer schon so untadelig und gönnerhaft?

»Du musst dich nicht entschuldigen«, erwidere ich kühl. »Ich hoffe, Gail vergibt mir.«

»Natürlich.« Er lehnt sich nach vorne, und einen Augenblick lang habe ich das Gefühl, als wollte er nach meiner Hand greifen, doch dann lässt er seine Hand sinken. »Dad und sie schicken liebe Grüße.«

Liebe Grüße? Mein Gott, es ist so schwer, ihm gegenüberzustehen. Ich will aus diesem Gespräch raus. Es stürzen so viele Gefühle auf mich ein. Ich will fortlaufen und mich verkriechen.

Ich will ihn anschreien und ihn mit irgendwelchen Dingen bewerfen. Aber gleichzeitig will ich mich auch weinend in seine Arme werfen und ihn anflehen, mich wieder zu lieben.

»Ich sollte zu den anderen.« Ich lächle höflich. »War nett, dich zu sehen.«

»Freya«, meint er schnell und setzt meiner Flucht ein Ende. »Ich wollte noch... Danke sagen.«

Ich sehe ihn überrascht an. »Wie bitte?«

Er stößt die Luft aus, als hätte er sie die ganze Zeit angehalten. »Ich wollte dir das schon lange sagen, aber es schien mir nicht fair. Aber jetzt, wo wir uns hier gegenüberstehen und ich sehe, wie... großartig du bist, wollte ich einfach sichergehen, dass du weißt, wie dankbar ich bin, dass du alles so gut aufgenommen hast.«

Ich verstehe rein gar nichts. »Es tut mir leid, aber was habe ich gut aufgenommen?«

»Die Trennung! Dass ich die Hochzeit ruiniert habe!«, erklärt er lächelnd, als hätte ich einen Witz gemacht. »Ich wusste, dass es dich nicht aus der Bahn werfen wird, weil du eben du bist, und ich wusste, dass ich mich darauf verlassen konnte, dass du vernünftig bleibst, aber trotzdem. Der Tritt in die Weichteile war zwar nicht angenehm...« Er lacht bei der Erinnerung daran. »Aber selbst meine Eltern fanden, ich hätte es verdient, nach allem, was ich dir angetan habe. Abgesehen davon und den Anrufen bei meiner Mum, hast du dich allerdings unglaublich geschlagen. Ich weiß, es klingt seltsam, aber dafür möchte ich dir danken.«

Ich starre ihn fassungslos an. »Du *dankst* mir dafür, dass ich nicht Amok gelaufen bin, nachdem du mir am Tag vor unserer Hochzeit den Laufpass gegeben hast?«

Obwohl er bis jetzt so selbstbewusst rüberkam, wirkt er plötzlich unsicher. Vielleicht ist es mein Tonfall. Er spürt, wenn Ärger bevorsteht. Und er hat absolut recht.

»Nun... ja. Aber nicht auf gemeine oder respektlose Art«, fügt er eilig hinzu und runzelt konzentriert die Stirn, während er nach dem richtigen Ansatz sucht. »Ich will damit sagen, dass du echte Klasse gezeigt hast. Das ist gut.«

»Du konntest dich darauf verlassen, dass ich vernünftig bleibe.« Ich beobachte ihn, während ich seine Worte wiederhole. »Wie meinst du das?«

Er zuckt mit den Schultern. »Ich meine... ich meine es so, wie ich es sage. Du bist eine vernünftige, besonnene Frau, und du hast das spielend hinbekommen. Du bist... ein Pfundskerl.«

»Tut mir leid, aber ich bin *WAS*?«

»Das klang jetzt seltsam, aber du weißt, was ich meine.« Er lacht nervös, während ich ihn immer noch ausdruckslos anstarre. »Du verlierst nie den Kopf. Du bist gefasst und unprätentiös. Ich habe das Gefühl, dass du dich angegriffen fühlst, aber das ist ein Kompliment, Freya. Das sind alles gute Eigenschaften.«

»Wirklich? Aber diese *guten Eigenschaften* klingen verdächtig nach der Begründung, warum du mit mir Schluss gemacht hast«, presse ich durch zusammengebissene Zähne hervor, während die Wut in mir brodelt. »Ich war dir zu *gefasst*, weißt du noch? Zu *pragmatisch*. Während du ein lockerer, entspannter Kerl bist, der mit dem *vernünftigen* Kurs eines *Pfundskerls* nicht zurechtkommt.«

»So, wie du es ausdrückst, klingt es wie eine Beleidigung. Du verdrehst mir das Wort im Mund.«

»Das hat überhaupt nichts mit der Art zu tun, wie ich es ausdrücke, Matthew.«

»Freya, komm schon.« Er seufzt, als wäre das alles schrecklich ermüdend. »Ich wollte dir bloß ein Kompliment machen, okay? Ich dachte, wir wären so weit, aber offensichtlich habe ich mich getäuscht.«

Meine Wut kocht über. Ich kann nicht sagen, was genau der Auslöser ist, aber es ist wohl die Mischung aus seiner herablassenden Art, seinen als Komplimente getarnten Beleidigungen, die Art, wie er das Gespräch manipuliert, sodass ich diejenige bin, die überreagiert, und diesen verdammten potthässlichen Schuhen.

»Weißt du was, Matthew?«, zische ich leise, weil ich auf einer Hochzeit auf keinen Fall eine Szene machen will. »Man trägt keine hellblauen Schuhe zu einem dunkelblauen Anzug. Man trägt braune oder schwarze. Und vielleicht noch andere Farben, die mir im Moment aber nicht einfallen. Was auf keinen Fall geht, ist *Hellblau.*«

Damit mache ich auf dem Absatz kehrt und stapfe über den Rasen zu Ruby, Simone und Leo, die mit besorgten Gesichtern auf mich warten.

»Was ist passiert?«, fragt Ruby. »Seit wann habt ihr euch unterhalten? Wir waren bereits bei den Macarons, als wir bemerkt haben, dass du nicht da bist! Und dann wussten wir nicht, ob du willst, dass wir rüberkommen und dich retten.«

»Ist alles okay?«, hakt Leo nach.

»Nein«, zische ich und führe sie von den anderen Gästen weg. »Er hat mich als langweilig bezeichnet.«

Simone keucht. »*Was?* Das hat er gesagt?«

»In ganz vielen verschiedenen Variationen. O Gott, ich explodiere gleich. Ich habe…« Ich verstumme und fahre mit der Hand durch die sorgsam geföhnten Haare, was sie vermutlich für den Rest des Abends ruiniert, aber das ist mir egal. »Steht er noch dort drüben rum, oder ist er verschwunden?«

»Er hat sich verzogen, keine Sorge«, versichert mir Simone mit angewiderter Stimme.

»Raus mit der Sprache«, sagt Leo und legt mir beruhigend eine Hand auf den Arm.

»Er wollte sich bei mir bedanken.«

»Wofür?«

»Dafür, dass ich nach der Trennung so vernünftig war. Dass ich ihm keine Szene gemacht habe. Dass ich so bodenständig und *langweilig* bin«, erkläre ich zornerfüllt.

»Was zum…?« Ruby ist fassungslos. »Er hat dir *gedankt?* Das ist *schräg.*«

»Schräg und grauenhaft!«, füge ich hinzu und verschränke die

Arme vor der Brust. Mit einem Mal fühle ich mich verletzlich. »Er ist glücklich, wie sich die Dinge entwickelt haben, und bereut nichts. Er wollte mir danken, dass ich ihm die richtige Entscheidung so einfach gemacht habe. O Mann! Ich fühle mich… ich fühle mich…« Ich schließe die Augen und wünschte, ich könnte mich in Luft auflösen. »… klein.«

»Er ist so ein Arsch«, erklärt Simone derart inbrünstig, dass ich lächeln muss. »Du hast ihm hoffentlich gesagt, wohin er sich sein Danke stecken kann.«

Ich winde mich, als ich an meine letzten Worte denke. »Eigentlich habe ich ihm gesagt, dass seine Schuhe nicht zur Hose passen.«

Die drei brechen in schallendes Gelächter aus, und es ist so ansteckend, dass ich ebenfalls kichere, obwohl ich mich wie Dreck fühle.

»Ich wette, das hat ihn getroffen«, meint Leo. »Er fühlt sich den Rest des Tages sicher total lächerlich in diesen Schuhen. Gut gemacht.«

»Danke.« Ich lege den Kopf in den Nacken. »Wie konnte es nur so weit kommen? Warum tut er uns das an? Ich will mich wieder glücklich fühlen.«

»Das wirst du«, meint Simone überzeugt. »Und wir lassen nicht zu, dass Matthews grauenhafte, dämliche und unbedarfte Äußerungen dir Calis Hochzeit ruinieren. Du musst alle Kraft zusammennehmen und vergessen, was er gesagt hat, und wenn es nur ihr zuliebe ist. Sie war so besorgt, dass er ihre Hochzeit ruinieren würde.«

Ich schniefe. »Du hast recht. Cali verdient es nicht, dass ich hier zusammenbreche.«

»Kennst du den Spruch *Lebe, als würde niemand zusehen?*«, fragt Ruby.

»Ich glaube, es heißt *Tanze, als würde niemand zusehen*«, stellt Leo richtig und erntet dafür einen abfälligen Blick von seiner Verlobten.

»Wie auch immer. Du ersetzt *niemand* einfach durch *Matthew*«, erklärt sie. »Du genießt den Abend und tust, als wäre er nicht da. Tanze, lebe, hab Spaß … als würde Matthew nicht zusehen.«

»Ich weiß nicht, ob ich das kann.« Ich beiße mir auf die Lippe.

»Freya.« Ruby packt mich an den Schultern. »Du darfst auf keinen Fall zulassen, dass er gewinnt.«

»Aber es geht doch nicht ums Gewinnen«, murmelt Leo und stößt sie an der Schulter.

»Ja, ich weiß, Leo, aber sei ein einziges Mal nicht so erwachsen und weise«, schnaubt sie und wendet sich an mich. »Wenn du heute Abend schmollst und die Hochzeit über Trübsal bläst, hat er gewonnen. Aber wenn du dir einen tollen Abend machst, alle Vorsicht in den Wind schlägst und dir selbst beweist, dass du so viel mehr wert bist, als er dich glauben lassen will, wer gewinnt dann?«

»Ähm. Ich?«

»Ganz genau!«, ruft sie. »Du bist eine Gewinnerin! Du bist nicht … Wie hat er dich noch mal genannt? Vernünftig?«

»Besonnen. Bodenständig. Gefasst. Ein Pfundskerl.«

Sie schließt frustriert die Augen, als ich Matthews Worte wiederhole. Als sie sie öffnet, sieht sie mir unumwunden in die Augen. »Glaubst du, dass du das bist?«

»Ja, schon. Aber bei ihm klang es wie ein Makel. Und ich bin nicht *nur* so.«

»Das ist *richtig*.« Ihre Augen leuchten, und sie deutet mit dem Finger auf mich, als hätte ich den Nagel auf den Kopf getroffen. »Was bist du noch?«

»Ähm … Isabelle nannte mich sarkastisch. Und zynisch, wie wir vorhin besprochen haben«, antworte ich. »Wow. Warum seid ihr überhaupt mit mir befreundet?«

»Konzentration, Freya. Du bist liebenswürdig. Klug. Und albern.«

»Ich kann erstaunlich albern sein«, stimme ich ihr zu. »Wie neulich, als ich tanzend die Wäsche aufgehängt habe.«

»Du bist witzig«, stimmt Leo mit ein. »Viel witziger als

Matthew. Er hat keinen Sinn für Humor, und einige seiner Witze waren echt derb. Ich hasse primitiven Humor.«

Ich bin ein wenig schockiert über Leos Geständnis, aber jetzt, da ich darüber nachdenke, kann ich mich nicht erinnern, dass Matthew oft mit meinen Freunden gelacht hat. Vielleicht haben Freddie und Ryan ihn deshalb nie eingeladen.

»Du bist kein Mitläufer, du bist eine Anführerin«, fährt Ruby fort und kommt immer mehr in Fahrt. »Würde eine besonnene Frau den ganzen Abend auf einer Tanzfläche verbringen, nur um die letzte Überlebende zu sein?«

»Ich glaube nicht.«

»Würde eine solche Frau in Leeds einen Verkehrskegel stehlen?«, fragt Simone.

»Ganz sicher nicht. Obwohl ich deshalb ein schlechtes Gewissen hatte und ihn zurückgebracht habe.«

»Matthew täuscht sich in dir«, erklärt Simone bestimmt.

»Ja«, sage ich und wünsche mir verzweifelt, dass sie recht hat. »Ja, das tut er.«

»Sag es so, als würdest du es wirklich meinen!«, verlangt Ruby.

»Er täuscht sich in mir!«

»Sehr gut. Und was machst du heute Abend?«, fragt sie.

»Ich werde kein bodenständiger Pfundskerl sein«, erkläre ich und balle die Fäuste. »Ich werde austicken!«

»Und du machst es nicht, um ihm etwas zu beweisen«, stellt Ruby klar. »Warum machst du es?«

»Ich mache es, um mir selbst etwas zu beweisen«, erwidere ich strahlend.

»Das ist mein Mädchen.« Ruby grinst.

»Wow.« Leo sieht von ihr zu mir und wieder zu ihr. »Ich habe keine Ahnung, was dieser Abend bringen wird, aber ich freue mich schon, es herauszufinden.«

»Ich mich auch, Leo«, sage ich und fühle die Entschlossenheit zurückkehren, während sich das Entsetzen über das Gespräch mit Matthew langsam verzieht. »Ich mich auch.«

Okay, das macht Spaß. Tanzen macht Spaß. Ich mag den Song, und ich kann mich gemütlich treiben lassen, während Ruby, Leo und Cali...

Moment, was macht Ruby? O nein! Sie bildet einen Kreis. Warum steht sie so auf diese Dinge? Ah, das ist aber süß. Sie nimmt Dominic und Cali in die Mitte. Seht nur, wie entzückend sie aussehen...

Wie nett, jetzt rufen sie Ruby und Leo zu sich. Cali weiß, wie sehr Ruby es in der Mitte liebt. Jetzt macht sie gleich ihren berühmten Slutdrop, geht breitbeinig in die Hocke und... Ich muss jedes Mal loslachen. Es ist absolut genial.

Aber warum winkt sie mir zu? Ja, das war ein toller Move, Ruby.

Sie winkt mir immer noch zu.

O nein.

Nein. *Nein.* NEIN!

Es macht eigentlich total Spaß, in der Mitte zu tanzen.

Für fünf Sekunden oder so.

Interessanterweise ist es peinlicher, zurück an den Rand zu tanzen und dabei seltsam mit dem Kopf zu swoofen.

Ah, da ist er ja. Ich war auf der Suche nach ihm. Unauffällig natürlich. Aber ich habe die Augen offen gehalten.

»Entschuldigen Sie!« Ich tippe ihm auf die Schulter.

Der heiße Kellner dreht sich lächelnd um. »Kann ich Ihnen helfen?«

»Könnten wir ein paar Drinks bestellen? Oder soll ich an die Bar gehen?«

»Ich kann sie Ihnen bringen. Sie haben vorhin übrigens echt gut getanzt.«

O GOTT.

»Nicht wirklich.« Ich lache nervös.

»Doch. Sie haben toll ausgesehen.« Er lächelt schon wieder. Wow. Was für ein Lächeln.

»Sind Sie Model?«, frage ich, ehe ich es mir verkneifen kann.

O *Mann!* Das ist SO PEINLICH. Was habe ich mir nur dabei gedacht? Ich klinge wie eine vollkommene …

»Ja, für Badehosen.« Er legt grinsend den Kopf schief. »Was darf ich Ihnen bringen?«

Sein Name ist Gabriel.

»Wie ein Engel«, erkläre ich verträumt.

Was ist bloß los mit mir?

»Wie bitte?«, fragt er. Offenbar hat er mich über die Musik hinweg nicht verstanden.

»Nicht so wichtig.«

Reiß dich zusammen, Freya.

»Dieser Espresso Martini ist köstlich«, meint Leo zu Gabriel.

»Ja, wirklich«, stimmt Ruby ihm zu und sieht wie in Trance zu ihm hoch.

»Ich habe ihn nicht gemacht.« Er lacht. »Ich habe ihn euch nur serviert.«

»Nein, sie hat recht, nur nicht so bescheiden«, sage ich, während Ruby und Simone nicken. »Sie sind *sehr* talentiert.«

Es war keine gute Idee, einen Espresso Martini mit auf die Tanzfläche zu nehmen. Das Glas ist nicht zum Herumhüpfen geeignet. Mein Kleid ist voller Kaffee. Aber was soll's.

Na, was sagt man dazu? So entspannt bin ich.

»Ich rieche nach Kaffee«, erkläre ich Gabriel, während er an einem anderen Tisch Drinks serviert.

»Wie bitte?«

WAS REDEST DU DA SCHON WIEDER?

»Nicht so wichtig.«

»Der Pool sieht total einladend aus«, sagt Ruby mit den High Heels in der Hand. »Das machen bestimmt die Lichter im Wasser.«

»Seht euch die Sterne an!«, ruft Leo und deutet nach oben. »So schön.«

»Und so viele!« Simone blickt in den Himmel. »Überall funkelt es. Das ist in London nicht so.«

»Nicht?« Gabriel sieht auch nach oben. »Wir haben das jede Nacht. Sehr romantisch.«

Ruby und ich wechseln einen Blick. Ich bemühe mich, nicht loszulachen, als ich ihr Gesicht sehe. Ich werfe einen schnellen Blick auf den Pool. Er sieht wirklich einladend aus. »Wir könnten unter dem Sternenhimmel schwimmen.«

Alle sehen mich an.

»Was?«, fragt Leo und stemmt die Hände in die Hüften.

»Lasst uns schwimmen gehen!«, erkläre ich und bücke mich, um die Schuhe auszuziehen.

»Aber wir haben doch keine Badesachen an«, merkt Ruby verwirrt an.

»Dann springen wir eben so hinein.«

»In unseren Kleidern?«, fragt Simone.

»Warum nicht, zum Teufel?«

Ein breites Grinsen breitet sich auf Rubys Gesicht aus. »Okay, dann los, du wildes Huhn.«

Sie wirft ihre Schuhe achtlos beiseite. Einer landet tatsächlich in der Topfpalme, hinter der ich mich gestern versteckt habe. Ein seltsames Zeichen. Gabriel lacht. »Okay.« Leo zuckt mit den Schultern, holt Handy und Schlüsselkarte aus den Hosentaschen und tritt neben Ruby und Simone, die sich bereits an den Händen halten. Ich nehme Rubys andere Hand, und Gabriel greift nach meiner. Sein Händedruck ist stark und warm.

»Bereit?«, fragt Ruby und sieht die Reihe entlang.

»Bereit!«, rufen wir.

»Drei ... zwei ... eins!«

Wir springen gemeinsam.

Verdammt noch mal. Das weiße Hemd ist beinahe durchsichtig. Und die Muskeln! Ich würde ihm sofort eine Badehose abkaufen.

»Du bist wirklich sehr lustig, Freya«, sagt Gabriel, nachdem wir aus dem Pool geklettert sind.

Ruby, Simone und Leo machen sich kichernd auf den Rückweg ins Hotel.

»Findest du?«, frage ich.

»Ja.«

Ich lächle schüchtern und senke den Blick. Er tritt näher, und als ich den Kopf hebe, um ihn anzusehen, beugt er sich vor und küsst mich. In einem triefnassen Hemd unter dem funkelnden Sternenhimmel.

Ich fühle mich wie in einem Liebesroman.

Und es ist HERRLICH.

Kapitel 16

Ich hätte da eine Frage: Was macht einen verspäteten Flug, einen grauenhaften Kater und einen Ex, der mit derselben Maschine unterwegs ist, noch schlimmer?

Ein Anruf meiner Mutter.

Das ist die Antwort.

»Hallo?« Ich hebe ab, ohne auf den Namen des Anrufers zu achten, weil es zu anstrengend ist, dafür die Augen zu öffnen.

»Schätzchen!«

»O Gott.«

»Hallo, Schätzchen«, zwitschert sie und scheint begeistert, dass ich ihren Anruf sofort entgegengenommen habe. »Wie geht es dir? Bist du im Ausland? Das Freizeichen klang seltsam!«

»Ja, ich bin in Frankreich. Ich warte am Flughafen auf den Rückflug. Aber ich muss gleich zum Gate, das Boarding geht los. Ich lege besser …«

»Du klingst heiser! Hast du Halsschmerzen?«

»Nein, ich …«

»Das ist die schlechte Luft in London. Die tut dir nicht gut, Schätzchen. Das habe ich dir immer schon gesagt. Ich schicke dir ein paar Rezepte für Heißgetränke, die deinen Hals im Nu wieder hinbekommen, und du musst keine Medikamente nehmen. Wie wär's mit Bockshornklee?«

»Häh?«

»Bockshornklee. Das ist eine Pflanze, Schätzchen. Die Samen

sind bei solchen Beschwerden genau richtig. Als Tee wirken sie Wunder. Keine Sorge, ich schicke dir alle Zutaten noch diese Woche.«

»Ich muss jetzt zum Flugzeug«, lüge ich und umklammere meinen Kopf, durch den ihre Stimme hallt.

»Aber natürlich. War nett, mit dir zu plaudern, wir telefonieren länger, wenn du wieder zu Hause bist. Ich wollte mit dir darüber sprechen, ob ... Nun, ich würde dich gerne besuchen kommen. Ein kleiner Ausflug, um Zeit mit dir zu verbringen. Ich dachte, das wäre mal nett.«

»Gut. Okay. Ich denke darüber nach.«

»*Wunderbar*«, meint sie mit solcher Inbrunst, dass ich sofort ein schlechtes Gewissen habe, weil ich so abweisend war. Andererseits wollte sie bis vor Kurzem kaum etwas mit mir zu tun haben. »Wir hören uns bald, Schätzchen. Guten Flug! Auf Wiedersehen.«

Ich lege auf und stecke das Handy in meine Tasche. Ruby und Leo sitzen neben mir. Leos Kopf liegt auf Rubys Schulter, und er schnarcht leise, während sie ihren Kopf an seinen gelehnt hat.

Ich werfe einen Blick auf Matthew. Er sitzt ein paar Reihen weiter und liest ein Buch. Angst steigt in mir hoch, als ich ihm zusehe, wie er umblättert. Er konnte gestern auf keinen Fall sehen, wie ich Gabriel geküsst habe. Er hatte die Hochzeit bereits verlassen und wirkte relativ wackelig auf den Beinen, als einer von Dominics Freunden ihm ins Hotel half. Trotzdem fühle ich mich schuldig. Als hätte ich etwas Falsches getan. Als hätte ich ihn betrogen. Ich weiß, das ist albern. Wir sind jetzt beide single. Ich kann tun, was ich will.

Trotzdem ist es seltsam.

Der Kater macht die Angst und das schlechte Gewissen noch schlimmer. Das rede ich mir zumindest ein. Nachdem das Klingeln meines Weckers mich heute Morgen aus dem Schlaf gerissen hatte, tappte ich ins Bad und erkannte, dass mein ganzes Gesicht mit Make-up verschmiert war. Ich zuckte zurück, als ich mein

Spiegelbild sah. Ich sah *furchtbar* aus. Ich hatte mich vor dem Schlafengehen nicht abgeschminkt, und nach dem Sprung in den Pool liefen mir der Eyeliner und die Mascara über die Wangen. *Warum wollte Gabriel mich so küssen?*, fragte ich mich und rubbelte hektisch an meinem Gesicht herum.

Leo und ich schafften es rechtzeitig ins Hotel-Restaurant, um zu frühstücken, was ein wenig gegen den Kater half, während Ruby lieber noch etwas schlief. Und auch Simone entschied sich fürs Bett, vor allem, weil sie erst später nach Hause flog. Allerdings trafen wir Cali und Dominic, und es war schön, die beiden vor den Flitterwochen noch einmal zu sehen.

»Du warst gestern Abend echt gut drauf«, flüsterte Cali mir zu, als ich sie zum Abschied umarmte. »Ich habe dich schon lange nicht mehr so... gelöst gesehen.«

Ich bin mir nicht sicher, ob sie die Zeit nach der Trennung meint oder auch die Zeit davor, aber ich bin zu verkatert, um mir darüber Gedanken zu machen. Jedenfalls kehrten Leo und ich nach dem Abschied auf unsere Zimmer zurück, um uns für den Transfer zum Flughafen bereit zu machen – und Ruby zu wecken –, und wir überlebten den Check-in, nur um festzustellen, dass Matthew im selben Flugzeug nach Hause fliegen würde. Typisch. Meine Übelkeit wurde nach dieser Entdeckung noch um einiges schlimmer.

Als wir an Bord sind, schicke ich ein leises »Danke« in den Himmel, weil Matthew ganz hinten sitzt. Wie gut, dass ich die Sitzplätze immer schon bei der Buchung reserviere, während er es dem Zufall überlässt.

Vielleicht meint er das mit *pragmatisch,* während er entspannter an die Dinge herangeht. Ich bin vorhersehbar, während er gern Risiken in Kauf nimmt.

Was auch immer.

»Du bist so angespannt«, stöhnt Ruby und stößt gegen meinen Arm, während sie versucht, es sich nun an meiner Schulter bequem zu machen. »Was ist los?«

»Matthew sitzt auch im Flugzeug.«

»Na und?«

»Deshalb bin ich angespannt.«

Sie gähnt laut und kuschelt sich an meinen Arm. »Denk einfach an Gabriel in seinem durchsichtigen Hemd. An die gemeißelten Muskeln. Das hilft beim Entspannen.«

»Meine Augen sind zwar geschlossen, aber ich höre dich trotzdem«, murrt Leo.

Der Flug verläuft ohne Zwischenfälle und ist schnell vorüber, und als ich nach Hause komme, krabble ich sofort unter die Decke und komme nur hervor, um die Essenslieferung an der Tür entgegenzunehmen. Nachdem ich mir den Bauch mit einer Portion Nudeln vollgeschlagen habe, tappe ich zurück ins Bett.

Als ich am nächsten Morgen aufwache, ist nicht nur der Kater verschwunden, sondern auch das schlechte Gewissen und die Angst. Ich stelle den Wecker aus, trinke ein Glas Wasser und schwinge die Beine aus meinem herrlich bequemen Bett, um mich auf den Tag vorzubereiten.

Während ich die Decke zurückschlage, fällt mein Blick auf den Ring an meinem Mittelfinger. Ich habe gestern Abend vergessen, ihn abzunehmen. Ich lächle. Gabriel fand mich nicht langweilig. Er fand mich witzig.

Und ich kann ihm nur zustimmen.

»Dad?« Ich beäuge neugierig den Erdhügel und das dazugehörige Loch in unserem Rasen, neben dem ein Spaten liegt. »Warum gräbst du den Garten um?«

Er tritt mit zwei Bechern Tee neben mich und setzt sich auf den zweiten Gartenstuhl, um die Sonne zu genießen. »Ich lege einen Teich an«, erklärt er stolz. »Das ist mein neues Projekt. Da ist ein Kerl die Straße runter, der mir hilft. Ich will einen himmlischen Rückzugsort für Frösche, Molche, Insekten und andere Tiere schaffen. Wenn ich Glück habe, kommen sogar Libellen und Wasserjungfern. Ich werde auch ein paar hübsche Pflanzen kaufen. Ich weiß, ehrlich gesagt, gar nicht, warum ich noch keinen Teich habe, Freya. Es ist sicher nett, etwas Gesellschaft zu haben, wenn ich hier draußen sitze.«

»Redest du von den Fröschen und Molchen?«

»Ganz genau.« Er lächelt in seinen Becher und nimmt einen Schluck Tee. »Das sind bessere Gesprächspartner als die meisten Menschen, die ich kenne.«

»Und jetzt redest du sicher von Adrian, oder?«

»Hey!«, ruft mein Bruder, und wirft mir vom Handydisplay aus einen bösen Blick zu. »Ich habe durchaus interessante Dinge zu berichten. Im Gegensatz zu dir, Freya. Erzähl uns doch noch mal die Geschichte, wie du mit dem Morgenmantel an der Türklinke hängen geblieben bist und den Ärmel aufgerissen hast. Das war total spannend.«

»Okay, Kinder«, meint Dad, während ich Adrian die Zunge zeige. »Das reicht.«

»Ein Teich würde sicher toll aussehen.« Ich drehe das Handy, damit Adrian den Garten sehen kann. »Wasser wirkt sehr beruhigend.«

»Finde ich auch«, stimmt Adrian mir zu. »Das klingt nach einem amüsanten Projekt, Dad. Aber gib beim Graben auf deinen Rücken acht.«

»So alt bin ich nun auch wieder nicht«, erwidert er. »Ich bin fit wie ein Turnschuh.«

»Wenn der Teich fertig ist, musst du ihn unbedingt der Damenwelt vorführen«, meint Adrian mit einem spitzbübischen Lächeln. »So etwas Großartiges, Selbsterschaffenes sollte man nicht für sich behalten. Es wäre eine gute Möglichkeit, mal rauszugehen und dich mit jemandem zu verabreden, *die* auch auf Molche steht.«

»Sehr witzig«, sagt Dad und verdreht die Augen.

»Das war kein Witz!«

»Er hat recht, Dad«, sage ich und stelle das Handy aufrecht auf den Tisch. »Hast du dir noch nie Gedanken gemacht, wie es wäre, dich mal wieder mit einer Frau zu treffen?«

»Was ist das hier? Eine Intervention?« Er schüttelt den Kopf. »Ich bin zu alt für diesen Schwachsinn.«

»Du hast gerade gesagt, dass du fit wie ein Turnschuh bist«, erinnert ihn Adrian. »Wenn du nicht zu alt bist, um einen verdammten Teich in deinem Garten zu graben, bist du auch nicht zu alt für ein Date.«

»Niemand ist zu alt für ein Date«, stimme ich mit ein, und Adrian nickt, während er in seinen Toast beißt und ihn mit dem Morgenkaffee hinunterspült. »Wir sollten dich bei ein paar Dating-Seiten anmelden.«

»Danke, aber nein danke«, entgegnet Dad bestimmt. »Ich habe euch doch gesagt, dass ich kein Interesse habe. Ich habe mich so an mein Leben allein gewöhnt, ich brauche niemanden, der alles durcheinanderbringt.«

Adrian und ich wechseln einen wissenden Blick. Dad findet ständig Ausreden wie diese. In Wahrheit hat er Angst, hinauszugehen und sich noch einmal einem anderen Menschen gegenüber verletzlich zu zeigen. Ich will ihn nicht zu etwas zwingen, was er nicht will, aber es wäre nett, wenn er wieder etwas Gesellschaft hätte.

Abgesehen von den Molchen.

»Wo wir schon bei Leuten sind, die alles durcheinanderbringen. Es gibt da jemanden in meinem Leben…«, verkündet Adrian. »Wir waren bereits auf drei Dates, und ich habe es geschafft, es nicht zu verbocken. Ich hoffe, ihr beide seid entsprechend beeindruckt.«

»Das ist toll!«, rufe ich und lehne mich näher an das Telefon heran. »Wer ist der Glückliche?«

»Er heißt Nolan und ist ein waschechter New Yorker. Sehr gut aussehend, schrecklich klug und unglaublich erfolgreich.«

»Das klingt perfekt«, bemerkt Dad. »Wie kommt's, dass er mit dir ausgeht?«

»Ha! Der war gut, Dad!« Ich nicke anerkennend, während er leise über seinen eigenen Scherz lacht.

»Ihr müsst wissen, dass ich in New York als überaus charmant und geistreich gelte«, erwidert Adrian lächelnd. »Das ist der englische Akzent. Der legt sie alle rein.«

»Wie hast du ihn kennengelernt?«, frage ich. »Er klingt nach Volltreffer.«

»Über eine Freundin – sie arbeiten zusammen. Wir gehen heute zu einem Baseballspiel. Er kennt meine ehrgeizige Seite noch nicht, es ist also eine gute Gelegenheit, um zu prüfen, ob er mich wirklich mag. Ich hoffe, ich vergraule ihn nicht.«

»Du scheinst wirklich begeistert«, meint Dad. »Wann lernen wir ihn kennen?«

»Dad! Es ist erst das vierte Date. Bis zu einem Treffen mit den Eltern ist es noch lange hin.«

»Du kannst ihn einladen, wenn der Teich fertig ist«, schlägt Dad vor. »Sag ihm am besten gleich heute, dass er jederzeit willkommen ist.«

»Ja, Dad, tolle Idee«, erwidert Adrian sarkastisch. »Ich frage ihn bei unserem vierten Treffen, ob er mit mir nach England fliegen will, um meinen Vater, meine Schwester und einen Teich voller Molche kennenzulernen. Sehr verführerisch.« Er schüttelt lachend den Kopf. »Also, Freya. Wie war es in Frankreich?«

»Super, danke. Viel Sonne, und die Hochzeit war toll, wie erwartet.«

»Darf ich fragen, wie es mit Du-weißt-schon-wem lief? Oder meiden wir dieses Thema?«

»Dad hat es taktvoll umschifft, als ich vorhin nach Hause gekommen bin«, erkläre ich ihm.

»Ich wollte abwarten, ob du darüber reden willst«, offenbart Dad und rutscht unruhig auf dem Stuhl hin und her. »Ich dachte, du fühlst dich vielleicht unwohl, wenn ich dich direkt darauf anspreche.«

»Während ich verlässlich sofort auf den Punkt komme«, meint Adrian mit vollem Mund. »Also? Was ist passiert? Hat er noch einen Tritt in die Weichteile kassiert?«

»Nein, dieses Mal habe ich es zivilisierter gelöst. Wir haben nicht viel gesprochen.« Ich seufze schwer. Eigentlich will ich nicht darüber reden und den »Danke«-Moment noch einmal durchleben. »Abgesehen von seiner Anwesenheit, war es ein echt lustiges Wochenende.«

Dad tätschelt aufmunternd meine Hand. »Das war sicher nicht leicht.«

»Kaum zu glauben, dass er die Dreistigkeit besaß, auf die Hochzeit zu gehen«, sagt Adrian. »Man möchte meinen, dass er den Ball zumindest den Sommer über flach hält und dich in Ruhe lässt.«

»So einfach ist das nicht.« Ich zucke mit den Schultern. »Bloß, weil wir gerade Schluss gemacht haben, kann er nicht einfach der Hochzeit seiner Freunde fernbleiben. Sosehr ich wünschte, er hätte es getan, wäre es objektiv betrachtet nicht fair gewesen.«

»Habt ihr schon in Ruhe über alles gesprochen?«, fragt Adrian, stützt das Kinn auf die Handfläche und lehnt sich näher an die Kamera heran. »Ist er mal zum Reden vorbeigekommen, oder bist du zufrieden damit, ihn niemals wiederzusehen?«

»Natürlich will ich ihn *nicht* niemals wiedersehen«, erkläre ich und senke den Blick auf meine Hände. »Er meinte, etwas Abstand würde uns guttun, und so haben wir es belassen.«

»Dann hat er dir keinen richtigen Abschluss ermöglicht«, fasst Adrian zusammen.

»Nein, nicht wirklich.« Ich stöhne. »Es ist, als würde ich ihn nicht mehr kennen. Er wirkt so… zufrieden. Würde es ihn umbringen, wenn er wenigstens irgendeine Reaktion darauf zeigen würde, dass er mich nach so vielen gemeinsamen Jahren sitzen gelassen hat?«

»Bloß, weil jemand zufrieden wirkt, muss er es noch lange nicht sein«, erklärt Dad und lässt den Blick über den Rasen schweifen. »Glaub mir, es lässt ihn sicher nicht kalt.«

»Er schuldet mir noch etwas, weil er die Pfauen-Überraschung ruiniert hat«, schnaubt Adrian.

»Das seltsamste Hochzeitsgeschenk aller Zeiten«, stelle ich fest.

Adrian grinst. »Das seltsamste oder das beste?«

»Das *seltsamste*«, wiederhole ich und verdrehe die Augen. »Ehrlich, Dad, woher hat Adrian das nur?«

»Sieh mich nicht so an. Wir wissen doch alle, dass er diese ... sagen wir ... *kreative* Seite von seiner Mutter geerbt hat.« Dad zögert. »Hast du in letzter Zeit mit ihr gesprochen?«

»Das letzte Mal, als sie anrief, hatte ich gerade einen höllischen Kater«, informiere ich die beiden. »Ihr könnt euch vorstellen, dass es mir danach gleich viel besser ging.«

»Ihre Stimme ist wirklich ziemlich schrill«, bemerkt Adrian. »Sie hat mir einmal erzählt, dass sie sich gerne mit den Vögeln in ihrem Garten unterhält. Vielleicht versucht sie ihre Stimmen zu imitieren.«

»Sie meinte neulich, sie würde dich gerne mal in London besuchen, Freya«, offenbart Dad und mustert mich vorsichtig. »Das wäre doch eine nette Geste, oder? Vor allem, da Rachel bald heiratet. So könnten wir uns vorher alle noch einmal sehen.«

»Das sehe ich auch so«, merkt Adrian an. »Du könntest ihr vor dem großen Tag einige grundlegende Regeln nahelegen. Etwa, dass es unangebracht ist, die Bühne zu stürmen und mit der Band ein spontanes Lied zum Besten zu geben, ohne es vorher mit der Braut abzustimmen. Offenbar hat sie das neulich auf der Hochzeit von Evans Freunden getan. Mit einem Song von *The Mamas and the Papas*. Er fand es spektakulär, aber ich hätte gerne die Meinung der Braut und des Bräutigams zu diesem Thema gehört.«

»Das hat sie nicht wirklich getan, oder?«, stöhne ich und vergrabe das Gesicht in den Händen. »Wo hast du das überhaupt gehört?«

»Aus ihrem eigenen Mund«, antwortet Adrian. »Sie hat angerufen, und ich habe tatsächlich abgehoben.«

»Hey, ich habe mich neulich total verkatert mit ihr unterhalten«, informiere ich ihn mürrisch. »Und du redest auch erst seit Kurzem wieder mit ihr. Also spring von deinem hohen Ross. Du hast gut lachen. Mich willst du dazu verdonnern, dass ich mich mit ihr treffe, und du sitzt sicher auf der anderen Seite des großen Teiches.«

»Es wäre vielleicht keine schlechte Idee, mehr meinte ich damit gar nicht«, sagt er. »So könnt ihr vor dem großen Tag das Eis brechen, damit es dann nicht so unangenehm wird.«

»Mum ist gar nichts unangenehm. Sie tut so, als wäre nichts passiert, und alles ist ganz supertoll. Sie wird einen riesigen Hut tragen und durch das Zimmer schweben, um über die Liebe und Seelenverwandte zu sinnieren und jedem mitzuteilen, wie wundervoll alles ist.«

»Ich habe nicht von ihr gesprochen«, stellt Adrian klar. »Ich dachte, es wäre eine gute Idee, damit *du* dich nicht unwohl fühlst. Du sollst Rachels Hochzeit genießen und dich von Mums Anwesenheit nicht aus der Ruhe bringen lassen. Wenn ihr euch vorher schon gesehen habt, fällt es dir vielleicht leichter, dich zu entspannen.«

»Und was ist mit dir?«

»Ich bin nicht derjenige, dessen Leben vor Kurzem vollkommen auf den Kopf gestellt wurde. Ich will nur sichergehen, dass es dir gut geht.«

Ich lächle, und die Liebe zu meinem kleinen Bruder ist einen Moment lang riesengroß. »Danke, Adrian, aber du musst dir keine Sorgen machen. Mir geht es gut. Außerdem weiß ich gar nicht, ob ich Zeit finde, mich mit ihr zu treffen. Da sind noch einige Hochzeiten und Junggesellinnenabschiede diesen Sommer.«

»Wer sind die nächsten?«

»Niamh und Freddie in Dublin. Das wird sicher witzig.«

»Wird Jamie auch dort sein?«, fragt Dad beiläufig.

Ich starre ihn an. »Woher weißt du, wer Jamie ist?«

»Du hast ihn ein- oder zweimal erwähnt, Liebes.«

»Wirklich?«

»Als du nach Niamhs Junggesellinnenabschied angerufen hast, hast du mir doch erzählt, dass dieser Jamie dich zu einer Straftat verleitet hat.«

»Moment mal!« Adrian reißt aufgeregt die Augen auf. »Was für eine Straftat? Warum erzählst du Dad die schmutzigen Details und mir nicht?«

»Okay, ich kann mich nicht erinnern, dir etwas davon erzählt zu haben, Dad«, erkläre ich fassungslos. »Maximal davon, dass ich einen Verkehrskegel gestohlen habe …«

»Einen Verkehrskegel? Das ist lahm«, schnaubt Adrian.

»Ja, und du hast gesagt, dass Jamie dich dazu angestiftet hat. Der Name kam mir bekannt vor, und da erinnerte ich mich, dass du ihn zu Isabelles Hochzeit im Auto mitgenommen hast«, fährt Dad fort. »Er arbeitet bei *Dancing Bear*.«

Ich werde wohl langsam verrückt. Offenbar habe ich Dad nebenbei von diesen Dingen erzählt, und der hat sich alles genau gemerkt. Dabei kann er sich oft nicht einmal daran erinnern, wo er seinen Autoschlüssel hingelegt hat.

»Also, wer ist dieser Jamie?«, will Adrian wissen.

»Ein netter Kerl, was ich so gehört habe«, informiert ihn Dad, nachdem es mir die Sprache verschlagen hat. »Er ist begeistert von seinem Bier, hat einen Bart und ist single.«

»DAD!«

Er wirft mir einen unschuldigen Blick zu. »Was denn?«

»Woher weißt du das alles? Hast du ihn GESTALKT?«

»Wovon redest du? Das hast *du* mir doch erzählt.«

»Nein, habe ich nicht!«

»O doch, das hast du.« Er wendet sich an das Handydisplay. »Sie merkt gar nicht, wenn sie von ihm redet.«

»Ein klassisches Zeichen für unbewusstes Begehren«, erklärt Adrian.

»O MEIN GOTT!«, rufe ich entsetzt. »Ich empfinde kein unbewusstes Begehren für Jamie! Außerdem kannst du solche Dinge doch nicht vor Dad sagen!«

»Was soll ich nicht sagen? Dass du einen Mann mit Bart begehrst?«

»HALT DIE KLAPPE, ADRIAN.«

»Du hast Dad gesagt, dass er single ist.«

»Ich habe es nebenbei erwähnt! Es war kein wichtiges Detail!«

»Klingt aber schon wichtig.«

»Okay, genug jetzt!«, befehle ich mit pathetischer Stimme, und meine Wangen glühen, während Dad lacht. »Lasst uns weitermachen!«

»Ich hätte es nicht besser ausdrücken können. Es wird Zeit weiterzumachen.« Adrian hebt grinsend seinen Kaffeebecher, um mir zuzuprosten. »Und dieser Jamie scheint der perfekte Kandidat dafür.«

Wenn man plötzlich single ist, nachdem man lange mit jemandem zusammengewohnt hat, merkt man erst so richtig, was der andere zum täglichen Leben beigetragen hat.

Ich war zum Beispiel immer besser darin, Rechnungen im Auge zu behalten, weil ich gerne Bankgeschäfte erledige, während Matthew langweiligen, aber wichtigen Papierkram lieber »auf später« verschiebt (und nach einem Monat liegt die Rechnung immer noch in der Küche und setzt Staub an). Außerdem bin ich ziemlich gut darin, Dinge wieder zum Laufen zu bringen. Wenn etwa das Warmwasser bockt oder das WLAN sich nicht verbindet.

Matthew war ein toller Koch und auch ganz praktisch bei Dingen, die man nicht als wichtig erachtet, bis niemand mehr da ist, der sie erledigt. Er konnte zum Beispiel Dinge von hohen Regalbrettern holen, ohne dabei auf einem wackeligen Stuhl zu balancieren, und seine Bilder hingen immer gerade.

Andererseits sehe ich meine Mängel mittlerweile als *Vorteil*, denn sie geben mir die Möglichkeit, mich in Bereichen zu verbessern, in denen ich nicht so gut bin.

Und zu dieser Einsicht gelangte ich ausgerechnet, nachdem

ich letzte Woche eine schicksalhafte Begegnung mit einem Vogel hatte.

Ja. Mit einem *Vogel.*

Dank dieses unvorhergesehenen Zwischenfalls – der letztlich allerdings genau zum richtigen Zeitpunkt passierte –, habe ich nun eine Liste an Dingen zusammengestellt, die ich als Frau, die alleine einen Haushalt führt, verbessern sollte, wobei auch die Dinge, in denen ich mich bereits gut schlage, nicht fehlen dürfen.

Was Verbesserung bedarf:

- Ich muss mir merken, an welchen Tagen welcher Müll abgeholt wird. Das sind überaus ernst zu nehmende Termine, und wenn ich noch einmal den richtigen Tag verpasse, werden die netten Schauspielstudenten von nebenan nie aufhören, mir missbilligende Blicke zuzuwerfen.
- Ich muss regelmäßig den Boden wischen. Wer hätte gedacht, dass so etwas unerlässlich ist? Ich dachte, ab und zu staubsaugen würde reichen, aber nein. Die Hartböden müssen gewischt werden. Der Unterschied ist gewaltig.
- Ich muss die Spülmaschine morgens ausräumen. Sosehr es nervt, wenn man diese Aufgabe morgens erledigt, kann man den ganzen Tag über schmutziges Geschirr direkt in der Spülmaschine verstauen und muss es nicht in der Spüle stapeln. So erspart man sich, dass man im Schlafanzug in die Küche schlurft und sich mürrisch daran machen muss, die Maschine zuerst aus- und dann wieder einzuräumen. Eine Kleinigkeit, die einen großen Einfluss darauf hat, wie schnell man abends zur Ruhe kommt.
- Ich muss regelmäßig Staub wischen. Was, um alles in der Welt, ist los mit mir? Warum produziere ich derart viel Staub? Ich habe mich immer über Matthew lustig gemacht, wenn er mal wieder mit seinem Staubwedel unterwegs war, aber – mein Gott – er hatte recht. Menschen sind ekelerregend. Woher kommt der ganze Staub? WOHER?

- Ich muss regelmäßig kochen. Natürlich. Dieser Punkt erklärt sich von selbst.
- Ich muss mich dran erinnern, Türen und Fenster zu schließen. Das ist ein eher ungewöhnlicher Punkt, aber wie sich herausstellte, habe ich die Angewohnheit, alles sperrangelweit offen zu lassen. Offenbar gehe ich, ohne nachzudenken, durch Türen und erwarte voller Hochmut, dass sie sich von selbst hinter mir schließen, wodurch ich ein leichtes Opfer für Einbrecher und – wie ich feststellen musste – Vögel bin (dazu später mehr).

Worin ich super bin:

- Ich kann hervorragend Rechnungen bezahlen. Das ist einfach. Rechnung nehmen, sofort bezahlen, kein Stress.
- Ich kann hervorragend gegen Rechnungen Einspruch erheben. Manche Firmen glauben, sie können ohne guten Grund monatliche Beiträge erhöhen und ich merke es nicht. Aber da habt ihr euch getäuscht! Ich habe kein Problem damit, bei der Hotline anzurufen und sie ruhig, aber bestimmt auf den Fehler hinzuweisen, bis sie die Preise wieder senken. Ich habe dafür alle Zeit der Welt. (Es sei denn, es läuft *Love Island*, dann muss ich um neun Uhr vor dem Fernseher sitzen.)
- Ich repariere kaputte Elektrogeräte. Ich habe ein Talent dafür. Matthew hingegen war total mies darin. Er hat das Gerät zuerst eine Ewigkeit lang angestarrt und am Ende darauf eingeschlagen und das Beste gehofft. Es hat nie funktioniert.
- Ich sorge dafür, dass alles geordnet und gut organisiert ist. Ich lege Dinge wieder an ihren Platz, nachdem ich sie benutzt habe. Im Gegensatz zu anderen Leuten. Ich will ja keine Namen nennen, aber Matthew war dieser einfachen Aufgabe nicht gewachsen. Man nimmt die zusammengefaltete Tagesdecke von der Armlehne des Sofas, und wenn man sie nicht mehr braucht, faltet man sie und legt sie wieder zurück auf die Armlehne. Man lässt sie nicht einfach liegen und versteckt Fernbedienungen und Doritos in den Falten.

- Ich bin eine hervorragende Gärtnerin. Eigenlob stinkt zwar, aber ich bin ein Genie.
- Wenn ich die Toilette putze, ist sie makellos sauber. Ich will hier keine Vorurteile verbreiten, aber ich habe noch nie einen Mann kennengelernt, der fachgerecht und sorgfältig die Toilette putzt. Wobei ich mich sehr, sehr gerne eines Besseren belehren lasse. Bitte: Belehrt mich eines Besseren!
- Ich kann Möbel von IKEA zusammenbauen. Es ist wie ein Puzzlespiel, und ich liebe es, was immer praktisch war, weil Matthew nicht gerade geduldig ist und solche Dinge hasst. Wenn ich Möbel zusammenbaue, stelle ich mir manchmal vor, ich wäre Nicholas Cage in *Das Vermächtnis der Tempelritter* und muss auf komplizierte Art ein fehlerfreies Regal zusammenbauen, um einen weiteren Hinweis auf das Versteck der Magna Charta zu erhalten. Ich weiß, es klingt schräg, aber es macht viel mehr Spaß, wenn man eine Schraube nach der anderen analysiert und dabei ein episches, spannungsgeladenes Orchesterstück im Kopf abspielt.

Und zuletzt jene Fähigkeit, von der ich nie erfahren hätte, wenn Matthew und ich noch zusammen wären, weil ich ihn in diesem Fall gezwungen hätte, sich darum zu kümmern.

- Ich kann einen Vogel aus der Wohnung vertreiben.

Es geschah an einem angenehmen, ruhigen Donnerstagabend. Draußen war es noch hell und warm. Ich war im Innenhof gewesen, um meine keimenden Pflanzenfreunde zu besuchen, doch als ich wieder in die Wohnung zurückkehrte, ließ ich offenbar die Tür offen stehen. Ich ging in die Küche, holte mir etwas Schokolade aus dem Kühlschrank und warf mich anschließend auf das Sofa, um mich durch das Netflix-Angebot zu klicken und mich am Ende für einen Film zu entscheiden, den ich schon Hunderte Male gesehen hatte. Ich betrachtete zufrieden die zur Auswahl stehenden Möglichkeiten, als ich ein eigenartiges Flattern hörte.

Seltsam, dachte ich. Dann klickte ich mich weiter durch die Vorschläge.

Bis eine ABNORMAL RIESIGE LONDONER TAUBE ins Wohnzimmer geflattert kam, um ein wenig mit mir abzuhängen. Sie landete vor mir auf dem Boden. Ich betrachtete sie blinzelnd. Sie legte den Kopf schief.

Ich gebe zu, dass ich anfangs etwas überreagiert habe.

Ich schrie mir die Seele aus dem Leib, sprang auf und machte einen Satz auf das Sofa, wo ich mich gegen die Wand drückte, als hätte mich die Taube mit einem Gewehr in die Enge getrieben. Mein Geschrei machte wiederum die Taube nervös, die panisch durchs Zimmer flatterte und vergeblich versuchte, dem kreischenden Heuler zu entkommen.

»O mein Gott!«, schrie ich und tastete mich an der Wand entlang zur Tür, während die Taube gegen die Fensterscheibe knallte und auf dem Fensterbrett landete. »Bitte, kack mir nicht in die Wohnung!«

Das war eine alberne Bitte. Natürlich verstand mich die Taube nicht. Sie sprach nicht meine Sprache. Und sie war eine *Taube*.

Aber wenn man unter Schock steht, macht man bizarre, überraschende Dinge. Ich schaffte es, das Wohnzimmer unverletzt zu verlassen, und stand im Flur, wo ich versuchte, wieder zu Atem zu kommen und mich zu sammeln. Es blieb mir keine andere Wahl, als mich um den ungebetenen Gast zu kümmern. Diese Aufgabe würde mir niemand abnehmen.

»Du schaffst das«, versicherte ich mir selbst, denn es blieb mir ehrlicherweise nichts anderes übrig.

Ich holte ein Geschirrtuch aus der Küche, dann kehrte ich in den Flur zurück und öffnete die Haustür, um mich anschließend vorsichtig ins Wohnzimmer zu tasten. Die Taube hatte sich beruhigt, nachdem ich sie sich selbst überlassen hatte. Sie tappte ziel- und planlos auf dem Boden umher, wie es Tauben nun mal tun. Ich schlich mich hinter sie, dann hob ich das Geschirrtuch und machte »*Scht, scht.* Taube, *scht*!«

Sie sprang von mir fort und flog auf, wobei sie einige Male die falsche Richtung einschlug, bis sie unter siegreichem Gejubel meinerseits in den Flur hinausflog und neben meinen Laufschuhen landete. Genau dort, wo ich sie haben wollte.

Ich rückte wieder näher heran, versperrte den Weg in die Küche und hob das Geschirrtuch, um sie zur Haustür zu scheuchen.

»*Scht!* Raus mir dir! *Scht!*«, wiederholte ich von oben herab, wie die Haushälterin in Downton Abbey.

Nach ein paar kopflosen Sprüngen in die falsche Richtung verstand die Taube den Hinweis und flog hinaus in den warmen Abend.

»JA!«, rief ich, stürzte hinterher und warf die Tür zu.

Dann rannte ich auf die andere Seite der Wohnung und verschloss die Gartentür. Ich stemmte mit einem breiten Grinsen die Hände in die Hüften und war unglaublich stolz auf mein Werk.

Falls sich in Zukunft wieder einmal ein Vogel in meine Wohnung verirrt, weiß ich, dass ich damit klarkomme. Vor der Begegnung mit der Taube hätte ich nicht gedacht, dass ich zu so etwas fähig bin.

Ich hatte recht, dachte ich, hängte das Geschirrtuch zurück in die Küche und kehrte glücklich aufs Sofa zurück. *Ich habe es geschafft.*

Kapitel 17

Bei den *Swill Awards* werden jedes Jahr die besten Weine, Biere und Spirituosen des Landes ausgezeichnet, und es ist eine wichtige Veranstaltung für die Getränkeindustrie. Die Verleihung findet traditionell in einem schicken Londoner Hotel statt – dieses Jahr im *Dorchester.* Es ist jedes Mal ein netter Abend mit dem Team und den Partnern und Partnerinnen und außerdem eine großartige Möglichkeit, bestehende Kunden zu treffen und mögliche Neukunden kennenzulernen.

Letztes Jahr hatte ich schreckliche Laune, als ich mich auf den Weg zur Verleihung machte. Matthew und ich hatten am Vorabend einen riesigen Streit gehabt und den ganzen Tag nicht miteinander gesprochen, nachdem wir beide zu stur waren, um uns zu entschuldigen. Der Streit hatte begonnen, als ich ein schwarzes Abendkleid aus dem Schrank holte, um es am nächsten Tag mit ins Büro zu nehmen, damit ich mich dort umziehen konnte. Matthew war gerade von einem Fußballabend bei Akin zurückgekommen.

Er lag mit ausgestreckten Beinen auf dem Bett und hatte nicht einmal die Schuhe ausgezogen. In einer Hand hielt er sein Handy, die andere hatte er zwischen Kopf und Kissen geschoben. Er hatte damals ziemlich lange Haare, die ihm in die Augen fielen, wenn er sie nicht aus dem Gesicht strich. Er wollte sie wachsen lassen, während ich fand, dass sie ihm kurz besser standen. Er hatte auch begonnen, sich einen Bart stehen zu lassen, aber nachdem er zu unregelmäßig wuchs, hielt das Vorhaben nicht lange. Mir hatte der Bart gefallen, aber meine Meinung zählte nicht.

»Das Kleid gefällt mir«, bemerkte er.

»Schön.« Ich lächelte und sah mich nach den passenden Schuhen um. »Was wirst du anziehen?«

»Wann?«, fragte er und wischte auf seinem Handy nach unten.

Ich griff nach den klassischen schwarzen Stöckelschuhen und legte sie zu dem Kleid. »Zur Preisverleihung morgen Abend.«

»Da komme ich nicht mit.«

Ich wollte gerade den Schmuck heraussuchen und hielt inne. »Was soll das heißen, du kommst nicht mit?«

Er sah endlich vom Handy auf. »Wir gehen morgen nach der Arbeit einen trinken.«

»Aber es steht seit einer Ewigkeit im Kalender.«

»In deinem Kalender«, stellte er klar.

»In *unserem* Kalender«, entgegnete ich bestimmt und holte das Handy heraus, um nachzusehen. »Ich habe den Termin vor ein paar Monaten eingetragen. Du hast ihn doch sicher gesehen?«

»Ja, aber ich dachte, du gehst allein hin.«

»Wie bitte?« Ich stemmte eine Hand in die Hüfte und lächelte nervös. Meinte er das wirklich ernst? »Du kommst jedes Jahr mit auf die Verleihung.«

»Du hast nicht gesagt, dass ich dabei sein *muss*.«

»Ich dachte, das wüsstest du.« Mein Lächeln verblasste langsam. »Kommst du wirklich nicht mit?«

»Ich habe den Kollegen bereits zugesagt und kann da nicht mehr raus. Vor allem, weil ich das letzte Mal nicht mitkonnte, weil ich mit Mum zu Abend gegessen habe. Wenn ich jetzt wieder absage, weil ich dich auf ein paar Drinks mit *deinen* Kollegen begleiten muss, glauben sie, ich würde ihnen aus dem Weg gehen.«

»Die *Swill Awards* sind nicht ›ein paar Drinks mit den Kollegen‹«, erklärte ich und wurde langsam wütend. »Es ist ein sehr wichtiger Abend für mich, das weißt du genau.«

»Ja«, sagte er langsam und ebenfalls wütend. »Aber dieses Jahr hast du mir nicht rechtzeitig gesagt, dass ich mitkommen soll, also habe ich andere Pläne. Tut mir leid, Freya, aber du kannst nicht einfach Dinge in den Kalender schreiben, die uns beide betreffen, und dann erwarten, dass ich dabei bin.«

»Wir gehen jedes Jahr zusammen hin. Ich dachte nicht, dass ich dir eigens sagen muss, dass ich dich dabeihaben möchte!«

»Du kannst nicht die Herrschaft über den Kalender an dich reißen, ohne mit mir darüber zu reden, und davon ausgehen, dass es okay für mich ist! Wie würdest du dich fühlen, wenn ich etwas eintrage, ohne es dir zu sagen, und erwarte, dass du mitkommst?«

Ich schwieg einen Moment, denn natürlich wäre es *schrecklich*, wenn er so etwas getan hätte.

»Das ist etwas anderes!«, erwiderte ich, obwohl ich genau wusste, wie es klang. »Die Verleihung findet jedes Jahr statt, und du warst immer dabei. Warum hast du nichts gesagt, als du den Termin gesehen hast und bereits wusstest, dass du nicht mitkommst?«

»Das ist nicht meine Aufgabe!«

»Wie kann das nicht deine Aufgabe sein, Matthew?«

»Es ist deine Aufgabe, mir zu sagen, wenn ich dich zu einer Firmenveranstaltung begleiten soll«, sagte er, richtete sich auf und lehnte sich gegen das Kopfende des Bettes. »Ich würde nie ein Treffen mit Kollegen in den Kalender schreiben und erwarten, dass du dabei bist.«

»Du schreibst nie etwas in den Kalender! Und ehrlich gesagt, dachte ich, du wolltest mitkommen. Es ist ein großer Abend für mich.«

»Freya«, erklärte er seufzend. »Du bist dort immer mit deinen Kollegen und Kunden beschäftigt. Spielt es überhaupt eine Rolle, wenn ich nicht dabei bin? Warum streiten wir uns darüber?«

»Weil an unserem Tisch ein Platz für dich reserviert ist. Weil es peinlich ist, meinem Vorgesetzten zu sagen, dass du kurzfristig abgesagt hast. Und weil ich dich dabeihaben will!«

»Es ist echt unfair, dass du mir deshalb ein schlechtes Gewissen einreden willst«, motzte er.

»Das tue ich doch gar nicht. Ich bin einfach frustriert, weil du nicht gesagt hast, dass du nicht mitkommst.«

»O mein Gott, ich packe das nicht. Das ist so lächerlich!«, zischte er, schwang die Beine vom Bett und stand auf. »Du hast mir nichts davon gesagt, und jetzt tust du so, als wäre es meine Schuld, dass ich nicht Gedanken lesen kann!«

Er stürmte aus dem Zimmer und ließ mich wütend zurück. Als er einige Zeit später ins Schlafzimmer kam, lag ich bereits mit dem Rücken zu ihm im Bett, und er machte das Licht aus, ohne mir eine gute Nacht zu wünschen. Ich weiß noch, dass ich ihm in der Früh wie immer seinen Kaffee kochte, aber wir waren sehr distanziert und immer noch wütend aufeinander.

Ich wusste, dass er irgendwie recht gehabt hatte. Vielleicht war es wirklich unfair, ohne Rücksprache Termine einzutragen und zu erwarten, dass er sich Zeit dafür nahm. Aber das sagte ich ihm erst, als ich nach der Verleihung nach Hause kam, etwas beschwipst und in bester Stimmung, nachdem mein Team für die Neupräsentation einer unserer Whiskymarken den Preis für den besten Relaunch bekommen hatte.

Dieses Jahr ist meine Laune um einiges besser, als das Taxi vor dem Hotel hält. Ich musste mit niemandem über Handykalender streiten, und das ist eine große Erleichterung. Ich trage ein schwarzes Cocktailkleid, orangefarbene Riemchenschuhe mit Blockabsatz und eine dazu passende orangefarbene Clutch. Professionell, aber bunt.

Wie die anderen aus meinem Team habe auch ich mich auf der Toilette im Büro fertig gemacht, daher war kein aufwendiges Make-up möglich, und ich habe bloß zusätzliche Wimperntusche aufgetragen und das Puder und den Lippenstift aufgefrischt.

Mein Vorgesetzter Phil reicht mir und seiner Frau ein Glas Champagner, als wir zusammen mit dem ganzen Team den Ballsaal betreten, in dem die Preisverleihung stattfindet. Wir nehmen uns alle einen Moment Zeit, die Blicke über die Anwesenden schweifen zu lassen, bevor die Zeremonie beginnt. Phil bemerkt, wie ich den Kopf recke.

»Suchen Sie jemanden?«

»Nein, nicht wirklich.«

Das ist gelogen. Es ist mir nicht entgangen, dass *Dancing Bear* in der Kategorie *Indian Pale Ale* nominiert ist, und ich habe mich tatsächlich gefragt, ob Jamie hier ist. Nicht, dass ich ihn unbedingt sehen will. Ich habe mir lediglich gedacht, dass es vielleicht der Fall sein könnte.

Ich begrüße ein paar Kunden, und kurz bevor die Zeremonie beginnt, schleiche ich mich eilig auf die Toilette. Es ist mir immer peinlich, wenn ich während einer Dankesrede aufstehen und den Saal verlassen muss.

Auf dem Rückweg sehe ich Jamie. Er steht vor einem der Eingänge in den Ballsaal, wo sich die Gäste um mehrere Marktstände versammelt haben, die Kostproben anbieten und Broschüren verteilen. Er steckt mitten in einem Gespräch, als sich unsere Blicke treffen, und ich winke ihm unauffällig zu. Ein Lächeln breitet sich über sein Gesicht aus, er entschuldigt sich und kommt zu mir. Er trägt einen schicken marineblauen Anzug, und als er sich zu mir beugt, um mir einen Kuss auf die Wange zu hauchen, steigt mir der angenehme Duft seines Aftershaves in die Nase.

»Du bist pünktlich«, bemerke ich, räuspere mich und gebe mir Mühe, dass mir der Duft des Aftershaves nicht zu Kopf steigt. »Beeindruckend.«

»Mehr braucht es nicht, um dich zu beeindrucken? Gut zu wissen.« Er grinst, und sein Blick wandert zu meinen Schuhen und wieder zurück nach oben. »Du siehst toll aus.«

»Du auch. Sogar mit Krawatte und allem.«

Er greift nach dem Knoten, als hätte ich ihn gerade daran erinnert, wie unbequem eine Krawatte ist. »Na ja, immerhin kommen zu dieser Veranstaltung sogar die Leute von Suttworth. Da muss man sich besonders bemühen. Wie war der Kater nach dem Junggesellinnenausflug?«

»Heftig. Und deiner?«

»Grauenhaft. Aber das Wochenende hat Spaß gemacht.«

»Ja, das hat es.« Die Hotelbediensteten bitten die Gäste bereits in den Ballsaal. »Sieht so aus, als würde es gleich anfangen. Wir sollten zu unseren Plätzen.«

Er deutet auf den Marktstand neben uns. »Bevor wir gehen, musst du unbedingt dieses Olivenöl probieren. Die Marktstände schließen, sobald die Preisverleihung beginnt, also musst du es gleich erledigen, bevor es zu spät ist.«

Ich werfe einen Blick auf die schlanken, dunklen Flaschen hinter den Probierschalen und Tellern mit Sauerteigbrot. Die Frau dahinter richtet sich auf und lächelt, als sie unser Interesse bemerkt.

»Du musst es versuchen«, wiederholt Jamie bestimmt und führt mich zum Marktstand. »Das ist das beste Olivenöl, das ich je gekostet habe.«

»Wow, das ist eine mutige Ansage, aber ich bin mir sicher, dass du das Urteil nicht leichtfertig gefällt hast.«

»Nicola, erzählen Sie meiner Freundin hier von Ihrem Olivenöl«, fordert er die Frau auf, und sie strahlt ihn an und streckt mir einen Teller Brot entgegen.

»Sehr gerne! Es wird in der Toskana aus mehreren verschiedenen Olivenarten hergestellt, hauptsächlich aber aus Moraiolo und Frantoio. Es ist sehr schmackhaft mit einem Hauch Pfeffer. Riechen sie am besten zuerst daran, das ist wichtig für die Entfaltung des Geschmacks. Wie bei einer Weinverkostung.«

»Es ist ein Familienunternehmen, nicht wahr?«, hakt Jamie nach und nickt ihr aufmunternd zu.

»Ja, schon seit mehreren Generationen«, bestätigt sie. »Olivenöl ist unsere Leidenschaft, und wir verwenden es zu jedem Essen. Wenn jeder auf der Welt so viel Olivenöl verbrauchen würde wie meine Familie, wären wir steinreich.« Sie wirft Jamie ein Grinsen zu, und ich lache. »Die Produktion befindet sich in der Nähe von San Gimignano.«

»Es ist sicher wunderschön dort«, meine ich verträumt.

»Ich bin voreingenommen, aber es ist nicht schlecht. Die Sonnenuntergänge an manchen Tagen sind herrlich. Ich werde nächstes Jahr dort heiraten«, fügt sie verschämt hinzu.

»Wirklich! Gratulation!«

»Werdet ihr auf der Hochzeit Olivenöl statt Wein servieren?«, witzelt Jamie und wirkt einigermaßen zufrieden über seinen geistreichen Scherz. Irgendwie niedlich.

»Diese Entscheidung müssen wir nicht treffen, nachdem wir auch Wein produzieren«, erklärt die Frau.

»Wein und Olivenöl.« Ich seufze. »Was braucht man mehr?«

»Brot«, antwortet Jamie und deutet auf die Scheibe in meiner Hand. »Leg los. Ich bin schon gespannt auf deine Meinung.«

Ich breche ein Stück von der Scheibe ab und reiche den Rest an Jamie weiter. Dann nehme ich den kleinen Pappbecher und rieche wie angewiesen daran, bevor ich mein Brot eintauche und das restliche Öl zurück in den Becher tropfen lasse, um mein Kleid nicht zu bekleckern.

Jamie macht dasselbe.

»Cheers!«, sagt er.

»Cheers!«, erwidere ich und nehme einen Bissen. Ich kaue, dann wende ich mich an Jamie und meine mit vollem Mund: »O mein Gott.«

»Ich weiß!«, erwidert er mit großen Augen und ebenfalls kauend.

»Das ist... unglaublich.«

»Ich weiß!«

Nicola lacht, als ich das restliche Brot noch einmal in den Pappbecher tauche und einen weiteren Bissen nehme. Es ist wirklich das beste Olivenöl, das ich je gekostet habe. Samtig weich und buttrig. Der Geschmack lässt mich von Italien träumen. Ich sehe das Anwesen der Familie, das in das warme, goldene Licht eines unglaublichen Sonnenuntergangs getaucht wird, und die langen, festlich gedeckten Holztische. Die Braut trägt ein einfaches, fließendes Kleid und Blumen im Haar und wirkt unaufgeregt schick und bezaubernd, genau passend zu dem Bräutigam in einem legeren Anzug. Sie lachen mit Familie und Freunden, trinken erfrischenden Weißwein, und im Hintergrund spielt eine Band. Ich kann mir alles ganz genau vorstellen.

»Wie ich sehe, hat dich das Öl in Trance versetzt.« Jamie lacht. »Es ist echt göttlich, was?«

»Ja, wirklich. Danke, Nicola, und noch einmal alles Gute für die Hochzeit«, erwidere ich und greife dankbar nach der Serviette, die sie mir entgegenstreckt. Meine Wangen glühen, und ich schäme mich fast ein wenig, dass ich mich bereits nach einem Bissen Brot mit Olivenöl in einer romantischen Fantasie über einen Ort verliere, an dem ich noch nie war.

Die Preisverleihung beginnt in wenigen Minuten, und so bedanken wir uns noch einmal bei Nikola und machen uns auf den Weg.

»Danke, dass du dieses Öl in mein Leben gebracht hast«, meine ich zu Jamie und streiche mit den Fingern über die Lippen, um etwaige Krümel abzuwischen.

»Sehr gerne. Alles Gute für eure Kategorien.«

Ich hebe die Augenbrauen. »Du wünschst Suttworth alles Gute?«

»Ich wünsche euren *Marken* alles Gute – und den leidenschaftlichen, brillanten Menschen, die dahinterstehen«, korrigiert er mich, und seine Mundwinkel zucken. »Und auch wenn Suttworth mir herzlich egal ist, wünsche ich zumindest *dir* alles Gute.«

»Ich fühle mich geehrt. Ich wünsche *Dancing Bear* ebenfalls nur das Beste. Wenn ihr gewinnt, überlegt sich Suttworth vielleicht eine Übernahme.«

Er wirft mir einen Blick zu. »Das ist nicht witzig.«

»Ich wünsche dir einen schönen Abend, Jamie.« Ich lächle,

dann mache ich mich auf den Weg zu meinem Tisch, während er sich auf die andere Seite des Raumes schlängelt.

Es wird ein wirklich amüsanter Abend, und zwar nicht nur, weil eine unserer neuen Marken den Preis für das beste Flaschendesign gewinnt, sondern weil es nett ist, mit den Kollegen außerhalb des Büros und in entspannter Atmosphäre Zeit zu verbringen und über andere Dinge zu reden als über den Job. Ich leide mit Jamie, als *Dancing Bear* sich in seiner Kategorie geschlagen geben muss, aber allein die Nominierung ist eine tolle Publicity für eine unabhängige Brauerei, und vielleicht war er nach meinem letzten Kommentar sogar insgeheim froh darüber. Es findet sich keine Gelegenheit, ihn zu fragen, denn ich verlasse die Veranstaltung nach der Preisverleihung, nachdem mir morgen ein langer Tag mit zahlreichen Meetings bevorsteht und ich nicht beschwipst nach Hause will. Ich sehe mich noch nach ihm um, um mich zu verabschieden, aber er ist in der Menge verschwunden oder ebenfalls bereits nach Hause gegangen.

Als ich am nächsten Tag an meinem Schreibtisch sitze und über meinen Notizen für eine Kampagne für die britische Ginmarke *Bodacious* brüte, für die ein frischer Zugang angedacht werden soll, habe ich plötzlich einen Geistesblitz, für den ich mich unbedingt bei Jamie bedanken muss, und ich mache mir eilig weitere Notizen.

Etwas später trifft sich das Team zu einem inoffiziellen Brainstorming, bei dem auch *Bodacious* zur Sprache kommt. Es werden mehrere Ideen diskutiert und Marktanalysen besprochen, die uns ein zielgruppenorientiertes Arbeiten ermöglichen sollen. Schließlich ergreife ich das Wort: »Bei der Preisverleihung gestern Abend habe ich an einer der Buden Olivenöl verkostet und mit der Frau gesprochen, deren Familie es produziert. Sie hat mir von dem Anwesen erzählt, wo es hergestellt wird und das sich schon seit Generationen in Familienbesitz befindet. Als ich das Olivenöl schließlich probiert habe, sah ich es vor meinem inneren Auge. Und damit wurde der Geschmack noch intensiver.«

»Gut produziertes Olivenöl bietet tatsächlich ein sensationelles Geschmackserlebnis«, erklärt Phil. Ich sehe ihn überrascht an. Das klingt unglaublich leidenschaftlich für jemanden, der jeden Tag ein Schinkensandwich zu Mittag isst.

»Ja, ganz genau«, fahre ich fort. »Aber ich glaube, dass wir uns bei der Werbung für *Bodacious* in der Vergangenheit zu sehr auf den Geschmack konzentriert haben. Für die neue Kampagne sollten wir die leidenschaftlichen, brillanten Leute hinter der Marke in den Vordergrund rücken.«

»Das ist interessant«, meint Phil nachdenklich, und die anderen nicken.

»*Bodacious* ist ein Familienunternehmen aus Shropshire. Aber das würde man nie erahnen, wenn man sich die Onlinepräsenz ansieht. Auf den Social-Media-Seiten gibt es mehr als genug tolle Fotos von der Flasche neben einem köstlich aussehenden Glas Gin Tonic, aber es fehlt etwas, das die Marke menschlicher und persönlicher macht. Unter dem Titel »Über uns« findet man eine kurze Geschichte des Unternehmens, aber keine Details, die in Erinnerung bleiben. Sie beschreiben, dass der Gin aus britischem Weizen destilliert und mit diversen Kräutern aromatisiert wird, was natürlich wichtig ist, aber die Leute dahinter – die leidenschaftlichen Mitarbeiter, die destillieren und aromatisieren – finden keine Erwähnung. Ich würde gerne mehr über sie erfahren, und ich glaube, unsere Kunden wollen das auch. Es führt zu einer tieferen Verbindung mit dem Produkt, wenn man weiß, wie viel harte Arbeit und Leidenschaft darin steckt, vor allem, wenn es aus einem Familienunternehmen stammt. Am Ende erinnert man sich nicht nur an den herrlichen Geschmack, sondern auch an die tolle Geschichte dahinter. Und dieser Ansatz könnte frischen Wind in die Werbung für *Bodacious* bringen«, schließe ich, bevor ich endlich Luft hole und meinen Blick erwartungsvoll von einem zum anderen wandern lasse. Meine Kollegen starren mich an, aber sie nicken noch immer, und Phil lächelt aufmunternd.

»Das ist eine gute Überlegung, Freya. Probieren wir diese Schiene doch aus, und sehen wir, wohin sie uns führt. Darf ich Ihnen die Verantwortung dafür übertragen?«

»Sehr gerne«, erwidere ich selbstbewusst und freue mich auf das neue Projekt.

Wie schon gesagt, ich muss mich bei Jamie bedanken.

Kapitel 18

»Ich habe neulich etwas über Leo herausgefunden«, erklärt Ruby, nachdem wir unser Essen bestellt und dem Kellner die Speisekarten zurückgegeben haben. »Es ist total seltsam und verstörend.«

Ich werfe Leo einen anklagenden Blick zu. »Hast du wieder deine Nägel in der Dusche geschnitten?«

»Ihhh.« Ruby starrt ihn entsetzt an. »*Das* hast du getan?«

»Vor Jahren und auch nur ein paarmal, bis ich es Freya gegenüber erwähnt habe und sie mir verboten hat, jemals wieder ein Wort darüber zu verlieren.« Er hebt entschuldigend die Hände. »Ich schwöre, dass ich es seit der Uni nie mehr gemacht habe. Obwohl es meiner Meinung nach gar nicht so ekelig ist. Die Nägel verschwinden im Abfluss, also, wo ist das…?«

»Es ist absolut widerlich«, unterbricht ihn Ruby und rümpft die Nase. »Ich will gar nicht wissen, worüber ihr euch damals unterhalten habt, dass ein derart intimes Thema zur Sprache kam. Aber egal, *das* habe ich nicht gemeint.«

Ich lehne mich zufrieden zurück, schnappe mir meinen Strohhalm und genieße den gekühlten Eistee am South Bank. Ich bin voreingenommen, aber London im Sommer ist etwas Besonderes: Es herrscht eine tolle Atmosphäre, alle sind draußen unterwegs und erfreuen sich am Sonnenschein. Vielleicht deshalb, weil so unglaubliches Wetter hier eher eine Seltenheit ist. Wenn wirklich einmal die Sonne scheint, geht es den Leuten sofort besser, und alles scheint heller und freundlicher.

»Also, was war diese seltsame, verstörende Sache, die du erfahren musstest?«, frage ich gespannt.

Ruby rückt die Sonnenbrille zurecht. »Bis vor Kurzem dachte Leo, es gäbe nur eine Art von Quiche.«

»Wie meinst du das?«

»Ich meine, dass er…« – sie deutet mit dem Finger auf Leo – »…der Meinung war, es gäbe bloß Quiche Lorraine, und das war's.«

»Tut mir leid, aber das verstehe ich nicht.« Ich wende mich an Leo, damit er mich aufklärt. »Du dachtest, Quiche ist dasselbe wie Quiche Lorraine?«

»Ja, genau. Wer hätte gedacht, dass es so viele verschiedene Arten gibt? Neulich hatten wir eine Quiche mit Pilzen und Spinat, dabei dachte ich, es gäbe sie nur mit Schinken. So sind wir auf das Thema gekommen.«

»Wie bitte? Wie ist so etwas möglich? Wie konnte dir entgehen, dass es Quiche mit allen möglichen Zutaten gibt?«

»Genau dasselbe habe ich mich auch gefragt, Freya«, erklärt Ruby und wirft Leo kopfschüttelnd einen enttäuschten Blick zu. »Er hat jahrelang in dem Glauben gelebt, dass Quiche Lorraine die einzige Quiche auf der Welt ist.«

»Die Erkenntnis hat mich vollkommen aus der Bahn geworfen«, bekennt Leo. »Diese Woche war eine Berg-und-Tal-Fahrt der Gefühle.«

»Verdammt noch mal.« Ruby verzieht das Gesicht. »Seit wann sind wir so alt, dass Leos Irrglaube bezüglich der Vielfalt an Quiches das wichtigste Ereignis der Woche ist? Haben wir keine anderen Gesprächsthemen?«

»Ich glaube, Freya wird früh genug für mehr Gesprächsstoff sorgen«, meint Leo und wendet sich grinsend an mich. »Die nächste Hochzeit steht vor der Tür.«

»Ach ja!«, ruft Ruby begeistert und lehnt sich zurück, damit der Kellner unseren Vorspeisenteller in die Mitte des Tisches stellen kann. »Freya macht sich nackig.«

Der Kellner sieht überrascht auf. »Ähm... kann ich euch sonst noch etwas bringen?«

»Nein, danke. Das sieht toll aus«, versichert ihm Ruby, und er macht sich mit einem letzten seltsamen Blick auf den Weg.

Meine Wangen glühen. »Vielen Dank auch.«

»Er glaubt sicher, dass du jeden Moment nackt hier herumspringst.«

»RUBY!«

»War doch nur ein Scherz.« Sie lacht und bricht die Essstäbchen auseinander. »Zumindest teilweise. Aber egal, bist du bereit, wie Gott dich schuf, durchs Hotel zu laufen?«

»Nein, bin ich nicht! Nicht zu fassen, dass ihr mich dazu gebracht habt, dieser widersinnigen Aufgabe zuzustimmen.«

»Gib nicht uns die Schuld daran«, sagt Leo. »Dafür kannst du dich bei den *Spice Girls* bedanken.«

»Muss ich das *wirklich* machen?«

»Du hast einen Vertrag unterschrieben, Freya«, erklärt Ruby mit ernster, professioneller Stimme.

»Ich habe überhaupt nichts unterschrieben.«

»Du hast dich mündlich dazu bekannt und sitzt hier vor den Kronzeugen«, erklärt sie mir. »Stell dir vor, wie gut du dich danach fühlen wirst. Du bist diejenige, die nicht als vernünftig bezeichnet werden will und die kein... wie war noch mal die Bezeichnung?«

Ich kaue missmutig auf meiner Gyoza. »*Pfundskerl.* Ich will kein Pfundskerl sein.«

»Ganz genau.« Sie zuckt mit den Schultern. »Und niemand würde eine gestandene Frau, die nackt einen Hotelflur entlangläuft, als strammen Kerl bezeichnen.«

Ich greife seufzend nach meinem Glas. Auch wenn ich diese absurde Aufgabe auf keinen Fall erfüllen will, hat Ruby recht. Ich kann mir damit selbst beweisen, dass ich nicht die langweilige Verliererin bin, als die Matthew mich auf Calis Hochzeit hingestellt hat.

Wobei ich mich nicht wie eine Verliererin gefühlt habe, als ich mit Gabriel geknutscht habe. Was, wenn ich so darüber nachdenke, ohne den Überlebensplan für die Hochzeitssaison nicht passiert wäre. Vielleicht helfen die Aufgaben tatsächlich.

»Also gut, ich schätze, ich habe mich mündlich dazu verpflichtet«, gebe ich zu.

»Braves Mädchen.« Ruby lächelt triumphierend. »Ich kann es kaum erwarten, dass du uns alles darüber erzählst. Du wirst dich danach unglaublich frei fühlen. Ich bin gerne nackt. Und wo wir gerade von nackt sein sprechen, wie geht es dir mit der Gabriel-Sache?«

»Was meinst du?«

»War es seltsam, einen anderen zu küssen? Es wieder mal zu versuchen?«

Ich denke einen Augenblick über ihre Fragen nach. »Eigentlich war es nicht seltsam. Natürlich war es sonderbar, einen anderen Mann außer Matthew zu küssen, und ich hatte am nächsten Morgen ein schlechtes Gewissen, obwohl ich wusste, dass ich das nicht haben sollte. Aber ich bereue es auf keinen Fall. Es hat Spaß gemacht.«

Ich erzähle Ruby und Leo nichts von dem seltsamen Moment vor ein paar Tagen. Ich stand unter der Dusche, und plötzlich überkam mich eine unglaubliche Panik, dass Matthew sich mit einer anderen traf. Es kam wie aus dem Nichts. Ich hatte so viel Energie darauf verwendet, mich auf mich selbst zu konzentrieren und mir Zeit zu geben, aber der flüchtige Gedanke, dass Matthew sich mit anderen Frauen verabredete, ließ mich sofort losheulen.

Vielleicht war es eine verspätete Reaktion auf den Kuss mit Gabriel. Vielleicht machte die Tatsache, dass ich einen anderen geküsst hatte, die Möglichkeit, dass Matthew mit einer anderen zusammen war, realer.

Die gute Nachricht ist, dass es mich nicht umgebracht hat. In den ersten Wochen nach der Trennung machte mich die Vorstellung von Matthew mit einer anderen Frau verrückt. Ich spürte eine destruktive Mischung aus Zorn, Verrat, Schmerz und Fassungslosigkeit, die mich wie eine Welle unter sich begrub. Dieses Mal weinte ich leise unter der Dusche und erlaubte mir einen Augenblick der Verzweiflung, doch dann ließ ich das Wasser über mein Gesicht laufen, trat aus der Dusche, trocknete mich ab und machte weiter.

Das ist ein Fortschritt.

Ruby legt die Essstäbchen beiseite. »Und wie sieht es mit... Dates aus?«

»Keine Ahnung. Mit einem Kellner knutschen ist das eine, Verabredungen etwas vollkommen anderes.« Ich lache. »Jetzt weiß ich, wie Dad sich fühlt, wenn Adrian und ich ihn fragen, warum er keine Frauen datet. Es ist schweißtreibend auf dem heißen Stuhl.«

»Es wäre trotzdem gut, wenn du dich mal mit der Vorstellung befassen würdest«, erklärt Ruby.

»Konzentrieren wir uns erst mal darauf, dass ich die Hochzeitssaison überlebe.«

»Ganz genau«, stimmt Leo mir zu und greift nach seinem Glas. »Und wer weiß? Vielleicht bist du am Ende des Sommers bereit, dich wieder an dem Spiel zu beteiligen.«

Das Gespräch läuft weiter, doch die Sache mit den Verabredungen lässt mich nicht los, bis ich abends im Bett liege und vergeblich versuche, mich auf mein Buch zu konzentrieren. *Dates.* Allein die Vorstellung ist seltsam und macht mir Angst.

Ich könnte mich nie mit jemand anderem verabreden. Was, wenn Matthew erkennt, dass er einen Fehler gemacht hat, und wieder zu mir zurückwill? Wenn ich mich mit einem anderen treffe, glaubt er vielleicht, er hätte es endgültig vermasselt, und verschweigt mir, dass er sich umentschieden hat! Es ist besser, Single zu bleiben, bis ich weiß, dass es definitiv vorbei ist. Nur für den Fall.

Andererseits hat er am Tag vor unserer Hochzeit Schluss

gemacht. Er liebt mich nicht mehr. Sollte ich da nicht auch wollen, dass es vorbei ist? Nach all den schrecklichen Dingen, die er zu mir gesagt hat?

Warum klammere ich mich immer noch an unsere Beziehung?

Ich muss einen Weg finden, mich davon zu lösen.

Wenn man die komplizierten Gefühle für Matthew mal außer Acht lässt, muss ich zugeben, dass ich gar nicht weiß, *wie* ich mich mit jemandem verabreden könnte. Dabei dränge ich Dad, sich wieder ins Spiel zu bringen, als wäre es keine große Sache. Was habe ich mir nur dabei gedacht? Es ist BEÄNGSTIGEND.

Ich greife nach dem Handy und rufe Ruby an.

»Vermisst du uns schon?«, fragt sie zur Begrüßung.

»Ich habe keine Ahnung, wie Dates funktionieren.«

»Wie bitte?«

»Du hast doch vorhin gesagt, dass ich mich mit dem Gedanken anfreunden soll, wieder auf Dates zu gehen.«

»Ja?«

»Falls ich mich irgendwann bereit dafür fühle, hätte ich keine Ahnung, wo ich anfangen soll. Wie funktionieren Dates?«

»Moment, ich schalte dich auf Lautsprecher«, sagt sie. »Okay, Leo ist auch hier. Freya ist am Telefon, Leo.«

»Hey, Freya!«, ruft er.

»Ich habe keine Ahnung, wie Dates funktionieren«, wiederhole ich.

»Aber das weiß doch jeder«, erwidert Leo. »Man trifft sich, redet, und das war's.«

»Bei dir klingt das total einfach.« Ich seufze. »Aber da steckt doch viel mehr dahinter. Zuerst muss man einmal eine Person kennenlernen, über die man mehr erfahren möchte. Dann muss man herausfinden, ob es eine Verbindung gibt. Ob es funkt. Und das alles bei einem Drink in einem Pub? Das klingt nach jeder Menge Druck.«

»Aber aufregender Druck«, erklärt Ruby aufmunternd.

»Ich weiß nicht, ob bei jemand anderem außer bei Matthew

der Funken überspringen kann«, gebe ich zu und lehne mich im Bett zurück.

»*Funken* ist in diesem Zusammenhang echt seltsam, wenn man so darüber nachdenkt…«, meint Leo gedankenverloren.

»Sieh doch nur, wie weit du es schon geschafft hast!«, beharrt Ruby. »Ein paar Wochen nach der Trennung hast du mir erklärt, dass du dir nie wieder einen Liebesfilm ansehen wirst. Und jetzt küsst du heiße Franzosen am Pool und bist damit der Star deiner eigenen Romcom.«

»So fühlt es sich aber nicht an.«

»Der Punkt ist, dass du niemals gedacht hättest, dass du bereit dafür bist, einen fremden Franzosen mit stahlharten Muskeln und einem ebensolchen Hintern zu küssen. Und jeder weiß, was passiert ist.«

»Mich würde interessieren, ob diese Beschreibungen von Freya oder von dir kommen?«, murmelt Leo im Hintergrund. »Ich kann mich nicht erinnern, dass sie von seinem stahlharten Hintern geschwärmt hätte.«

»Vielleicht hast du recht.« Ich beiße mir auf die Lippe. »Ich kann mir einfach nicht vorstellen, mit einem anderen auszugehen und Intimität zu erleben. Das scheint unmöglich. Wie kann ich jemals wieder jemandem vertrauen?«

»Du wirst es lernen«, sagt Ruby. »Und mit dem richtigen Mann wirst du es auch wollen.«

»Ich weiß nicht«, krächze ich, bevor ich etwas zugebe, über das ich schon lange nachdenke, das ich aber noch nie ausgesprochen habe, weil es die Angst noch realer macht. »Ich habe Angst, dass ich nie wieder jemandem glauben werde, der mir sagt, dass er mich liebt.«

Er ist spät dran.

Wir sitzen im Flugzeug und warten darauf, dass es losgeht, und wer ist der Letzte, der zur Tür hereinstürzt? Genau. Jamie.

Alle Augen sind auf ihn gerichtet. Deshalb bin ich immer überpünktlich, wenn ich fliege. Wie hält er es aus, von allen angestarrt zu werden? Er wirkt entspannt, als er mit der Reisetasche über der Schulter durch den Mittelgang geht. Als er mich entdeckt, lächelt er, sagt: »Hey«, und schiebt sich weiter zu seinem Platz ein paar Reihen weiter hinten. Ich sehe zu, wie er seine Tasche über den Sitzen verstaut und sich auf den Sitzplatz am Gang fallen lässt.

Ich drehe mich nach vorne, nehme meine Kopfhörer und bin bereit für den Abflug. Es überrascht mich nicht, dass wir mit demselben Flugzeug nach Dublin unterwegs sind. Viele Hochzeitsgäste haben diesen Flug gebucht. Ich habe gesehen, wie sie sich am Gate begrüßt haben, und gehört, wie dabei immer wieder Niamhs und Freddies Namen fielen. Ich habe überlegt, mich vorzustellen, aber dann hätte ich Small Talk betreiben müssen, obwohl ich mich lieber zurücklehne und entspanne und…

»Entschuldigen Sie.«

Jemand tippt mir auf die Schulter, sobald wir in der Luft sind und das Anschnallzeichen erloschen ist. Als ich aufschaue, sieht eine fremde Frau auf mich herab. Ich nehme die Kopfhörer ab und starre sie an. Sollte ich die Frau kennen? Oder habe ich unbewusst etwas falsch gemacht? »Ja?«

»Ich sitze etwas weiter hinten neben Ihrem Freund, und er dachte, es wäre nett, wenn Sie nebeneinandersitzen könnten«, erklärt sie mit einem freundlichen Lächeln. »Ich sitze ohnehin lieber am Gang, deshalb würde es mir nichts ausmachen, wenn wir tauschen.«

Sie deutet mit dem Kopf auf Jamie, und als ich mich umdrehe, um ihm einen stechenden Blick zuzuwerfen, winkt er mir zu und formt mit den Lippen die Worte »Jetzt mach schon!«.

Ich muss zugeben, dass Jamie mir langsam ans Herz wächst – und sein Tipp mit dem Olivenöl bei der Preisverleihung hat mir geholfen, ein kreatives Tief zu überwinden. Aber ich habe diesen Sitzplatz sorgfältig ausgesucht. Ganz zu schweigen davon, dass mein Gepäck über mir verstaut ist, damit ich es sofort nach der Landung bei mir habe.

Andererseits will ich dieser freundlichen Fremden gegenüber nicht unhöflich sein, immerhin wurde sie genötigt, mir ihren Sitzplatz zu überlassen. Und ich will Jamie nicht beleidigen, der besagte Fremde beschwatzt hat, damit wir nebeneinandersitzen können. Also öffne ich den Sicherheitsgurt, packe meine Sachen, schiebe mich in den Gang und bedanke mich bei der Frau.

Jamie begrüßt mich mit einem fröhlichen »Hallo«, und ich lasse mich auf den Sitz neben ihm fallen. »Wie geht es dir? Ich habe dich nach der Preisverleihung gar nicht mehr gesehen.«

»Ich musste gleich danach nach Hause. War es noch ein schöner Abend?«, antworte ich, schließe den Sicherheitsgurt und stopfe meine Kopfhörer in die Tasche zwischen meinen Füßen.

»Ja, schon. Aber ich war enttäuscht, dass wir unser Gespräch nicht fortsetzen konnten. Wir haben eine Menge zu besprechen, und das ging in dem kurzen Aufeinandertreffen vor der Verleihung nicht.«

»Du wolltest dich weiter über Olivenöl unterhalten?«

»Klar, aber auch über die Nacht, in der wir zusammen auf Diebestour gegangen sind. Damit sind wir jetzt offiziell befreundet, weißt du?«

»Könntest du vielleicht leiser sprechen«, zische ich, denn der Passagier am Fenstersitz hat sich gerade unangenehm berührt abgewandt und tut, als würde er lesen. »Wir haben überhaupt nichts *gestohlen*. Wir haben uns betrunken einen Verkehrskegel *geliehen*, und ich habe ihn danach sofort zurückgebracht.«

Jamie wirft mir einen amüsierten Blick zu und klappt sein Tischchen nach unten, als er sieht, dass der Servierwagen näher kommt. »Außerdem hast du mir noch nicht erzählt, wie die Begegnung mit Matthew auf der Hochzeit in Frankreich verlief.«

Ich schnappe nach Luft und sehe ihn überrascht an. »Woher weißt du, dass ich Matthew auf der Hochzeit getroffen habe?«

»Du hast mir am Junggesellenausflug erzählt, dass du ihn bald auf einer Hochzeit in Frankreich wiedersehen wirst.«

»W-wirklich?«

Warum erzähle ich ständig irgendjemandem irgendetwas und kann mich danach an nichts erinnern? Ich war immer eher verschlossen, aber jetzt habe ich mich offenbar in eine plappernde Idiotin verwandelt, die Dad von Jamie und Jamie von Matthew erzählt...

Die Trennung hat mich unachtsam gemacht.

»Du hast gesagt, dass du nervös bist, und ich meinte: ›Du schaffst das.‹ Und du so: ›Was, wenn ich nicht stark genug bin?‹, und ich darauf: ›Das bist du ganz sicher.‹ Erinnerst du dich denn nicht mehr an das Gespräch? Dabei war es so bedeutungsvoll und offen.« Er lacht leise.

Ich schüttle den Kopf. »Ich war offenbar betrunkener als du.«

»Keine Angst, du hast nichts Schlimmes gesagt. Es war ein nettes Gespräch. Ein wichtiger Schritt in unserer Freundschaft«, neckt er mich, dann wendet er sich strahlend an den Flugbegleiter, der neben uns angehalten hat. »Ich nehme eine Cola mit Eis, bitte, und ich glaube, meine Freundin hier trinkt gerne Single Malt. Oder einen Pornstar Martini in der Dose, falls Sie so etwas im Angebot haben?«

»Sehr witzig«, murmle ich, dann wende ich mich ebenfalls an den einigermaßen verwirrten Flugbegleiter. »Für mich auch eine Cola, bitte.«

»Dann zwei Cola, bitte«, bestätigt Jamie und holt seine Karte aus der Geldbörse. Ich greife ebenfalls nach meiner Tasche, doch er legt mir eine Hand auf den Arm. »Ich übernehme das.«

Ich zucke zusammen, als ich seine warme Hand auf meiner Haut spüre, aber nicht auf schlechte Art. Es ist wie ein sanfter elektrischer Schlag. Es klingt seltsam, aber seine warme Haut jagt mir ein Schaudern über den Rücken.

Es ist anders als die betrunkene Aufregung, die mich packte, als Gabriel Interesse an mir zeigte. Irgendwie eindringlicher.

O nein! Ich kann mich unmöglich in Jamie verlieben! Das ist zu kompliziert.

Erstens kennt er Leute, die Matthew kennen, und das heißt, Matthew wird es herausfinden und mich hassen.

Zweitens kann ich nicht zulassen, dass ich mich in jemanden verliebe, der ständig zu spät kommt.

Und drittens kann ich mich zwar nur dunkel an unser Gespräch in Leeds erinnern, aber ich bin mir ziemlich sicher, dass er sich über die Songtexte von Taylor Swift lustig gemacht hat.

Das geht gar nicht.

Er bemerkt meine Reaktion auf die Berührung nicht und macht ganz normal weiter, bezahlt unsere Getränke und stellt sie auf diesen winzigen, hauchdünnen Flugzeugservietten auf unseren Tischchen ab. Ich versuche meine glühenden Wangen zu ignorieren, öffne die Cola und gieße sie über die Eiswürfel. Schuld an der Misere sind die *Swill Awards*. Sein hervorragender Geschmack bei Olivenöl und die Tatsache, dass er sich die Zeit genommen hat, um mehr über die Marke herauszufinden, lässt ihn in einem neuen Licht erscheinen.

»Cheers«, sagt er fröhlich und stößt mit mir an. »Auf Niamh und Freddie und ein amüsantes Wochenende.«

»Cheers«, murmle ich und nippe an meiner Cola.

»Also, erzählst du mir jetzt, wie es mit Matthew lief? Du musst nicht, wenn du nicht willst, obwohl ich schon enttäuscht wäre, wenn du mir nichts erzählst, nachdem wir unsere Bindung derart gestärkt haben.«

Ich lächle in den Becher hinein. »Es war okay. Sozusagen. Glaube ich.«

»Komm schon, da steckt sicher mehr dahinter.« Er hebt die Hand. »Ich höre vorurteilsfrei zu. Du redest hier mit einem Kerl, der wegen seiner Ex aus einem Kajak gefallen ist, weißt du noch?«

Ich seufze, stelle den Becher ab und sehe ihn an. »Er hat angedeutet, dass ich langweilig bin, und ich habe ihm gesagt, dass seine Schuhe die falsche Farbe haben.«

Wie erwartet lacht Jamie auf. »Da hast du's ihm aber gegeben. Hut ab!«

»Es war schrecklich! Mitleiderregend.«

»Also mir gefällt es.« Er sieht beeindruckt aus. »Außerdem würdest du nie etwas richtig Gemeines sagen. Hast du dich den ganzen Abend so zivilisiert und wohlerzogen benommen, oder gab es noch andere interessante Begegnungen?«

»Der Rest war nicht der Rede wert«, erwidere ich, denke an Gabriel und werde rot. »Der Schuh-Kommentar war der Tiefpunkt.«

»Ich glaube, er war vernichtender, als du denkst. Passiert es dir auch ab und zu, dass dir erst eine Stunde nach einem Streit eine passende Retourkutsche einfällt?«

»Ständig! Aber das geht allen so, oder?«

»Ja, vermutlich. Trotzdem sind einige Leute schlagfertiger als andere. Wenn ich streite, verwirrt die bloße Konfrontation mein Gehirn derart, dass ich nur noch Unsinn von mir gebe.«

»Das ist besser, als sich zu verschließen und irgendwelche unwichtigen Dinge anzusprechen, die niemanden interessieren.«

»Es ist jedenfalls gut, dass du mit ihm gesprochen hast, und du hast es überlebt.« Er schenkt mir ein ehrliches Lächeln. »Ich weiß, wie viel Angst du davor hattest.«

Wir verfallen in Schweigen, und ich denke über den elektrischen Schlag nach, als er vorhin meinen Arm berührt hat. Er ist ein unkomplizierter Gesprächspartner. Vielleicht war das der Grund für das Schaudern. Wir verstehen uns prächtig, obwohl der erste Eindruck schrecklich war, mehr nicht. Doch bei dem Gedanken an seine warme Hand fangen meine Wangen erneut zu glühen an. Warum denke ich überhaupt schon wieder daran? Was ist los mit mir? Ist mein Leben wirklich so kalt und einsam, dass eine einfache Berührung mich in ein erschauderndes Etwas verwandelt?

Jamie passt doch gar nicht zu mir. Das ist offensichtlich. Ich sollte nicht einmal in Betracht ziehen, dass ich mit ihm … irgendetwas tue. Wenn Matthew und ich bereits zu verschieden waren, dann kann es auf keinen Fall mit jemandem klappen, der ständig zu spät kommt und sich aus Rache ein Tattoo von einem Adler mit Monokel stechen lässt. Wir sind das genaue Gegenteil voneinander.

Andererseits hat Isabelle uns an ihrer Hochzeit nebeneinandergesetzt, weil wir einiges gemeinsam haben. Da ist natürlich erst einmal die Sache mit den Jobs. Wir arbeiten zwar für zwei verschiedene Unternehmen, aber in derselben, einigermaßen spezifischen Branche.

Und wenn wir uns unterhalten, sind wir recht oft einer Meinung. Es macht Spaß, mit ihm zusammen zu sein, und er ist auf seine eigene, abgerissene Art heiß. Er hat sanfte Augen, und es gefällt mir, wenn er lacht. Er legt den Kopf zurück und keucht leise, bevor er richtig loslacht. Sein Lachen ist sehr ansteckend.

Moment. *Was war die Frage?*

O mein Gott, ich wollte mir Gedanken darüber machen, warum es zwischen uns in einer Million Jahren nicht klappen würde, anstatt mich von seinem ansteckenden Lachen ablenken zu lassen! Ich habe den Verstand verloren.

Okay, ich muss irgendetwas sagen. Etwas, das nicht aufreizend rüberkommt oder als Flirtversuch verstanden werden kann. Ich muss den elektrischen Schlag vergessen, weil ich noch nicht bereit für irgendetwas in dieser Richtung bin.

»Mein bester Freund dachte, es gäbe nur eine Art Quiche«, platze ich in blinder Panik heraus.

Jamie sieht mich verwirrt an. »Wie bitte?«

Ach, du meine Güte. Was habe ich getan? Es ist auf jeden Fall kein aufreizendes Thema, das ist schon mal ein Pluspunkt. Da muss ich jetzt durch.

»Mein bester Freund Leo. Wir haben herausgefunden, dass er dachte, es gäbe nur eine Quiche, und zwar Quiche Lorraine. Schräg, oder?« Ich lache nervös.

Jamie hebt die Augenbraue und wirkt interessiert. »Das kann ich verstehen. Warum haben die anderen Sorten keine ausgefallenen Namen? Und warum heißt es überhaupt Quiche Lorraine?«

»Ich bin mir nicht sicher. Aber das ist ein gutes Argument. Vielleicht war ich zu streng zu ihm.«

»Wenn es deinem Freund Leo dann besser geht, kannst du ihm erzählen, dass ich bis vor Kurzem nicht gewusst habe, dass Heilbutt ein Fisch ist«, gibt er zu.

»Wie bitte?«

»Ich dachte, es wäre ein Gemüse.«

»Was?«, frage ich fassungslos.

»Ich dachte, es wäre ein Gemüse. Es klingt doch wie ein Gemüse, oder nicht?«

»Nein. Es klingt wie ein köstlicher Fisch.«

»Weil du *weißt*, dass es ein Fisch ist. Hättest du das Wort gerade zum ersten Mal gehört, hättest du dir gedacht: ›Oh, das ist wahrscheinlich eine Kartoffelsorte.‹ Es hat mich total aus der Bahn geworfen, als ich herausfand, dass es ein Fisch ist. Ich konnte mich den ganzen Tag auf nichts anderes konzentrieren.«

»Und wenn du in einem Restaurant Heilbutt bestellt hast, ist dir der Unterschied nicht aufgefallen?«

»Nein, weil ich nie Heilbutt bestellt habe«, erklärt er. »Weil ich dachte, es wäre eine Kartoffelsorte, und ich wollte kein Hauptgericht haben, das nur aus Kartoffeln besteht. Ich wollte immer etwas Besonderes. Fisch zum Beispiel. Ich habe die Speisekarte gelesen und mich gefragt, wer ein Hauptgericht aus Kartoffeln bestellt, zu dem als Beilage meistens ebenfalls Kartoffeln serviert werden.«

»Wow.« Ich nicke langsam und lasse es sacken. »Das ist schlimm.«

»Jetzt sei mal nicht so herablassend. Denk an die Sache mit dem leichten Jungen.«

»Dabei war das gar nicht mein schlimmstes Missverständnis. Ich dachte früher, Quitten wären eine Art Wackelpudding.«

Er überlegt. »Wie sieht eine Quitte aus? Wie eine Feige?«

»Eher wie eine Birne. Nachdem ich erfahren habe, dass es eine

Frucht ist, habe ich es gegoogelt und mir Bilder angesehen. Quitten sind wie leuchtend gelbe Birnen.«

»Sieh mal an.« Er hebt den Becher an die Lippen. »Man lernt jeden Tag etwas Neues dazu.«

»Anscheinend.«

Er lächelt. »Warst du schon mal in Dublin?«

»Ja, aber damals war ich noch so klein, dass ich mich kaum erinnern kann.«

»Wirst du dir die Stadt ansehen?«

»Das ist der Plan.«

»Allein?«

»Ich glaube schon. Isabelle und Ryan haben nach den Flitterwochen nicht mehr genug Urlaubstage, um sich heute freizunehmen, und kommen erst morgen früh.«

»Ja, ich habe letzte Woche mit Isabelle gesprochen, und da hat sie etwas erwähnt. Willst du mit mir zusammen zum Sightseeing? Ich wollte zu Fuß die Stadt erkunden.«

Ich zögere kurz. »Ja. Okay. Das wäre nett.«

»Wir können den Tag damit verbringen, einander mit interessanten Fakten zu verwirren.«

»Unbedingt, ich wäre gespannt auf weitere Heilbutt-Offenbarungen.«

»Geht klar«, erwidert er, dann lächelt er wissend. »Und du kannst mir alles über den französischen Kellner am Pool erzählen.«

WAS ZUM ...?

Woher weiß er denn das schon wieder?

Hallo Isabelle, altes Haus. Freundin der Vergangenheit. Alter Kumpel.

O-oh. Was habe ich angestellt?

Erinnerst du dich, was ich dir gesagt habe, als ich dir von dem französischen Kellner auf Calis Hochzeit erzählt habe?

Ja.

Hast du ALLEN von meinem kleinen Geheimnis erzählt? Oder nur deinem neuen BFF Jamie?

Ah.

Ich habe gerade den einstündigen Flug nach Dublin mit ihm verbracht.

Okay.

Es war sehr interessant.

Ja?

Er hat mir erzählt, dass er lange dachte, Heilbutt wäre eine Kartoffelsorte.

Das ist schräg.

UND ER HAT SICH NACH DEM FRANZÖSISCHEN KELLNER AM POOL ERKUNDIGT.

Zu meiner Entschuldigung – er hat nach dir gefragt, und da ist es mir rausgerutscht!

DAS IST KEINE GUTE ENTSCHULDIGUNG!

Findest du es nicht interessant, dass er mich nach dir gefragt hat?

Lenk nicht ab, du gerissene Füchsin.
Das ist SO PEINLICH!

Er wollte alles über den Kuss wissen.
Ich glaube, er mag dich.

ISABELLE!

Das kommt doch nicht überraschend.
Du bist ein Schnuckelchen.

Wenn du versuchst, dich einzuschleimen …
DAS FUNKTIONIERT NICHT.

Verbringt ihr den Tag zusammen? Ihr seid beide einen Tag früher angereist, ihr könntet euch zusammen die Stadt ansehen.

Du bist eine gewiefte Puppenspielerin. Und eine VERRÄTERIN.

Erinnerst du dich, wie ich dir in der Fünften mit der Französischhausaufgabe geholfen habe?

Wie bitte?

Ich weiß noch genau, was du gesagt hast. Du hast gesagt: Ich schulde dir etwas, Isabelle.

Das habe ich nicht gesagt.

Du hast gesagt, dass du es mir nie vergessen wirst. Wir fragen Niamh. Sie war dabei. Sie kann sich sicher erinnern.

Das denkst du dir aus. Wir waren damals ELF. Nichts als Lügen!

Der Punkt ist, dass du mir etwas schuldest. Also kannst du mir ruhig verzeihen, dass ich die Sache mit dem heißen Kuss am Pool ausgeplaudert habe. Ich dachte, es würde ihn anspornen.

WOFÜR anspornen?

Damit du ihm nicht durch die Lappen gehst.

HÖR AUF, IN RÄTSELN ZU SPRECHEN.

O-oh, ich muss Schluss machen. Mein Boss sieht rüber. Ich freue mich auf morgen! Xx

MOMENT, KOMM ZURÜCK! Isabelle???? DU STECKST IN GROSSEN SCHWIERIGKEITEN!

Kapitel 19

Wir wohnen im selben Hotel.

Das ist natürlich kein besonders verrückter Zufall, wenn man bedenkt, dass Niamh und Freddie auf ihrer Einladung drei Hotels für die angereisten Hochzeitsgäste empfohlen haben, aber trotzdem. Es gibt noch zwei Hotels, in denen Jamie hätte unterkommen können, aber er wohnt in meinem.

Okay, und wo ist das Problem?, mögen sich manche jetzt fragen.

Das Problem ist, dass ich NACKT durch den Hotelflur laufen muss, und ich kann nicht riskieren, dass mich IRGENDJEMAND, den ich kenne, sieht oder etwas davon mitbekommt. Ich muss den Zeitpunkt sehr sorgfältig wählen.

Es ist eine alberne Aufgabe. Vielleicht mache ich es einfach nicht. Ja, ich mache es einfach nicht. Das werden alle verstehen. Ich meine, immerhin wissen nur Leo und Ruby darüber Bescheid. Ich werde ihnen erklären, wie unpassend es gewesen wäre, in einem geschäftigen Hotel nackt einen Flur entlangzulaufen, wo lauter Freunde von Niamh und Freddie wohnen. Es ist unwahrscheinlich, dass ich es durchziehen kann, ohne jemanden schwer zu traumatisieren. Auch wenn mir die Aufgaben wichtig sind, das ist es nicht wert.

Es ist ja nicht so, dass ich kneife.

Es wäre bloß nicht richtig.

»Ist alles okay?«, fragt Jamie und stellt seine Reisetasche ab, während wir auf den Check-in warten.

»Ja. Warum?«

»Du wirkst angespannt.«

»Ich habe über etwas nachgedacht, das ich noch erledigen muss.« Ich winke ab. »Nicht so wichtig.«

Er lässt mir den Vortritt, als der Gast vor uns das Feld räumt. Kurz darauf stelle ich erleichtert fest, dass ich im vierten Stock wohne und er im ersten. Wir vereinbaren, unsere Sachen auf die Zimmer zu bringen und uns in zehn Minuten wieder zu treffen.

Im Zimmer trage ich neues Deo auf, nachdem ich mich nach einem Flug immer etwas schmuddelig fühle, dann frische ich mein Make-up auf und nehme noch etwas Parfum. Außerdem peppe ich mein Flugzeug-Outfit mit ein paar Ohrringen und einer hübschen Sonnenbrille auf. Ich habe vor, beim Sightseeing Fotos zu machen, und möchte gut dafür aussehen.

Und für Jamie.

O *Mann!* O mein Gott, *nein*. Aufhören.

Jamie wartet in der Lobby und springt auf, als er mich sieht.

»Also, ich dachte, wir beginnen mit einem Spaziergang durch das Trinity College, weil das Wetter so herrlich ist, und danach besuchen wir die Guinness-Brauerei. Von der Dachbar hat man angeblich einen tollen Blick auf die Stadt«, schlägt er vor. Er hält inne. »Du riechst gut.«

»Tu nicht so überrascht«, erwidere ich. Hitze steigt in meine Wangen. Hoffentlich glaubt er nicht, ich hätte für ihn Parfum aufgelegt.

Obwohl ich genau das getan habe.

AUFHÖREN!

»Ich möchte mir aber auch Dublin Castle ansehen«, erkläre ich und klinge wie eine genervte Lehrerin.

Mein Tonfall weckt eine plötzliche Erinnerung an ein Wochenende, an dem ich mit Matthew Covent Garden besuchte. Wir gerieten in einen Streit, nachdem er mich als verstockt bezeichnet hatte. Wir hatten eine Liste mit Dingen, die noch erledigt werden mussten, bevor wir uns am späteren Nachmittag mit

Freunden trafen, und ich wollte die Dinge gleich in den Läden in Covent Garden besorgen, während Matthew lieber auf einer Treppe sitzen und einem Jongleur zusehen wollte.

»Wir haben so viel zu tun«, jammerte ich und scrollte durch die Liste am Handy. »Komm schon, wir haben keine Zeit für so etwas.«

»Ich hasse es, wenn du diese Stimme benutzt«, schnaubte Matthew.

»Welche Stimme?«

»Die Lehrerinnenstimme. Die benutzt du immer, wenn du genervt von mir bist.«

»Ich bin nicht genervt von dir«, erwiderte ich und warf ihm einen genervten Blick zu. »Wir können es uns nur nicht leisten, noch mehr Zeit zu verschwenden.«

»Das ist doch keine Zeitverschwendung, Freya. Es tut gut, das Wochenende zu genießen.« Er steckte seufzend die Hände in die Hosentaschen. »Na gut, dann komm. Lass uns deine Liste abarbeiten.«

Ich erinnere mich, dass ich den Großteil des Nachmittages sauer auf ihn war, bis mich das schlechte Gewissen überkam, weil er recht hatte. Wochenenden waren so wertvoll – es war albern, sie mit langweiligen Verpflichtungen zu verbringen. Das Leben ist kurz und so weiter... Zumindest sagte ich das, als ich mich bei ihm entschuldigte.

Ich schätze, mein damaliges Verhalten und Tage wie jener haben zu seinem Entschluss beigetragen, dass wir nicht zusammenpassen.

Im Nachhinein muss ich allerdings sagen, dass die Aufgaben auf der Liste tatsächlich wichtig waren. Wir kauften Dinge für unsere Wohnung, holten Geschenke für die Geburtstagsparty bei unseren Freunden – und wir besorgten eine Glückwunschkarte zum Hochzeitstag seiner Eltern. All das ist wichtig im Leben. Denn das Leben ist kurz. Was das betrifft, hatte ich recht mit meiner Entschuldigung. Allerdings habe ich im Nachhinein betrachtet Zeit und Arbeit investiert, um anderen das Gefühl zu geben, wichtig zu sein. Und manchmal bedeutet das, samstags die Lehrerinnenstimme auszupacken und dafür zu sorgen, dass alles erledigt wird.

Ich schätze, wir hatten an jenem Tag beide recht.

»Ich glaube, zum College geht es hier entlang«, erklärt Jamie. Wir sind aus dem Hotel in den herrlichen Sonnenschein getreten, und nun studiert er die Karte auf seinem Handy und deutet mit dem Kopf die Straße hinunter.

»Sag Bescheid, wenn du Hunger hast und etwas essen willst. Ich konnte am Flughafen noch ein schnelles Frühstück einschieben, aber du hast vermutlich noch nichts gegessen?«

»Hättest du deshalb beinahe den Flug verpasst?«

»Ich habe schon darauf gewartet, dass du es erwähnst«, meint er und trabt neben mir her. »Sie mussten keinen letzten Aufruf starten, also war ich pünktlich.«

»Das sollte nicht der Maßstab sein, ob man zu spät zu seinem Flug kommt«, informiere ich ihn selbstgefällig. »Ich würde in Panik ausbrechen, wenn überall auf den Flughäfen mein Name ausgerufen wird, weil ich zu spät dran bin.«

»Man gewöhnt sich daran.«

»Ich hole mir bloß einen schnellen Kaffee«, erkläre ich und halte vor einer Bäckerei inne. »Willst du auch einen?«

»Ja, gerne«, ruft er mir nach. »Einen Flat White, bitte.«

Ich betrete den Laden und gebe die Bestellung auf, während er draußen wartet und durch sein Handy scrollt. Ich beobachte ihn durchs Fenster. Matthew *sagt*, dass er entspannt ist, aber Jamie sieht *tatsächlich* entspannt aus. Heute trägt er ein ausgebleichtes T-Shirt, relativ weite Jeans und Turnschuhe. Es ist nicht unbedingt schick, aber auch nicht *nicht* schick. Ich würde ihn nicht als Stilikone bezeichnen, aber er weiß sicher, dass man zu einem marineblauen Anzug keine hellblauen Schuhe trägt.

Nicht, dass ich Matthew mit Jamie vergleiche, denn das wäre ja sinnlos.

(Aber wenn ich sie rein hypothetisch gesehen doch vergleichen müsste, dann stünde es Jamie 1, Matthew 0.)

»Darf ich bitte raten, welchen Kaffee du bestellt hast?«, fragt er, als ich aus dem Laden trete. »Du hast eine Vorliebe für Süßes, also... Mocca?«

»Nö«, erwidere ich und reiche ihm seinen Becher.

»Verdammt! Dann einen Latte mit Zimt und Vanille und Schokostreuseln obendrauf?«

»Gibt es den überhaupt?«

»Zu Weihnachten bestimmt.«

»Ich habe einen Kokosnuss-Latte«, offenbare ich stolz. »Du kennst mich absolut nicht. Ich hingegen hätte sofort darauf getippt, dass du ein Flat-White-Typ bist.«

»Warum?«, fragt er, während wir uns auf den Weg zum College machen.

»Keine Ahnung.« Ich mustere ihn einen Moment lang. »Dein Bart?«

Er verschluckt sich an seinem Kaffee, dann wendet er sich belustigt zu mir um. »Du hättest auf einen Flat White getippt, weil ich einen Bart habe?«

»Jap. Alle coolen Kerle mit Bart trinken Flat White.«

Er lacht. »Das ist ja wohl die unglaublichste Verallgemeinerung, die ich jemals gehört habe. Aber kommen wir lieber zu deiner Behauptung, ich wäre ›cool‹. Ist das eine neue Erkenntnis, oder hast du diesen Entschluss seit unserem letzten Treffen gefasst?«

»Die Erkenntnis ist neu. Ich fand dich nicht sonderlich cool, bis du mir die Sache mit dem Heilbutt erzählt hast. Jetzt halte ich dich für ziemlich cool.«

»Das kapiere ich nicht – es sei denn, du meinst es sarkastisch, und ich weiß, dass du sehr gut in diesen Dingen bist.« Es starrt mich an. »Die Sache mit dem Heilbutt ist doch uncool.«

Ich zucke mit den Schultern. »Ich kann es nicht erklären, Jamie. Es macht dich cool.«

»Ich glaube, du verwechselst cool mit süß. Du findest mich süß.«

»Wie bitte?« Ich weiche vor ihm zurück. »Ich finde dich nicht *süß!*«

»Die Heilbutt-Geschichte ist die Art von süßer, bezaubernder Anekdote, bei der die Leute sich denken: ›Ach, er ist so schrullig‹, und schon sind sie hin und weg.«

»Gibst du gerade zu, dass du mir die Geschichte nur erzählt hast, damit ich dich für süß, bezaubernd und schrullig halte?«

»Gibst du zu, dass du hin und weg bist?«

Meine Augen werden schmal. »Netter Versuch.«

Er grinst und nippt an seinem Kaffee. Das Trinity College hat einen unglaublichen Campus, und man muss einfach innehalten und sich vorstellen, wie es wäre, hier zu studieren. Wir schlendern herum, bestaunen die Gebäude, und ich lese interessante historische Fakten vom Handy ab.

»Hättest du gerne ein Foto von dir unter dem Kamille?«, bietet Jamie an und deutet auf den berühmten, wunderschönen Uhrturm.

»Unter dem *was*?«

»Unter dem... Kamille«, wiederholt er etwas unsicher. »Du hast den Turm so genannt, als du die Geschichte von den abergläubischen Studenten vorgelesen hast, die nicht unten durchgehen wollen.«

Ich lache auf. »Du meinst *Campanile!*«

»Das habe ich doch gesagt.«

»Du hast *Kamille* gesagt«, informiere ich ihn kichernd. »Wie der Tee.«

»Nein, hab ich nicht. Ich habe Camperpile gesagt, oder wie du den Turm genannt hast.«

»Campanile!«, keuche ich und wische mir eine Träne aus dem Auge.

»Camperfile?«

»Cam-pan-ile!«

»Campanile.«

»Verdammt, jetzt hast du's endlich«, lobe ich ihn immer noch lachend.

»Das Wort ist aber auch schwer.« Er grinst und beobachtet mich, wie ich mich langsam wieder beruhige. »Willst du jetzt ein Foto unter dem Ding, oder nicht?«

»Klar.« Ich gebe ihm mein Handy und gehe ein paar Schritte zurück. »Ich könnte es meinem Dad schicken. Wie soll ich posen?«

»Wie meinst du das?«, fragt er und hebt das Handy.

»Soll ich eine glückliche Pose machen oder eine aufgeregte? Soll ich die Arme ausstrecken oder zum Uhrturm hochzeigen?«

»Was zum ...? Keine Ahnung.« Er sieht mich verblüfft an. »Stell dich einfach hin.«

»Ich kann mich nicht einfach hinstellen. Das sieht doof aus.«

»Nein, sieht es nicht. Es ist einfach ein Foto, auf dem du unter dem Campertile... Camperfile stehst. Oder wie auch immer das heißt«, knurrt er und bringt mich erneut zum Lachen. »Bist du bereit?«

»Moment. Ich muss ausprobieren, wie es am besten aussieht.«

»Das ist lächerlich.«

»Na gut, dann stehe ich eben nur da, und du machst ein Foto, dann wirst du schon sehen, wie doof das aussieht.«

»Gut«, stimmt er mir zu. »Bereit. Und ...« Er drückt ab und betrachtet das Foto. »Oh... Moment. Ja, du hast recht, das sieht doof aus. Warum ist das so?«

»Siehst du?«

»Deine Arme hängen total verspannt und gerade nach unten. Du siehst ziemlich hölzern aus.«

»Ja, vielen Dank auch. Das war nur, um es dir zu beweisen. Du musst nicht näher auf das Foto eingehen. Ich ändere die Pose, dann versuchen wir es noch einmal.«

»Okay, aber warte noch einen Moment.« Er fährt mit beiden Fingern über das Display.

»Zoomst du etwa näher heran?«, frage ich und stemme die Hände in die Hüften.

»Ja. Ich will wissen, warum du so seltsam aussiehst, wenn du einfach nur dastehst.«

»Jamie! Kannst du endlich ein Foto machen, damit wir weitergehen können?«

»Du bist doch diejenige, die erst die richtige Pose finden muss, Freya. Wenn es dir nur um ein Foto vom Uhrturm geht, das haben wir bereits«, erklärt er, hebt erneut das Handy und hält die Kamera in meine Richtung. »Ich bin schon gespannt, für welche Pose du dich entscheidest.«

»Wir machen einfach mehrere.«

Ich zeige zunächst aufgeregt zum Uhrturm hoch, als wäre ich gerade erst über das besondere Wahrzeichen gestolpert. Er lächelt. Dann werfe ich die Arme in die Luft, als hätte ich gerade einen tollen Auftritt beendet und würde freudestrahlend meinen Applaus entgegennehmen. Danach stemme ich eine Hand in die Hüfte und werfe ihm einen schmachtenden Blick zu.

Ich beschließe, dass das ausreichend grauenhafte Posen waren, lache einmal herzhaft und schlendere auf ihn zu. »Hast du genug im Kasten, Tarantino?«

Er verzieht das Gesicht. »Du weißt schon, dass Tarantino ein Regisseur ist und kein Fotograf, oder?«

»Ach ja, genau.« Ich recke den Hals, um einen Blick auf das Handy zu erhaschen. »Wen meine ich stattdessen?«

Jamie überlegt, dann schnippt er mit den Fingern. »Testino.«

»Richtig. Okay, also ... Hast du genug im Kasten, Testino?«

»Du siehst auf allen Fotos toll aus«, erklärt er und gibt mir das Handy. »Aber ich glaube, dass auch meine Fähigkeiten als Fotograf zur Qualität beigetragen haben.«

Ich scrolle durch die Bilder. Einige sind wirklich witzig und ich sollte mich vielleicht schämen, weil ich mich vor Jamie derart zum Affen gemacht habe, aber wenn ich ehrlich bin, tut es gut, einfach mal albern zu sein.

Da ist allerdings dieses eine Foto am Ende, als ich nicht mehr posiert habe. Ich trage ein natürliches Lächeln auf den Lippen, habe den Blick gesenkt und stecke mir die Haare hinters Ohr.

»Das ist gut«, verkündet er, und ich muss ihm zustimmen. »Das solltest du nehmen.«

»Nehmen? Wofür?«

»Um es auf Instagram zu posten. Oder hältst du nichts von Social Media?« Er wirkt überrascht.

»Ich habe einen Instagram Account, aber ich habe zum letzten Mal vor der Hochzeit etwas gepostet«, erkläre ich ihm, bevor ich erschrocken verstumme. Meine Worte hängen zwischen uns, und ich fühle mich mit einem Mal unbehaglich. Ich habe mit Jamie noch nie über die geplatzte Hochzeit gesprochen. Er wirkt allerdings nicht verwirrt. Und auch nicht peinlich berührt.

»Deiner und Matthews?«, fragt er leise.

»Ich schätze, die anderen haben dir davon erzählt.«

»Ja, haben sie. Es tut mir echt leid, was passiert ist.«

Ich zucke mit den Schultern. »Mir war nicht klar, dass du Bescheid weißt. Obwohl es vermutlich niemanden gibt, der das nicht tut. Solche Dinge bleiben für immer an dir kleben.«

»Genau wie manche normalen Trennungen«, meint Jamie in seinem sanften, beruhigenden Tonfall. »Ich kann nicht aus Erfahrung sprechen, aber ich schätze, es fühlt sich an wie eine offene Wunde, in der alle herumstochern, aber mit der Zeit wird es besser.«

»Die Wunde oder das Herumstochern?«

»Beides, schätze ich.«

Ich nicke langsam und lasse seine Worte sacken. »Das ist eine gute Sichtweise.«

»Ich schreibe die Texte für die Dosenetiketten von *Dancing Bear*.«

»Ein etablierter Schriftsteller also.«

»Natürlich. Versuch du einmal, den Geschmack eines Fassbieres in wenigen Sätzen zu beschreiben!«

»Hopfig und schaumig. Bitte sehr. Ich brauche nur drei Worte.«

Er gibt sich Mühe, nicht zu grinsen. »Nachdem wir gerade einen netten Moment miteinander erleben, werde ich dir jetzt nicht sagen, wie beleidigend das war. Aber ich habe vor, es später noch einmal zur Sprache zu bringen.«

Ich lache und betrachte erneut das Foto. Ich bin gut getroffen, was selten vorkommt. Ich fand mich nie besonders fotogen. Und ich hatte lange Zeit nicht das Bedürfnis, etwas auf Social Media zu posten, weil ich mich lieber vor der Welt versteckt habe. Aber mittlerweile ist das Zögern nicht mehr so stark.

»Ich glaube, ich will das Foto tatsächlich posten und meinen Freunden zeigen«, erkläre ich.

»Dann tu das!«, erwidert er.

Er wartet geduldig, während ich mich in meinen Instagram-Account einlogge. Ich brauche einige Versuche, weil ich mich nicht mehr an das Passwort erinnere. (Es ist »MattandFreya1«, und ich werde es sofort ändern, wenn ich wieder im Hotel bin.) Danach brauche ich einige Zeit, um mich durch die Filter zu swipen.

»Was hältst du davon?«, frage ich ihn und zeige ihm das Bild in Schwarz-Weiß. »Klassisch und elegant.«

»Nein. Ich würde auf einen Filter verzichten.«

»War ja klar, dass du gegen Filter bist«, meine ich lächelnd und swipe weiter. »Ich hätte überhaupt gedacht, dass du nichts für Social Media übrighast.«

»Ich habe nichts gegen Filter und Leute, die Social Media nutzen«, erklärt er bestimmt. »Ich nutze es selbst nicht, aber wir verwenden es in der Brauerei als effektives Marketingtool. Ich bin einfach der Meinung, dass dieses Foto keinen Filter braucht.«

»Weil ich eine natürliche Schönheit bin?«, scherze ich und werfe mir mit einer dramatischen Geste die Haare über die Schulter.

»Ja, sicher!« Er lacht. »Aber mir gefallen auch die vielen verschiedenen Farben.«

Ich sehe mir das Bild noch einmal im Original an und verstehe, was er meint. Vielleicht braucht es tatsächlich keine Bearbeitung.

»Wie soll ich es betiteln?«, frage ich.

Er schüttelt den Kopf. »Gar nicht. Es braucht keinen Titel.«

Ich atme tief durch und poste das Foto. Es lädt und erscheint kurz darauf in meinem Feed. »Es ist im Netz.«

»Ja?«

»Hier, bitte.« Ich halte ihm das Handy hin, damit er es sich ansehen kann. »Was meinst du?«

»Es ist eine Wucht.«

»Wie du siehst, habe ich deinen Rat befolgt und keinen Titel verwendet. Ich lasse das Foto für sich sprechen.«

»Das«, sagt er und steht so nahe bei mir, dass mich ein weiteres Schaudern durchfährt, »und dein strahlendes Lächeln.«

OMG! ICH LIEBE DIESES FOTO!! Du siehst so umwerfend aus!! Genießt du den Tag?

Hey, Niamh, du wundervolle zukünftige Braut! Die Frage ist wohl eher, ob DU den Tag genießt?! MORGEN WIRST DU HEIRATEN! Bist du schon aufgeregt? Ich kann es kaum erwarten. Dublin ist genial! Die Hochzeit wird perfekt.

Das hoffe ich. Ich bin so froh, dass du hier bist. In deiner Nähe fühle ich mich ruhiger. Das macht deine sanfte Aura. Außer, wenn du gerade jemandem in die Eier trittst.

Das ist deine Lieblingsgeschichte, ich weiß.

Ich werde mich mein ganzes Leben lang ärgern, dass ich es nicht mit eigenen Augen gesehen habe. Bis zum Ende meiner Tage, Hühnchen. Bis zum Ende meiner Tage. Mum hat gerade einen weiteren Nervenzusammenbruch, also muss ich Schluss machen. Danke für alles, wir sehen uns morgen!! Xxxx

Ich kann es kaum erwarten, dich heiraten zu sehen! Xxxx

Moment, eine Sache noch... Isabelle und Ryan kommen doch erst morgen, oder? Aber wer hat denn dann das Foto von dir gemacht?

Kapitel 20

Als wir schließlich die Dachbar des Guinness Storehouse betreten, die einen fantastischen Rundumblick über die Stadt verspricht, sind Wolken aufgezogen, und es nieselt. Genau wie damals, nachdem ich mich endlich entschlossen hatte, den Shard in London zu besuchen. Es war ein sonniger Vormittag, aber oben angekommen, steckte die Stadt in dichtem Nebel. Allerdings bekommt man im Shard kein kostenloses Pint Guinness, weshalb das Storehouse um eine Nasenlänge vorne liegt.

»Ich glaube, dahinten sehe ich…« Jamie lehnt sich näher an die Scheibe heran und kneift die Augen zusammen.

»Ja?«, frage ich und versuche, nicht auf die beschlagene Scheibe zu achten, sondern mich auf das Meer an grauen Wolken dahinter zu konzentrieren.

»Nein, doch nicht. Ich sehe absolut gar nichts.« Er nimmt einen Schluck Bier. »Aber das Guinness ist gut.«

Wir ergattern einen Platz am Fenster und setzen uns. Ein Mädchen hinter uns malt einen Smiley auf die beschlagene Scheibe.

»Wie läuft es mit deiner Schwester?«, frage ich. »Du hast in Leeds erzählt, dass ihr euch gestritten habt?«

Er stellt das Glas ab. »Nicht so gut. Obwohl ich deinem Rat gefolgt bin und mich entschuldigt habe. Wir reden wieder miteinander, aber sie ist immer noch wütend auf mich. Sie meinte, ich bräuchte mich gar nicht zu entschuldigen, wenn ich es ja doch nicht ernst meine.«

»Hast du es denn ernst gemeint?«

»Nein.«

»Dann hat sie recht. Eine unaufrichtige Entschuldigung bringt nichts. Es gibt dir bloß die Gelegenheit, noch einmal deinen Standpunkt darzulegen, und sie durchschaut es sofort. Wofür willst du dich denn nicht entschuldigen, wenn ich fragen darf?«

»Ich habe ihr gesagt, dass ihr Freund… nicht zu ihr passt.«

»Autsch.«

»Und dass sie es viel zu schnell angeht, weil sie eine Idiotin ist und nicht weiß, was sie tut.«

»Wow.« Ich lehne mich zurück. »Du nimmst deine Rolle als überfürsorglicher Bruder ziemlich ernst. Sie war sicher begeistert, das von einem Mann zu hören, der sich an seiner fremdgehenden Ex rächt, indem er sich einen Adler mit Monokel auf den Rücken tätowieren lässt.«

Er verdreht die Augen. »Wenn man es so ausdrückt…«

»Warum passt ihr Freund deiner Meinung nach nicht zu ihr?«

»Er ist Ende dreißig.«

»Das bist du auch.«

»Hey!« Er droht mir mit erhobenem Zeigefinger. »Ich bin Anfang dreißig. Dreiunddreißig, wenn du es genau wissen willst.«

»Eigentlich nicht. Warum ist sein Alter ein Problem?«

»Sie ist fünfundzwanzig.«

»Du meinst, der Altersunterschied wäre zu groß?«

Er fährt sich mit der Hand durch die Haare. »Es ist nicht das Alter, sondern eher der Lebensabschnitt, in dem sie sich befinden. Sie ist gerade in die Stadt gezogen, und er ist bereit, sich niederzulassen und eine ernste Beziehung einzugehen. Sie ist bereits bei ihm eingezogen.«

»Wie lange sind sie schon zusammen?«

»Zwei Jahre.«

»Was?« Ich sehe ihn überrascht an. »Ich dachte, du sagst: ›ein paar Monate‹ oder so! Zwei Jahre sind eine lange Zeit. Das ist nicht unbedingt eine stürmische Romanze.«

»Aber das ist es ja. Als sie sich kennenlernten, war sie dreiundzwanzig.«

»Worüber genau machst du dir eigentlich Sorgen?«

Er seufzt. »Dass sie ihre Zwanziger verschwendet.«

Das macht mich nachdenklich. Nach dem brutalen Ende einer Beziehung, die mehr als ein Jahrzehnt meines Lebens eingenommen hat, hatte ich ähnliche Gedanken. *Matthew hat mir meine Zwanziger gestohlen*, dachte ich immer wieder und vergrub weinend den Kopf in meinem Kissen. So viele Menschen, die ich nicht kennenlernen durfte. So viele Entscheidungen, die ich nicht treffen konnte. So viele Wege, die ich nicht beschreiten konnte, weil er und unsere Beziehung Vorrang hatten. *Was für eine Verschwendung.*

»Sind die Jahre, die du damit verbringst, jemanden zu lieben, automatisch eine Verschwendung, wenn es am Ende nicht klappt?«, frage ich und bin mir nicht sicher, ob ich selbst die Antwort kenne.

»Wie meinst du das?«

»Ich weiß nicht genau. Ich verstehe, dass du dir Sorgen um deine Schwester machst, aber wenn sie glücklich ist und er sie wirklich liebt...« Ich lasse den Blick über das Wolkenmeer schweifen. »Darauf arbeiten wir doch jeden Tag hin, oder? Dass wir glücklich sind. Dass es Leute in unserem Leben gibt, die wir lieben und die uns lieben. Für deine Schwester ist das im Moment dieser Mann. Deshalb bin ich mir nicht sicher, ob es tatsächlich Zeitverschwendung ist. Es wäre wohl eine größere Verschwendung, die Beziehung aufzugeben, bloß weil die Chance besteht, dass es nicht klappen könnte.«

Jamie mustert mich eingehend. »Wer ist jetzt hier der Schriftsteller?«

»Wir haben alle unsere Momente.« Ich schenke ihm ein Lächeln. »So, wie ich das sehe, musst du überlegen, ob die Chance, dass du recht hast, es wert ist, deine Beziehung zu deiner Schwester aufs Spiel zu setzen. Ich glaube nämlich nicht. Ist der Kerl schlecht für sie? Behandelt er sie mies?«

Er schüttelt den Kopf. »Nein. Er ist ein guter Mann.«

»Dann lebt sie in einer sicheren, glücklichen Beziehung. Wenn es gut geht, wunderbar. Wenn es nicht klappt, dann bist du für sie da. Auf jeden Fall solltest du aufhören, dich wie ein Arsch aufzuführen, und dich dafür entschuldigen, dass du sie als Idiotin beschimpft und ihr vorgeworfen hast, dass sie nicht weiß, was sie tut, obwohl du für eine Firma arbeitest, deren Logo einen Braunbären mit Rumbakugeln in den Tatzen zeigt.«

Er seufzt schwer. »Ich schätze, ich war zu hart zu Layla. Ich werde mit ihr reden und mich entschuldigen. Und dieses Mal richtig. Meine Eltern werden sich freuen.«

»Sie mögen es nicht, wenn ihr streitet?«

»Sie hassen es. Aber wir streiten nicht oft – das liegt wohl am Altersunterschied.«

»Deine Mum stammt aus Ägypten, oder?«

»Genau.«

»Redet sie Arabisch mit euch?«

»Nein. Sie redet nur Arabisch, wenn sie mit Familienmitgliedern telefoniert, die noch in Ägypten leben. Wobei sie manchmal Arabisch vor sich hin murmelt, wenn sie wütend ist. Meistens geht es um irgendwelche technischen Dinge. Wenn das WLAN nicht funktioniert, zum Beispiel.«

»Mein Dad ist nicht zu gebrauchen, wenn es um Dinge wie das WLAN geht.«

»Ich glaube, das trifft auf alle Eltern zu.«

»Wohnen deine Eltern auch in London?«

»Sie wohnen mit ihren Hunden in Oxford. Sie haben vier Hunde aus dem Tierschutz, die sie über alles lieben. Mum hat dem ältesten gerade eine Chaiselongue gekauft.«

»Wow. Das muss echte Liebe sein.«

»Haben deine Eltern auch Haustiere?«

»Wenn Molche Haustiere sind, dann ja. Mein Dad legt gerade einen Teich an. Das ist seine neue Leidenschaft.«

»Cool. Ein Teich würde mir gefallen. Legt er sich auch Kois zu?«

»Nein, er konzentriert sich eher auf Molche und Frösche. Wie kann es sein, dass du nicht weißt, was ein Heilbutt ist, aber Koi kennst?«

»Erinnerst du dich an meine Freundin, die Therapeutin?«

»Die dich ständig ungefragt analysiert?«

»Genau – du solltest hören, was sie über den Streit mit meiner Schwester zu sagen hatte...« Er verdreht die Augen. »Jedenfalls haben ihre Eltern Kois, und sie sind großartig. Hast du gesehen, wie groß sie werden können?«

»O mein Gott, ja! Riesig! Vielleicht sollte ich meinen Dad überreden, sich Kois zuzulegen.«

»Sie machen offenbar eine Menge Arbeit. Die Haltung ist teuer, und die Wasserqualität muss stimmen. Außerdem muss man sich vor Fischreihern in Acht nehmen.«

»Dann sollte er vielleicht doch bei den Molchen bleiben.«

»Ich mag Molche sehr«, erklärt er. »Ich muss dann immer an die Stelle in *Matilda* von Roald Dahl denken, an der das Mädchen das Glas mit dem Molch umfallen lässt und der auf Fräulein Knüppelkuh springt. Ich fand die Szene zum Schreien komisch.«

»Offensichtlich tust du das noch immer«, bemerke ich, als er loslacht. »Ich kann mich daran erinnern. Die Szene ist der Grund, warum ich kein Wasserglas neben dem Bett stehen habe.«

»Du hast Angst, dass ein Molch darin landet?«

»Eher eine Spinne. Stell dir vor, du greifst im Dunkeln nach dem Glas, nimmst ein paar Schlucke, und die ganze Zeit hockt eine fette alte Spinne im Wasser.«

»Da tut mir vor allem die Spinne leid. Ich mag Spinnen.«

»Ich finde Spinnen toll, aber ich mag sie trotzdem nicht.«

Er nickt. »Ich weiß, was du meinst. Du findest toll, was sie tun, aber du hättest lieber keine Spinne in deinem Wasserglas.«

»Genau. Gehörst du zu den Menschen, die eine Spinne mit der bloßen Hand hochheben und nach draußen tragen?«

»Ja. Woher weißt du das?« Seine Augen werden schmal. »Sag nicht, dass der Bart schuld ist. Ein Bart-Vorurteil am Tag reicht.«

»Weil du ziemlich besonnen wirkst. Ich kann mir vorstellen, dass du in Gegenwart einer Spinne ruhig und sachlich reagierst.«

»Und du läufst schreiend ins Nebenzimmer?«

»Nein, aber ich benutze ein Glas und ein Stück Papier, um sie ins Freie zu bringen«, gebe ich zu. »Wobei ich neulich eine bedeutungsvolle Begegnung mit einer Taube hatte, und ich habe es ganz alleine geschafft, sie aus der Wohnung zu scheuchen, ohne die Nerven zu verlieren. Darauf bin ich echt stolz.«

»Gut gemacht. Das war sicher nicht einfach. Londoner Tauben sind sehr starrköpfig.«

»Es dauerte einige Zeit, bis ich sie überredet hatte, aber irgendwann hat sie mich verstanden.«

Er lacht leise. »Dann lebt dein Dad also allein?«

»Ja, nur er und sein Teich.« Ich nehme einen Schluck Guinness und wische mir sorgfältig über den Mund, damit kein Schaum zurückbleibt. »Mein Bruder und ich hätten gerne, dass er wieder unter die Leute geht und sich verabredet, aber ich glaube nicht, dass er das jemals tun wird.«

»Er hat sich zu sehr an sein Leben allein gewöhnt.«

»Genau das hat er auch gesagt.«

Jamie lacht beeindruckt von sich selbst. »Dein Dad und ich haben dieselbe Wellenlänge. Was ist mit deiner Mum?«

Ich zögere. »Sie lebt im Lake District mit ihrem Lebensgefährten Evan.«

»So verdrießlich, wie du aussiehst, nehme ich an, dass ihr nicht die allerbesten Freundinnen seid.«

»Sieht man mir das wirklich an?«

»Ja, du wirkst verärgert.«

»Und ich dachte, ich wäre schwer einzuschätzen«, meine ich überrascht. »Mum und ich stehen uns nicht sehr nahe. Schon lange nicht mehr. Sie hat sich kaum noch für mein Leben interessiert, nachdem sie Dad verlassen hatte. Und vorher auch nicht, um ehrlich zu sein.«

»Wie ist euer Verhältnis jetzt?«

»Nicht gut.« Ich sehe zum Fenster hinaus und runzle die Stirn. »Sie versucht allerdings, es wieder zu kitten.«

»Aber du bist nicht glücklich darüber?«

»Keine Ahnung. Mein Dad will unbedingt, dass wir uns näherkommen. Ich glaube, mein Bruder ist bereits dabei, und das bereitet mir Sorgen.«

»Hast du Angst, dass sie ihn verletzt?«

»Ja, und dass ich alleine zurückbleibe.« Ich reiße den Blick vom Fenster los und greife nach meinem Glas. »Ich will nicht, dass die anderen auf heile Familie machen, während ich noch immer zu wütend bin, um mitzumachen.«

»Vielleicht brauchst du einfach mehr Zeit, um ihr wieder zu vertrauen. Das ist ja nichts Schlechtes.«

»Ja, vielleicht. Sie bemüht sich sehr, seit die Hochzeit geplatzt ist. Aber es fällt mir schwer, sie mit offenen Armen willkommen zu heißen, nachdem es sie nicht die Bohne interessiert hat, als ich das Abi machte, meinen ersten Job bekam oder mich verlobte. Das waren wichtige Ereignisse, aber es war ihr egal, dass sie nicht dabei war.«

»Vielleicht sieht sie das anders«, überlegt Jamie. »Vielleicht hatte sie zu große Angst, oder etwas anderes steckt dahinter. Ich will keine Entschuldigungen für sie finden, aber ich verstehe, dass sie für dich da sein will, nachdem dein Herz gebrochen wurde.«

Ich bin nicht überzeugt. »Stehst du deinen Eltern nahe? Oder mögen sie die Hunde lieber?«

»Die Hunde kommen auf jeden Fall an erster Stelle, aber ja, wir stehen uns nahe.« Er lächelt. »Wir sind sehr verschieden, aber das spielt keine Rolle.«

»Inwiefern verschieden? Haben sie einen besseren Musikgeschmack?«

Er lacht. »Sie stehen auf Klassik, also ja. Obwohl die Hunde offenbar lieber Pop hören.«

»Das war klar.«

»Meine Schwester und ich sind offener als meine Eltern. Sie sind sanfte, ruhige Landmenschen. Im Moment überlegen sie, sich Enten zuzulegen.«

»Sehr idyllisch. Ich stelle mir gerade vor, wie sie gemütlich im Garten arbeiten, klassische Musik hören und sich mit den freundlichen Nachbarn unterhalten.«

»Das klingt wie eine Szene aus einem Fernsehkrimi. Wie hieß doch gleich die Serie über die Kleinstadt, in der alle mit Mistgabeln ermordet werden?«

Ich richte mich auf. »*Inspector Barnaby!*«

»Ja, genau!«, ruft er aufgeregt.

»Das war eine tolle Serie. Wobei ich mich immer gefragt habe, was die Leute in Midsomer hält.«

»Ja, wo doch ständig jemand ermordet wird«, meint er nickend.

»Ständig!«

»Das ist der Preis, wenn man in einem dieser hübschen Cottages leben und das herrliche Landleben genießen möchte. Wobei ich mir wahrscheinlich keine Sorgen machen muss, dass meine Eltern von jemandem mit einer Mistgabel angegriffen werden. Sie kommen gut mit den Nachbarn zurecht, was uns Londoner immer wieder verblüfft.«

»Also, ich verstehe mich gut mit den Nachbarn, das hat mit London nichts zu tun. Nebenan wohnen einige Schauspielstudenten, und wir sagen immer Hallo, wenn wir uns sehen. Und über mir wohnt ein sehr netter Mann namens Tommy mit seinem kleinen Sohn Jaxon.«

»Ich kenne nicht einmal die Namen meiner Nachbarn. Das ist beeindruckend. Bist du nach der Trennung umgezogen?«

»Nein. Matthew ist ausgezogen. Ich sah keinen Grund umzuziehen.«

Ich sehe zum Fenster hinaus. Der Regen ist weitergezogen, und langsam bricht die Sonne durch die Wolken. Die Aussicht ist gigantisch. Jamie wendet sich ebenfalls dem Fenster zu, und wir genießen beide den Anblick.

»Hast du zufällig auch Hunger?«, fragt Jamie.

»Ich bin am Verhungern. Sollen wir etwas essen gehen?«

»Ja«, erwidert er und leert sein Glas.

»Ich google, ob es in der Nähe etwas Empfehlenswertes gibt.«

»Wir könnten aber auch herumspazieren und abwarten, was uns ins Auge springt.«

»Aber das dauert vielleicht ewig.«

»Besser, als ewig Listen mit Restaurants durchzugehen. Komm schon, so macht es mehr Spaß«, behauptet er, steht auf und grinst. »Man weiß nie, wo man am Ende landet.«

Ich habe keine Ahnung, wie es dazu kam, aber es ist beinahe Mitternacht, und wir sitzen in einem Pub im geschäftigen Stadtviertel Temple Bar, genießen die Liveband, und mein Kiefer schmerzt vor Lachen.

Daran ist aber nicht allein Jamie schuld – obwohl er mich im Laufe des Tages oft zum Lachen gebracht hat –, sondern vor allem einige andere Hochzeitsgäste, die es zufällig auch in dieses Pub verschlagen hat und die lautstark zu jubeln begonnen haben, als Jamie reinkam.

Offenbar ist er sehr beliebt, was mir auch schon während des Junggesellinnenausflugs in Leeds aufgefallen ist. Die Freundschaft mit ihm bringt mir den Vorteil, dass ich auch in die Gespräche einbezogen werde und mich nicht mehr wie eine Außenseiterin fühle. Die Band ist GENIAL und spielt den ganzen Abend »schwungvolle Lieder, bei denen man mit den Füßen mitwippen muss«, wie Jamie es ausgedrückt hat – womit ich ihn seither natürlich ständig aufziehe. Es war ein herrlicher Tag, und ich habe mich Hals über Kopf in Dublin verliebt.

»Bist du Niamhs Schulfreundin?«, fragt ein Kerl namens Harry über die Musik hinweg, während mir Jamie mein Glas reicht.

»Ja!«

»Sie hat erzählt, dass ihre zwei besten Freundinnen von früher auch zur Hochzeit kommen.«

»Ja, ich und Isabelle.«

»Bist du diejenige, die gerade geheiratet hat?«

»Nein, das ist Isabelle. Ich bin diejenige, die vor dem Altar sitzen gelassen wurde.«

Er reißt erschrocken die Augen auf.

»Na ja, eigentlich war es gar nicht vor dem Altar«, erkläre ich, ohne einen wirklichen Grund dafür zu haben. »Es war am Tag vor der Hochzeit. In einer Besenkammer.«

Harry hat offenbar keine Ahnung, wie er darauf reagieren soll, und sieht sich panisch um. Jamie steht neben mir und versucht, nicht laut loszulachen.

Ich lehne mich zu ihm. »Ich sollte Fremden besser nicht davon erzählen, was?«

»Aber warum denn nicht?«, fragt Jamie unschuldig.

»Ich glaube, ich habe ihn verschreckt.«

»Nein, nein. Sie hat dich doch nicht verschreckt, oder Harry?«

»Gar nicht!« Er weicht derart steif von uns zurück, dass es beinahe wie eine Slapstick-Einlage wirkt, bis er sich in der Sicherheit einer anderen Gruppe wiederfindet.

»Jetzt habe ich deinen Freund vertrieben«, meine ich entschuldigend zu Jamie. »Ich sollte nicht darüber reden – es macht den Leuten Angst.«

»Ich finde es gut, wenn du darüber redest«, erwidert er. »Es hilft dir vielleicht, es besser zu verarbeiten.«

»Hast du das von deiner Therapeuten-Freundin?«

»Ja.«

»Wenn ich darüber rede, fühlt es sich gar nicht so an, als würde ich darüber reden. Verstehst du, was ich meine?«

»Nein.«

»Es ist, als würde ich von einer anderen Person erzählen. Bis ich mir in Erinnerung rufe: ›Moment, das ist ja mir passiert!‹«

»Okay, jetzt verstehe ich es«, meint er nachdenklich. »Es ist, als würdest du über dir schweben, wenn du davon erzählst.«

»Ja! Es ist total surreal. Wie auch immer, tut mir leid, dass ich Harry verschreckt habe.« Ich ziehe an meinem Strohhalm. »Glaubst du, ich werde für immer diese Frau bleiben?«

»Die Frau, die Leute verschreckt?«

»Die Frau, die am Tag vor der Hochzeit sitzen gelassen wurde.«

»Nein, Freya, du wirst nicht für immer diese Frau bleiben. Du bist es nicht einmal jetzt!«, erwidert er aufgebracht. »Du bist Freya!«

»Sehr hilfreich.«

Er lacht. »Ich meine damit, dass dich das, was du erlebt hast, nicht definiert. Es ist nicht das, was du bist.«

»Nicht?« Ich lasse seine Worte sacken. »Das war jetzt wirklich hilfreich. Danke.«

»Es spielt keine Rolle, wie die Welt dich sieht.« Er stellt sein Glas ab und legt eine Hand auf meine Schulter. Ich ziehe scharf die Luft ein, dann blicke ich direkt in seine intensiven dunklen Augen. »Wichtig ist nur, wie *du* dich siehst, Freya.«

Ich kann nicht aufhören, an diesen Moment zu denken.

Wichtig ist nur, wie du dich siehst, Freya.

Ich liege im Bett und kann nicht schlafen, weil ich ständig seine Augen vor mir sehe.

Augen, die *meine verdammte Seele durchbohrten.*

Ich wünschte, die Worte kämen von mir, aber ich bin mir ziemlich sicher, dass ich sie auf einem Magneten auf Calis Kühlschrank gesehen habe. Sie liebt inspirierende Zitate. Woher auch immer die Worte stammen, ich fühle sie.

Meine Seele wurde durchbohrt.

Aber will ich das überhaupt? Das ist die Frage.

Ich bin so verwirrt.

Ich habe das Zitat gegoogelt, weil ich nicht schlafen konnte, und es stammt von Jane Austen. In einem ihrer Bücher schreibt ein Mann namens Captain Wentworth einen Brief an Anne – offenbar die Hauptfigur – und meint: »Du durchbohrst meine Seele. Ich bin halb Qual, halb Hoffnung«, um sie zurückzugewinnen, was sehr romantisch ist.

Ich habe einmal eine betrunkene Nachricht von Matthew bekommen, in der es hieß: »Ich liebe Titten.«

Anne und ich wissen also beide, wie es ist, von Worten umschmeichelt zu werden.

Ein Suchbegriff führt zum nächsten, bis ich »Was empfiehlt Jane Austen, wenn jemand dein Herz durchbohrt?«, in die Suchzeile eingebe.

Ich glaube, ich sollte jetzt schlafen.

Kapitel 21

Falls sich meine Gefühle drastisch ändern und ich irgendwann wieder lieben kann, werde ich einen Iren heiraten. Dafür gibt es zwei Gründe. Erstens: der Akzent. Zweitens: die Hochzeit.

Irische Hochzeiten machen unglaublich Spaß. Ich habe nicht mehr aufgehört zu grinsen, seit die Feierlichkeiten am frühen Nachmittag begonnen haben. Die Hochzeit findet in einem eleganten Dubliner Hotel namens Shelbourne statt, und seit sie es auf den Ratschlag ihrer Eltern hin gebucht hat, scherzt Niamh darüber, dass es für Leute wie Freddie und sie viel zu schick und nobel ist. Aber es ist natürlich absolut perfekt. Freddie und Niamh sehen wahnsinnig glücklich aus und wirken total entspannt, und alle sind so freundlich. Trotz des beeindruckenden Ambiente ist die Stimmung ungezwungen und fröhlich und keinesfalls steif oder zu formell. Sobald die Musik begonnen hatte, waren alle Gäste auf den Beinen, und niemand zögerte oder stand schüchtern am Rand der Tanzfläche. Das Beste ist, dass die Iren einem ständig das Gefühl geben, herzlich willkommen zu sein, als hätten sie persönlich dafür gesorgt, dass man es bei ihnen genießen kann.

»Ich muss mein Gehirn umprogrammieren«, erkläre ich Jamie, während wir nebeneinander an unserem Tisch sitzen, Kaffee trinken und die Meute auf der Tanzfläche beobachten.

»Warum das denn?«, fragt er und stopft sich ein großes Stück Hochzeitstorte in den Mund.

Der Abend ist bereits so weit fortgeschritten, dass er seine Jacke ausgezogen, die Krawatte abgenommen und die Hemdsärmel aufgerollt hat. Seine Aufmachung gefällt mir. Sehr schick.

Und sehr sexy.

»Ich bin zu zynisch und unnahbar«, fahre ich fort.

»Das ist Teil deines Charmes.«

»Aber in Irland sind alle so warmherzig und freundlich.«

»Das ist ähnlich wie die Behauptung, alle Bartträger würden Flat White trinken. Eine ziemliche Verallgemeinerung, wenn du mich fragst.«

»Bis jetzt hat mir noch niemand das Gegenteil bewiesen.«

»Soll ich dir etwas sagen?«, fragt er und deutet mit der Gabel auf den Kuchen. »Diese Obsttorte ist köstlich. Ich stehe sonst nicht so auf Süßes, aber die ist echt großartig.«

»Ja?«

»Warum müssen Hochzeitstorten heutzutage so ausgefallen sein? Gesalzenes Karamell, Zitronenkuchen, gefärbter Teig. Ich fordere die traditionelle Obsttorte zurück. Die ist lecker.«

»Danke für die Anmerkung, Opa.« Ich nehme die Gabel und versuche ein Stück. »Oh, wow. Die ist wirklich gut. Ich hätte nicht gedacht, dass ich Obsttorte gerne mag.«

»Wieso isst du die Glasur nicht?«

»Ich mag kein Marzipan, und da ist welches drauf.«

»Das ist noch so ein Thema«, sagt er und stiehlt meine Glasur. Ich rücke meinen Teller näher, damit er leichter rankommt. »Marzipan und Mascarpone, das verwechsle ich ständig.«

»Es klingt ja auch ähnlich.«

»Kannst du backen?«, fragt er und legt die Gabel beiseite.

»Gar nicht. Und das sage ich nicht, weil ich bescheiden bin. Ich kann es wirklich nicht. Du?«

»Ganz gut, eigentlich. Ich backe gerne.«

»Obwohl du eher Pikantes magst?«

»Man kann auch Pikantes backen«, erklärt er schulterzuckend. »Aber ich backe lieber, als es selbst zu essen.«

»Siehst du, das verstehe ich eben nicht. Warum macht man sich die Mühe, wenn man es nicht isst?«

Er hebt die Augenbrauen. »Ich weiß auch nicht. Weil es nett ist, anderen eine Freude zu machen? Vielleicht musst du dein Gehirn wirklich umprogrammieren.«

Ich verdrehe die Augen.

Er deutet mit dem Kopf auf Freddie, der Niamh über die Tanzfläche wirbelt, während die anderen Gäste – einschließlich Ryan und Isabelle – einen Kreis um sie bilden und sie anfeuern. »Geht dir das alles nicht nahe?«

»Das Tanzen? Nur, wenn alle im Takt mit den Fingern schnipsen. Das hasse ich.«

»Nicht das Tanzen«, meint er lachend. »Die Hochzeiten, meine ich. Es muss schwer sein, mitzufeiern.«

Ich beschließe, ehrlich zu sein. »Am Anfang hatte ich große Angst. Ich wollte an ihrem großen Tag für meine Freunde da sein, aber ich fürchtete mich auch davor, dass ich sie ständig daran erinnern könnte, was passiert ist. Ich hatte zwar meine Momente, aber es war bis jetzt nicht so schlimm wie gedacht. Auf Hochzeiten sind alle glücklich. Es ist schwer, trübsinnig zu sein, wenn alles so voller...«

»Liebe ist?«, schlägt Jamie vor.

»Ja. Voller Liebe.« Ich sehe zu, wie Niamh die Arme um Freddies Nacken schlingt und ihn küsst. »Außerdem haben meine Freunde keine Mühen gescheut, dass ich die Hochzeitssaison überstehe. Sie haben sich überlegt, dass ich...«

Ich breche ab. Das ist das Nervtötende an Jamie. Es überrascht mich, wie viel ich ihm gegenüber preisgebe. Dabei kenne ich ihn kaum. Ich habe ihn erst vor ein paar Wochen kennengelernt, und er weiß bereits über meine schiefgelaufene Hochzeit, die katastrophale Beziehung zu meiner Mutter und die Teich-Pläne meines Vaters Bescheid. Ich hatte vor diesem Sommer keine Ahnung, dass ich ein solches Plappermaul bin. Hat Matthew nicht mit mir Schluss gemacht, weil ich nicht aus mir herauskommen kann?

»Ja?«, fragt Jamie interessiert nach. »Was haben sich deine Freunde überlegt?«

»Nichts«, antworte ich und wische die Frage mit einer schnellen Handbewegung beiseite.

»Ach, komm schon.« Er lehnt sich grinsend näher heran. »Was wolltest du sagen? Es ist bestimmt genial. Du hast dieses Blitzen in den Augen.«

»Ich habe *kein* Blitzen in den Augen.«

»Doch, das hast du. Wie in dem Gedicht über den Nikolaus.«

»Welches Gedicht?«

»›Als der Nikolaus kam‹. An einer Stelle heißt es: ›Wie blitzte sein Blick‹. Genauso wie bei dir gerade. Ein freches, wissendes Blitzen. Raus mit der Sprache, Freya Scott.«

»Du musst mir versprechen, dass du nicht lachst.«

»Das kann ich nicht versprechen.«

»Und du darfst dich nicht über mich lustig machen.«

»Das wird mir ebenfalls schwerfallen.«

»Na gut.« Ich seufze. Was soll's. »Sie haben einen Überlebensplan für die Hochzeitssaison erstellt.«

Er sieht mich an. »Das musst du mir genauer erklären.«

»Die Hochzeitssaison. Das macht jeder durch, nicht wahr? Vor allem in den Dreißigern.«

»Der Teil ist mir klar.«

»Meine besten Freunde Ruby und Leo dachten, es wäre nett, eine Liste mit Aufgaben zu schreiben, die ich auf der jeweiligen Hochzeit erfüllen muss. So denke ich nicht ständig an Matthew, sondern konzentriere mich auf die Aufgabe. Deshalb ist es eine Art Überlebensplan.«

»Okay.« Er nickt nachdenklich und verschränkt die Arme. »Das gefällt mir. Um welche Aufgaben handelt es sich?«

»Eine davon war zum Beispiel, mir die Manschettenknöpfe eines männlichen Gastes zu holen.«

Er grinst. »Jetzt fühle ich mich gleich viel besser! Ich habe mir ehrlich Gedanken darüber gemacht, warum du sie unbedingt haben wolltest. Ich fühle mich wie ein Star! Ich war eine deiner Aufgaben!«

»Nein, das waren deine Manschettenknöpfe. Aber es freut mich, dass du dich geehrt fühlst.«

»Das ist witzig«, erklärt er. »Ich mag deine Freunde. Okay, erzähl mir mehr.«

»Auf einer Hochzeit musste ich die letzte Überlebende auf der Tanzfläche sein. Das war hart, denn mittlerweile hast du meine Tanzfähigkeiten sicher schon bemerkt – und zweifellos darüber gelacht.«

»Mir ist aufgefallen, dass du den Lach-Trick abziehst.«

Ich runzle die Stirn. »Welchen Trick?«

»Du deutest beim Tanzen lachend auf die anderen und lenkst damit die Aufmerksamkeit auf sie.«

»Ich lache doch keine Leute aus! Das ist gemein!«

»Du machst es nicht auf gemeine Art«, erklärt er. »Du freust dich und lachst, weil sie so gut tanzen. Du feuerst sie in ihren ausgefallenen Moves an, um selbst nicht ausgefallen tanzen zu müssen.«

Ich will etwas erwidern, aber wenn ich so darüber nachdenke, könnte er recht haben.

»Du weißt es selbst, nicht wahr?« Er beobachtet mich interessiert. »Dir ist gerade klar geworden, dass ich recht habe. Das bringt dich aus der Fassung.«

»Tut es nicht.«

»Das wird es, wenn du das nächste Mal auf der Tanzfläche stehst«, prophezeit er. »Aber egal, weiter mit den Aufgaben. Was musst du sonst noch machen?«

»Mir einen Gutenachtkuss sichern.«

Er richtet sich auf. »Ich höre.«

»Das habe ich bereits erledigt. Der französische Kellner, du erinnerst dich?«

»Ah, ja. Sehr schön. Moment mal, du befindest dich *jetzt gerade* auch auf einer Hochzeit.«

»Sehr gut beobachtet.«

»Also, was ist die heutige Aufgabe?«

»Das kann ich dir nicht sagen«, erkläre ich und rutsche nervös hin und her. »Das wäre gegen die Regeln.«

»Ach, komm schon, vielleicht kann ich helfen.«

»Glaub mir, diese Aufgabe kann ich nur ganz allein bewältigen«, antworte ich bestimmt. Ich überlege immer noch, wie ich aus der Sache rauskomme, ohne Leo und Ruby zu beleidigen oder als feiges Huhn dazustehen.

»Na gut. Ich freue mich schon darauf, wenn du mir später davon erzählst. Also, hat er funktioniert?«

»Was?«

»Der Überlebensplan für die Hochzeitssaison.«

»Ja, das hat er. Ich hatte vor den meisten Aufgaben schreckliche Angst, aber das war Sinn und Zweck der Sache.«

»Wenn die Aufgaben zu einfach gewesen wären, wäre es keine Ablenkung gewesen.«

»Genau.«

Wir trinken weiter Kaffee und sehen den Possen zu, die sich auf der Tanzfläche zutragen, da wird mir klar, dass jetzt vielleicht ein guter Augenblick ist, meine Aufgabe zu erfüllen. Alle Gäste sind hier im Saal, also muss ich mir keine Sorgen machen, dass ich jemandem begegne, der mich kennt. Tatsächlich bringe ich es lieber gleich hinter mich, als später darauf zu warten, dass alle Hochzeitsgäste im Bett sind.

»Ich mache mich auf die Socken«, erkläre ich Jamie, während Niamh von einem der Freunde des Bräutigams auf die Schultern gehoben wird. »Ich will die Braut und den Bräutigam nicht stören. Falls du tanzen gehst, sagst du Ryan und Isabelle bitte, dass wir uns zu Hause sehen?«

»Was, du willst schon gehen?« Jamie wirkt schockiert, als ich nach meiner Clutch greife. »Das geht nicht!«

»Warum nicht? Die Gäste müssen ohnehin bald aus dem Saal raus, und mein Flug geht gleich morgen früh.«

»Du fliegst nicht mit der Maschine um drei Uhr nachmittags?«

»Ich muss um sieben vom Hotel zum Flughafen«, erkläre ich bitter. »Keine Ahnung, warum ich beim Buchen vor ein paar Monaten dachte, das wäre eine gute Zeit. Es war ein schönes Wochenende. Danke für die Stadttour gestern.«

»Wie kommst du zurück ins Hotel?«, fragt er und erhebt sich, als ich aufstehe. Er hat gute Manieren, wie ein Gentleman. »Soll ich mitkommen? Ja, das sollte ich.«

»Sei nicht albern, du hast viele Kumpels hier, und ich habe dich den ganzen Abend in Beschlag genommen. Ich nehme mir ein Taxi oder rufe ein Uber. Genieß den Rest der Nacht«, beharre ich.

Er wirkt bestürzt über meinen plötzlichen Aufbruch, als wir uns einen höflichen Abschiedskuss auf die Wangen hauchen. Mir fällt auf, dass es länger dauert als üblich, oder bilde ich mir das nur ein? Ja, ich bilde es mir sicher nur ein.

Er riecht so gut.

»Gute Nacht, Jamie.«

»Gute Nacht, Freya.«

Ich schenke ihm ein letztes Lächeln, dann verlasse ich die Hochzeit. Es warten einige Taxis vor dem Hotel, weshalb ich schon wenig später in meinem Zimmer bin und mir die Schuhe von den Füßen streife. Dann stehe ich mit in die Hüften gestemmten Händen da und sehe mich um.

Werde ich das wirklich durchziehen?

Nein, das ist lächerlich. Ich laufe nicht nackt durch einen Hotelflur. Das wäre vollkommen ABSURD.

Oder nicht?

Ich öffne die Zimmertür, strecke den Kopf hinaus und sehe eilig nach rechts und links. Der Flur ist menschenleer, und nichts ist zu hören. Es ist spät genug, sodass die Frühaufsteher bereits schlafen, und früh genug, dass die Nachteulen noch unterwegs sind. Ich suche nach etwaigen Überwachungskameras und finde keine.

Ich ziehe den Kopf wieder zurück, schließe die Tür und lehne mich dagegen. Wenn ich Leo und Ruby sage, dass ich es nicht getan habe und ihnen eine Entschuldigung auftische, sind sie enttäuscht. Viel wichtiger ist jedoch, dass *ich* ebenfalls enttäuscht wäre, was wohl ein Beweis dafür ist, dass meine Freunde eine Gehirnwäsche an mir vollzogen haben. Ich will nicht kneifen, nachdem ich alle anderen Aufgaben mit Bravour gemeistert habe.

Was ist bloß mit mir los? Kaum zu glauben, dass ich überhaupt darüber *nachdenke*. Vielleicht deshalb, weil jedes Mal, wenn ich daran denke, das Adrenalin durch meine Adern schießt und ein Schaudern über meinen Rücken läuft.

Es erinnert mich an den Abend beim Laser Tag, zu dem Matthew mich einmal überredet hat. Ich hatte nie mit dem Gedanken gespielt, es auszuprobieren, und fand es seltsam, in einem Labyrinth herumzulaufen und andere mit Laserpistolen abzuschießen. Aber damals hat Matthew noch witzige Ausflüge für uns geplant, und ich konnte nicht Nein sagen. Als man mir die Laserpistole in die Hand drückte und die Teams aufgeteilt wurden, dachte ich bei mir, wie Matthew bloß auf die Idee gekommen war, ich würde einen wertvollen Samstag mit diesem Schwachsinn verbringen wollen, doch dann hatte ich echt Spaß.

Ich ging in dem Spiel auf, hetzte durch die Gänge, duckte mich, versteckte mich und tat, als wäre ich in einen echten Schusswechsel verwickelt. Ich brüllte meinen Teammitgliedern Befehle zu, und ich bin mir sicher, dass es ihnen nicht gefiel, dass ich mich als selbst ernannte Generalin aufspielte, aber das war mir egal. Ich erlebte einen massiven Adrenalinrausch.

Ein paar Monate vor der Hochzeit kamen Matthew und ich an dem Laser-Tag-Laden vorbei, und ich deutete grinsend darauf. »Erinnerst du dich, als wir hier waren? Das hat total Spaß gemacht. Wir sollten es bald mal wiederholen!«

»Ja, warum nicht?«, erwiderte er und würdigte den Laden kaum eines Blickes. »Aber in der Gruppe macht es sicher mehr Spaß.«

»Ja«, stimmte ich ihm zu. »Sicher.«

So konnte ich meinen Freunden Befehle zubrüllen, anstatt Fremde zu belästigen, und wir könnten danach etwas trinken gehen und gemeinsam einen tollen Tag erleben. Ich nahm das, was er sagte, nicht persönlich. Für mich war es kein Hinweis darauf, dass er lieber in einer Gruppe unterwegs war als mit mir allein. Dass er sich nicht vorstellen konnte, dass nur wir beide Spaß hatten.

Mittlerweile frage ich mich, ob er mir die ganze Zeit über solche Hinweise gegeben hat.

Ich hole tief Luft, verschränke die Arme, greife nach meinem Kleid, ziehe es über den Kopf und lasse es zu Boden fallen. Dann schlüpfe ich mit einigen dramatischen Gesten aus meiner Unterwäsche und trete sie beiseite.

Okay, jetzt bin ich also nackt. Das ist keine große Sache.

Ich nehme mein Handy und mache mit äußerster Vorsicht ein Selfie, auf dem meine nackten Schultern, der Hals und das Gesicht zu sehen sind (ich will Leo nicht den Schock seines Lebens bereiten). Ich strecke dem Handy die Zunge heraus und schicke das Foto an unsere Gruppe.

Zeit für die nächste Aufgabe! Wünscht mir Glück!

Ich lege das Telefon beiseite. Ich werde es tun. Ich werde nackt durch den Hotelflur laufen wie ein Spice Girl. O Gott, ich habe noch mehr Respekt vor diesen Frauen, nachdem ich nun weiß, dass sie das auf Tour ständig getan haben.

Nein, ich kann das nicht. WILL ICH DAS WIRKLICH DURCHZIEHEN? Ich schüttle die Hände aus wie eine Athletin vor einem Olympiarennen, was zweifellos genauso nervenaufreibend ist wie das hier.

Ich öffne die Tür und strecke erneut den Kopf hinaus. Es ist niemand zu sehen, und…

O GOTT, ICH HÄTTE BEINAHE DIE SCHLÜSSELKARTE VERGESSEN.

Können Sie sich das vorstellen? KÖNNEN SIE SICH DAS VORSTELLEN? Wow. Das wäre echt schlimm gewesen. Ich wäre auf der Stelle tot umgefallen, wenn ich mich nackt aus meinem Hotelzimmer ausgesperrt hätte. Ich schnappe die Schlüsselkarte und umklammere sie, als würde mein Leben davon abhängen.

Also noch einmal von vorne. Ich öffne die Tür, sehe nach links und rechts und lausche zur Sicherheit, ob ich etwas höre. Doch in den Zimmern ist es ruhig, und auch der Aufzug schweigt.

Es ist so weit. Das ist mein Moment. Der Moment des Ruhmes. Ich werde es tun.

ICH WERDE ES, VERDAMMT NOCH MAL, TUN!

Ich stoße ein leises, aufgeregtes und auch ein wenig nervöses Quieken aus, dann schiebe ich mich zur Tür hinaus und laufe, so schnell ich kann, kichernd den Flur entlang. O mein Gott. DAS IST GENIAL! Ich kann nicht aufhören zu kichern. Ich fühle mich wie ein Teenager bei einem albernen Streich oder bei einer Mutprobe mit Freunden, dabei bin ich ganz alleine und laufe nackt durchs Hotel! *Was mache ich hier?*

ICH FÜHLE MICH SO FREEEEIIII!

Ich bin am Ende des Flurs angelangt, mache auf dem Absatz kehrt und hetze zurück in Richtung Zimmer.

Ich habe die Tür beinahe erreicht, als mich eine Stimme erstarren lässt.

»*Freya?*«

Ich schnappe keuchend nach Luft und werfe einen Blick über die Schulter. Jamie steht an der Tür ins Treppenhaus und reißt erschrocken den Mund auf.

»O mein Gott!«, kreische ich entsetzt. »Nein, nein, nein!«

Ich krache gegen meine Zimmertür und versuche verzweifelt, die Schlüsselkarte auf dem Lesegerät zu platzieren, während ich gleichzeitig an der Klinke rüttle, aber NATÜRLICH blinkt das Licht rot.

»Was zum …?«, beginnt er.

DAS LICHT IST GRÜN! Ich schieße durch die Tür, schlage sie

hinter mir zu und vergrabe kopfschüttelnd das Gesicht in den Händen. Ich will diesen Augenblick sofort vergessen. Ich habe das Gefühl zu brennen, und meine Wangen sind glühend heiß, als ich ins Badezimmer laufe, den Morgenmantel vom Haken reiße und ihn um mich schlinge.

Wenig überraschend klopft es ein paar Sekunden später an der Tür.

»Freya?«, ruft Jamie und klopft erneut, als ich nicht antworte. »Hey, ist alles okay? Kann ich reinkommen?«

»NEIN!«, rufe ich und sterbe vor Verlegenheit. »GEH WEG!«

»Oh. Hast du jemanden bei dir? Tut mir leid, das geht mich nichts an. Ich gehe.«

»ICH HABE NIEMANDEN BEI MIR!«

»Warum bist du sauer?«

»Ich bin nicht sauer! GEH WEG!«

Er lacht leise. »Komm schon, lass mich rein. Du musst nicht…«

»HÖR AUF, MICH AUSZULACHEN!«

»Tu ich doch gar nicht, versprochen!«

»Ich kann dich hören!«

»Ich lache, weil es ein Schock war! Ich hätte nicht erwartet, dass ich… so etwas sehe.«

»Ach, sehe ich nackt so zum Lachen aus?«

»Nein! Du bist nackt sogar ziemlich… Ähm, hör mal, darf ich bitte reinkommen? Ich fühle mich wie ein Idiot, wenn ich weiter hier rumstehe und mich mit einer Tür unterhalte.«

Er wird nicht verschwinden, bis er eine Erklärung bekommen hat. Außerdem wäre es vielleicht gut, ihm alles zu erzählen. Nicht, dass er denkt, ich würde ständig nackt durch Hotelflure laufen. Ich seufze tief, stelle mich auf jede Menge spöttischer Kommentare ein, schlinge den Morgenmantel noch fester um mich und öffne zögernd die Tür.

Er tritt ein, geht an mir vorbei in die Mitte des Zimmers und dreht sich dann mit einem fragenden Blick zu mir um. »Hallo«, beginnt er.

»Was machst du hier? Du solltest auf der Hochzeit sein!«

»Warum läufst du nackt durch den Hotelflur?«, fragt er fasziniert. »Ich habe zwar nichts dagegen, aber…«

»Es war eine der Aufgaben, okay?«, erkläre ich mürrisch. »Von dem Überlebensplan, über den wir vorhin gesprochen haben.«

»Oh. Ach so.« Er steckt die Hände in die Hosentaschen.

»Aber offensichtlich ist es FURCHTBAR schiefgelaufen, und ich werde meine Freunde umbringen, sobald ich wieder britischen Boden unter den Füßen habe.«

»Ich finde nicht, dass es schiefgelaufen ist. Du hast es doch getan, oder nicht?«

Ich schließe verzweifelt seufzend die Augen. »Ja. Aber es sollte mich niemand sehen.«

Er hebt die Hände, und seine Mundwinkel zucken. »Ich verspreche, dass ich es niemandem erzähle. Und wenn es dich beruhigt, ich habe praktisch nichts gesehen, bloß…«

»*Bitte sag mir jetzt nicht, was genau du gesehen hast!* Verdammt noch mal, das ist so peinlich«, murmle ich und fahre mir mit der Hand durch die Haare. »Können wir bitte so tun, als wäre es nie passiert? Du musst es aus deinem Gedächtnis löschen.«

»Okay, ich lösche es.« Er zögert. »Wenn du das willst?«

»JA! Natürlich will ich das«, erwidere ich, empört, dass er überhaupt nachfragen muss. »Warum sollte ich es nicht wollen? Du hast gerade gesehen, wie ich ohne Klamotten herumlaufe!«

»Und das ist deiner Meinung nach etwas Schlechtes?«

Ich runzle verwirrt die Stirn. »Ist das… eine Fangfrage?«

Er starrt mich an. Ich starre zurück. Moment. Was passiert hier? Will er damit sagen, dass… es gut ist, dass er mich nackt gesehen hat? Meint er das damit? Und… wie kommt es, dass er mich überhaupt gesehen hat? »Dein Zimmer ist im ersten Stock«, erkläre ich wie betäubt. »Was machst du hier oben?«

Er wirkt mit einem Mal schüchtern und senkt schuldbewusst den Blick. »Ich wollte nach dir sehen«, gibt er schließlich zu. »Für den Fall…« Er verstummt.

O mein Gott, was mache ich jetzt? WAS MACHE ICH JETZT?

Meine Kehle ist wie zugeschnürt, und ich müsste schlucken, aber wenn ich jetzt schlucke, merkt er es. Ich mache es trotzdem, und es ist deutlich zu hören. Jetzt weiß er, dass ich nervös bin. Und ich bin es wirklich. Ich bin sehr nervös. Und ich habe Angst. Auf gute Art.

Ich mag ihn.

Moment. Zuerst muss ich mal klarstellen, was hier los ist. Er hat nicht gesagt, *warum* er nach mir sehen wollte. Vielleicht wollte er sich eine Duschhaube leihen. Vielleicht gibt es einen vollkommen unschuldigen Grund.

Ich öffne den Mund, um ihn zu fragen, was genau er damit gemeint hat, aber ich bekomme keine Gelegenheit dazu, denn er tritt entschlossen auf mich zu, und ich weiß genau, wozu er sich entschlossen hat. Das hörbare Schlucken war zwar nicht gerade sexy, aber es hat mich wohl verraten. Er steht direkt vor mir, und als ich den Kopf hebe, um ihm in die Augen zu sehen, legt er eine Hand auf meine Wange, während die andere weiterhin in seiner Hosentasche steckt.

Ja. Ganz genau. So sexy und entspannt ist er.

Mein Gott, wer hätte gedacht, dass eine entspannte Hand in der Hosentasche so aufregend sein kann?

Ich schließe die Augen, und er küsst mich. Anfangs ist es ein sanfter, zärtlicher Kuss. Dann wird er eindringlicher, und die Hand aus seiner Hosentasche gleitet über meine Hüfte zu meinem unteren Rücken und zieht mich näher heran.

Mein Handy klingelt. Es liegt auf dem Tisch unter dem Spiegel, wo ich es abgelegt habe, nachdem ich Ruby und Leo geschrieben habe. Ich höre, wie es vibriert, aber natürlich ignoriere ich es, weil – *HALLO?* – dieser Kuss ist unfassbar, und wahrscheinlich sind es Ruby und Leo, die wissen wollen, wie es gelaufen ist.

Wenn die wüssten. Ich kann es nicht erwarten, ihnen davon zu erzählen.

Irgendwie stehe ich plötzlich mit dem Rücken zur Tür, und er küsst meinen Hals, und ich kann nicht glauben, dass das gerade passiert. Ich bin vollkommen gefangen in diesem unglaublichen, leidenschaftlichen Moment mit *Jamie*, den ich anfangs so nervtötend und unhöflich fand, der aber jetzt der heißeste Kerl auf dem Planeten ist, und es ist mir egal, ob es unbesonnen und ungeheuerlich ist, ich genieße jede Sekunde, denn es ist so schön, begehrt zu werden. Und noch viel schöner, weil es Jamie ist, den ich ebenfalls begehre.

Mein Telefon meldet sich erneut, und ich ignoriere es auch dieses Mal.

Mir ist plötzlich mehr als bewusst, dass ich unter dem Morgenmantel vollkommen nackt bin. Er hat noch nichts versucht, aber was, wenn er es tut? *Was mache ich dann?* Ich bin mir nicht sicher, ob ich es ertrage, von einem Moment auf den anderen nackt vor ihm zu stehen. Normalerweise geht es langsamer, und man zieht ein Teil nach dem anderen aus, aber ich habe keine andere Wahl.

Und wenn schon!

Mein Handy vibriert schon wieder. Dieses Mal kann ich es nicht ignorieren, und Jamie auch nicht, denn drei Anrufe mitten in der Nacht sind nicht normal.

»Musst du nachsehen, wer es ist?«, fragte er mit heiserer Stimme direkt an meinem Ohr, und natürlich wünscht er sich, ich würde Nein sagen, aber wir wissen beide, dass die Antwort Ja ist. Sonst hätten wir nicht innegehalten.

Ich lächle und schäle mich aus seinen Armen, um auf dem Display nachzusehen. Hoffentlich ist es Ruby, die jede Menge alberner Nachrichten geschickt hat, und ich muss mir keine Gedanken machen, ob es etwas Ernstes ist. Ich werfe einen Blick auf die Anzeige.

Matthew.

Ich schnappe schockiert nach Luft, und mein Körper wird taub. Das Telefon verstummt, während ich darauf hinunterstarre.

»Wer ist es?«, fragt Jamie. »Ist alles okay?«

Es klingelt zum vierten Mal. *Matthew.*

»Tut mir leid, ich... ich sollte rangehen. Vielleicht stimmt etwas nicht«, antworte ich Jamie, bevor ich mich abwende und den Anruf annehme. »Hallo?«

»Freya«, sagt er, und der Klang seiner Stimme macht mich schwindelig. »Ich muss mit dir reden.«

»Das ist kein guter Zeitpunkt, Matthew«, erkläre ich ihm und versuche, bestimmt zu klingen, obwohl ich meine Augen schließen muss, weil es so aufregend und gleichzeitig schmerzhaft ist, dass er sich bei mir meldet. »Ist alles in Ordnung?«

»Ich vermisse dich.«

Er ist betrunken. Ich wusste immer, wenn er zu viel getrunken hatte, auch wenn es für andere nicht offensichtlich war. Es ist das kaum merkliche Lallen in seiner Stimme. Ich kenne ihn.

»Du bist betrunken«, sage ich, und mein Herz bricht. »Du kannst nicht …«

»Ja, ich weiß. Ich weiß, dass ich das nicht tun sollte, aber ich vermisse dich wirklich. Okay? Ich … ich wollte es dir nur sagen. Ich habe dein Foto auf Instagram gesehen, und ich musste lächeln. Und dann habe ich dich vermisst.«

Aufhören.

»Matthew, bitte …«

»Wir sollten uns sehen. Wir müssen reden. Wir haben noch nicht über alles geredet. Aber mittlerweile ist genug Zeit vergangen, oder?«

Kann er bitte aufhören?

»Okay«, sage ich, und mein Mund ist staubtrocken. »Aber du musst jetzt auflegen. Du bist betrunken, und du …«

»Hör auf, das zu sagen! Ich meine es ernst! Ich schreibe dir morgen, dann wirst du schon sehen.«

Was ist mit Jamie?

»Gut. Das ist gut. Schreib mir morgen. Ich muss jetzt auflegen.«

»Ich will nicht, dass du mich vergisst, weißt du? Ich bin total durcheinander. Ich dachte, wir hätten die richtige Entscheidung getroffen, auch wenn es schwer war. Aber dann sehe ich dich auf dem Foto, und die Vorstellung, nicht mehr Teil deines Lebens zu sein…«

Aufhören.

»Matthew, ich lege jetzt auf. Ruf heute nicht mehr an.«

Ich reiße das Handy vom Ohr und drücke den roten Knopf. Meine Gedanken wirbeln, und ich habe plötzlich das Gefühl, als müsste ich weinen, aber ich bin auch stolz auf mich. Denn irgendwie habe ich es geschafft, das Gespräch zu beenden, obwohl er genau das gesagt hat, was ich unbedingt hören wollte. Aber ich muss es hören, wenn er nüchtern ist und niemand sonst im Zimmer.

Jamie.

»Es tut mir leid, J…«, beginne ich und drehe mich um, aber es ist niemand da.

Er ist verschwunden.

Hallo, Matthew, ich hoffe, du hattest ein schönes Wochenende, und der Kater ist nicht zu schlimm! Ich habe noch nichts von dir gehört. Du hast gesagt, du schreibst, damit wir einen Treffpunkt vereinbaren können. Vielleicht an einem Abend im Laufe der Woche? X

Hey, ich habe gerade versucht, dich anzurufen, damit wir etwas vereinbaren können. Wie du gesagt hast, als du mich angerufen hast: Es wäre gut, wenn wir noch einmal über alles reden. X

Kapitel 22

Ich könnte vor Scham im Erdboden versinken.

Wie konnte ich nur auf die Idee kommen, es wäre okay, einen Anruf von meinem Ex-Verlobten entgegenzunehmen, obwohl ich gerade einen anderen Mann geküsst hatte? Jamie muss sich schrecklich gefühlt haben. Ich hätte ihn so gerne aufgespürt und es ihm erklärt, aber ich verstand selbst nicht, was passiert war, also, was hätte ich ihm sagen sollen? Außerdem war der Moment vorüber. Ich hatte es gründlich vermasselt.

Das Schlimmste daran ist, dass ich überhaupt nicht an Matthew gedacht habe. Ich habe nicht an die Trennung oder meine traurige kleine Geschichte gedacht. Ich hatte Spaß. Ich war glücklich.

Und dann ruft Matthew an, lallt ins Telefon, und was passiert?

Ich verwandle mich in ein bemitleidenswertes Etwas.

»Du bist kein bemitleidenswertes Etwas.« Ruby reicht mir einen Becher heiße Schokolade mit Marshmallows, während ich mich auf ihrem Sofa zusammenrolle und mich im Selbstmitleid suhle. »Es war nicht deine Schuld.«

»Es war *ausschließlich* meine Schuld«, erkläre ich ihr. »Niemand hat mich gezwungen, den Anruf anzunehmen. Ich hätte nicht rangehen sollen. Ich hätte mir kein Wort von dem anhören sollen, was Matthew zu sagen hatte.«

»Er hat viermal angerufen«, meint Leo mit einem mitleidsvollen Blick. »Da hätte jeder abgehoben. Das verlangt die Neugier.«

»Ich schäme mich so, und Jamie hält mich sicher für einen totalen Loser!«

Ruby muss unwillkürlich lächeln. »Freya, er hält dich ganz sicher nicht für einen Loser.«

»Doch, das tut er. Er denkt, ich kann meinem Ex-Freund nicht einmal widerstehen, wenn ich gerade in den Armen eines anderen Mannes liege. O *Mann!*« Ich schlage mir gegen die Stirn. »Ich hasse mich.«

»Hör auf damit«, befiehlt Ruby streng. »Leo hat recht. Du hast dich in einer unmöglichen Situation befunden. Jeder würde verstehen, dass du abhebst, wenn er dich so oft hintereinander anruft. Und Jamie versteht es auch.«

Ich zucke zusammen. »Das hat er zumindest gesagt.«

»Wer?«, fragt Leo.

»Jamie.«

Rubys Augen werden groß. »Du hast noch einmal mit ihm gesprochen?«

»Ich habe ihm eine Nachricht geschrieben. Ich wusste nicht, in welchem Zimmer er wohnte, und ich konnte schlecht durchs Hotel laufen und seinen Namen brüllen. Außerdem ging ich davon aus, dass er nicht mit mir reden wollte. Ryan hat mir damals seine Nummer gegeben, als ich ihn zu der Hochzeit mitgenommen habe.«

»Was hast du geschrieben?«, fragt Ruby, während ich auf einem Marshmallow herumkaue.

»Ich habe mich entschuldigt, aber keine Erklärung abgegeben. Ich habe einfach geschrieben, dass mir leidtut, was passiert ist.«

»Und?«

»Er hat geantwortet: ›Schon okay. Ich verstehe.‹«

»Das war's?« Sie wirkt verwirrt. »Mehr war da nicht?«

»Nein.«

»Echt nicht? Gar nichts? Nach einem so heißen Kuss?«

»Der heiße Kuss wurde von mir und meiner Dummheit ruiniert«, erinnere ich sie und nehme einen Schluck heiße Schokolade, in der Hoffnung, dass ich mich danach besser fühle, aber ich verbrenne mir bloß die Zunge.

»Was hätten wir zueinander sagen sollen? Wir schämen uns wahrscheinlich beide.«

»*Willst* du denn mit Jamie reden?«, fragt sie.

»Ja. Nein. Keine Ahnung.« Ich verziehe das Gesicht wie eine Zweijährige. »Ich bin so verwirrt. Ich mag ihn wirklich, wisst ihr? Wir verstehen uns echt gut. Es ist, als würden wir einander schon ewig kennen, und ich bin glücklich in seiner Nähe, ungezwungen und entspannt. Aber der Zeitpunkt passt nicht. Ich bin vollkommen durch den Wind und kann keinen klaren Gedanken fassen. Es ist einfach zu viel.«

»Was ist mit Matthew?«, fragt Leo und zieht konzentriert die Augenbrauen zusammen.

Ruby rümpft die Nase. »Was soll mit ihm sein?«

»Es ist doch ungewöhnlich, dass er angerufen hat«, erklärt er und sieht mich an. »Was ist nach dem Anruf passiert?«

»Nichts.« Ich verziehe das Gesicht. »Und das macht alles noch schlimmer.«

Leo und Ruby werfen sich einen ratlosen Blick zu.

»Er hat sich danach nicht mehr gemeldet«, gestehe ich leise, und es fällt mir nicht leicht, darüber zu sprechen. »Keine Anrufe. Keine Nachrichten. Nichts.«

Ruby schnappt nach Luft. »Ist das dein Ernst?«

»Ja. Ihr könnt euch also vorstellen, wie bescheuert ich mich fühle. Die ganze Aufregung umsonst. Er hat meine Gedanken durcheinandergewirbelt und ist danach wieder abgetaucht.«

»Moment mal.« Leo hebt beide Hände, bevor Ruby die Gelegenheit hat, eine Schimpftirade loszulassen. »Hast du dich bei ihm gemeldet?«

»Ja, natürlich. Ich habe in der darauffolgenden Nacht kaum geschlafen und war vollkommen durcheinander nach allem, was er zu mir gesagt hat. Ich habe ihm geschrieben und ihn angerufen. Nichts.« Ich seufze, lehne den Kopf an das Sofakissen und schließe die Augen.

Leo sieht aus, als würde es ihm genauso viele Schmerzen bereiten wie mir. »Warum hat er nicht einmal geschrieben und sich entschuldigt? Es muss ihm doch klar sein, was es mit dir angestellt hat.«

»Er ist ein Feigling«, erklärt Ruby knapp.

»Wisst ihr«, beginne ich und umfasse den Becher mit beiden Händen wie ein wertvolles Relikt, »wenn ich ganz ehrlich bin, war es unglaublich schön, dass er angerufen hat. Wirklich. Auch wenn er mir den Abend verdorben hat. Es war ein so gutes Gefühl, dass ihn die Gedanken an mich derart plagten, dass er mich anrufen musste. Es hat mir etwas von meinem Selbstwertgefühl zurückgegeben. Das Schlimmste an der Trennung war, dass Matthew plötzlich wie ein Fremder war. Ich durfte ihn nicht sehen, und die einzigen Nachrichten, die ich von ihm bekam, klangen kalt und unpersönlich. Manchmal dachte ich, ich hätte den Verstand verloren und zwölf Jahre in einer Beziehung mit mir selbst gelebt. Als hätte ich ihn unbewusst gezwungen, mir einen Antrag zu machen, und sowohl ihm als auch mir selbst vorgemacht, dass wir eine Zukunft hätten. Nach dem betrunkenen Anruf fühlte ich mich bestätigt. Ich hatte wieder das Gefühl, ihm wichtig zu sein. Es war unglaublich.« Ich hole tief Luft. »Mein Gott, ich bin eine solche Idiotin.«

Leo und Ruby hören mir geduldig zu und wirken dabei traurig und besorgt.

»Jetzt stehe ich wieder am Anfang«, füge ich düster hinzu.

»Nein, tust du nicht«, widerspricht Ruby bestimmt und legt eine Hand auf mein Knie. »Und weißt du, warum ich das weiß?«

»Warum?«

»Weil die Freya, die mit Matthew verlobt war, niemals nackt einen Hotelflur entlanggelaufen wäre.«

Ich lächle schwach. »Da ist was dran.«

»Was Matthew getan hat, war reinste Selbstsucht«, fährt sie

mit ernsterer Mine fort. »Er hat gesehen, dass es dir gut geht, und ist in Panik verfallen. Was nicht okay ist, denn es ist ja nicht so, dass er...« Sie verstummt und wirft Leo einen Blick zu.

Etwas an ihren leicht panischen Augen sagt mir, dass sie mir etwas verschweigt. Leos Gesicht verrät nicht das Geringste, aber er rutscht unruhig hin und her.

»Was ist los?« Ich sehe sie stirnrunzelnd an. »Was verheimlicht ihr mir?«

Ruby wirft Leo einen weiteren nervösen Blick zu, bevor sie nach unten auf ihre Hände sieht. »Wir wollten es dir vorhin sagen, Freya, weil wir nicht wollten, dass du es von einer anderen Seite erfährst, aber dann hast du erzählt, dass er angerufen hat, und...«

»Was wolltet ihr mir sagen?«, frage ich krächzend und richte mich auf. Ich habe Angst davor, was jetzt kommt.

»Wir sind Akin über den Weg gelaufen«, beginnt Leo mit sanfter Stimme. »Du weißt ja, dass er hier in der Gegend wohnt.«

»Ja, klar. Was hat er gesagt?«, frage ich und wünsche mir nichts mehr, als dass er endlich damit herausrückt.

»Er hat uns erzählt... Er hat erwähnt, dass Matthew in letzter Zeit einige Verabredungen hatte«, sagt Ruby, und ihre Stimme ist kaum mehr als ein Flüstern. »Neulich hat er sich mit ein paar Freunden getroffen und eines seiner Dates mitgenommen. Sie haben ein paar Fotos von dem Abend ins Netz gestellt, auf denen die Frau ebenfalls zu sehen ist. Akin hatte Angst, dass du die Fotos auf Instagram entdeckst und dich grämst. Deshalb hat er es uns erzählt. Er wusste nicht, welchen Freunden du noch folgst, und ich glaube, er wollte dich schützen.« Sie mustert mich eingehend. »Es tut mir so leid, Freya.«

Ich kann nichts darauf erwidern. Wenn ich jetzt den Mund öffne, kommt vielleicht ein Schluchzen über meine Lippen, und das will ich nicht.

»Ist alles okay?«

Das ist es nicht, aber ich nicke dennoch und beiße trotzig die Zähne zusammen, während meine Gedanken rasen. Ich wusste, dass das passieren würde. Wir sind jetzt beide Singles, und natürlich trifft Matthew sich mit anderen Frauen.

Trotzdem. Auch wenn man es erwartet. Auch wenn es vollkommen natürlich ist. Es bricht einem das Herz.

Leo erhebt sich wortlos und setzt sich neben mich, und dann umschließen mich die beiden wie ein menschlicher Kokon und halten mich fest. Ich weiß nicht, wie lange wir schweigend auf dem Sofa sitzen, aber am Ende ist die heiße Schokolade kalt, und ein Marshmallow-Schleim treibt an der Oberfläche. Ruby hält meine Hand, und Leo lehnt den Kopf an meinen. Keiner sagt ein Wort, denn sie kennen mich gut genug, um zu wissen, dass ich das nicht will. Auch wenn der Schmerz in mir übermächtig ist, fühle ich mich sicher in dem kleinen menschlichen Sandwich, das wir auf dem Sofa gebildet haben.

Eine Trennung ist brutal und schwer zu verkraften.

Das Gefühl, ersetzt zu werden, ist schlimmer.

»Schätzchen!«

O Gott, jetzt geht es los. Der Moment ist gekommen. Ich drehe mich um, und vor mir steht meine Mum mit einem kunstvollen violetten Hut samt riesiger Schleife. Adrian versteift sich neben mir, und ich spüre, wie mein armer Dad langsam die Luft entweichen lässt und sich innerlich wappnet.

»Hi, Mum«, presse ich hervor, und wir hauchen ganz ihrem Stil entsprechend Wange an Wange Küsschen in die Luft.

»Du siehst wunderschön aus! Wie du strahlst! Und funkelst!«, ruft sie und presst sich eine Hand auf die Brust, während sie mich von oben bis unten mustert. Ihr Blick wandert weiter zu Adrian, und sie neigt den Kopf und schiebt die Unterlippe vor. »Mein Kleiner! So erwachsen! Adrian!«

Adrian muss dieselbe Begrüßung über sich ergehen lassen, wirkt dabei allerdings viel entspannter als ich und schenkt ihr ein warmherziges Lächeln.

»Hey, Mum. Wow, toller Hut.«

»Oh, danke, Schätzchen, du kennst mich ja!«

»Ja, das tue ich«, erwidert er mit einem aufgesetzten Lachen.

Wir haben gerade besprochen, wie wichtig es ist, nett zu Mum zu sein, denn immerhin ist es Rachels und Carleys großer Tag, und bei so einem glücklichen Ereignis haben Spannungen keinen Platz. Entgegen Adrians Ratschlag habe ich mich vor der Hochzeit nicht mit Mum getroffen, aber ich habe Dad und ihm versprochen, dass ich mich Rachel zuliebe benehmen werde.

Die Hochzeit findet im Garten eines wunderschönen alten Herrenhauses in Norwich statt, und für den Empfang gibt es ein Festzelt aus Segelleinen auf dem Rasen, während die Zeremonie selbst in der Orangerie stattfinden wird. Rachel ist unsere einzige Cousine, die Tochter von Dads Schwester, Tante Em. Wir wussten, dass Mum eingeladen ist, auch wenn es sich um Dads Verwandtschaft handelt. Mum ist Rachels Patentante, und Tante Em mag sie trotz allem sehr. Tante Em hat Dad sogar angerufen, bevor sie Mum eingeladen haben, und es ihm schonend beigebracht. Eine nette Geste, die er allerdings nicht für nötig gehalten hatte.

Adrian und ich haben uns immer gut mit Rachel verstanden und als Kinder in den Ferien zusammen Höhlen gebaut und uns alberne Theaterstücke für unsere Eltern ausgedacht. Je älter wir wurden, desto seltener sahen wir uns, und schließlich zog sie nach Norwich, wo sie für eine Firma arbeitet, die Häuser renoviert. Trotzdem sind wir in Kontakt geblieben, und wir telefonieren regelmäßig, um zu hören, wie es dem anderen geht. Rachel hat mich auch in letzter Zeit sehr unterstützt, mir Nachrichten geschrieben und Besuche angeboten, um nach mir zu sehen.

Carley lernten wir schließlich vor zwei Jahren zu Weihnachten kennen, als Rachel und sie ein paar Tage in London verbrachten. Sie waren noch nicht lange ein Paar, aber ich wusste sofort, dass Carley die Richtige ist – vor allem, weil Rachel es mir gesagt hat, als Carley auf der Toilette war. Rachel trägt ihr Herz auf der Zunge, aber es war offensichtlich, dass die Zuneigung auf Gegenseitigkeit beruht.

Als Mum sich Dad zuwendet, tritt Evan, der sich bis jetzt nervös hinter ihr versteckt hatte, vor und winkt uns verlegen zu.

»Hallo«, meint er mit einem aufgesetzten Lächeln. »Schön, euch beide zu sehen.«

»Hi, Evan«, erwidert Adrian fröhlich und schüttelt Evans Hand. »Wie geht es dir?«

Wir sind Evan gegenüber nie warm geworden. In unseren Köpfen ist er der Bösewicht, der Mum von Dad weggelockt und unsere Familie zerstört hat. Ich habe mich zu Beginn ihm gegenüber schrecklich benommen, und wenn ich heute an einige der Dinge zurückdenke, die ich ihm an den Kopf geschleudert habe, regt sich das schlechte Gewissen, denn abgesehen von der Affäre mit meiner Mutter, scheint er ein netter Kerl zu sein. Er ist freundlich, offen und auch ein wenig verrückt, genau wie Mum. Heute trägt er zum Beispiel einen senffarbenen, karierten Anzug mit dazu passender Fliege. Es überrascht mich, dass Mum zugelassen hat, dass er etwas trägt, das sich mit ihrem Hut beißt, aber andererseits ist sie ein erklärter Freigeist, und als solcher schreibt man niemandem vor, was er anziehen soll.

Ich merke, dass Evan in meiner Gegenwart nervös wird, und irgendwie gefällt es mir, weil es mir ein Stück weit Macht über ihn gibt. Dann erinnere ich mich daran, wie ich Jamie von den freundlichen Iren vorgeschwärmt habe. Evan hat nach der Trennung einen großen Teil meines Zorns abbekommen, aber eigentlich ist er nicht derjenige, auf den ich wütend sein sollte.

Nachdem Adrian ihn aufgesetzt fröhlich begrüßt hat, wirft mein Bruder mir einen Blick zu. Ich räuspere mich. »Evan.« Ich pflastere mir ein Lächeln aufs Gesicht und trete auf ihn zu, um ihm einen Kuss auf die Wange zu hauchen. »Schön, dich zu sehen.«

Er wirkt fassungslos und nimmt den ihm entgegengestreckten Olivenzweig mehr als enthusiastisch entgegen. Tatsächlich freut er sich derart, dass er mir mitteilt, wie wundervoll ich aussehe, und mir ein strahlendes Lächeln schenkt, sodass ich mich frage, wie grauenhaft ich bei den letzten Begegnungen gewesen sein muss, wenn ein einfaches »Schön, dich zu sehen« solche Auswirkungen hat.

Ich werfe einen Blick auf Adrian, der mir hinter Evans Rücken lautlos applaudiert, und wir grinsen alle drei dümmlich vor uns hin, während wir so tun, als würden wir dem Gespräch zwischen Mum und Dad nicht lauschen, obwohl wir natürlich genau das tun. Trotzdem ist es ein sehr angenehmes und freundliches Wiedersehen, und kurz darauf werden wir in die Orangerie gebeten, wo wir unsere Plätze einnehmen, um der Zeremonie zu folgen.

Es ist besonders bewegend, weil ich, wenn ich Rachel betrachte, immer noch das kleine Mädchen vor mir sehe, dessen Knie und Gesicht voller Schlamm sind und dessen rote Haare am Ende unserer Abenteuer immer aus dem Zopf gerutscht waren. Und jetzt steht sie als echte Erwachsene in einem eleganten weißen Jumpsuit und unglaublich hohen Absätzen vor mir und verspricht ihrer Partnerin, sie immer zu lieben, ganz egal, was das Leben für sie bereithält.

Ich senke den Blick auf meine im Schoß gefalteten Hände, weil es mir mit einem Mal schwerfällt zuzusehen. Ich bemerke, wie Mum mich von der anderen Seite des Mittelganges aus beobachtet, aber ich bemühe mich, nicht zu ihr zu sehen, sondern richte den Blick wieder nach vorne auf die Bräute und lächle würdevoll. Ich bin jetzt noch fester entschlossen, vollkommen unberührt und entspannt zu wirken.

»Nette Zeremonie«, sagt Dad danach, als Adrian, er und ich mit Champagner auf das glückliche Paar anstoßen. »Und schön kurz.«

»Ich glaube, das solltest du lieber nicht so laut sagen, Dad.«

»Nein, ich bin ganz seiner Meinung. Es ist auf jeden Fall gut, die Sache nett und kurz zu halten«, mischt Adrian sich ein. »Was übrigens auch für die Ansprachen gilt, Freya.«

Ich werfe ihm einen finsteren Blick zu. *Verdammt. Warum* habe ich ihm bloß von der heutigen Aufgabe aus dem Überlebensplan erzählt?

Ich habe sogar noch mehr Angst als beim letzten Mal, als ich nackt durch den Hotelflur laufen musste. Das war zwar riskant, aber heute werde ich sicher vor Verlegenheit sterben. Ich habe gestern sogar noch einmal mit Ruby und Leo telefoniert, um sicherzugehen, dass ich *tatsächlich* eine Rede auf Rachels Hochzeit halten muss.

»Natürlich nicht«, erklärte Ruby besänftigend. »Aber denk nur, wie enttäuscht du von dir wärst, wenn du die Aufgabe nicht hinbekommst…«

Sie führte mich aufs Glatteis, und ich hasste sie dafür. Aber ich zollte ihr auch Respekt.

»Hast du etwa vor, eine Rede zu halten, Freya?«, fragt Dad überrascht.

»Aber du darfst es niemandem verraten, es soll eine Überraschung sein«, erklärt ihm Adrian und tippt sich geheimnisvoll an die Nase. »Ich finde das total nett von dir, Schwesterchen. Du warst immer schon ein Naturtalent im Redenhalten.«

Dad runzelt die Stirn. »War sie das?«

»Nein, Dad, er meint das ironisch«, kläre ich ihn auf und werfe meinem Bruder einen finsteren Blick zu. »Bitte um Erlaubnis, ihm eine überzuziehen?«

»Abgelehnt. Benehmt euch«, murmelt Dad. »Warum hältst du eine Rede, wenn du es nicht kannst?«

»Wer hält eine Rede?«, fragt Mum und tritt neben Dad, wobei sie ihn beinahe mit ihrem ausladenden Hut k.o. schlägt. Ihr Blick springt zwischen Adrian und mir hin und her.

O Mann! Ich brauche nicht auch noch ausgerechnet Mums Beitrag zu dem Thema. Evan schiebt sich mit zwei Gläsern neben sie und reicht ihr eines davon.

»Freya«, verkündet Adrian und deutet mit dem Kopf auf mich. »Ihr wisst ja, wie gerne sie vor Publikum spricht.«

»Tatsächlich?« Auch Mum wirkt verwirrt. »Ich dachte, du

hasst solche Dinge. Erinnerst du dich, als Rachel, Adrian und du uns das Theaterstück über König Artus und das im Stein feststeckende Schwert vorgespielt habt?«

»Ja, genau!« Adrian strahlt bei der Erinnerung daran. »Ich war Artus, Rachel war Merlin – und wen hast du noch mal gespielt, Freya?«

»Den Stein.«

Adrian legt den Kopf in den Nacken und lacht lauthals. Dad kichert, und selbst Evan hat das Gefühl, er dürfe sich amüsieren, und grinst hinter vorgehaltener Hand.

»Weil sie keine Sprechrolle wollte«, erklärt Mum Evan und tätschelt stolz meinen Arm. »Der Stein passte hervorragend zu ihr, und sie saß glücklich vor uns, in einer Hand einen rund ausgeschnittenen, mit grauem Stift bemalten Pappdeckel, der den Stein darstellte, und in der anderen das Schwert.« Sie schenkt mir ein strahlendes Lächeln und fügt liebevoll hinzu: »Schon damals, als kleines Mädchen, wusste sie genau, was sie ist – und sie war keine Performerin. Das habe ich immer an dir bewundert, Freya.«

Die Aufrichtigkeit in ihrer Stimme überrascht mich. Mum versteht es hervorragend, Leuten genau das zu sagen, was sie hören wollen, und in ihrer extravaganten, exzessiven Art neigt sie zu übertriebenen Komplimenten, weshalb sie leicht zum Herz und zur Seele jeder Party wird. Aber dieses Kompliment wurde auf leise, ernste Weise überbracht, ohne Aufhebens und Drama.

»Danke, Mum«, erwidere ich verlegen und nippe an meinem Champagner.

Adrian wirkt genauso überrascht, dann verwickelt er Dad und Evan nach einem kurzen Blick auf mich in ein Gespräch und wendet uns kaum merklich den Rücken zu, sodass sich zwei neue Gruppen bilden. Mum und ich stehen einander gegenüber und wissen nicht, wer beginnen soll.

»Du siehst wirklich gut aus, Freya«, sagt Mum und bricht das Eis.

»Danke. Du auch.«

»Es tut mir schrecklich leid, was mit der Hochzeit passiert ist.« Sie seufzt entnervt. »Es ist schrecklich, aber du hast dich aus dem Sumpf gezogen und weitergemacht, und… ich finde es grauenhaft, was du durchmachen musstest. Es tut mir leid, dass ich nicht da war, um mich um dich zu kümmern.«

»Das ist lieb von dir, Mum, aber ich brauche niemanden, der sich um mich kümmert.«

Sie schnaubt. »Als ob ich das nicht wüsste! Ach, Schätzchen, das hast du noch nie. Einmal bist du am Spielplatz hingefallen, und ich bin zu dir gerannt, um dich hochzuheben, und was hast du getan? Du hast dich hochgestemmt, die Hände zu Fäusten geballt, dein kleines Kinn entschlossen vorgestreckt und leise gemurmelt: ›Jetzt erst mal durchatmen, Freya.‹«

»Nicht wirklich, oder?«

»Ja!« Sie kichert bei der Erinnerung daran. »Es war so süß. Du warst sicher nicht älter als vier. Wahrscheinlich hast du es von Dad gehört und einfach nachgeplappert. Wir mussten schrecklich lachen.« Sie nippt an ihrem Glas. »Ich glaube, diese Dinge haben es mir einfacher gemacht.«

Ich starre sie an. »Wie meinst du das?«

Sie sieht schuldbewusst zu Boden. Ich habe sie noch nie so erlebt. So verletzlich und zaghaft. Tatsächlich hat sie nie über Kindheitserinnerungen mit uns gesprochen und auch nie offen zugegeben, dass sie uns verlassen hat. Es gab immer nur ein strahlendes Gesicht und Geschichten über ihr neues Leben und wie wunderbar alles ist.

»Hör zu, ich möchte wieder ein Teil deines Lebens werden, Freya. Ich weiß, ich habe Fehler gemacht, aber es würde mir so viel bedeuten, wenn wir eine Möglichkeit finden könnten, einander näherzukommen. Ich vermisse dich schrecklich, und ich hatte viel Zeit zum Nachdenken. Ich wünschte… ich hätte einiges anders gemacht.«

Ich habe keine Ahnung, wie ich darauf reagieren soll, also

räuspere ich mich und nippe an meinem Champagner. »Ich weiß nicht, ob das hier der richtige Zeitpunkt ist, um über solche Dinge zu reden, Mum.«

»Ich wollte einfach die Chance nutzen und dich fragen, ob wir einen besseren Zeitpunkt und einen besseren Ort dafür finden können«, erwidert sie sanft. »Es gibt viel zu sagen.«

Ich nicke schwach. Sie strahlt.

»Darf ich euch nachschenken?«, fragt Dad und tritt zu uns, wobei er versucht, nicht zu besorgt zu wirken.

»Überlass das ruhig mir«, meint Mum und ersetzt ihr ernstes Gesicht durch ein breites, lebhaftes Lächeln. »Noch eine Runde Champagner? Kommt sofort!«

Sie macht sich auf die Suche nach einem Kellner, und Dad wendet sich zu mir um, während Evan immer noch mit Adrian redet und offenbar ganz in dem Gespräch aufgeht. Ich höre nur Wortfetzen, scheinbar unterhalten sie sich über Karotten... obwohl das nicht stimmen kann.

»Nettes Gespräch?«, fragt Dad und hebt eine Augenbraue. »Es beruhigt mich, dass es zumindest nicht in Handgreiflichkeiten endete.«

»*Handgreiflichkeiten*? Da merkt man dir dein Alter aber an, Daddy.« Ich stoße ihn liebevoll in die Seite. »Es ist alles gut. Sie will sich irgendwann in Ruhe mit mir unterhalten.«

»Und?«

»Und... ich habe nicht Nein gesagt.«

Ein Lächeln macht sich auf seinem Gesicht breit. »Das sind wundervolle Neuigkeiten. Ich bin sehr froh.«

»Ich weiß nicht so recht.« Ich seufze. »Sie klang, als würde sie es ernst meinen. So kenne ich sie gar nicht.«

»Oh, sie meint es ernst. Wenn man älter wird, erkennt man, dass Leute, die es nicht ernst meinen, sich gar nicht die Mühe geben, so zu tun, als ob. Das wäre zu viel Aufwand«, erklärt er rundheraus. »Und es wird einem bewusst, dass Menschen Fehler machen und das Leben nicht immer nach Plan verläuft. Ich weiß mit Sicherheit, dass du und dein Bruder eure Beziehung zu eurer Mum hinbekommen werdet und dass glückliche Zeiten vor uns liegen. Das darfst du nie vergessen. Auch wenn es sich nicht so anfühlt, es liegen immer glückliche Zeiten vor dir, solange du dich mit Menschen umgibst.«

»Mit den richtigen Menschen, meinst du?«

Er lacht leise. »Nicht unbedingt. Der langen Rede kurzer Sinn ist, dass es die Menschen sind, die im Leben zählen, Freya. Sie überraschen dich, sie bringen dich zum Staunen, sie enttäuschen dich. Das gehört alles dazu. Und das ist gut so! Wenn wir alles planen könnten, würden wir uns nie weiterentwickeln. Wir würden nichts lernen und niemals wachsen. Teiche sind dafür ein gutes Beispiel. Je mehr Durcheinander in ihnen herrscht, desto mehr Leben gedeiht in ihnen.«

Ich habe keine Ahnung, seit wann mein Dad so tiefgründig ist. Ich dachte immer, er würde sich einfach durchs Leben treiben lassen, dabei ist er im Grunde seines Herzens ein Philosoph.

Er bemerkt, dass ich ihn anstarre.

»Was denn?«, fragt er abwehrend. »Ich dachte, du könntest ein paar weise Worte für deine Rede gebrauchen. Was auch immer du sagst, es darf nicht länger als zwei Minuten dauern, okay? Nicht, dass danach jeder dahergelaufene Cousin auf die Idee kommt, er müsste uns ebenfalls an seinen Gefühlen teilhaben lassen.«

Das hört sich schon eher nach Dad an.

»Hallo, alle zusammen!«

Ach, du liebe Zeit.

»Mein Name ist Freya. Ich bin Rachels Cousine…«

Das passiert gerade wirklich.

»…und ich wollte nur schnell ein paar Worte sagen.«

Ich könnte schwören, dass sich die Anzahl der Gäste verdoppelt hat, seit ich nach dem Mikrofon gegriffen habe.

O nein, ich habe meine Notizen vergessen!

Sie sind in meiner Clutch.

WAS HABE ICH GETAN?

»Ich verspreche, dass ich mich kurz halte.«

Dad nickt zustimmend. Ja, danke, Dad, ich weiß.

Ach, wie schön. Adrian filmt die Rede mit dem Handy, damit wir sie uns danach jederzeit ansehen können.

Super.

»Ich weiß, es ist ungewöhnlich, dass die Cousine eine Rede hält, aber ich habe Rachel und Carley erklärt, dass ich ein paar Worte sagen möchte, und sie haben es mir liebenswürdigerweise erlaubt.«

Ich hasse Ruby und Leo. Warum bin ich überhaupt mit ihnen befreundet?

»Ich bin nicht sehr gut in diesen Dingen, also habt Nachsicht mit mir.«

Was zum Teufel soll das? Warum schwitze ich am ganzen Körper, und nur mein Mund ist staubtrocken? Mein Flüssigkeitshaushalt ist total unausgeglichen.

»Ich wollte nur sagen, dass ... ähm ...«

Mum flüstert mir etwas zu. Was sagt sie? »Flaute?«

Was meint sie mit Flaute? Was stimmt bloß nicht mit ihr, will sie mich verunsichern? Und ich dachte, wir würden uns endlich besser verstehen. Sie sollte lieber ...

Ach so. Sie *meint »lauter«.*

Okay, das ist doch hilfreich.

»Tut mir leid, ich muss näher an das Mikro heran. Können mich jetzt alle hören? Okay, gut. Tut mir leid. Wo war ich?«

Ich werde Phil bitten, mich zu einem Rhetoriktraining zu schicken.

Wie konnte ich mit so beschissenen Rhetorikkenntnissen überhaupt Karriere machen? Daran ist einzig und allein Phil schuld. Er hätte mich früher darauf aufmerksam machen müssen.

»Ach ja, ich war erst am Anfang. Ha-ha. Also ja, ich wollte an ihrem Hochzeitstag ein paar Worte an Rachel und Carley richten.«

Tief durchatmen, Freya. Du schaffst das. Auch ohne Notizen.

Du musst improvisieren.

»Ich bin dieses Jahr zu der Erkenntnis gelangt, dass das Leben… ähm… ein einziges Chaos ist. Aber solange du Leute um dich hast, die dich lieben, erkennst du irgendwann, dass du trotz allem einen Fuß vor den anderen setzen kannst, ganz egal, wo du hingehst und wo du am Ende landen wirst. Freunde. Familie. Menschen, die man liebt. Menschen, mit denen man Pferde stehlen kann.«

Leises Lachen im Publikum.

»Sie alle helfen uns durch das Chaos. Wir lieben einander, wir führen einander, und wir geben einander nicht auf.«

Mum lächelt und tupft sich dramatisch mit ihrem blumenbestickten Taschentuch Tränen aus den Augenwinkeln.

Mein Gott.

»Wir lassen nicht zu, dass irgendjemand aufgibt. Was ich damit sagen will…« Ich wende mich an meine Cousine und ihre Frau. »…Rachel und Carley, wir lieben euch. Wir freuen uns mit euch. Und das ist mein Versprechen an euch. Wir werden euch auf eurer gemeinsamen Reise begleiten, ganz egal, was passiert. Darauf würde ich jetzt gerne einen Toast aussprechen. Heben wir die Gläser und trinken wir darauf, dass wir immer einen Fuß vor den anderen setzen.« Ich hebe mein Glas. »Auf… die Füße!«

Auf die Füße.

AUF DIE FÜSSE?

Ich habe gerade einen Toast auf die Füße ausgesprochen?

Okay, das war's. Ich habe offiziell den Verstand verloren. Fall abgeschlossen.

Natürlich brechen die Gäste in schallendes Gelächter aus. Doch dann geschieht etwas Seltsames, denn alle rufen gemeinsam »Auf die Füße!«, und die Worte schallen durch das Festzelt, bevor wilder Applaus und Gejubel erklingen.

Rachel und Carley stürzen auf mich zu und schließen mich in ihre Arme.

»Das war wunderschön«, schluchzt Rachel an meinem Ohr.

»Ich habe einen Toast auf die Füße ausgesprochen«, erinnere ich sie.

»Ja, das hast du«, meint sie, löst sich von mir und nimmt mein Gesicht in beide Hände. »Und es war perfekt.«

Dinge, die ich vermisse, wenn ich ohne Matthew auf einer Hochzeit bin:

- Er kann sehr gut reden, und das ist praktisch, weil ich mir dann keine Gedanken machen muss, wie ich mit den Leuten an meinem Tisch ins Gespräch kommen soll. Er redet einfach mit allen, und jeder fühlt sich wohl.
- Er bringt mich zum Lachen, wenn er tanzt.
- Wenn er merkt, dass mir etwas besonders schmeckt, gibt er mir auch seinen Teil davon ab. Zum Beispiel diese köstlichen kleinen sonnengetrockneten Tomaten, die bei Hochzeiten oft auf dem Vorspeisenteller sind. Er hat sie immer von seinem auf meinen Teller geschoben, ohne das Gespräch mit dem Gast gegenüber zu unterbrechen. Das ist eine dieser kleinen, liebevollen Gesten, bei denen man erst weiß, wie süß sie waren, wenn sie nicht mehr da sind.

Dinge, die besser sind, wenn ich alleine auf einer Hochzeit bin:

- Ich kann das Hochzeitsgeschenk von der Liste aussuchen, von dem ich glaube, dass es am besten zu dem Paar passt, ohne dass mein Partner anmerkt, dass es »nicht sehr originell« ist, wenn er sieht, wofür ich mich entschieden habe (obwohl er, wenn ich ihn beim Einkaufen nach seiner Meinung frage, kaum von seinem Handy aufsieht und bloß »Klar, Schatz, kauf, was immer du meinst, Schatz« sagt.)
- Ich muss mir kein Gejammer über den Krawattenzwang während der Zeremonie anhören.
- Es besteht die Chance, dass ich in der Kirche neben jemandem sitze, der bei den Liedern die richtigen Töne trifft.

- Ich kann doch mit Leuten an meinem Tisch ins Gespräch kommen, wenn niemand mich übertönt oder unterbricht, weil er glaubt, er könne die Geschichte viel witziger erzählen als ich.
- Ich kann mich beim Tanzen auf mich selbst konzentrieren, anstatt auf jemand anderen, und auch wenn es langsam vorangeht, gewinne ich immer mehr Selbstvertrauen auf der Tanzfläche.
- Ich muss keine lächerlichen, betrunkenen Diskussionen über Nichtigkeiten führen, die mir den Abend ruinieren.
- Ich bin die Einzige, über die ich mir Gedanken machen muss.

Der letzte Punkt ist gewöhnungsbedürftig und anfangs Furcht einflößend, aber wenn man erst damit klarkommt, ist es, als hätte dir jemand eine Last von den Schultern genommen, von der du nicht einmal wusstest, dass du sie mit dir rumgeschleppt hast.

Je länger ich darüber nachdenke, desto dringlicher frage ich mich, ob Matthews Behauptung, seine »aufgeschlossene und temperamentvolle Art« würde nicht zu meiner »Gefasstheit« passen, nicht einfach nur bedeutet, dass er faul und egoistisch ist. Wenn man jemandem einen Heiratsantrag macht und dann ein ganzes Jahr mit Fragen wie »Was, wenn ich glücklicher sein könnte als jetzt?« und »Was, wenn ich etwas verpasse?« verbringt, während der andere seine ganze Freizeit und Kraft in die Planung der Hochzeit steckt, wer von den beiden ist dann emotionaler?

Er sagte, er würde mich lieben. Ich war damit beschäftigt, es ihm zu beweisen.

Also trinke ich darauf, dass ich mich auf Hochzeiten nur noch um mich selbst kümmern muss. Darauf, dass ich mir nur noch Sorgen darüber mache, was ich in meinem Leben tun möchte, ganz egal, was er in seinem tut. Darauf, einen Fuß vor den anderen zu setzen.

Auf die Füße.

Kapitel 23

Ich hätte es nie für möglich gehalten, aber es ist tatsächlich passiert: Mein Boss hat mich auf eine Idee gebracht.

Phil ist zweifellos ein netter Kerl. Trotzdem hätte ich nie gedacht, dass er Einfluss auf einen Teil meines Lebens nehmen könnte, bei dem es nicht um Kundengespräche oder Ähnliches geht.

Aber genauso war es, und das kam so:

Ruby hat mich neulich daran erinnert, dass ich immer noch keine Begleitung für Andy und Roshnis Hochzeit habe, die immer näher rückt. Natürlich gab es einen Namen, der mir sofort in den Sinn kam.

Jamie.

Auch wenn er niemals mitgekommen wäre, wäre es eine nette Begründung gewesen, mich bei ihm zu melden. Aber ich wollte mich selbst nicht noch weiter demütigen, indem ich ihm eine unmögliche Frage stellte und ihn zwang, mir eine Abfuhr zu erteilen.

Trotzdem frage ich mich immer wieder, was er so treibt.

Während der Mittagspause ging ich meine Kontakte am Handy durch und hoffte, dass mich ein Name anspringen würde, aber abgesehen von Jamie, kam niemand infrage. Kein einziger. Ich begann noch einmal von vorne, aber auch beim zweiten Mal fand ich niemanden, und so ging ich auf meinen Facebook-Account und sah Hunderte Fotos von Leuten durch, mit denen ich angeblich befreundet war, von denen ich den Großteil aber nicht einmal mehr wiedererkannte.

Danach tippte ich die Suchanfrage »Wen zu Hochzeit einladen?« in meinen Bürocomputer ein. Leider fanden sich ausschließlich Tipps für Braut und Bräutigam, die sich mit der Gästeliste herumschlugen, und das hatte ich bei Gott hinter mir.

Ich versuchte es mit: »Wen soll ich als Begleitung zu einer Hochzeit mitnehmen?«

Die Ergebnisse waren ähnlich. Aller guten Dinge sind drei, nicht wahr? »Ich soll eine Begleitung zu einer Hochzeit mitbringen. Wen soll ich fragen?«

Auch hier ging es in den Antworten vor allem darum, wie man jemanden einlud, dessen Begleitung man nicht kannte.

»Verdammt noch mal!«, zischte ich verärgert.

Ohne groß nachzudenken, tippte ich: »Ich suche eine Begleitung für eine Hochzeit. Wen soll ich fragen?«

Ich hätte besser auf die Formulierung achten sollen, aber ich war so vertieft in den Gedanken, wie ärgerlich das alles war, dass ich ehrlich schockiert war, als der Computer eine Liste von Begleitagenturen ausspuckte. Ich starrte fassungslos auf die Ergebnisse.

Plötzlich erklang ein Räuspern hinter mir.

Ich fuhr herum, und da stand Phil und betrachtete stirnrunzelnd meinen Bildschirm.

Verdammt.

»Phil! Hi!«

Ich wandte mich eilig meinem Computer zu und griff so gehetzt nach der Maus, dass ich versehentlich ein Suchergebnis auswählte und die Seite einer Agentur öffnete, die Männer und Frauen als Begleitung für Hochzeiten anbot.

»O Gott«, keuchte ich, schloss das Browserfenster und sah mit hochrotem Gesicht zu ihm nach oben. »Ich kann das erklären.«

»Ähm…«, begann er und schien noch angespannter und verlegener als sonst. »Ich glaube nicht, dass…«

»Ich schwöre, dass ich nicht nach einem Escort gesucht habe!«, erkläre ich ihm so leise wie möglich und sehe mich nach dem Rest des Teams um. Glücklicherweise sind alle beim Mittagessen. »Ich habe etwas ganz anderes eingegeben, und plötzlich wurden diese Ergebnisse angezeigt. Dabei habe ich gar nicht danach gesucht. Ich würde so etwas nie im Büro tun. Und sonst auch nicht, ehrlich gesagt.«

Er hob die Hände. »Schon gut, Freya.«

»Wirklich. Ich...«

»Ich glaube Ihnen.« Er verzog das Gesicht. »Ich habe einmal nach einer Möglichkeit gesucht, ein Saxofon fachmännisch zu reinigen, und mich bei einem Buchstaben vertippt. Sie können sich sicher vorstellen, bei welchem. Es war... unangenehm.«

Ich nickte langsam. »Das glaube ich gerne.«

»Ich wollte nur nachfragen, ob Sie für das Meeting am Nachmittag noch etwas benötigen«, fuhr er vollkommen normal und mit ernstem Ton fort, als wäre diese seltsame Unterhaltung nie passiert.

»Danke. Ich habe alles.«

»Gut. Melden Sie sich, falls Sie noch Hilfe brauchen.«

»Natürlich. Phil, ich... ich wollte nur noch einmal betonen, dass ich wirklich nicht nach einem Escort gesucht habe. Ich brauche eine Begleitung für Roshnis Hochzeit am Wochenende – Sie erinnern sich doch sicher an Roshni? –, und ich weiß nicht, wen ich fragen soll. Also habe ich nach Ideen gesucht.«

»Freut mich, dass Roshni heiraten wird. Ich habe zwar nicht lange mit ihr zusammengearbeitet, aber sie war eine gute Mitarbeiterin.« Er hob die Augenbrauen. »Können Sie einen Freund oder eine Freundin mitbringen, oder muss es ein Date sein?«

»Ähm... na ja... es ist etwas kompliziert. Es muss auf jeden Fall ein unerwarteter Gast sein.«

Warum redete ich ausgerechnet mit meinem *Boss* über solche Dinge? Er wollte offensichtlich nichts lieber, als das Gespräch so schnell wie möglich beenden! Er war nur aus Höflichkeit noch hier! Mein Leben interessierte ihn nicht die Bohne! Er...

»Einen unerwarteten Gast? Interessant« Er rieb sich das Kinn und wirkte ehrlich fasziniert.

»Es ist … ähm … eine Challenge, die sich meine Freunde für mich überlegt haben.« Ich lachte nervös. »Es ist albern.«

»Das finde ich nicht. Es ist sehr wichtig, sich zu überwinden und neue Leute kennenzulernen oder Unbekanntes auszuprobieren«, erklärte er mir mit sachlichem Blick. »Immerhin habe ich meine Frau nur kennengelernt, weil ich mich damals am Trapez versucht habe.«

Ich sah blinzelnd zu ihm hoch. »Wie bitte?«

»Ich dachte, ich versuche es mal«, antwortete er schulterzuckend. »Ich hatte immer schon ein Faible für Luftakrobatik. Aerial Yoga macht Spaß und ist ein netter Einstieg, um die Füße vom Boden zu bekommen. Jedenfalls habe ich damals, vor vielen Jahren, zu viel Zeit damit verbracht, mich im Selbstmitleid zu suhlen und einem Mädchen nachzuweinen, das mich nach nur ein paar Wochen abserviert hat, und ich dachte, es würde Spaß machen, etwas Neues auszuprobieren. Meine Frau war eine der Trainerinnen.«

Mir fehlten die Worte. Phil machte Luftakrobatik? Er hatte seine Frau kennengelernt, weil er seine *Trapez-Künste* verfeinern wollte?

Die Welt stand offenbar kopf.

Immerhin ist Phil ein Mann, der jeden Tag zu Mittag ein von zu Hause mitgebrachtes Sandwich isst. Ich habe noch nie gesehen, dass er etwas anderes aß, außer bei Geschäftsessen mit Kunden. Er holt von Montag bis Freitag sein selbst gemachtes, in Folie gewickeltes Sandwich aus dem Kühlschrank. Er nimmt an keinerlei gemeinschaftsfördernden Veranstaltungen teil. Er hat nie Interesse an Sport gezeigt. Das wildeste Geständnis auf einer Weihnachtsfeier war, dass er sich als Kind die Haare zu einer Tolle frisiert hat.

Und dieser Mann war heimlich *Akrobat*?

»Haben Sie es schon mal mit Speeddating versucht?«, fragte er, während ich ihn immer noch mit offenem Mund anstarrte.

»Ähm. Nein.«

»Das wäre eine Überlegung wert«, sinnierte er. »Mein Bruder hat es einmal ausprobiert. Er hat zwar nicht die Frau fürs Leben gefunden, aber er hat eine Zauberin kennengelernt, mit der er heute noch befreundet ist.«

WAS PASSIERT HIER GERADE?

Mein Gehirn konnte diese Unterhaltung nicht begreifen. So viel hatten Phil und ich noch nie privat miteinander gesprochen.

»Eine Zauberin«, wiederholte ich, während ich immer noch mit dem Trapez-Geständnis beschäftigt war.

»Ja. Sie ist vor einigen Jahren sogar auf seiner Geburtstagsparty aufgetreten.«

»Okay. Wow. Wie war sie?«

»Die Zauberin?«

»Ja.«

»Keine Ahnung. Ich war nicht eingeladen.«

»Zu der Geburtstagsparty Ihres Bruders?«

Er seufzte schwer. »Wir... stehen uns nicht sehr nahe.«

»Oh, das tut mir leid.«

Er zuckte mit den Schultern. »So ist das Leben. Das letzte Mal, als wir uns unterhalten haben, war übrigens auf einer Hochzeit.«

»Wirklich?«

»Das ist das Besondere an Hochzeiten«, meinte er nachdenklich. »Sie sind wie eine kleine Blase, in der alle zusammen glücklich sind. Auf Hochzeiten vergessen die Familienmitglieder oft, dass sie einander nicht mögen. Alle verhalten sich zivilisiert, und manchmal wird einander sogar vergeben. Was nicht einfach ist, glauben Sie mir. Mein Bruder hat mich als Betrüger denunziert. Er streitet es natürlich ab, aber wir wissen alle, was Sache ist.«

Ich starrte ihn an. »Wow.«

»Wie auch immer.« Er richtete sich auf und räusperte sich. »Wie schon gesagt, melden Sie sich, wenn Sie Hilfe bei der Vorbereitung für das Nachmittagsmeeting brauchen. Und alles Gute bei der Suche nach einer Begleitung.«

»Danke«, sagte ich wie benebelt und sah ihm nach, wie er davonging.

Ich brauchte eine Weile, bis ich das Gespräch verarbeitet hatte. Ich starrte auf den Computerbildschirm und fragte mich, was zum Teufel gerade passiert war.

Luftakrobatik. Eine dramatische Familienfehde. Betrug. Wer hätte sich das gedacht?

Später saß ich zu Hause vor meinem Laptop und freute mich über die Unmengen an bunten Stiften und Glitzerstickern, die ich für das Erinnerungsbuch zu Rubys Junggesellinnenabschied bestellen durfte – Schreibwareneinkäufe sind das Beste überhaupt –, als meine Gedanken an etwas hängen blieben, das Phil im Laufe unseres durchgeknallten Gesprächs über Hochzeiten gesagt hatte. Er hatte recht: Sie sind eine kleine Blase, in der alle glücklich sind. Sie erinnern dich daran, was im Leben wichtig ist. Wofür man dankbar ist. Und sie sind eine perfekte Gelegenheit, um zu vergeben.

Plötzlich hatte ich eine Idee, wen ich mitnehmen konnte. Es war eine alberne, Furcht einflößende Idee.

Aber es war etwas, das sicher niemand erwartete.

»Schätzchen!«

Mum kommt mit ausgestreckten Armen durch die Hotellobby auf mich zu. Sie trägt ein UNGEHEUER knalliges, orangegelbes Kleid mit Achtziger-Schulterpolstern und einen dazu passenden Hut.

»Wow, Mum«, begrüße ich sie und lasse die gehauchten Luftküsse über mich ergehen. »Du… strahlst richtig.«

»Du bist so ein Schatz, ich danke dir.« Sie dreht sich einmal im Kreis, und ihre riesigen Ohrringe spiegeln das Licht, sodass ich beinahe erblinde. »Mein Motto ist: *Es kann nie zu viel sein.*«

»Wirklich? Was für eine Überraschung.«

»Ich freue mich so, dass du mich zu dieser Hochzeit mitnimmst«, erklärt sie und drückt meine Hand. »Danke, dass du an mich gedacht hast, Freya. Was für eine Ehre!«

»Na ja, ich dachte, es wäre vielleicht… ähm…« Ich verstumme.

»Wir werden so viel Spaß haben!« Sie mustert mich von oben bis unten, und ihre Augen werden feucht. »Du bist so groß geworden! Warum bist du so groß geworden?«

»Groß? Ich bin guter Durchschnitt, würde ich sagen.«

»Schätzchen, wenn man sieht, dass sich das Knäuel, das man sich zum Bäuerchenmachen über die Schulter gelegt hat, in eine hoch aufragende, selbstbewusste Göttin verwandelt hat, dann wirkt diese immer groß, das kommt nicht auf die Körpermaße an.«

Es war ganz offensichtlich ein Fehler, Mum als meine Begleitung mitzunehmen.

Trotzdem gebe ich mein Bestes und versuche, stolz auf meine Entscheidung zu sein, den ersten Schritt zu machen und Brücken zu bauen. Als ich Dad davon erzählt hatte, hielt er es für eine wunderbare Idee, und auch Adrian war begeistert. Ruby und Leo waren auf jeden Fall überrascht und mussten zugeben, dass ich die Aufgabe mit Bravour angegangen hatte, aber sie wollten dennoch sichergehen, ob ich alles gut durchdacht hatte.

»Weißt du, Hochzeiten dauern ziemlich lange«, meinte Leo.

»Ja, das ist mir klar, Leo.«

»Und wenn du eine Begleitung dabeihast, musst du dich um sie kümmern.«

»Ich weiß.«

»Du kannst nicht einfach abhauen«, fügte er hinzu. »Du musst mit ihr reden und so.«

»Doch nicht den ganzen Abend«, wandte ich ein.

»Aber einen Großteil davon.«

»Ja, klar, aber vielleicht tut das Mum und mir sogar gut. Wir befinden uns an einem Ort, an dem wir uns keine Szene erlauben und nicht die Nerven verlieren dürfen. Wir sind gezwungen, die gemeinsame Zeit zu genießen.«

Aber jetzt, wo ich hier bin, verstehe ich, was Leo gemeint hatte. Es sind erst wenige Minuten, und ich arbeite bereits an einem Fluchtplan. Solange sie nicht mit ihren Gedichten anfängt, überlebe ich die Hochzeit vielleicht.

Sie nimmt meine Hand in ihre, holt tief Luft und schließt die Augen. »Berührung hat Gedächtnis«, erklärt sie verträumt.

»Wie bitte.«

»Das ist von John Keats.«

Verdammt noch mal.

Andy und Roshni heiraten in einem Schloss mit Blick auf die Bucht von St Ives, und nach einer viel zu langen Autofahrt vom Hotel zum Schloss, während der mir Mum alles über die Künstlerkolonie, die hier in den 1920ern gegründet wurde, erzählte – »Welcher Künstler würde sich nicht von einer so dramatischen Landschaft inspirieren lassen, Freya? Bei diesem Anblick überlege ich, selbst mit dem Malen zu beginnen!« –, erreichen wir dieses gerade, als die Sonne durch die Wolken bricht. Ich weiß, dass Roshni Angst hatte, weil es die ganze Woche geregnet hat, und so freue ich mich sehr für sie und steige lächelnd aus dem Auto.

»Aha!«, ruft Mum, atmet tief durch und hält mit geschlossenen Augen das Gesicht in die Sonne. »Da hat wohl jemand gestern noch schnell eine Wurst vergraben!«

»Wie bitte?«

»Das ist eine alte Tradition, Schätzchen! Man vergräbt am Tag vor der Hochzeit eine rohe Wurst, dann verschwindet der Regen.«

»Das habe ich noch nie gehört.«

»Ich habe in meinem Leben schon viele Würste vergraben!«, erklärt Mum mit lauter Stimme, als wir an einem älteren Paar vorbei zum Schloss gehen, und erntet dafür einen entsetzten Blick der beiden. »Es funktioniert super.«

»Mum, kannst du bitte leiser reden, wenn du über vergrabene Würste sprichst?«, zische ich, meine Wangen glühen.

»Nicht, dass Regen am Hochzeitstag etwas Schlimmes wäre«, fährt Mum fröhlich fort und nimmt ein Kirchenblatt von einem der Türsteher entgegen, bevor wir unsere Sitzplätze suchen. »Die Fotos werden immer besonders schön! Die Braut in Gummistiefeln und mit Regenschirm, die lachend durch den Regen blickt. Herrlich, wenn du mich fragst.«

»Okay, alles klar. Danke, Mum«, murmle ich leise und deute auf zwei Sitzplätze im hinteren Teil des Raumes.

»Ist die Deko nicht unglaublich?« Sie seufzt verträumt und deutet auf die Ringelblumen, die überall zu sehen sind. Ich nicke knapp und hoffe, dass meine verhaltene Reaktion sie dazu bringt, endlich still zu sein.

»Du hast mit Roshni zusammengearbeitet, nicht wahr?«

»Ja, vor einiger Zeit.«

»Aber ihr seid noch immer befreundet! Wie schön. Man verliert so leicht den Kontakt mit Menschen. Man muss sich bemühen, aber es lohnt sich!«

Ich spitze die Lippen, aber sie merkt es nicht.

»Ich finde es so toll, dass ich heute hier bin«, plappert sie weiter, und ihre Augen sind vor Aufregung weit aufgerissen, während sie den Blick über die anderen Gäste schweifen lässt. »Wir werden unglaublich viel Spaß haben, Freya! Ich bin schon gespannt, für welche Lesung sie sich entschieden haben.«

Sie blättert eifrig in dem Kirchenblatt, und ich atmete ein paarmal tief durch und versuche, daran zu denken, was Dad mir mit auf den Weg gegeben hat. Er hat in weiser Voraussicht vermutet, dass Mum außer sich vor Freude und total nervös sein wird, weil ich sie eingeladen habe, und mich daher gebeten, nachsichtig zu sein, wenn sie zu viel redet oder sich zu enthusiastisch zeigt.

Ehrlich gesagt, hat es mich überrascht, dass sie überhaupt gekommen ist. Es ist eine weite Fahrt nach St Ives, und nach dem Vorfall im Peak District geht ein Teil von mir immer davon aus, dass sie kneift und sich danach lange und breit aus der Affäre redet. Die Tatsache, dass sie überhaupt hier ist, bedeutet also schon jede Menge.

Als die Zeremonie beginnt und Roshni am Arm ihres Vaters

den Raum betritt, höre ich, wie Mum nach Luft schnappt und ein leises »Wow« haucht. Roshni trägt ein umwerfendes elfenbeinfarbiges *Lehanga* mit Goldstickereien, und ihre Hände sind mit aufwendigen *Mehndi* bemalt. Als Andy, der einen marineblauen Anzug trägt, sie sieht, scheint er einen Moment lang keine Luft zu bekommen.

Die beiden verbindet eine echte Liebesgeschichte, und ihr Kennenlernen war so bezaubernd und unglaublich kitschig, dass selbst Zyniker einräumen müssen, wie hingerissen sie davon sind.

Eines Tages besuchte Roshni einen Secondhand-Buchladen in Brixton und blätterte in einem Buch namens *Die Suche nach dem Auge der Welt*, dem ersten Teil der Fantasyreihe *Das Rad der Zeit* von Robert Jordan. Sie wollte gerade zur Kasse, als sie den Hund des Buchladens auf dem Sofa im hinteren Teil des Ladens entdeckte und natürlich zu ihm ging. Nachdem sie ihn mit Streicheleinheiten verwöhnt hatte, richtete sie sich gerade in dem Moment auf, als ein junger Mann neben sie trat, sich bückte und dem Hund den Bauch kraulte. Ihr Blick fiel auf das Buch in seiner Hand. Es war *Die Feuer des Himmels*, der fünfte Band der Reihe. Der Mann bemerkte, wie sie das Buch musterte, sah seinerseits auf ihr Buch und begann zu strahlen.

Sie kamen ins Gespräch und beschlossen, zusammen einen Kaffee zu trinken, um sich weiter über Robert Jordans Werk und andere Fantasy-Autoren zu unterhalten. Einige Tage später trafen sie sich zu ihrem ersten Date, und das war's. Sie hatten auf magische Weise an einem Sonntagnachmittag in einem winzigen Buchladen im Süden Londons den Menschen gefunden, mit dem sie den Rest ihres Lebens verbringen würden.

Falls jemand nicht an Schicksal glaubt, sollte ihn diese Begebenheit eines Besseren belehren.

»Ach, sieh sie dir an«, flüstert mir Mum ins Ohr und schnieft, als Roshni den Mittelgang entlangschwebt. »So glücklich. So entzückend.«

Ich lächle als Antwort und genieße die Harfenklänge.

Mum räuspert sich, dann meint sie leise: »Natürlich bedeutet das nicht, dass in einer Ehe immer alle glücklich sind. Ich hoffe, das weißt du, Schätzchen.«

Mein Mund klappt auf, und ich sehe mich eilig um, ob sie auch niemand über die Musik hinweg gehört hat. »*Mum!*«

»Ich sage ja nur«, flüstert sie und wirft mir mit erhobener Augenbraue einen Blick zu.

Die Gäste dürfen sich setzen, und ich mustere sie von der Seite. Wer gibt solche Kommentare ab, während die Braut den Mittelgang entlanggeht? Glücklicherweise schafft es Mum, sich den Rest der Zeremonie über ruhig zu verhalten, und ihr »Oooh!« ist nur einmal lauter als das der anderen, nämlich als Roshnis Cousin die Lesung beendet, bei der es sich natürlich um eine Stelle aus *Das Rad der Zeit* handelt.

Mum schließt sich begeistert der Gästeschar an, als diese dem *Dhol*, einem indischen Trommler, von der Kirche zum Hochzeitsessen folgt. Wir sitzen nebeneinander und stellen uns höflich bei den anderen Gästen am Tisch vor, bevor sich Mum wieder an mich wendet.

»Es muss unglaublich schwer für dich sein, all diese Hochzeiten zu besuchen«, sagt sie und tätschelt meinen Arm. »Du sollst wissen, dass …«

»Mum, ich will jetzt echt nicht darüber reden«, unterbreche ich sie streng. Ich habe keine Ahnung, warum sie hier damit anfängt, und wechsle schnell das Thema. »Sieht das Essen nicht köstlich aus?«

Glücklicherweise hört der Gast zu meiner Rechten meinen Kommentar und stimmt mir zu. Wir geraten in ein Gespräch, ich kann meine Mutter ignorieren, bis sie aufhört, sich so ungeheuerlich zu benehmen. Leider fängt sie mich ab, als ich kurz vor Beginn der Reden gerade keinen Gesprächspartner habe.

»Schätzchen«, sagt sie und lehnt sich näher heran. »Du sollst wissen, dass du jederzeit mit mir über Matthew reden kannst, wenn …«

»Mum! Wir sind auf einer Hochzeit!« Ich sehe sie an, als hätte sie den Verstand verloren. »Das ist wirklich nicht der geeignete Zeitpunkt, um über solche Dinge zu sprechen.«

»Warum nicht? Ich finde, es ist das perfekte Umfeld, um über das Leben nachzudenken und ehrlich über Gefühle, Liebe und… Verlust zu sprechen.«

»O mein Gott.« Ich fahre mir mit der Hand durch die Haare und versuche, nicht die Nerven zu verlieren. Dann pflastere ich ein Lächeln aufs Gesicht, damit niemand denkt, wir würden uns streiten. »Hör einfach auf damit, okay?«

Sie sagt nichts mehr, und die Reden beginnen. Ich schüttle frustriert den Kopf. Sie ist drauf und dran, einen Tag zu ruinieren, der uns die Möglichkeit gegeben hätte, eine nette Zeit miteinander zu verbringen.

Ich hätte wissen sollen, dass wir es nicht schaffen würden, so zu tun, als wäre alles in Ordnung. Ich dachte, wir könnten gemeinsam die Hochzeit genießen, zusammen lachen und beginnen, unsere Beziehung wieder zu kitten. Dass wir uns nach dem heutigen Tag auf einen Kaffee oder zum Mittagessen treffen werden, um über alles Mögliche zu reden. Dass wir Schritt für Schritt eine Verbindung aufbauen. Ich hätte wissen sollen, dass sie es nicht so sehen wird. Sie sucht das Drama und will unbedingt, dass ich mich ihr gegenüber öffne, damit sie anschließend als tolle Mutter dasteht.

Aber das wird nicht passieren.

Ich spüre, wie sie mich während der Reden mit Blicken durchbohrt, und als danach das Dessert serviert wird, sehe ich aus dem Augenwinkel, dass sie es nur von einer Seite des Tellers auf die andere schiebt.

Als die Musik losgeht, richtet sie sich aufgeregt auf und bittet mich, mit ihr auf die Tanzfläche zu kommen. Ich lehne eilig ab. Nach einem flehenden Blick gibt sie auf und zieht alleine los.

Ich beobachte, wie sie sich tanzend an einen vollkommen Fremden heranmacht, der lachend die Hände ausstreckt und sie herumwirbelt, als Roshni neben mir auftaucht.

»Deine Mum ist göttlich!«, erklärt sie mir, nachdem ich ihr versichert habe, wie toll die Hochzeit bis jetzt ist. »Sie amüsiert sich prächtig.«

»Sie liebt es im Zentrum der Aufmerksamkeit zu stehen«, sage ich seufzend. »Danke, dass ich sie mitnehmen durfte.«

»Kein Thema. Es ist schön, dass sie hier ist«, versichert mir Roshni, nimmt meine Gabel und stiehlt einen Bissen meines Desserts. »Ich weiß, dass du in der Vergangenheit Probleme mit ihr hattest, aber es ist toll, dass ihr euch wieder annähert.« Sie legt meine Gabel beiseite und scheint jemand entdeckt zu haben, denn sie lehnt sich näher an mich heran und meint: »Mist, ich muss zu Mums seltsamer Freundin. Ich kann ihr nicht länger aus dem Weg gehen. Sie will ständig mit mir über Boote reden. Dabei habe ich keine Ahnung von Booten.« Sie seufzt. »Was tut man nicht alles für die Familie, was?«

»Wem sagst du das«, murmle ich und beobachte Mum, die gerade einen Gast überredet, seine Krawatte abzunehmen, damit sie damit Limbo tanzen können.

Ein paar Songs später lässt sie mein Nein nicht mehr gelten und zieht mich auf die Tanzfläche. Ich verdrehe die Augen und wippe ein wenig hin und her, während sie wild herumwirbelt. Ich muss zugeben, dass ich sie ein wenig bewundere, denn eines muss man ihr lassen: Sie lässt sich von nichts und niemandem davon abhalten, den Abend zu genießen, und es ist ihr ganz offensichtlich egal, wer ihr zusieht.

Als es schließlich Zeit wird, die Braut und den Bräutigam zu verabschieden, verbuche ich den Abend als Erfolg. Mum und ich haben es mit nur ein paar kleinen Zwistigkeiten geschafft. Sie hat mich nicht bis auf die Knochen blamiert, und ich habe sie nicht mit abfälligen, aber wahren Kommentaren über unsere Vergangenheit verletzt.

»Wir sollten noch runter ans Meer!«, schlägt Mum vor, als wir vor dem Schloss auf unser Taxi warten, und zieht gleich mal die Schuhe aus.

»Es ist Zeit fürs Bett«, erinnere ich sie und werfe einen Blick auf die Uhr auf meinem Handy. »Wir haben morgen beide einen langen Heimweg vor uns.«

»Ach, Freya, du musst das Leben genießen! Komm schon«, beharrt sie und marschiert auf die Treppe zu, die hinunter an den Strand führt.

»Mum!«, rufe ich ihr nach und werfe einen Blick auf die anderen Gäste, die ebenfalls auf ihre Taxis warten. Sie beobachten Mum einigermaßen verwirrt.

»Komm jetzt, Freya!«, ruft sie, hält sich am Treppengeländer fest und tanzt jubelnd und schreiend die Treppe nach unten. »Der Sand ruft nach unseren Zehen!«

Verdammt noch mal!

Solche Dinge passieren normalerweise in romantischen Filmen, bloß, dass mich kein gut aussehender Mann zu einem spontanen Strandspaziergang im Mondlicht einlädt, sondern meine Mutter. Ich muss ihr nach, sonst kann alles Mögliche passieren, und mittlerweile sehe ich sie nicht einmal mehr. Ich beiße die Zähne zusammen, haste zur Treppe und ziehe die Schuhe aus. Meine Wangen glühen vor Verlegenheit, wenn ich daran denke, dass mir alle zusehen. Die Treppe ist beleuchtet, aber ich brauche meine Handytaschenlampe, um die Stufen besser zu erkennen. Am Strand angekommen, sehe ich Mum, die mit den Füßen im Wasser steht und ihren Rock hochhebt, damit die Wellen um ihre Knöchel den Stoff nicht nass machen.

»Was machst du da, Mum?«, stöhne ich und verschränke missmutig die Arme. »Wir müssen los.«

»Weißt du noch, als wir damals am Strand von Newquay waren? Du warst noch klein und hattest solche Angst vor den Quallen.«

»Ich habe keine Angst vor Quallen.«

Sie kichert. »Jemand in der Schule hat dir ein paar alberne Horrorgeschichten über Quallen erzählt, und du hattest Dutzende Fragen. *Stimmt es, dass Quallen so groß wie Haie werden kön-*

nen? Können sie Menschen töten? Du hattest wirklich Angst, also meinte ich, dass du nicht ins Meer müsstest, wenn du Angst vor den Quallen hättest. Aber du hast mich nur angesehen, mit den Schultern gezuckt und gemeint: ›Ich habe aber keine Angst.‹ Dann hast du Adrians kleine Hand genommen, und ihr beide seid ins Wasser getappt. Es war so süß.«

»So gerne ich in Erinnerungen schwelge, wir sollten jetzt wirklich...«

»Dabei ist es okay, wenn man manchmal Angst hat, Freya«, sagt sie und wendet sich zu mir um.

»Wovor?«

»Vor allem. Vor der Zukunft. Vor Veränderungen. Vor dem Leben. Vor Quallen.«

Ich richte den Blick in den Himmel. »Okay. Super. Danke für die kleine Ansprache. Können wir jetzt zurück ins Hotel?«

»Es sieht einfach so aus, als würdest du die Luft anhalten und darauf warten, dass er zurückkommt und alles wieder gut wird.«

Es ist wie ein Schlag in die Magengrube. *»Mum.«*

»Es stimmt, nicht wahr? Du hast zu große Angst, um ein neues Kapitel ohne ihn zu beginnen und dich der Ungewissheit zu stellen.«

»Du weißt nicht das Geringste über mich.«

»Ich weiß, dass du nicht zugeben kannst, wenn du Angst hast...«

»Ich habe keine Angst!«

»...und dass du anderen gegenüber immer so tust, als wäre alles super. Aber du musst dich dem stellen. Deinen Emotionen freien Lauf lassen. Und akzeptieren, dass du einen anderen Weg eingeschlagen hast, als ursprünglich geplant.«

»Mum, hör auf.«

»Du musst ihn loslassen.«

Ich werfe die Arme hoch. »Das reicht. Ich tue mir das nicht an. Ich verschwinde.«

»Freya«, ruft sie mir nach, als ich auf dem Absatz kehrtmache. »Du musst über deine Gefühle reden!«

»Aber nicht mit dir!«, brülle ich.

»Warum nicht?«, schreit sie und folgt mir über den Sand. »Warum lässt du nicht zu, dass du jemanden brauchst?«

Das ist er. Der Tropfen, der das Fass zum Überlaufen bringt. Ich fahre zu ihr herum.

»Ich hätte tatsächlich jemanden gebraucht, Mum! Ich hätte *dich* gebraucht, als ich noch ein Kind war! Aber du warst nicht da, erinnerst du dich?«

Sie senkt schuldbewusst den Blick. »Ich hätte mich mehr bemühen und dich öfter zu Veranstaltungen und so begleiten sollen, und natürlich habe ich mir nie verziehen, dass ich dich damals nicht von dem Schulausflug im Peak District abgeholt habe. Danach hast du mich vollkommen aus deinem Leben gestrichen. Wäre ich damals bloß pünktlich losgefahren und wäre nicht so viel Verkehr gewesen…«

»Genau das ist das Problem«, zische ich wutentbrannt und deute mit dem Finger auf sie. Meine Stimme bricht, und die Emotionen kochen beinahe über. »Ich bin die ständigen Entschuldigungen leid, Mum. Und klar war ich wütend, wenn du mal wieder nicht zu einer Veranstaltung gekommen bist. Aber es geht um so viel mehr! Viele Mütter haben viel um die Ohren. Es kann vorkommen, dass Eltern keine Zeit für Veranstaltungen haben. Das wusste ich damals, und ich weiß es jetzt. Aber man kann trotzdem für jemanden da sein, auch wenn man körperlich nicht anwesend ist. Als du mich damals nicht abgeholt hast, hast du danach kein einziges Mal angerufen und gefragt, wie es mir geht, oder versucht, es wiedergutzumachen. Kein einziges Mal. Ich war nicht eine deiner Freundinnen, die du im Café versetzt hast. Ich war ein Teenager, den du vor seiner ganzen Klasse gedemütigt hast, weil du nicht aufgetaucht bist. Ich hätte dir dein Zuspätkommen vergeben, aber ich konnte dir nicht verzeihen, dass du dir keine Gedanken darüber gemacht hast, wie ich mich fühlte, und dass ich dich vielleicht gerade damals gebraucht hätte.«

»Freya«, flüstert sie verzweifelt. »Du warst so distanziert mir gegenüber. Du wolltest mich nicht in deiner Nähe haben. Davon war ich überzeugt.«

»Du bist meine Mum! Ich habe dich gebraucht, ganz egal, ob es den Anschein hatte oder nicht.«

Mit einem Mal bricht alles aus mir heraus. Vielleicht, weil es ein langer Tag war. Eine lange Woche. Ein langer Sommer. Aber etwas in mir zerbricht. Sosehr ich mich auch bemühe, ich kann es nicht zurückhalten. Ich breche mitten am Strand in Tränen aus und beginne laut schluchzend zu weinen.

Und von allen Menschen auf der Welt, ist es ausgerechnet die Person, von der ich es am wenigsten erwartet hätte, die schließlich die Arme um mich schlingt und mir sagt, dass alles gut werden wird.

Meine Mum.

Kapitel 24

»So wie ich das sehe, ist das Leben ein Buch mit unzähligen Kapiteln.«

Ich ziehe die Knie noch näher heran und stöhne. »Mum, bitte, keine verrückten Analogien.«

»Matthew hat dich mehrere Kapitel lang begleitet«, fährt sie fort, als hätte ich nichts gesagt. »Mittlerweile hat er sich selbst herausgeschrieben. Was bedeutet, dass du mehrere Möglichkeiten hast. Du kannst warten, ob er später noch einmal auftaucht, und die Absätze in der Zwischenzeit an dir vorbeitreiben lassen, ohne dass etwas Aufregendes passiert, bis es endlich so weit ist. Oder du kannst dich in ein neues Abenteuer stürzen, neue Leute willkommen heißen und fremde Orte kennenlernen.«

Ich lausche dem beruhigenden Rauschen der Wellen. Wir sitzen am Ende der Treppe, die zum Strand hinunterführt, und haben die Zehen in den Sand gesteckt. Ich habe nach einer gefühlten Ewigkeit aufgehört, zu weinen und dankbar die Taschentücher entgegengenommen, die Mum in ihrer Tasche hatte. Dann habe ich ihr alles erzählt. Jedes einzelne schmutzige Detail unserer Trennung. Ich hätte diesen Zusammenbruch zu jedem Zeitpunkt in diesem Sommer vor allen möglichen Leuten erleben können, die wohl alle besser dafür geeignet gewesen wären.

Stattdessen höre ich nun meiner Mum zu, die über Bücher und Kapitel plappert.

»Ich warte nicht mehr auf Matthew, Mum«, erwidere ich, aber

ich bin mir nicht sicher, ob ich sie überzeugen kann. Und mich selbst auch nicht. »Ich habe das Kapitel einfach noch nicht abgeschlossen, oder wie du es nennen würdest. Wir haben noch nicht über alles gesprochen.«

»Willst du denn über alles sprechen?«

»Ja. Und er auch. Zumindest hat er das gesagt, als er betrunken angerufen hat, aber als ich einen Termin vereinbaren wollte, hat er sich nicht mehr gemeldet. Vielleicht ist er auch verwirrt. Genau deshalb sollten wir miteinander reden. Aber wenn es so weit ist, habe ich keine Ahnung, was er sagen wird, und das macht mir Angst.«

»Warum fragst du dich nicht, was du ihm sagen willst? Was willst *du*, Freya?«

»Ich weiß es, ehrlich gesagt, nicht. Wenn er mich nicht sehen will, dann vielleicht deshalb, weil ich ihm nichts bedeute. Vielleicht habe ich das nie. Auch das macht mir Angst, denn wie kann es sein, dass ich in all den Jahren an seiner Seite nichts bemerkt habe?« Ich seufze schwer. »Ich fühle mich total verloren.«

»Was Matthew abzieht, ist grausam, Freya. Selbstsüchtig und unverzeihlich. Du darfst nicht zulassen, dass du dich seinetwegen so machtlos fühlst.«

»Er hat mir meinen Selbstwert genommen, als er am Tag vor unserer Hochzeit in der Besenkammer mit mir Schluss gemacht hat.«

»Er hat dir an diesem Tag gar nichts genommen. Er hat dir etwas gegeben.«

Ich schnaube. »Bitte? Das musst du mir jetzt erklären.«

»Er hat euch beiden die Chance gegeben, wirklich glücklich zu werden.«

»Ich war glücklich.«

»Ja, aber wenn er es nicht war, wäre dein Glück nicht von Dauer gewesen, Schätzchen. Matthew wusste, wie viel Leid und Schmerz er dir an diesem Tag zufügen würde. Einem Menschen, der nichts anderes getan hat, als ihn zu lieben. Und er wusste, wie viel Schmerz es ihm bereiten würde. Er wusste von den Menschen, die er enttäuschen würde, und von den Dingen, die sie über ihn sagen würden.« Sie seufzt. »Aber er hat es trotzdem getan, weil es das Richtige war. Es wäre viel schlimmer gewesen, wenn er es nicht getan hätte.«

Ich mustere sie eingehend. »Du meinst, ich sollte ihm dankbar sein?«

»Nach allem, was du mir erzählt hast, glaube ich, dass er sich in diesem Sommer selbst verloren hat«, antwortet sie und richtet den Blick in die Ferne. »Er zieht eine gute Show ab, aber in Wahrheit ist er ein kleiner, verängstigter Junge, der sich vor den Konsequenzen seiner Entscheidungen fürchtet. Wenn er dir nicht gegenübertreten kann, dann nicht, weil du ihm nichts bedeutest, Freya. Sondern weil *er* Angst hat.«

»Glaubst du das wirklich?«

»Ich weiß es. Ich weiß, wie es sich anfühlt, mit den Konsequenzen einer solchen Entscheidung leben zu müssen.«

Wir verfallen in Schweigen und blicken aufs Meer hinaus.

»Ich suche ständig nach Zeichen, die ich übersehen habe«, gestehe ich schließlich und beiße mir auf die Lippe. »Ich analysiere Erinnerungen und frage mich, ob ich mir unser Glück nur eingebildet habe.«

Sie schüttelt den Kopf. »So etwas kann man sich nicht einbilden. Bloß, weil es am Ende nicht geklappt hat, war nicht alles falsch und unglücklich und eure gemeinsame Zeit eine Verschwendung. Manchmal ändern sich die Dinge. Mehr nicht.«

Ich lächle. »Seltsam, ich habe erst vor Kurzem jemandem genau dasselbe gesagt. Diesen Mann, den ich kennengelernt habe. Jamie.«

»Ja, du hast Jamie erwähnt.«

»Wirklich?«

Sie nickt.

»Oh.« Ich sehe verwirrt aufs Wasser hinaus. »Egal. Jedenfalls hat er mir von seiner Schwester erzählt und dass er sich Sorgen macht, dass sie die Zwanziger an eine Beziehung verschwendet, die vielleicht nicht hält. Ich habe mich auch gefragt, ob ich meine Zwanziger vielleicht verschwendet habe.«

»Zu welcher Antwort bist du gekommen?«

»Ich bin mir nicht sicher. Matthew hat mein Leben ins Chaos gestürzt, während alle um mich herum langsam ihren Weg finden und sesshaft werden. Es scheint so unfair. Die Vorstellung, noch einmal von vorne zu beginnen. Vielleicht klammere ich mich deshalb…« Mir steigen erneut Tränen in die Augen, und ich schlucke den Kloß in meinem Hals hinunter. »Vielleicht klammere ich mich deshalb immer noch an die Hoffnung, dass er zurückkommt und wir dort weitermachen können, wo wir aufgehört haben.«

»Das könnt ihr nicht«, erklärt sie mir sanft. »Selbst, wenn ihr einen Weg zurück zueinander findet, wird es anders sein. Das ist weder gut noch schlecht. Es ist, wie es ist. Keiner von euch kann ändern, was passiert ist.«

Ich seufze. »Ich kann mich einfach nicht entscheiden, ob ich ihn liebe oder hasse.«

»Vielleicht ein bisschen von beidem.«

»Es gab in diesem Sommer Momente, in denen ich wirklich glücklich war. Aber am Ende war da immer wieder Matthew in meinen Gedanken. Ich weiß nicht, was das bedeutet. Es ist, als würde mein Gehirn nicht zulassen, dass ich weiterziehe. Oder es sagt mir, dass ich nicht weiterziehen darf und an der Vergangenheit festhalten soll. Ich weiß es nicht.«

»Du kannst Leute, die dir etwas bedeutet haben, nicht aus deinen Gedanken verbannen, ganz egal, wie die Geschichte ausging. Sie lassen immer etwas zurück, das zu einem Teil von dir wird.«

»Und was soll ich jetzt tun?«

»Ich habe keine Ahnung. Das hat niemand. Es ist vertrackt.«

»Hast du jemals bereut, dass du Dad verlassen hast?«

Sie wirkt nicht schockiert, aber sie lässt sich Zeit mit ihrer Antwort. »Nein, es war die richtige Entscheidung. Aber ich bereue die Angst, die ich hatte, dir und Adrian gegenüberzutreten. Ich habe mich so geschämt und mich deshalb falsch verhalten. Ich wusste bereits am Tag unserer Hochzeit, dass dein Vater und ich nicht zusammenpassen. Versteh mich nicht falsch, ich mochte ihn sehr, und ich war schwanger mit dir, also habe ich den Weg eingeschlagen, der mir damals am vernünftigsten erschien. Aber ich war nicht ehrlich zu mir selbst, und das wusste ich. Matthew war ebenfalls lange Zeit ein Feigling, aber er hat sich der Wahrheit zumindest vor der Hochzeit gestellt. Er hat kein Gelübde abgelegt und es danach gebrochen, wie ich es getan habe.«

Ich stecke die Zehen tiefer in den Sand.

»Als Matthew die Hochzeit platzen ließ, brach mein Herz« – sie presst sich eine Hand auf die Brust –, »weil ich wusste, was du durchmachst. Ich wusste, dass du zurechtkommen würdest, denn das war schon immer der Fall. Ich wusste, du würdest es allein schaffen. Und in diesem Augenblick wurde mir mehr als zu irgendeinem anderen Zeitpunkt klar, dass ich als Mutter versagt hatte. Denn ich hätte die Person sein sollen, die, ganz egal, was passiert, an deiner Seite steht und in deren Armen du zusammenbrechen kannst.«

Ich lasse ihre Worte sacken und weiß nicht, was ich darauf erwidern soll. Sie hat recht. Sie hätte diese Person sein sollen. Nach all den Jahren übernimmt sie endlich die Verantwortung.

Vielleicht ist ihr doch nicht immer alles so leichtgefallen, wie ich gedacht habe. Vielleicht musste sie auch gegen Dämonen kämpfen.

Vielleicht wird es Zeit, die Vergangenheit ruhen zu lassen.

»Du bist jetzt hier, Mum«, sage ich leise, hebe die Füße und lasse den Sand von den Zehen rieseln.

Sie schnieft, und eine Träne kullert über ihre Wange, dann drückt sie meine Hand. »Danke, dass du es mir erlaubst.«

Das Rauschen der Wellen war eine beruhigende Hintergrundmusik zu diesem überraschend herzlichen und vertraulichen Gespräch, aber ich frage mich plötzlich, wie viel Zeit wohl vergangen ist.

»Wir sollten zurück ins Hotel«, erkläre ich.

»Aber du warst doch noch gar nicht im Wasser!«

»Und?«

»Das solltest du unbedingt tun! Bei einem mitternächtlichen Strandspaziergang muss man zumindest die Zehen ins Wasser halten. Das ist ein ungeschriebenes Gesetz!«

»Warum? Dann klebt bloß der Sand an meinen Füßen und ist überall in meinen Schuhen.«

Sie verdreht die Augen. »Du bist echt wie dein Vater.«

»Schlau?«

»Vernünftig. Was natürlich nichts Schlechtes ist. Aber genau deshalb brauchen wir einander.«

»Du und ich.«

»Leute, die das Gegenteil voneinander sind«, erklärt sie. »Es wäre doch langweilig, wenn wir alle gleich ticken würden.«

»Matthew nannte das als Grund für die Trennung«, sage ich und stemme mich hoch. »Wir waren offenbar zu unterschiedlich. Ich war zu ›gefasst‹, er zu ›emotional‹.«

»Ja. Nun ja. Ich habe das auch oft getan. Ich habe versucht, zu erklären, was nicht erklärt werden kann.« Sie holt tief Luft. »Bist du bereit für einen Sprint ins Wasser?«

»Ich sprinte sicher nicht ins Wasser.«

»Natürlich tust du das, Schätzchen. Ich wette, deine Zehen können es kaum erwarten.«

»Meine Zehen sind glücklich, wo sie sind.«

»Es ist saukalt, mach dich darauf gefasst.«

»Mum.« Ich stöhne, als sie meine Hand nimmt und ihre Finger mit meinen verschränkt. »Muss ich das wirklich tun?«

»Ja, das musst du.« Sie lächelt. »Ich verspreche auch, dass ich dich vor den Quallen beschützen werde.«

»Ich habe keine Angst vor Quallen.«

»Natürlich nicht, Schätzchen.« Sie räuspert sich. »Bereit?«

»Nein.«

»LOS!«

Sie schießt nach vorne und reißt mir beinahe den Arm aus. Ich habe keine andere Wahl, als neben ihr zu laufen, und raffe mein Kleid eilig mit der freien Hand hoch. Sie wird nicht langsamer, als wir den nassen Sand erreichen, und läuft in vollem Tempo in das eiskalte Wasser. Ich schreie erschrocken auf, als es über meine Füße und meine Waden hochschwappt, und Mum schnappt neben mir nach Luft.

»Ist das nicht erfrischend, Schätzchen?«, ruft sie.

»Nein, es ist schrecklich! Und ich kann nicht sehen, ob hier irgendwo Quallen sind!« Ich schüttle ihre Hand ab und laufe zurück an Land und in Sicherheit. Meine Beine sind von einer Gänsehaut überzogen.

Sie läuft lachend hinter mir her, und als der Schock über das kalte Wasser nachlässt, lache ich auch. Ich kann mich nicht erinnern, wann Mum und ich das letzte Mal zusammen gelacht haben.

Es liegt noch ein langer Weg vor uns. Es gibt vieles zu besprechen und aufzuarbeiten. Aber ich will diese Schritte gehen und sie wieder zu einem Teil meines Lebens machen, und das hier ist ein guter Anfang.

Wer hätte gedacht, dass mein gebrochenes Herz uns wieder zusammenführen würde?

Kapitel 25

Es ist wie im Film.

Ruby, Cali, Simone und ich essen in einem netten Restaurant zu Abend, nachdem wir beschlossen haben, uns endlich wieder einmal die Mühe zu machen und nach Soho zu fahren. Früher haben wir das ständig getan, aber mittlerweile ist es eine Seltenheit.

»Die Leute hier sind alle so schick angezogen«, bemerkt Cali und blickt sich um.

»Hallo? Es ist ja auch ein schicker Laden«, informiert Ruby sie stolz, die das Restaurant auf Leos Empfehlung hin ausgesucht hat. »Man kann keinen Tisch reservieren, sondern muss Schlange stehen. Wir sitzen auf einer unbequemen Bank, und der Wein wird in Wassergläsern serviert. Drei Zeichen, dass der Laden der letzte Schrei ist.«

»Ich würde am liebsten alles auf der Karte essen«, erklärt Simone mit Blick in die Speisekarte. »Ich gerate sicher in Panik, wenn der Kellner kommt, um die Bestellung aufzunehmen.«

»Ich würde ja sagen, wir bestellen eine Mischung und teilen, aber ich weiß, wie du dazu stehst«, meine ich.

»Und das solltest du auch nie vergessen«, erwidert Simone. »Wenn man sich das Essen mit jemandem teilt, muss man immer aufhören, wenn es gerade am besten schmeckt. Dann bestelle ich mir zum Beispiel einen Burger, muss ihn aber nach der Hälfte an dich abgegeben und bekomme dafür einen halben Fisch oder so. Das ergibt doch keinen Sinn.«

»Ich wollte neulich mit Dominic Tapas essen, aber er hat sich geweigert«, erzählt Cali und verdreht die Augen. »Er ist danach nie satt, denn offenbar zählen für ihn viele kleine Gerichte nicht so viel wie ein großes Hauptgericht. Ich habe versucht, ihm zu erklären, wie albern das ist, aber es hatte keinen Sinn.«

»Okay, das ist vielleicht eine seltsame Frage, aber fühlt es sich eigenartig an, nach der Hochzeit und den Flitterwochen wieder ins Büro zu gehen?«, fragt Simone. »Man arbeitet so lange auf den großen Tag hin, und dann hat man zwei Wochen Auszeit, bevor alles wieder von vorne losgeht…«

»Es ist scheiße«, erklärt Cali uns rundheraus, und wir lachen. »Keine Ahnung, wieso wir nicht alle auf Bali leben.«

»Gute Frage«, stimme ich ihr zu.

»Unser Surflehrer kam aus London«, erklärt sie mit einem Seufzen. »Er hatte eines Tages in der U-Bahn eine Erleuchtung.«

»Was für eine Erleuchtung?«, fragt Simone fasziniert.

»Ihm wurde klar, dass er den ganzen Weg zur U-Bahn-Station und bis er in den Zug eingestiegen war, kein einziges Mal von seinem Handy aufgeblickt hatte. Er hat nichts davon mitbekommen, was um ihn herum vor sich ging. Da erkannte er, dass er in einer Art Nebel lebt, kündigte seinen Job und zog nach Bali.«

»Verdammt.« Ruby blinzelt. »Warum hatte ich noch keine solche Erleuchtung. Warum sitze ich in dieser Stadt fest, an der Seite eines Kerls, mit dem ich erst gestern eine hitzige Diskussion über Pellkartoffeln führen musste? Ich meine, die Diskussion dauerte eine halbe Stunde, und ich musste am Ende den Raum verlassen, weil er mich dermaßen zur Weißglut gebracht hat.«

Cali runzelt die Stirn. »Pellkartoffeln? Worum ging es denn da?«

»Um die Beschaffenheit der Haut. Die muss natürlich knusprig sein, aber Leo meint, dass… – und es ekelt mich tatsächlich, es laut auszusprechen –,… dass die Haut weich besser schmeckt.«

»Echt? Verdammt!«, schüttelt Simone mit ernster Miene den Kopf. »Du musst ihn schnellstens loswerden, Ruby.«

»Ja, ich weiß.«

Der Kellner kommt und nimmt die Bestellungen auf, und nach einer unterhaltsamen und hektischen Last-Minute-Entscheidung von Simone, die am Ende die Augen schließt und einfach auf ein Gericht auf der Karte zeigt, nimmt er die Speisekarten wieder mit.

»Wie läuft das Gärtnern, Freya?«, fragt Cali.

»Super. Ich war gerade erst im Baumarkt, um ein paar neue Pflanzen zu kaufen. Ich will, dass der Innenhof fertig ist, wenn ich ausziehe.«

Ruby sieht mich überrascht an. »Du ziehst aus?«

»Jap. Ich habe mit dem Vermieter gesprochen, und es reicht, wenn ich ihm zwei Monate vorher Bescheid gebe. Es gefällt ihm sehr, was ich mit dem Innenhof angestellt habe. Er meint, ich hätte ihm neues Leben eingehaucht! Jedenfalls habe ich einige Wohnungsbesichtigungen vereinbart und hoffe, dass ich bald etwas Eigenes finde.«

»Moment«, meint Simone mit aufgerissenen Augen. »Du willst dir eine Wohnung *kaufen?*«

»Ich hatte immer schon geplant, nach der Hochzeit in eine eigene Wohnung zu ziehen, und mittlerweile sind ein paar Monate vergangen, also wird es langsam Zeit – findet ihr nicht?« Ich grinse. »Natürlich hatte ich nicht vor, mir allein etwas zu kaufen, aber das ist schon okay. Es wird eine ziemlich kleine Wohnung und vermutlich weiter außerhalb als jetzt, aber ich habe einiges gespart. Und ich will etwas, das nur mir gehört.«

»Das ist toll, Freya«, erklärt Ruby bestimmt. »Wurde auch langsam Zeit.«

»Ja, echt toll«, stimmt Simone ihr zu und schenkt mir ein strahlendes Lächeln. »Neue Wohnung. Neues Leben.«

»Es ist ein großer Schritt«, fügt Cali hinzu. »Genau das, was du brauchst.«

»Euch drei gegenüber kann ich es ja zugeben, aber ich habe die ganze Zeit gehofft, dass sich alles auf magische Weise doch noch regelt und wieder so wird wie früher«, erkläre ich meinen Freundinnen, obwohl sie es sicher gewusst haben. »Aber das wird nicht passieren. Und deshalb habe ich mein Hochzeitskleid verkauft.«

Ruby sieht mich fassungslos an. »Du hast das Kleid verkauft? Wann?«

»Vor ein paar Tagen. Ich habe es ins Netz gestellt, und es ging echt schnell. Es war noch bei Dad, also hat er ein paar Fotos für mich gemacht – was nebenbei bemerkt, ein langer und beschwerlicher Prozess war –, aber wir haben es irgendwann doch geschafft. Jedenfalls hat mir diese nette junge Frau geschrieben. Sie fuhr zu Dad, um das Kleid zu probieren, und es passte ihr perfekt. Ich habe einen guten Preis dafür bekommen, immerhin war es ungetragen.«

»Das ist…« Cali sucht nach den richtigen Worten.

»Traurig, aber das einzig Richtige«, beende ich den Satz für sie. »Es ging mir nahe, weil ich das Kleid wirklich geliebt habe und es mir sehr viel bedeutet hat. Aber so wird es doch noch zu einer Hochzeit getragen, und der Gedanke daran macht mich glücklich. Ich kann es nicht mein ganzes Leben lang auf einem Bügel hängen lassen und anstarren. Es ist gut, dass das Kleid jetzt ein schönes, anerkennendes Zuhause gefunden hat.«

»Du hast recht.« Ruby nickt lächelnd. »Ich bin stolz auf dich.«

»Das sind wir alle«, fügt Cali hinzu.

»Danke.«

»Dann fassen wir also zusammen…«, beginnt Simone. »Du hast dein Hochzeitskleid verkauft und wirst bald aus deiner und Matthews ehemaliger Wohnung ausziehen.«

»Und ich habe mich noch einmal zu einem Yogakurs angemeldet«, füge ich hinzu. »Ich möchte der Sache mit dem Kopf-Freibekommen noch eine Chance geben. Ich glaube, dieses Mal gelingt es mir besser.«

Simone stößt die Luft aus. »Und das alles nach diesem einen Gespräch mit deiner Mum? Glaubst du, sie hätte auch mal Zeit für mich? Ich müsste mein Leben endlich mal wieder in den Griff bekommen…«

Ich lache, und in diesem Moment wird unser Essen serviert. Ich warte, bis der Kellner alle Teller abgestellt hat, bevor ich weiterspreche. »Mum hat tatsächlich einige Dinge gesagt, die mich zum Umdenken gebracht haben, aber in Wahrheit hat es sich schon längere Zeit angebahnt«, erkläre ich und bewundere das köstlich aussehende Essen.

»Ich wollte dich schon die ganze Zeit einmal fragen, ob du dich nach dem Anruf in Dublin noch einmal mit Matthew getroffen hast«, fragt Cali mit gerunzelter Stirn.

Ich atme tief durch. »Nein. Er hat nicht auf meine Nachrichten und Anrufe geantwortet.«

»Moment mal.« Simone lässt die Gabel fallen, ohne von ihrem Rindfleisch gekostet zu haben. »Nur um das klarzustellen: Er ruft dich mehrmals hintereinander an, obwohl er weiß, dass du in Dublin auf einer Hochzeit bist, er sagt dir, dass er dich vermisst, und dass er sich mit dir treffen und über alles reden möchte, und dann nichts?«

»Ganz genau«, antworte ich und konzentriere mich darauf, eine Tomate auf meinem Teller klein zu schneiden.

»Hat er dir nicht versprochen, dir eine Nachricht zu schreiben?«, fragt Cali erstaunt.

»Ja. Aber er hat mir auch versprochen, mich zu heiraten, also kann man seinen Versprechen wohl nicht allzu sehr trauen.«

»Okay, noch mal von vorne«, meint Simone, und langsam steigt ihr Temperament an die Oberfläche. »Er ruft dich an, nach allem, was er dir angetan hat, und als du ihn zurückrufst, ignoriert er dich.«

Ich nicke kauend. »Ich hätte gar nicht erst abheben sollen.«

»Er hätte dich gar nicht erst anrufen sollen!«, ruft Simone wütend. »Er hätte das alles nicht sagen sollen! Es ist *unfassbar!*«

»Ja, nicht wahr?« Ruby schüttelt den Kopf.

»Er sollte nicht damit durchkommen«, erklärt Cali bestimmt.

»Das wird er nicht. Nicht, wenn ich in dieser Sache auch ein Wörtchen mitreden darf«, zischt Simone wutentbrannt.

»O mein Gott, *ja!* Ich liebe es, wenn Simones Zorn hochkocht!«, erklärt Ruby und grinst. »Erinnerst du dich, als du diesem Kerl die Meinung gegeigt hast, weil er eine andere Frau geküsst hat, obwohl er mit Cali liiert war?«

»Alfie!«, ruft Cali kichernd. »Ich habe nichts mitbekommen, weil ich gerade heulend auf der Toilette gehockt habe, aber seinem Gesichtsausdruck zufolge hatte er Todesangst.«

»Er überlegt es sich seit damals sicher zweimal, bevor er eine Frau hintergeht«, schnaubt Simone. »Es ist doch ganz einfach. Wenn er auch andere Frauen küssen will, darf er eben nicht mit Cali eine Beziehung eingehen. Ehrlich, ich habe kein Verständnis für solche Feiglinge.«

»Amen«, murmelt Ruby leise.

»Freya«, meint Simone ernster und wendet sich wieder an mich. »Er hat dich nicht verdient. Nicht in einer Million Jahren.«

»Ich kann nicht glauben, dass er das getan hat«, bemerkt Cali enttäuscht. »Es tut mir so leid, Freya.«

»Das muss es nicht. Es geht mir gut«, erkläre ich ihnen und winke ab. »Es geht mir wirklich g...«

Matthew.

Er ist hier.

»Was ist los?«, fragt Simone. »Du siehst aus, als hättest du einen Geist gesehen.«

»Ach, verdammt noch mal!«, zischt Ruby, die meinem Blick gefolgt ist. »Dreht euch ja nicht um, ihr beiden. Auf keinen Fall umdrehen!«

»O-kay«, sagt Cali langsam und stellt ihr Glas ab. »Warum? Wer ist es?«

»Matthew«, krächze ich, und mein ganzer Körper versteift sich, während mein Ex zu einem Tisch ganz in unserer Nähe geführt wird. »Und er ist in Begleitung.«

»O mein Gott«, keucht Simone, ihre Augen werden schmal. »Eine Frau?«

Ruby nickt langsam.

»Was soll ich jetzt tun?«, quieke ich, rutsche auf dem Stuhl nach unten, senke den Kopf und versuche mich hinter Ruby zu verstecken.

»Nur nicht die Nerven verlieren«, rät Cali beruhigend.

»Zu spät«, zische ich und lehne mich zurück, als Ruby sich zurückbeugt und wieder nach vorne, als sie es sich doch anders überlegt. »Ruby, halt still! Ich brauche dich als Deckung!«

»Verstanden!« Sie erstarrt.

»Darf ich mich jetzt umdrehen?«, fragt Simone verzweifelt.

»Ja, aber unauffällig«, erklärt Ruby und deutet mit dem Kopf in Matthews Richtung.

Simone und Cali werfen einen beiläufigen Blick über die Schultern, bevor sie sich eilig wieder abwenden, ohne dass Matthew etwas bemerkt.

»Genau, wie ich es mir gedacht habe. Er sieht aus wie ein Saftarsch.«

»Er sieht ganz genau so aus wie zu der Zeit, als wir noch zusammen waren«, widerspreche ich und werfe zur Sicherheit noch einen Blick auf Matthew.

»Nein, ich muss Simone zustimmen.« Ruby nippt an ihrem Glas und starrt zu ihm hinüber. »Wenn ich ihn heute zum ersten Mal sehen würde, würde ich mir denken: Was für ein Saftarsch.«

»Ist das die Frau, die überall auf Instagram ist?«, frage ich, und meine zitternde Stimme verrät sofort, wie ich mich fühle. »Ich habe die Bilder, von denen Akin erzählt hat, nie gesehen. Ruby, hast du sie gesehen? Oder du Cali? Über Dominics Account?«

»Ähm ... das ist eine andere«, erklärt Ruby zaghaft und runzelt besorgt die Stirn.

»Okay.« Ich schlucke den Kloß im Hals hinunter, während Matthew den Kopf in den Nacken legt und über etwas lacht, das seine Begleitung gesagt hat. »Wow. War sein Lachen immer so laut?«

»Bäh. Er muss sich ständig in den Vordergrund drängen«, meint Simone.

»Ich kann mich nicht erinnern, dass er jemals so über meine Witze gelacht hätte«, murmle ich wehmütig.

»Weil der Hohlkopf sie wahrscheinlich nicht verstanden hat«, vermutet Ruby.

»Was willst du jetzt tun, Freya?«, fragt Cali. »Willst du gehen?«

»Nein, ich war zuerst hier.«

Simone nickt. »Genauso ist es.«

»Aber mir ist der Appetit vergangen.« Ich vergrabe das Gesicht in den Händen, dann hebe ich den Blick und deute auf die restlichen Teller. »Bitte, esst. Nicht, dass es kalt wird.«

»Wir beeilen uns, falls du doch verschwinden willst«, erklärt Cali und greift nach dem Besteck.

»Nicht, dass ihr euch wegen Matthew auch noch den Magen verderbt«, erkläre ich ernst. »Er hat schon genug angerichtet.«

»Dürften wir bitte einen Blick in die Weinkarte werfen?«, hören wir Matthew fragen. »Und wäre es möglich, die Weine zu verkosten, bevor wir uns für eine Flasche entscheiden?«

»Dieser Wichser«, erklärt Simone angewidert. »Was glaubt er, wer er ist?«

»Ich würde ihm meinen Wein am liebsten ins Gesicht schütten«, knurrt Ruby und beobachtet Matthew. »Und sagen: ›Hier hast du deinen Wein‹.... Wobei mir da sicher noch etwas Besseres einfällt.«

»Ja, das glaube ich auch. Aber der Ansatz gefällt mir«, meint Simone.

»Was, wenn er zu uns rübersieht? Was, wenn er mich sieht?«, frage ich panisch. »Ich habe das Parfum vergessen, als ich aus dem Haus gegangen bin!«

»Er kann dich von dort drüben sicher nicht riechen, Freya«, versichert mir Simone. »Obwohl er scheinbar *denkt*, er hätte ein Näschen für Weine.«

Ruby schenkt Simone ein anerkennendes Grinsen. »Der war gut.«

»Du siehst umwerfend aus, Freya«, erklärt Cali fröhlich und

bringt uns wieder zum eigentlichen Thema zurück. »Dein Outfit ist toll, und dein Make-up perfekt wie immer.«

»Wisst ihr noch, als ich in diesem Vogelschutzzentrum meinem Ex über den Weg gelaufen bin?«, erinnert sich Ruby und reißt die Augen auf. »Wir hatten gerade eine traurige Geschichte über eine Eule gehört, und mein Make-up war tränenverschmiert.«

»O Gott, ja!«, ruft Cali. »Die Geschichte war herzzerreißend. Ich bin so froh, dass ihr Flügel geheilt wurde und sie wieder in die Freiheit entlassen werden konnte!«

»Warum waren wir noch gleich in diesem Vogelschutzzentrum?«, fragt Simone stirnrunzelnd.

»Wir waren in Suffolk zu einer Geburtstagsparty eingeladen«, erkläre ich, nachdem ich in meinen Erinnerungen gegraben habe. »Wir waren mehrere Leute von der Uni, und wir haben in einem Cottage übernachtet.«

»Genau!«, stimmt Ruby mir zu. »Und er war mit seiner Nichte und seinen Eltern dort, die in Suffolk wohnten. Es war ein verdammter Zufall.«

»Wollte seine Nichte dich nicht kneifen?«, fragt Simone nachdenklich, als ich nach meinem Wein greife.

»Ja«, bestätigt Ruby. »In die Mumu.«

Ich pruste los, Cali verschluckt sich an ihrem Wein und beginnt zu husten und zu spucken. Simone klopft ihr auf den Rücken.

»Warum wollte sie deine *Mumu* kneifen?«, fragt Cali immer noch keuchend.

»Sie war noch sehr klein und wohl gerade in der Kneif-Phase. Meine Mumu lag gerade in Reichweite«, erklärt Ruby in sachlichem Ton, während wir uns kaum einkriegen vor Lachen. »Und die Moral von der Geschichte ist: Trage niemals Make-up, wenn du ein Vogelschutzzentrum besuchst.«

»Hi.«

Unsere Köpfe schnellen hoch, als wir Matthews Stimme hören. Er steht mit den Händen in den Hosentaschen neben unserem Tisch und hat die Augenbrauen hochgezogen wie ein Lehrer, der gerade ein paar ungezogene Schülerinnen beim Schwatzen während des Nachsitzens erwischt hat.

Innerhalb eines Sekundenbruchteiles ist Simones Gesicht wutverzerrt, Ruby starrt mit eiskalter Miene zu ihm hoch, und Cali wirft mir besorgte Blicke zu. Mein Atem stockt, dann zwinge ich mich, ihm in die Augen zu sehen.

»Hallo, Matthew«, presse ich hervor.

»Ich dachte, ich bin hier der Erwachsene und komme rüber«, erklärt er und beäugt Simone und Ruby nervös. »Ich habe euch beim Reinkommen gesehen.«

Ich weiß nicht, was ich darauf sagen soll.

»Genießt ihr euer Abendessen?«, fragt er bemüht fröhlich.

»Bis jetzt schon«, antwortet Ruby spitz.

Was er natürlich nicht auf sich sitzen lässt.

»Okay. Ich verstehe.« Er spitzt die Lippen. »Ich wollte mich nur zivilisiert verhalten. Aber ich lasse euch jetzt lieber in Frieden.«

»Wird gut sein, Matthew«, zischt Simone zornerfüllt.

»Dann tun wir also ab jetzt so, als würden wir einander nicht kennen«, erklärt er mir und hebt die Hände. »Sehr reif. Ich wünsche dir einen schönen Abend.«

Er schlendert zu seinem Tisch zurück, wo sein Date nichts von dem Zwischenfall mitbekommen hat und mit ihrem Handy beschäftigt ist. Wir vier schweigen eine Zeit und lassen das Geschehene sacken.

»Dieses Arschloch«, meint Simone schließlich. »Ist alles in Ordnung, Freya?«

»Ja, klar«, antworte ich, und mein Herz rast. »Aber ich würde jetzt doch lieber gehen.«

»Unbedingt. Dauert nicht lange.« Cali winkt nach einem Kellner und bittet um die Rechnung.

»Tut mir leid, dass ich euch den Abend verdorben habe«, murmle ich leise.

»Das hast du nicht. Wir waren ohnehin fertig«, versichert mir Ruby.

Ich spüre die Blicke meiner Freundinnen auf mir, als die Rechnung kommt. Simone besteht darauf, alles zu bezahlen, damit wir schneller fortkommen, und meint, wir könnten ihr unseren Anteil später überweisen. Wir schlüpfen aus unseren Bänken, und ich folge den anderen schweigend aus dem Restaurant. Ich fühle mich zu gedemütigt, um noch einen Blick in Matthews Richtung zu riskieren, und frage mich, ob er seinem Date gerade erzählt, was passiert ist, und mich als die verbitterte, unausstehliche Ex hinstellt, die keinen Abschluss findet. Wir treten hinaus in den Abend, und ich atme tief durch, während meine Freundinnen sich um mich scharen.

»Wie kann er es wagen?«, beginnt Ruby. »Ehrlich, Freya, ich weiß, du würdest mich dafür hassen, aber der Kerl hätte sich tatsächlich eine Abreibung verdient.«

»*Er* fühlt sich als der moralisch Überlegene?«, zischt Simone wütend. »*Er* will sich zivilisiert verhalten? Wisst ihr, was zivilisiert wäre? Sich bei seiner Ex entschuldigen, dass man sie betrunken immer und immer wieder angerufen hat, bis sie abhob.«

»Und was war das mit dem ›sehr reif‹?«, knurrt Cali. »Freya hat die Situation erwachsener gehandhabt, als irgendjemand sonst es geschafft hätte. Er ist ein Idiot. Er hätte nicht rüberkommen sollen.«

»Diese Unverfrorenheit!«, stimmt Ruby ihr zu.

»Gehen wir nach Hause«, schlägt Cali vor und massiert meinen Arm. »Bist du so weit, Freya?«

Ich weiß nicht, ob der Schock nach der unerwarteten Begegnung langsam nachlässt, oder ob es der Umstand ist, dass meine Freundinnen das Gespräch noch einmal Revue passieren ließen, aber mein Entsetzen verwandelt sich langsam in *Wut*.

»Moment mal«, sage ich, und meine Stimme klingt ruhig und besonnen. »Hat er gerade angedeutet, dass ich so tun würde, als würden wir uns nicht kennen?«

Simone nickt.

»Hat er uns indirekt als ›unzivilisiert‹ beschimpft?«, frage ich.

»Ja, hat er.« Ruby mustert mich interessiert. »Ist alles in Ordnung, Freya? Du wirkst irgendwie…«

»Erleuchtet«, beende ich den Satz für sie, und meine Augen werden schmal, als ich den Blick auf die Restauranttür richte.

Ohne ein weiteres Wort stürme ich zurück ins Restaurant und lasse dabei Matthew keine Sekunde aus den Augen. Er sieht auf und entdeckt mich.

»Brauchen Sie einen Tisch?«, fragt ein Kellner.

»Nein, danke«, erwidere ich, den Blick immer noch auf Matthew gerichtet. »Es dauert nicht lange.«

Ich bemerke, wie meine Freundinnen hinter mir ins Restaurant kommen, mir nacheilen und mich schließlich flankieren, als ich vor Matthews Tisch Aufstellung beziehe.

»Freya«, murmelt er irritiert. »Was ist…?«

»Wie kannst du es *wagen*, mir vorzuwerfen, ich würde so tun, als würden wir uns nicht kennen?«, sage ich, und meine Wangen brennen vor Wut, die ich im Moment für diesen Mann empfinde.

»Freya…«

»*Wie kannst du es wagen?*«, wiederhole ich, dieses Mal lauter, und bemerke, dass die Gespräche an den anderen Tischen verstummt sind und die Gäste uns interessiert beobachten. Aber das ist mir egal. Ich bin viel zu wütend, um mir darüber Gedanken zu machen. »Ich bin mir nicht sicher, ob du dich erinnerst, *Matthew*, aber *du* hast am Tag vor unserer Hochzeit mit *mir* Schluss gemacht. Und dann hast du mir gesagt, dass ich mich nicht melden darf, weil du Zeit und Abstand brauchst. Stimmt das in etwa?«

Sein Blick huscht nervös durchs Restaurant, es ist ihm offensichtlich peinlich, dass alle ihn anstarren. Sein Date wirkt entsetzt. Er hat ihr wohl noch nicht erzählt, *wie* wir uns getrennt haben.

»Und dann hast *du* mich angerufen, als ich gerade ein tolles Wochenende in Dublin verbrachte, und es so oft weiterversucht, bis ich abgehoben habe!«, erinnere ich ihn. »Du hast gesagt, dass du mich vermisst! Dass du über alles reden willst! Dass dir die Vorstellung, nicht mehr Teil *meines Lebens* zu sein, nicht gefällt.«

»F-Freya…«

»Aber als ich dich am nächsten Tag angerufen habe, um einen Termin für das Treffen zu vereinbaren, um das du mich so verzweifelt gebeten hast, hast du nicht abgehoben und dich *nie mehr gemeldet.*«

Ein befriedigendes, kollektives Luftschnappen geht durch das Restaurant. Matthew hat erste Schweißtropfen auf der Stirn und der Oberlippe.

»Dank dir habe ich mich wie die größte *Idiotin* gefühlt!«

Keine Ahnung, warum ich spreche, als stünde ich auf einer Theaterbühne, aber ich mache munter weiter.

»Du hast so getan, als wäre nichts passiert! Obwohl du derjenige warst, der mich angerufen hat!« Ich deute anklagend mit dem Finger auf ihn. »Und jetzt sitze ich hier und genieße mit meinen Freundinnen ein tolles Abendessen in einem tollen Restaurant, und du besitzt die Unverfrorenheit, zu uns an den Tisch zu kommen, obwohl du mit einem Date hier bist, um mir zu erklären, wie unreif und unzivilisiert ich mich verhalte, weil ich nicht in Begeisterungsstürme ausbreche. *Du* behauptest, *zivilisiert* zu sein?«

»Hör mal«, krächzt er. »Ich weiß…«

»Nein, Matthew. Du weißt gar nichts«, zische ich. »Du hast nicht die geringste Ahnung.«

Ich weiß ehrlich nicht, was über mich gekommen ist. Ich bin keine Dramaqueen. Wie mich meine Mutter freundlicherweise erst kürzlich erinnert hat, bin ich lieber ein Stein, als die Massen zu unterhalten. Aber in diesem Moment fühle ich mich nicht so. Es ist, wie ich Jamie damals in der Bar erklärt habe: Ich scheine außerhalb meines Körpers zu schweben, und wenn ich später daran zurückdenken werde, frage ich mich bestimmt: »Ist dir das wirklich passiert? Hast du das wirklich getan?«

Ich strecke die Hand aus und greife nach Matthews Weinglas.

»Du wolltest den Wein doch vor dem Bestellen verkosten, nicht wahr?«, verkünde ich den Restaurantgästen, die wie auf glühenden Kohlen sitzen. »Bitte sehr!«

Dann schütte ich ihm das Glas ins Gesicht.

Ein weiteres, noch enthusiastischeres kollektives Luftschnappen ertönt, und jemand auf der anderen Seite des Raumes jubelt tatsächlich: »Jawohl! Gut gemacht!«

Matthew wirkt wie vom Donner gerührt, der Rotwein tropft von seinem Gesicht auf sein weißes Hemd. Er prustet und tastet nach seiner Serviette, um sich die Augen trocken zu tupfen.

Ich will mich gerade abwenden und verschwinden, als Ruby nach vorne neben mich tritt und sich das Weinglas von Matthews Begleitung schnappt.

Oh-oh.

»Hier hast du noch mehr!«, ruft sie und schüttet ihm den Wein über den Kopf.

»Was zum...?«, keucht er und schiebt den Tisch zurück.

Simone greift nach einem Glas Weißwein am Nebentisch. »Und noch ein Schlückchen!«

Matthew erhebt sich schwankend, und seine Serviette fällt zu Boden. Wein tropft von seinem Gesicht, seine Haare kleben am Kopf, sein Hemd ist pink, und er blickt sich verstört um.

Cali tritt auf ihn zu, und die Restaurantgäste machen sich für eine Fortsetzung bereit. Sie schnappt sich die Serviette vor Matthews Begleitung.

»Hier, Matthew«, zischt sie und schleudert ihm die Serviette ins Gesicht. »Du hast dich bekleckert.«

Das ist unser Stichwort.

Wir wissen es instinktiv, als wären wir eine Girlband, die den perfekten Abgang Hunderte Male geprobt hat. Wir werfen Matthew alle noch einen letzten, vernichtenden Blick zu, dann machen wir auf dem Absatz kehrt und verlassen das Restaurant. Die Gäste starren uns schweigend hinterher, und auch die Kellner lassen uns ohne Einwand vorbei.

Auf dem Weg nach draußen höre ich jemanden ungläubig flüstern: »*Was war das denn gerade?*«

Wie sich herausstellt, können einen nicht nur andere Leute überraschen. Manchmal gelingt es einem, sich auf völlig unerwartete, aber dafür umso schönere Weise selbst zu überraschen.

Hi, Freya. Ich habe darüber nachgedacht, was du gestern Abend gesagt hast. Ich glaube, wir sollten uns treffen und reden. Wann würde es dir passen?

Kapitel 26

Ich habe Matthew zu mir in die Wohnung eingeladen.

Es war keine Kurzschlussreaktion. Ich hatte mir einige Gedanken gemacht, bevor ich ihm eine Antwort geschickt habe. Ein öffentlicher Ort schien mir für diese Art Unterhaltung einfach nicht passend.

Den Vormittag hatte ich damit verbracht, sauber zu machen und sicherzustellen, dass alles perfekt ist. Ich hatte mich bereits für ein Outfit entschieden, was mich allerdings nicht davon abhielt, doch noch ein paar andere anzuprobieren. Es sollte aussehen, als hätte ich mir nicht allzu viele Gedanken darüber gemacht, aber gleichzeitig wollte ich mich darin extrem selbstbewusst fühlen, weshalb es keine leichte Entscheidung war.

Da es heute heiß ist, trage ich ein fließendes Sommerkleid, Sandalen und goldene Creolen.

Die Tür klingelt exakt fünf Minuten nach der vereinbarten Zeit.

Nicht schlecht.

»*It's Showtime*«, flüstere ich meinem Spiegelbild zu, weil sie das auch in den Filmen so machen.

»Hi, Freya«, begrüßt er mich nervös, als ich die Tür öffne.

»Matthew«, erwidere ich, bevor ich zur Seite weiche und ihn eintreten lasse.

Er geht mit den Händen in den Hosentaschen ins Wohnzimmer, die Sonnenbrille in die Haare geschoben. Er trägt schreckliche Baumwollshorts, wofür ich unglaublich dankbar bin. Egal, was passiert, zumindest diese Genugtuung bleibt mir.

»Es sieht toll aus hier drin«, bemerkt er und sieht sich im Zimmer um, ehe sein Blick auf einen meiner neuen Mitbewohner aus dem Baumarkt fällt. »Coole Pflanze.«

»Danke«, erwidere ich lässig und sehe bewundernd auf sie hinab. »Das ist eine Friedenslilie. Ich brauchte etwas, um den Platz aufzufüllen. Wie geht es übrigens Percy?«

»Wem?«

»Percy. Dem Fensterblatt, das hier stand. Du hast es mitgenommen, als du ausgezogen bist«, erkläre ich, als er mich verständnislos ansieht.

»Ach ja, genau, die Pflanze mit den merkwürdigen Blättern.« Er denkt kurz nach. »Mum mag sie sehr.«

Wie bitte?

Was hat er gerade gesagt? *Soll das ein Scherz sein?*

»Oh! Du hast Percy deiner Mutter gegeben«, erwidere ich und versuche, nicht zu piepsig zu klingen. »Wie nett.«

»Du weißt, dass sie Pflanzen liebt.«

»Mhmm.«

Ich räuspere mich. Das ist nicht der richtige Zeitpunkt, um die Nerven zu verlieren. Ich meine, natürlich gibt es Leute, die sehr verletzt und beleidigt wären, wenn die Pflanze, die sie ihrem Gegenüber geschenkt haben und um die sie sich liebevoll gekümmert haben, als sie noch unter ihrem Dach lebte, gedankenlos einfach weiterverschenkt worden wäre. Aber ich darf mich jetzt nicht über eine Pflanze namens Percy aufregen. Ich darf mich von dieser Neuigkeit nicht aus der Bahn werfen lassen.

»Möchtest du etwas trinken?«, frage ich und schiebe meine Bestürzung beiseite.

»Ein Wasser vielleicht«, antwortet er. »Es ist heiß draußen.«

»Klar. Kommt sofort.«

Ich verschwinde in der Küche, wo ich erst einmal tief durchatme, während ich das kalte Wasser fließen lasse. Mein Magen dreht sich. Es ist seltsam, mit ihm in unserem Wohnzimmer zu sein und so zu tun, als wären wir Fremde.

Ich kehre mit zwei Gläsern Wasser zurück und stelle beide auf den Couchtisch, bevor ich mich auf dem Sofa niederlasse und ihm bedeute, sich ebenfalls zu setzen. Er lässt sich sinken, nimmt sein Glas und leert es mit drei großen Schlucken. Es hat mich immer schon genervt, wie gurgelnd er trinkt. Es war eine dieser unmöglichen Kleinigkeiten, die man dem Partner vergibt, weil man ihn liebt und es ihn zu dem macht, der er ist.

Aber es nervt.

»Fühlst du dich jetzt besser?«, frage ich, als er das Glas abstellt.

»Ja, danke.« Er lehnt sich in die Kissen und fährt sich mit der Hand durch die Haare. Dann holt er tief Luft und sieht mir in die Augen. Seine Stimme klingt sanfter. »Wie geht es dir, Freya?«

»Ganz gut«, erwidere ich selbstbewusst. »Wirklich. Und dir?«

»Gut. Aber im Moment etwas nervös.« Er sieht sich um. »Es ist seltsam, hier zu sitzen.«

»Das kann ich mir vorstellen.«

Er schweigt einen Moment. »Das war ein ziemlich dramatischer Abend in Soho, was?«

»Ja.«

»Und ich kann nicht behaupten, dass ich es nicht verdient hatte.« Er schüttelt seufzend den Kopf. »Es tut mir so leid, Freya. Mir tun sehr viele Dinge leid, aber ich möchte mich vor allem für mein Verhalten in diesem Restaurant entschuldigen. Und dass ich mit einer anderen Frau dort war. Es war unser erstes Date, und unser letztes.«

»Entschuldigung angenommen. Tut mir leid, dass euer Date in die Hose ging.«

»Es war wohl gut so.« Er betrachtet mich gequält. »Ich wusste, dass es schwierig werden würde, hierherzukommen, aber... scheiße... ich fühle mich echt grauenhaft.«

»Das musst du nicht.«

»Ich habe mir überlegt, was ich zu dir sagen soll«, fährt er fort. »Wie ich es erklären soll, sodass es einen Sinn ergibt. Ich vermisse dich wirklich, Freya. Natürlich vermisse ich dich. Du hasst mich sicher.«

»Ich hasse dich nicht. Obwohl… na ja… es gibt da durchaus Phasen…«

Er schenkt mir ein trauriges Lächeln.

»Ich bin dankbar, dass du heute hier bist«, erkläre ich aufrichtig. »Es ist wichtig für mich.«

»Es ist so schwer und verwirrend, hier mit dir zu sitzen.«

»Ich weiß, aber wir haben uns nie zusammengesetzt und über alles geredet. Du hattest deine Gelegenheit, als du die Hochzeit abgeblasen hast. Aber ich habe auch einiges zu sagen.«

»Es war zu schwer. Du hast keine Ahnung, wie schwer es ist, dir nach allem, was ich getan habe, gegenüberzutreten. Nach allem, was ich dir angetan habe. Und ich weiß, dass es scheiße war, dass ich deine Anrufe ignoriert habe, aber ich wollte… ich wollte uns Zeit und Abstand geben.«

»Das verstehe ich. Aber da gibt es bessere Arten, als jemanden einfach zu ignorieren. Ich habe mich so klein und wertlos gefühlt. Und das hatte ich nicht verdient, Matthew.«

»Ich konnte dir nicht gegenübertreten, nachdem ich unsere Hochzeit habe platzen lassen. Ich bin der Bösewicht in der Geschichte. Alle waren so unglaublich wütend auf mich. Ich wollte alles eine Weile hinter mir lassen. Das klingt lächerlich, aber damals erschien es mir richtig. Ich wollte dir niemals wehtun, Freya, und einer der Gründe, warum ich Abstand brauchte…« Er sieht mit geweiteten Augen zu mir. »Ich frage mich manchmal durchaus, ob ich die richtige Entscheidung getroffen habe.«

Hier ist es. Das Messer, das sich in mein Herz bohrt.

»Ich weiß, das ist nicht fair«, fährt er fort. »Aber du musst wissen, dass der Grund, warum ich nicht mit dir reden wollte und so distanziert war, zum Teil Selbstschutz war. Und dann habe ich dich angerufen, als du gerade in Dublin warst, weil ich einen

Moment lang die Kontrolle verloren hatte, und ich musste sie unbedingt wiederfinden, also …«

»Matthew«, unterbreche ich ihn, denn es wird Zeit, dass ich die Zügel in die Hand nehme. »Du hast nach zwölf Jahren mit mir Schluss gemacht und dich geweigert, mit mir darüber zu reden. Du hast mich angerufen und mir etwas versprochen. Ich wusste nicht, ob du vor der Hochzeit davongelaufen bist oder vor mir. Und ob du die Antwort darauf überhaupt selbst kanntest. Du hast dich von mir distanziert, um dich selbst zu schützen, und von mir erwartet, dass ich ruhig und vernünftig reagiere. Du hast erwartet, dass ich deine Entscheidung einfach akzeptiere, obwohl sie unsere Leben vollkommen auf den Kopf gestellt hat. Und das, ohne sie infrage zu stellen oder eine weitere Erklärung von dir zu bekommen. Ich weiß, ich bin ein Pfundskerl und so, aber ich bin auch ein Mensch.«

»Ja, aber wie ich gerade sagte, habe ich versucht, das Richtige zu tun, und …«

»Das weiß ich zu schätzen. Wenn man mit jemandem Schluss macht, sollte man sich und demjenigen Zeit und Abstand gewähren. Aber genauso braucht man die Möglichkeit, darüber zu reden. Ich musste mir das heutige Gespräch erkämpfen. Ich musste die Demütigung unbeantworteter Anrufe und Nachrichten ertragen, damit es so weit kommen konnte, dabei hättest du es mir anbieten sollen, als du dein Versprechen gebrochen hast. Es ist dein gutes Recht, dass sich deine Gefühle ändern und du dementsprechend handelst, aber du hast kein Recht, meine Gefühle herabzumindern.«

»Freya …«

»Ich habe mir ebenfalls überlegt, was ich heute zu dir sagen werde«, fahre ich fort, denn ich will unbedingt alles loswerden, bevor mich der Mut verlässt. »Und das ist tatsächlich ein großer Schritt, denn bis vor Kurzem habe ich mir nur Gedanken darüber gemacht, was *du* zu mir sagen wirst. Ich habe mir nie überlegt, was *ich* zu sagen habe. Aber Mum hat mich erinnert, wie wichtig das ist.«

Er wirkt überrascht. »Deine *Mum?* Du hast mit ihr darüber geredet?«

»Es war, als hätte jemand einen Schalter in meinem Kopf umgelegt. Mir wurde klar, dass ich mich an etwas klammerte, weil die Vorstellung, unser gemeinsames Kapitel zu schließen... beinahe unerträglich war. Wir haben so viel gemeinsam erlebt. Wir kennen einander besser als irgendjemand sonst. Die Wahrheit ist, du bist mein bester Freund.«

Er schluckt hörbar.

»Ich meine, du *warst* mein bester Freund. Und ich war deine beste Freundin. Ich stelle mir gerne vor, dass das der Grund war, warum du bis zur letzten Minute gewartet hast, um die Hochzeit abzublasen. Es war feige, was du getan hast. Unglaublich feige.«

Er nickt langsam. »Ich weiß. Das habe ich immer zugegeben, Freya, ich werde mir nie verzeihen...«

»Aber letzten Endes war es das Richtige.«

Sobald die Worte meinen Mund verlassen haben, habe ich das Bedürfnis zu weinen, also lasse ich es zu. Ich versuche nicht, die Tränen aufzuhalten. Ich lasse sie über das sorgfältig aufgetragene Make-up fließen, wo sie vermutlich grauenhafte Spuren hinterlassen.

Matthew wirkt schwer getroffen von meiner Erkenntnis, und als ich zu weinen beginne, werden auch seine Augen feucht.

»Ich wünschte, es wäre nicht das Richtige gewesen«, fahre ich fort, zucke traurig mit den Schultern und bemühe mich, dass meine Stimme nicht bricht. »Wirklich. Ich wünschte, wir hätten geheiratet, eine Familie gegründet und wären miteinander alt geworden. Genau das wollte ich. Ich habe dich geliebt. Aber du hast mich nicht mehr geliebt. Und mehr gibt es dazu nicht zu sagen.«

»Freya...«

»Bitte, Matthew, lass mich ausreden«, unterbreche ich ihn bestimmt. Ich werde die Zügel nicht aus der Hand geben, egal, wie schmerzhaft es ist. »Wenn man das Durcheinander dieser

Trennung und die Sache mit der Hochzeit beiseitelässt, gibt es nur eine Frage, die wirklich zählt. *Warum hast du aufgehört, mich zu lieben?*«

Er sieht zu Boden. Ich weine mittlerweile ziemlich heftig, also greife ich nach den Taschentüchern, die ich am Morgen auf den Couchtisch gestellt habe. Ich tupfe mir die Wangen trocken, wische vorsichtig über die Haut unter den Augen und hoffe, dass meine Wimperntusche für mich standhält. Nachdem keine schwarzen Spuren auf dem Taschentuch zu sehen sind, tut sie das tatsächlich.

Danke, Estée Lauder, auf dich kann man sich immer verlassen.

»Ich habe lange darüber nachgedacht, was du in der Besenkammer zu mir gesagt hast, und mich in den Gründen verbissen, warum wir beide nicht mehr zusammenpassen. Ich glaube, du hast genauso versucht, einen Grund zu finden. Deshalb hast du gesagt, dass ich ›gefasst‹ wäre und du nicht.«

»Ich habe mich nicht gut ausgedrückt«, gibt er niedergeschlagen zu. »Und in Frankreich, als ich mich bei dir bedankt habe, war es dasselbe. Im Nachhinein fühle ich mich wie ein Idiot deswegen. Es ist einfach so, dass ich nie das Gefühl hatte, du würdest mich brauchen, Freya. Du hattest immer alles im Griff. Ich fühlte mich wie ein Ersatzteil in deinem Leben. Wenn wir zusammen waren, hatte ich immer das Gefühl, nichts auf die Reihe zu bringen.«

»Aber es lag nicht in meiner Verantwortung, daran etwas zu ändern, Matthew, sondern in deiner.«

»Ich weiß, ich weiß. Aber das ist genau der Punkt, der mich zum Nachdenken brachte. Ich habe mich immer öfter gefragt, ob ich schon bereit für das alles bin. Ich muss mich noch ein ganzes Stück weiterentwickeln und herausfinden, was ich vom Leben will. Und *wer* ich sein will. Du hast das alles bereits geschafft, und ich habe mich jahrelang nur in deinem Strom treiben lassen. Du bist… na ja, du bist eben so…«

»Besonnen«, beende ich den Satz für ihn. Und ich sage es stolz.

»Genau.« Er zuckt mit den Schultern. »Und ich bekomme nichts mehr auf die Reihe. Ich habe dich verletzt. Ich habe meine Freunde verletzt. Ich habe alle verletzt. Und ich weiß immer noch nicht, ob ich das Richtige getan habe oder einfach unbegreiflich dämlich war.«

»Weißt du, ich habe mir über diese Frage einige Gedanken gemacht und bin zu dem Schluss gekommen, dass du anders reagiert hättest, wenn du dir deiner Entscheidung nicht sicher gewesen wärst. Wir hätten miteinander geredet. Oder uns zumindest geschrieben. Du hättest in deiner Entscheidung geschwankt. Dein Selbstschutz war zwar grausam – und das meine ich ernst, Matthew, du hast eine Menge grausame Entscheidungen getroffen –, aber er war begründet. Du wusstest tief in deinem Herzen, dass du mich nicht heiraten wolltest. Vielleicht bist du mir aus dem Weg gegangen, weil du dich der Tatsache nicht stellen und unser gemeinsames Kapitel ebenfalls noch nicht endgültig schließen wolltest. Denn das bedeutet... es bedeutet, dass wir einander für immer verlieren. Wir waren auch glücklich miteinander. Deshalb ist es so schwer. Aber manchmal ist die Liebe einfach nicht von Dauer.«

Mit diesem Satz schließe ich meine Ansprache, weil ich mich schnäuzen muss. Es ist kein sehr eleganter Abschluss einer sehr persönlichen und emotionalen Rede, aber so ist es nun mal.

Matthew stößt die Luft aus. »Wow. Ich... ich hätte nicht gedacht... ich war nicht...«

Er sucht nach den richtigen Worten, aber er findet sie nicht, und so sitzen wir schweigend beieinander und hängen unseren Gedanken nach.

»Es tut mir leid, Freya«, meint er schließlich leise.

Und das bestätigt alles, was ich gesagt habe.

Er hätte mir widersprechen können. Er hätte sagen können, dass er durcheinander war und Abstand und Zeit brauchte, aber dass er jetzt gesehen hat, wie es ohne mich ist, und dass er mit mir zusammen sein will. Dass er sich geirrt hat und ich mich jetzt irre. Dass er mich immer noch liebt und einen Fehler gemacht hat. Dass er um uns kämpfen will, egal, was passiert ist.

Aber er sagt nichts dergleichen. Und deshalb weiß ich es mit Sicherheit.

Es ist aus.

Endgültig.

»Es tut mir leid«, wiederholt er, und eine Träne rinnt über seine Wange.

»Ich weiß.«

»Das hast du dir nicht verdient.«

»Es geht nicht darum, was ich verdiene. Es geht nur darum, was du fühlst. Du bist deinem Herzen gefolgt, und das muss der richtige Weg sein.« Ich zucke kaum merklich mit den Schultern. »Zumindest sagen sie das immer in den Disney-Filmen.«

Er muss lachen. »Das stimmt.«

»Ich kann dich nicht dazu bringen, mich wieder zu lieben, und ich bin mir nicht sicher, ob ich das möchte. Wir haben uns beide verändert.«

Er hebt den Blick und sieht mich an. »Es tut mir so leid, dass ich die Hochzeit ruiniert habe, Freya. Ich schäme mich so.«

»Ja... tja. Das war besonders brutal. Aber ich denke, wir sollten nicht länger darauf herumkauen, sondern lieber nach vorn schauen.«

Er sucht nach einem Taschentuch, und ich schiebe ihm den Karton entgegen.

»Und um der Fairness willen: Ich hatte meine Revanche mit dem Weindrama gestern Abend«, füge ich hinzu, und er lacht erneut.

Doch es verklingt schnell. »Alle hassen mich. Ich weiß, dass es meine Schuld ist, aber es ist schwer. Deine Freunde. Dominic ist wütend auf mich, weil ich sie in eine unmögliche Situation gebracht habe. Und Ruby und Leo... mein Gott, du hättest ihre Gesichter sehen sollen, als wir uns in Frankreich zum ersten Mal gegenüberstanden. Ich habe sie alle enttäuscht. Ich habe versucht, es zu ignorieren und mich auf Neues zu konzentrieren, aber es kocht immer wieder hoch.«

Das ist das Stichwort, das ich gebraucht habe.

Ich habe gesagt, was ich sagen musste. Er hat bestätigt, dass es vorbei ist. Er gibt nichts mehr hinzuzufügen. Ich könnte ihm eine Menge Fragen stellen, jeden Aspekt unserer Beziehung analysieren und eine Erklärung verlangen, was ich anders machen hätte sollen, aber das will ich nicht. Und ich will auch nicht hier sitzen und ihn trösten.

Ich erhebe mich als Zeichen, dass er gehen kann. Er sieht mich überrascht an.

»Ich treffe mich noch mit ein paar Freunden«, lüge ich und werfe einen Blick auf mein Handy. »Ich sollte mich fertig machen.«

»Oh. Okay. Sicher.«

Er wirkt unschlüssig, als würde er über einen Einspruch nachdenken, doch dann stemmt er sich hoch, und wir stehen einander gegenüber. Da fällt mir plötzlich etwas ein. Etwas, das auf der Ablage des Couchtisches steht und darauf wartet, zurückgegeben zu werden. Ich bücke mich und greife nach dem Kästchen mit dem Verlobungsring.

»Hier«, sage ich und strecke ihn ihm entgegen. »Der gehört dir.«

Er sieht geknickt darauf hinunter. »Nein... du solltest ihn behalten.«

»Nein, schon okay«, erkläre ich entschlossen. »Er gehört mir nicht mehr.«

Er streckt langsam die Hand danach aus und lässt das Kästchen in der Tasche seiner schrecklichen Baumwollshorts verschwinden.

Er wartet einen Moment, dann streckt er die Arme aus.

Ich trete auf ihn zu, und er zieht mich an sich. Ich schließe die Augen, als ich meine Wange an seine Brust drücke. Ich atme seinen Geruch ein. Er gibt mir einen Kuss auf den Scheitel. Wir bleiben ein paar Sekunden zu lange so stehen. Es ist angenehm, sicher und vertraut, aber wir wissen beide, dass es nicht von Dauer ist.

»Du bist unglaublich, Freya«, murmelt er in meine Haare.

Ich zwinge mich, mich von ihm zu lösen, und trete zurück. Seine Arme sinken nach unten. Er räuspert sich.

»Danke, dass ich herkommen durfte«, sagt er. »Und danke, dass du mir dieses Mal nicht in die Eier getreten hast.«

»Du bist noch nicht zur Tür hinaus. Noch wäre genug Zeit dafür.«

Auch wenn er weiß, dass ich scherze, sehe ich einen Anflug von Unsicherheit in seinem Gesicht.

Wir verlassen das Wohnzimmer und stehen unbehaglich und schweigend im Flur. Keiner weiß, wie es nun tatsächlich enden soll. Wir haben die Umarmung bereits hinter uns. Also greife ich an ihm vorbei und öffne die Tür.

»Vielleicht sieht man sich ja wieder einmal«, meint er.

Ich lächle kaum merklich. »Lebe wohl, Matthew.«

Er nickt langsam, tritt hinaus in den Sonnenschein und geht seines Weges. Ich schließe die Tür und erhasche einen Blick auf ihn, als er noch einmal über die Schulter zurückschaut. Die Tür fällt ins Schloss, und er ist verschwunden.

Das war's.

Ich stehe im Flur und lehne mich mit dem Rücken an die Wand. Das traurige Ende unserer Liebesgeschichte. Es gibt nichts, was ich noch tun könnte. Keine großen Gesten und keine Worte, die daran etwas ändern würden. Es hat einfach nicht geklappt.

Ich gehe jetzt besser und gieße meine Friedenslilie.

Kapitel 27

Luftakrobatik am Trapez ist nicht ganz einfach.

Ich meine, ich bin absolut dafür, neue Dinge auszuprobieren, und ich weiß Phils Empfehlung zu schätzen, aber wenn ich etwas gleich von Beginn an hasse, bleibe ich nicht bis zum Ende. Ich schaffte es genau acht Minuten, ehe ich mir dachte: »Das mache ich auf keinen Fall!«, mich auf die Toilette verabschiedete und das Gebäude verließ, um in einer Bar in der Nähe im herrlichen Sonnenschein ein hübsches Glas eisgekühlten Rosé zu trinken.

Ich proste mir selbst zu – *»Auf neue Erfahrungen!«* – und nehme einen sehr befriedigenden Schluck.

Es ist echt nett, einmal Zeit für mich zu haben.

Klar bin ich Single und lebe allein, aber die letzte Zeit war hektisch. Ich war noch nie so weit im Osten der Stadt, und diese Bar ist der perfekte Ort, um an einem sonnigen Donnerstagnachmittag Leute zu beobachten. Zuerst war ich genervt, als mir klar wurde, wie weit außerhalb der von Phil empfohlene Trapez-Kurs ist, aber es gibt eine Direktverbindung von Dalston nach Forest Hill, und man braucht nur eine halbe Stunde. Ich sehe Familien vorbeigehen, aufgekratzte Freunde und Freundinnen auf dem Weg zu einem Abend auf der Piste, und Radfahrer, die sich ständig dazwischendrängen und alle wahnsinnig machen. Das ist London von seiner besten Seite, und ich genieße jede Sekunde.

Es sind ein paar Wochen vergangen, seit ich mich offiziell

von Matthew verabschiedet habe, und ich habe darauf geachtet, immer schwer beschäftigt zu sein. Es gab jede Menge zu tun. Im Büro, bei der Wohnungssuche und bei der Organisation von Rubys Junggesellinnenabschied, der dieses Wochenende stattfinden wird. Ich habe seit unserem Treffen kein einziges Mal mit Matthew gesprochen. Einen Tag danach schickte er mir unaufgefordert eine Nachricht, in der er mir noch einmal versicherte, wie leid es ihm täte. Er wolle nur, dass ich das Glück finde, das ich verdiene, und er würde mich immer lieben.

Ich las den Text mehrere Male, dann löschte ich ihn. Zusammen mit Matthews Nummer.

Ich kann immer noch nicht glauben, wie schwer Luftakrobatik am Trapez ist. Natürlich sieht es schon beim Zuschauen nicht aus wie ein Spaziergang im Park, und jeder kann sich vorstellen, dass man einen guten Gleichgewichtssinn, eine stabile Körpermitte und jede Menge Kraft im Oberkörper benötigt, aber trotzdem. Ich schaffte es kaum auf dieses Ding hinauf, ganz zu schweigen davon, dass ich mich auch noch drehen könnte. Also sitze ich lieber hier, trinke meinen Rosé und sinniere vor mich hin.

Mein Handy klingelt, und ich greife nach meinen Ohrenstöpseln, um einen Videoanruf von Adrian entgegenzunehmen, bei dem auch Dad zugeschaltet ist.

»Wo bist du?«, fragt Dad und beäugt das Display.

»Mit wem redest du? Mit mir oder mit Adrian?«

»Mit dir, Freya«, erklärt er.

»Ich bin bei der Luftakrobatik und hänge an einem Trapez.«

»Es sieht aber aus, als wärst du in einer Bar.«

»Ja, *jetzt* bin ich in einer Bar. Aber *davor* war ich bei der Luftakrobatik.«

»Cool«, meint Adrian beeindruckt. »Wie war's?«

»Super. Ich bin ein Naturtalent.«

Adrian hebt eine Augenbraue. »Du bist früher fort, um dich in eine Bar zu setzen, nicht wahr?«

»Das Wichtigste ist doch, dass ich es versucht habe«, erwidere ich hochmütig. »Wo bist du denn, Adrian? Du siehst sehr schick aus in deinem Anzug.«

»Im Büro. Ich habe gerade Mittagspause. Sieht nach einem sonnigen Tag in London aus.«

»Es ist brütend heiß«.

»Du solltest einen Hut aufsetzen, Freya«, rät mir Dad und deutet auf seinen Sonnenhut.

»Danke, Dad, aber die Abendsonne wird mich schon nicht verbrennen«, lache ich.

»Wie geht es dir, Adrian? Alles okay?«, fragt Dad.

»Klar. Ich rufe an, weil mein Urlaub an Weihnachten genehmigt wurde. Ich kann also nach Hause fliegen!«

»Super!«, rufe ich und hebe mein Glas, um dem Handy zuzuprosten. »Das sind tolle Neuigkeiten!«

»Wunderbar«, stimmt Dad mir strahlend zu. »Ich freue mich sehr.«

»Und… na ja…« Adrian seufzt und holt tief Luft. »Ich dachte, ich frage Nolan, ob er mich begleiten will. Wenn das okay für euch ist?«

»Wir würden ihn sehr gerne kennenlernen!«, meint Dad freudig. »Sag ihm, dass er unbedingt kommen muss.«

»Ich werde ihn nicht zwingen, Dad.« Adrian verdreht lächelnd die Augen. »Aber er hat neulich erwähnt, dass er noch nie in England war und gerne mal hinmöchte, also dachte ich, ich nehme das als Hinweis. Die Dinge laufen gut mit ihm, und ich mag ihn wirklich. Er findet vielleicht, es wäre zu früh, um so weit zu fliegen und meine Familie kennenzulernen, und vielleicht möchte er Weihnachten auch mit seiner Familie verbringen, aber ich dachte…«

»Frag ihn«, unterbricht ihn Dad. »Wenn du ihn nicht fragst, wirst du es nie erfahren.«

»Ganz genau«, stimme ich ihm grinsend zu. »Ich freue mich so, dass es gut mit ihm läuft, Adrian. Ich kann es kaum erwarten, ihn kennenzulernen. Wir werden dafür sorgen, dass er sich wie zu Hause fühlt.«

»Ja, und er kann meinen Teich bewundern!«, ruft Dad. »Er entwickelt sich prächtig. Obwohl er im Winter vermutlich nicht so eindrucksvoll aussieht. Wirst du ihn auch deiner Mutter vorstellen?«

»Ich weiß es nicht. Aber ich glaube schon.« Adrian zögert. »Was meinst du, Freya?«

»Das ist eine gute Idee. Vielleicht... Vielleicht können wir während der Feiertage ein bisschen Zeit mit ihr verbringen.« Sie sehen mich überrascht an, und ich verdrehe die Augen. »Okay, jetzt macht mal keine große Sache daraus. Wir gehen es langsam an.«

»Weiß Mum das auch?«, fragt Adrian glucksend.

»Natürlich nicht. Sie hat diese Woche schon dreimal angerufen, um ›sich mal zu melden‹. Und einmal hat sie darauf bestanden, ein Gedicht über ungebrochene familiäre Bindungen vorzutragen.«

»Selbst geschrieben?«

»Nein.«

»Gott sei Dank.«

»Ich finde es schön, dass sie sich so viel Mühe gibt«, meint Dad erfreut. »Wir bewegen uns als Familie aufeinander zu, und das ist wichtig.«

»Und wie laufen die Dinge an der Männerfront, Freya?«, fragt Adrian.

»Gar nicht«, informiere ich die beiden. »Ich glaube, ich bin noch nicht so weit.«

»*Ich* glaube, das weißt du erst, wenn du es versuchst«, erwidert Adrian. »Probier es aus, und wenn es sich falsch anfühlt, bist du noch nicht so weit. Aber ich finde, du hast dir etwas Spaß verdient.«

Dad rückt seinen Sonnenhut zurecht. »Vielleicht lernst du dabei jemanden kennen, der dich interessiert. Man weiß ja nie.«

»Wahrscheinlich. Aber es ist trotzdem beängstigend.«

»Deshalb musst du dich einfach hinaustrauen«, gibt Adrian

sich beharrlich. »Je länger du wartest, desto Furcht einflößender wird es.«

»Da muss ich Adrian recht geben«, meint Dad und rutscht nervös hin und her. »Es ist nicht so Furcht einflößend, wie ich dachte.«

»Moment mal«, hake ich vorsichtig nach. »Dad, willst du damit sagen, dass du dich verabredet hast?«

»Nun, wenn du schon so fragst. Ja, ich hatte diese Woche ein Date.«

»*WAS?*«, kreische ich, und die anderen Gäste drehen die Köpfe in meine Richtung. »Warum hast du uns nichts davon erzählt?«

»Weil ich wusste, dass ihr ein großes Aufheben darum machen würdet«, erklärt er schroff. »Ich wollte nicht, dass ihr beide mir weiß Gott was für einen Blödsinn erzählt und mich noch nervöser macht.«

»Wer ist es? Wie ist sie so? Lief es gut?«, bombardiert ihn Adrian. »Ich kann nicht glauben, dass du kein Wort gesagt hast! Das ist toll, Dad!«

»Schon gut, jetzt macht mal nicht den Hund in der Pfanne verrückt«, befiehlt er. »Sie heißt Harriet, und wir haben uns im Forum *Immergrün* kennengelernt.«

»*Wo?*«

»Das ist ein Internetforum mit Tipps und Ratschlägen für Gartenliebhaber. Ein Nachbar hat es mir empfohlen, um mir Hilfe bei der Teichgestaltung zu holen, also habe ich meine Fragen hochgeladen, und die besten Antworten kamen immer von einer Person: Harriet. Sie ist sehr kompetent, und wir haben so lange im Forum gechattet, dass wir dachten, wir könnten uns doch auch anrufen. Auch das lief prächtig, und ehe wir uns versahen, hatten wir über eine Stunde telefoniert! Wir fanden heraus, dass wir nicht allzu weit voneinander entfernt wohnen, und Freya hat mich inspiriert, sie hierher einzuladen, damit sie sich den Teich ansieht und meine Molche kennenlernt.«

»Moment.« Ich hebe die Hand. »Was meinst du damit, dass *ich* dich inspiriert habe?«

»Ich weiß schon lange, dass meine beiden Kinder um einiges mutiger sind als ich. Adrian, du bist in eine fremde Stadt gezogen, hast hart für deine Karriere geschuftet und bist inzwischen glücklich verliebt. Und Freya… wir wissen alle, dass du mit beinahe allem zurechtkommst.«

»Außer mit Quallen.« Adrian grinst.

»Halt die Klappe, Adrian«, schnaube ich.

»Dein Gespräch mit Matthew hat mich daran erinnert, dass es nicht immer einfach ist, die richtigen Entscheidungen zu treffen«, fährt Dad fort. »Es ist sogar sehr Furcht einflößend. Aber ich habe erkannt, dass ich mir selbst eine zweite Chance schuldig bin, also habe ich all meinen Mut zusammengenommen und sie gefragt, ob sie meinen Teich persönlich kennenlernen will. Sie war vor ein paar Tagen hier, und es war ein sehr netter Abend. Wir saßen im Garten, und sie konnte Horatio Nelson und Francis Drake kennenlernen.«

»Jetzt redest du wieder von den Molchen, oder?«

»Nein, Adrian, er redet von den lange verstorbenen Admirälen.«

»Wir haben am Wochenende eine Verabredung«, erklärt Dad über unsere Sticheleien hinweg. »Ich führe sie ins *Crown* aus. Und bevor du etwas dazu sagst, Freya: Ich habe ihr von dem Essen erzählt, und sie ist fest entschlossen herauszufinden, ob es tatsächlich getarnte Mikrowellengerichte sind.«

»Das klingt toll, Dad. Ich freue mich sehr für dich«, verkünde ich strahlend.

»Ich mich auch. Hey, und vielleicht lernen wir sie an Weihnachten auch persönlich kennen«, schlägt Adrian vor.

»Immer mit der Ruhe!«, ruft Dad erschrocken. »Wir hatten erst eine Verabredung. Ich will sie nicht verschrecken, wenn ich ihr euch zu früh vorstelle.«

»Ja, Adrian«, sage ich kopfschüttelnd. »Immer cool bleiben.«

»Das ist das Stichwort, dass meine Mittagspause vorüber ist«, meint Adrian lachend. »Wir hören uns bald wieder. Gut gemacht, Dad. Und Freya: Es wird Zeit, dass du dich wieder in den Sattel schwingst. Du hast einen schlimmen Sturz hinter dir, aber der einzige Weg, es zu verarbeiten, ist, wieder aufzusteigen. Sonst nimmt die Angst überhand.«

»Ich werde mich bemühen.«

Wir verabschieden uns, winken einander über unsere Bildschirme zu und legen auf. Ich lasse den kalten Wein im Glas kreisen, lehne mich zurück und denke über Adrians Ratschlag nach.

Seit ich offiziell single bin, denke ich durchaus öfter darüber nach, mich wieder zu verabreden. Ich verbringe zu viel Zeit damit, mir auf YouTube Videos von Corgis anzusehen, die ihre flauschigen Hintern zu peppiger Musik schwingen. Es wird also vielleicht wirklich Zeit, mich hinauszuwagen und mich an brillanten Gesprächen mit anderen Menschen zu üben.

Es sitzen auch einige wirklich gut aussehende Männer in dieser Bar. Der Osten der Stadt ist voll mit coolen Männern in trendigen Klamotten, also sollte ich vielleicht …

Moment mal. Ich glaube, Jamie arbeitet hier irgendwo in der Nähe. Ich meine, das muss er. Immerhin sehen die Männer in dieser Bar aus wie er. Zumindest so ähnlich. Sie haben nicht dieses *je ne sais quoi*, aber ich wette, dass einige von ihnen in einer unabhängigen Brauerei arbeiten und meinen Job als ungeheuer minderwertig erachten, obwohl ich sie alle jederzeit bei einer Verkostung schlagen würde.

Jamie.

Das Kribbeln ist wieder da, und ich bin plötzlich nervös. Ich habe ihn seit Dublin nicht mehr gesehen, aber allein beim Gedanken an ihn zieht sich mein Magen zusammen. Das passiert immer, wenn ich ab und zu an ihn denke. Ich habe einige Male überlegt, ihm eine Nachricht zu schreiben, es mir aber jedes Mal ausgeredet. Wäre das nicht seltsam? Will er mich überhaupt wiedersehen?

Ich will ihn wiedersehen.

Ich lächle, während ich es denke. *Ich will Jamie wiedersehen.*

Es fühlt sich toll an, wieder diese Aufregung zu spüren, wenn ich an einen Mann denke. Nachdem ich mich die letzten Monate so verwirrt und verletzlich gefühlt habe, ist es schön, Schmetterlinge im Bauch zu haben.

Zwischen uns hat es gefunkt, und wenn man den diversen Romcoms glauben darf, passiert das nicht sehr häufig. Wenn ich in den letzten Wochen etwas von Julia Roberts und Cameron Diaz gelernt habe, dann, dass man es sich nicht durch die Lappen gehen lassen darf. Nicht einmal, wenn man einen verrückten Sommer hinter sich hat, in dem man versucht hat, über seinen Ex hinwegzukommen, ohne es wirklich zu versuchen.

Ich öffne Google-Maps und suche nach der *Dancing Bear*-Brauerei. Sie ist nur fünf Minuten von der Bar entfernt, in der ich gerade sitze. Das ist Schicksal. Ich muss nachsehen, ob er da ist. Wobei die Chance besteht, dass er es nicht ist. Vielleicht ist er schon nach Hause gegangen. Ich sollte mir nicht zu große Hoffnungen machen. Vielleicht bringt die Mühe nicht das Geringste.

Oder vielleicht doch.

Ich winke dem Kellner, bezahle, packe meine Sachen zusammen und eile aus der Bar, den Blick konzentriert auf die Landkarte auf meinem Handy gerichtet. Langsam mache ich mir erste Gedanken, was ich tue, wenn ich ihm gegenüberstehe. O Gott, was soll ich ihm sagen? Ich werde instinktiv langsamer, und meine Füße schlurfen über den Bürgersteig, während mein Gehirn verzweifelt versucht, einen Plan aufzustellen, aber ich bin viel zu durcheinander. Immerhin werde ich vielleicht bald Jamie wiedersehen.

Ich würde gerne Ruby anrufen und sie fragen, ob es eine gute Idee ist, ihn im Büro zu besuchen, und was, um alles in der Welt, ich zu ihm sagen soll, aber sie isst heute mit einigen von Leos Schulfreunden zu Abend.

Diese verdammten Paare mit ihren verdammten Pärchen-Verabredungen.

Das Gebäude der *Dancing Bear*-Brauerei kommt in Sichtweite. Es sieht aus, wie ich es mir vorgestellt habe, bis hin zu den jungen Hipstern auf den wackeligen Picknickbänken, die wie zufällig vor dem Gebäude verteilt sind. Sie trinken Bier, streicheln ihre Bärte und reden über Nietzsche.

(Das mit Nietzsche habe ich mir ausgedacht. Ich habe keine Ahnung, worüber sie sich unterhalten.)

Ich trete durch die Tür in einen großen, kühlen Raum, der dank der hohen Decke und den Metallfässern am Rand aussieht wie eine Lagerhalle. Ich will gerade auf eine der Angestellten zugehen, als mir etwas ganz, ganz Schreckliches einfällt.

Ich habe vergessen, wie ich aussehe.

O mein Gott, was habe ich getan? *Was habe ich getan?*

Ich war so aufgeregt, Jamie wiederzusehen, dass ich einfach in meinem labberigen alten Sportshirt und den Leggins losmarschiert bin. Von dem Make-up, das ich den ganzen Tag im Büro getragen habe, ist nach dem heißen Nachmittag kaum etwas übrig, und ich habe die ungewaschenen Haare zu einem schlampigen Pferdeschwanz zusammengefasst.

ICH MUSS SOFORT RAUS HIER.

Ich mache auf dem Absatz kehrt und eile auf den Ausgang zu, als ich etwas höre, das niemand in dieser Situation hören will.

Meinen Namen.

»Freya?«

Ich verziehe das Gesicht, dann drehe ich mich langsam um und sehe Jamie, der verblüfft auf mich zukommt. Die gute Nachricht ist, dass er nicht erschrocken aussieht. Die schlechte Nachricht ist, dass er mich jetzt in diesem Aufzug gesehen hat. Er selbst sieht gut aus in seiner hellblauen Jeans und dem bunten, offenen Hemd über einem weißen T-Shirt. Sein Bart ist kurz geschnitten, und auch die Haare sind kürzer.

»Hey«, sagt er und lächelt strahlend, sodass ich mich sofort behaglich und verängstigt zugleich fühle. »Was machst du hier?«

»Jamie! Hi!« Ich gebe mich überrascht, ihn hier zu sehen, was natürlich Schwachsinn ist. Wir wissen beide, dass ich weiß, dass er hier arbeitet. »Ich war zufällig in der Nähe und dachte mir …«

Ich wedle mit der Hand, als würde diese Geste genau erklären, was ich mir dachte. Ich weiß selbst nicht genau, was es war, und Jamie weiß es vermutlich noch weniger.

»Klar«, murmelt er verwirrt. »Es ist auf jeden Fall schön, dich zu sehen. Ich freue mich, dass du … zufällig in der Nähe warst.«

Er lächelt wissend. *Okay, Moment mal.* Alles klar. Jetzt denkt er, es wäre nur eine Ausrede, und ich hätte die Fahrt in den Osten der Stadt auf mich genommen, nur um ihn zu sehen.

»Ich war beim Trapezturnen.«

»Wie bitte?«

»Ich bin wirklich zufällig vorbeigekommen. Ich besuche einen Trapez-Kurs in der Nähe«, erkläre ich, damit er nicht denkt, ich hätte nur wegen ihm eine solche Weltreise angetreten. Außerdem weist es darauf hin, dass ich nur nach einem anstrengenden Training so aussehe (auch wenn es höchstens fünf Minuten gedauert hat).

»Einen Trapez-Kurs. Wirklich?«

»Ja.«

»Interessant. Wie ist es gelaufen?«

»Nicht schlecht. Es ist allerdings kein leichtes Hobby. Man braucht jede Menge Kraft, Gleichgewichtssinn und Engagement. Und es ist nicht einfach, es vor anderen Leuten zu probieren. Es muss immer jemand danebenstehen und darauf achten, dass man nicht runterfällt und sich den Hals bricht.«

Er nickt langsam, während ich plappere. »Das wäre natürlich ungünstig.«

»Mmh. Gott sei Dank bin ich heil herausgekommen.«

»Ja, da sind wir alle froh.« Er grinst übers ganze Gesicht, als hätte er sich bis jetzt zurückgehalten. »Hast du Lust auf ein *Dancing Bear*-Bier?«

»Ja, unbedingt.«

»Dann komm mit«, sagt er und führt mich zu der Bar im hinteren Teil des Raumes. »Wir haben ein paar Kernmarken – Pale Ale, Lager, Bitter –, und dann haben wir noch Sonderbiere und die Sommereditionen. Mit Zitrone, könnte dir vielleicht schmecken. Aber ich schätze, du willst ein paar durchprobieren?«

»Ich bin bereit für alles«, informiere ich ihn.

»Genau das wollte ich hören.«

Ich klettere auf einen Barhocker, während er hinter die Bar tritt und dabei den anderen Angestellten ausweicht, die Pints für die Gäste zapfen, die zum Großteil draußen in der Sonne sitzen.

»Beginnen wir mit unserem bekanntesten Pale Ale«, meint Jamie und greift nach einem Glas unter der Bar.

»Klingt gut. Danke.«

»Also, wie ist es dir in letzter Zeit ergangen?«, fragt er und zapft die erste Kostprobe in ein kleines Glas, wobei er sich zur Seite lehnen muss, weil eine Kollegin an ihm vorbeigreift. »Du warst offensichtlich ständig mit Trapezturnen beschäftigt…«

»Das ist sehr zeitintensiv.« Ich lehne mich vor und stütze die Arme auf der Bar ab. »Dieses Wochenende steigt Rubys Junggesellinnenabschied, den ich organisiert habe. Und im Büro war es verrückt. Ich arbeite an einer neuen Kampagne für *Bodacious*, eine unserer Gin-Marken. Vielleicht hast du davon gehört?« Jamie nickt. »Er wird in Shropshire nach einem Originalrezept aus den 1920ern produziert, ist das nicht cool? Sie mussten die Produktionsstätte seit damals zwar einige Male wechseln, weil sie stetig gewachsen sind, aber um das Erbe zu bewahren, nennen sie jede neue Zentrale ›Poppycock Lane‹ nach der Straße, in der sich die erste Destillerie befand. Jedenfalls haben wir mit den Familienmitgliedern gesprochen, die noch immer für das Unternehmen arbeiten, und unsere Kampagne soll sich um die Geschichte der Marke und den herrlichen Sinn für Humor drehen, denn ›Poppycock Lane‹ ist nun mal einer dieser typisch britischen, unglaublich albernen Straßennamen und… o mein Gott, es tut mir leid. Ich plappere vor mich hin, und du langweilst dich.«

»Nein, gar nicht!«, versichert Jamie mir. »Das klingt echt cool.«

»Oh, gut. Na ja, auf jeden Fall wollte ich dir danken, weil du mich bei den *Swill Awards* auf die Idee gebracht hast.«

Er wirkt überrascht. »Wirklich?«

»Du hast dir die Zeit genommen, etwas über die Familie hinter diesem göttlichen Olivenöl zu erfahren. Und wenn du über *Dancing Bear* redest… die Leidenschaft und das Fachwissen der Leute, die das Bier tatsächlich brauen… das macht das Produkt so besonders. Und daher kam die Idee.«

Er grinst. »Ich hatte keine Ahnung, dass meine Worte solches Gewicht haben, aber es ist schön, dass sie etwas Gutes bewirkt haben.«

»Was ist mit dir? Was hast du so gemacht, seit wir uns das letzte Mal gesehen haben?«

»Ich hatte zwar keine Junggesellinnenabschiede zu planen, aber im Büro war ebenfalls viel los.« Er reicht mir das erste Glas. »Okay, hier bitte. Es sollte ein erfrischendes Geschmackserlebnis mit einem Hauch Zitrone und Pfirsich ergeben. Mal sehen, was du davon hältst.«

Ich bedanke mich und betrachte unter seinem prüfenden Blick die Farbe des Bieres, bevor ich einen Schluck nehme. Ich lasse mir Zeit für mein Urteil und nehme einen weiteren Schluck, ehe ich hoffentlich einigermaßen nachdenklich die Stirn runzle.

»Und?«, drängt er.

»Ich mag den Geschmack«, erkläre ich ihm wahrheitsgemäß. »Sehr sogar. Ich glaube, das könnte ich trinken.«

Er lächelt und entspannt sich merklich. »Ich schätze, ein besseres Kompliment kann ich mir aus deinem Mund nicht erwarten.«

»Du weißt, ich bin keine Biertrinkerin.«

»Ja.« Er beginnt mit dem Zapfen der nächsten Probe. »Als Nächstes versuchen wir ein Lager.«

»Klar.«

»Wie ich hörte, ziehst du um?« Er sieht mich nicht an, sondern konzentriert sich aufs Zapfen. »Cali und Dominic haben es erwähnt, als ich neulich mit ihnen unterwegs war.«

Vielleicht hat er nach mir gefragt.

»Ja, stimmt. Ich bin auf der Suche nach einer eigenen Wohnung.«

»Super.«

»Ich habe mir schon einige angesehen, aber die richtige war noch nicht dabei.«

»Das wird sich sicher ergeben.«

»Ich hoffe es.«

»Hier bitte, unser frisches, sanftmundiges Lager.«

Ich betrachte, koste, überlege und fälle meine Entscheidung. »Köstlich.«

Er hebt die Augenbrauen. »Wirklich?«

»Ja. Ich glaube, das mag ich lieber als das Pale Ale.«

»Wird notiert.«

»Du siehst anders aus«, bemerke ich, während er das dritte Glas zapft. »Dein Bart ist kürzer.«

Er streicht sich übers Kinn. »Es war nicht meine Idee, aber im Endeffekt hatte sie recht. Es sieht wirklich besser aus.«

Mein Magen dreht sich, und meine Wangen beginnen zu glühen.

Er hat eine Freundin. Natürlich hat er die. Männer wie Jamie warten nicht so lange auf eine Frau. Ich bin eine Idiotin.

»Es hat sich herausgestellt«, fährt er fort und bemerkt nichts von den inneren Qualen und der Demütigung, die ich gerade erfahre, »dass Mütter es immer noch am besten wissen.«

GOTT SEI DANK.

»Ach so, dann war es die Idee deiner Mum. Es sieht sehr gepflegt aus.«

»Gepflegt?«

»Du weißt schon. Nett.«

»Danke. Das nächste Bier ist ein Indian Pale Ale – die Marke, die für die *Swill Awards* nominiert war, also mach dich auf etwas gefasst. Es wird vermutlich...«

»Ich habe die Sache mit Matthew endgültig beendet«, platze ich heraus.

Er hält mit dem Glas in der ausgestreckten Hand inne und sieht mich blinzelnd an. Die Kollegin, die gerade hinter ihm steht, reißt die Augen auf und macht sich aus dem Staub, um uns etwas Privatsphäre zu geben.

»Tut mir leid«, sage ich und werde erneut rot. »Ich dachte nur... du solltest es wissen.«

»Oh.« Er stellt das Glas ab. »Ich... ähm... tut mir leid, dass du... ich hoffe, es geht dir gut?«

»Ja! Das ist eine gute Sache«, erkläre ich aufgeregt. »Technisch gesehen, war es bereits aus, wie du weißt. Aber wir hatten... ein letztes Gespräch. Und das war dieses Mal meine Entscheidung. Und seine auch. Es war also einvernehmlich. Und jetzt ist es endgültig vorbei. *Finito*. Er ist raus aus meinem Leben. Auf Nimmerwiedersehen, Matthew! *Au revoir! Hola! Arrivederci!*«

»Hola heißt eigentlich ›Hallo‹.«

»Das ist mir auch aufgefallen, als ich es gesagt habe.«

Es folgt eine unbehagliche Pause.

Ich verziehe das Gesicht. »Es tut mir leid, Jamie. Ich hätte nichts sagen sollen.«

»Nein! Nein, du musst dich nicht entschuldigen. Es ist alles gut.« Er wirkt leicht panisch. »Das sind gute Nachrichten. Ich meine, es freut mich für dich. Wenn es dich freut.«

»Ja. Ja, es freut mich.«

»Super.«

Wir schweigen erneut. Er steht unbehaglich da, ich sitze steif auf dem Barhocker. Dann schiebt er mir langsam das Glas über die Bar und räuspert sich. »Also, das ist das IPA. Es ist... hopfig.«

»Okay.« Ich nehme einen Schluck. »Ja. Nett und... hopfig.«

O mein Gott. Das ist noch peinlicher als an dem Abend, als mein Ex-Verlobter anrief, während Jamie mich küsste, nachdem er mich nackt durch den Hotelflur hatte laufen sehen.

Ich habe mich offensichtlich verschätzt. Ich habe ihm gesagt, dass ich nun offiziell single bin, und er hat mir daraufhin etwas über hopfiges Bier erzählt. Ich bin von der albernen Annahme ausgegangen, dass da ein alberner Funke zwischen uns war, und nun habe ich uns beide in eine sehr unangenehme Situation gebracht.

»Ich sollte jetzt nach Hause gehen«, erkläre ich bestimmt und tippe auf das IPA-Glas. »Das ist wirklich gut. Ich bin ehrlich beeindruckt. Du bist sehr findig.«

DU BIST SEHR FINDIG?

Klar, Freya, das sind die richtigen Worte, damit er dir die Wäsche vom Leib reißt.

DU MUSST NOCH EINIGES LERNEN, MÄDCHEN.

»Danke für die Kostproben«, fahre ich fort und rutsche vom Barhocker. »Und es war schön, dich wiederzusehen.«

»Freya…«, beginnt er und runzelt dabei die Stirn. »Warte. Du musst nicht gehen. Ich…«

»Nein, nein. Ich will gehen. Ich meine, ich will nicht gehen, aber ich muss. Ich habe so viel zu tun. Rubys Junggesellinnenabschied, du weißt schon. Es gibt jede Menge zu organisieren. Essen, Spiele, Pimmelhüte…«

WARUM REDEST DU VON PIMMELHÜTEN?

»Wie auch immer. Viel Glück mit…« Ich deute auf die Bar und weiche rückwärts von ihm fort. »Dem hier.«

»Freya…«

»Aber es war köstlich! Wirklich köstlich. Danke. Okay, dann auf Wiedersehen.«

Ich mache auf dem Absatz kehrt und verschwinde, so schnell ich kann, ehe er mich aufhalten kann. Sein fassungsloses Gesicht, als ich vor ihm zurückgewichen bin, hat sich in mein Gehirn gebrannt, und ich grüble den ganzen Heimweg darüber nach. Was habe ich mir nur dabei gedacht? Ich hätte Matthew nicht erwähnen sollen. Bis zu dem Moment war es eine sehr nette Begegnung gewesen. Um Himmels willen, Freya, er hat vermutlich eine Freundin! Oder vielleicht denkt er, dass wir unseren Moment hatten, den ich allerdings versaut habe, und nun geht das Leben weiter. Ich schleppe viel Gepäck mit mir herum. Und der Kuss... wir waren in einem anderen Land und hatten getrunken. Außerdem war es auf einer Hochzeit. Wir waren in romantischer Stimmung und...

Vermutlich wollte er bloß einen One-Night-Stand, und nachdem ich es ruiniert habe, marschiere ich mehrere Wochen später zu ihm in die Firma, als wäre ich nicht mehr bei Trost, und erkläre ihm, dass ich mich endgültig von meinem Ex-Verlobten gelöst habe, ohne dass sich das Gespräch auf irgendeine Weise in diese Richtung entwickelt hätte.

Ich bin offensichtlich noch nicht bereit, mich mit jemandem zu verabreden. Ich sollte meine Abende weiter damit verbringen, mich auf mich selbst zu konzentrieren und all die wichtigen Dinge zu erledigen, die erledigt werden müssen. Corgi-Videos ansehen, zum Beispiel. Oder Pimmelhüte bestellen.

Und ich sollte unbedingt vergessen, was gerade passiert ist.

Jamie wer?

Okay. Erledigt. Kein Problem. Ich habe ihn bereits vergessen.

To-do-Liste für Rubys Junggesellinnenabschied

- Pimmelhüte, Fotobuch und Paracetamol einpacken.
- Fotobuch fertig gestalten (versuchen, dabei nicht unabsichtlich Glitter in die Nase zu bekommen, wie gestern Abend. Ich musste auf dem Weg in die Küche so oft niesen, dass ich nichts mehr erkennen konnte und in den Türstock gelaufen bin).
- Den Termin mit dem Stripper bestätigen (nachfragen, ob ich die Schlagsahne und das Babyöl selbst besorgen muss).

Ich hätte fast vergessen, den aufblasbaren Toyboy mitzunehmen. Verdammt, das wäre eine KATASTROPHE gewesen.

Das klingt vielleicht seltsam, aber der Pimmelhut steht mir überraschend gut.

Ich habe gerade dem Pizzaboten die Tür aufgemacht, und er hat mich seltsam angestarrt. Ich hatte vergessen, den Pimmelhut abzunehmen.

Ich schicke Simone ein Selfie mit Pimmelhut und schreibe: »Ich hoffe, du bist bereit für Rubys letzten Abend in Freiheit!«

Worauf sie antwortet: »Das erinnert mich an eine wilde Nacht vor langer Zeit in Amsterdam.«

Ich nehme den Hut jetzt ab.

Kapitel 28

Ich muss immer wieder an Jamie denken.

Wie wir gemeinsam Dublin erkundet haben, wie viel wir gelacht haben, und dass der Tag wie im Flug verging, weil wir ihn gemeinsam verbrachten. Oder an das Wochenende in Leeds, als er mir das Gefühl gab, nicht ganz allein zu sein, und mich dazu angestiftet hat, den Verkehrskegel zu stehlen, als wären wir zwei verrückte Teenager, die Blödsinn machen. Ich hatte viel Spaß mit ihm. Allein beim Gedanken daran werde ich nervös und erschaudere.

Ich wollte ihn aus meinen Gedanken verbannen, und trotzdem sitze ich jetzt hier bei Rubys Junggesellinnenabschied auf einem Kanalboot, umgeben von aufgeregten Frauen mit Pimmelhüten, die zu Beyoncé tanzen, und denke *schon wieder* an ihn. Jedes Mal, wenn ich überlege, ebenfalls zu tanzen, weiß ich, dass ich wieder meinen »Lach-Trick« machen werde, was mir ohne Jamie gar nicht bewusst wäre.

»Freya ist verliebt«, flüstert Ruby mir ins Ohr und lässt sich kichernd neben mich sinken. Die Kapitänsmütze fällt ihr in den Schoß. »Ups. Die gehört aber auf den Kopf – sonst weiß hier ja niemand, wer das Ruder in der Hand hält, wenn du weißt, was ich meine?«

»Klar.« Ich lache und sehe zu, wie sie die Mütze wieder aufsetzt. »Amüsierst du dich?«

»BLENDEND!«, versichert sie mir und reißt vor Begeisterung die Augen weit auf.

Ruby hatte sehr genaue Vorstellungen von ihrem Junggesellinnenabschied. Sie wollte in London feiern und erinnerte mich wiederholt daran, dass es auf keinen Fall zu anstrengend werden sollte. Sie wollte es entspannt mit gutem Essen und Trinken. Das war meine Vorgabe. Also begann der Tag mit einem ausgiebigen Brunch – *Ist es ohne Brunch überhaupt ein Junggesellinnenabschied?* –, und danach kam die Kanalbootfahrt an die Reihe. Später werden wir bei Cali zu Hause die klassischen Partyspiele durchmachen und den als Feuerwehrmann verkleideten Stripper begrüßen, bevor es zu einem Drei-Gänge-Menü in das Extrazimmer eines schicken Restaurants geht und wir den Abend im VIP-Bereich eines Clubs ausklingen lassen, wo sie Wunderkerzen in die Champagnerflaschen stecken (ein besonderer Wunsch der Braut).

»Warum rufst du ihn nicht einfach an?«, fragt Ruby plötzlich, während sie mit den Schultern im Takt der ohrenbetäubend lauten Musik wippt.

»Wen?«

»Jamie.« Sie verdreht die Augen. »Du hast mal wieder an ihn gedacht.«

»Nein, gar nicht!«

»Doch. Du hattest dieses verträumte Lächeln im Gesicht, wie immer, wenn du heimlich verliebt bist.« Sie wackelt mit dem Finger vor meiner Nase. »So sieht jeder aus, der verliebt ist, und du jetzt gerade ganz besonders.«

»Eigentlich habe ich deine Slutdrops bewundert. Es ist bewundernswert, dass du die immer noch so draufhast. Sogar auf einem fahrenden Boot.«

»Ich habe außergewöhnlich kräftige Beine«, versichert sie mir. »Und selbst wenn du gerade nicht an Jamie gedacht hast, solltest du ihn anrufen. Ich mag ihn.«

»Auf deinem Junggesellinnenabschied haben Männergeschichten nichts verloren«, erkläre ich und nehme einen Schluck Prosecco.

»Im Gegenteil! Ich will alles über eure Männergeschichten erfahren! Hör mal, du darfst dir nicht die Schuld daran geben, was in Dublin passiert ist. Du warst damals noch nicht für einen neuen Mann bereit, ganz egal, wie sexy er mit seinem Bart und den Tattoos aussehen mag. Matthew lauerte immer noch im Schatten.«

»Ja, aber er war schon längst fort, als ich in der *Dancing Bear*-Brauerei war, und auch da habe ich alles vermasselt. Es soll nicht sein.«

»Glaubst du an solche Dinge?«, fragt sie verträumt, rutscht ein wenig die Bank nach vorne und legt ihren Kopf auf meine Schulter.

»Ja, ich glaube schon. Es kommt, wie es kommt. Ich glaube, das ist manchmal ein schöner Ansatz.«

»Ja, ich auch. Aber wir beide haben immer schon zusammengehört, nicht wahr?«

»Auf jeden Fall.«

»Das liebe ich so an Junggesellinnenabschieden«, gesteht sie. »All diese Frauen...« Sie deutet mit dem Finger auf die tanzenden Gäste. »Wir haben alles schon erlebt. Gute Zeiten, schlechte Zeiten, Beziehungen, gebrochene Herzen, Familienprobleme. Aber jetzt sind wir hier auf diesem Kanalboot, und ich hatte noch nie so viel Spaß. Es geht nichts über die Liebe zwischen Freundinnen und Freunden, nicht wahr?«

Ich lege einen Arm um sie. »Jetzt hör sich mal einer die Braut an. So rührselig und poetisch.«

»Verdammt, du erzählst doch niemandem, was ich gerade gesagt habe, oder?«

»Möglich wäre es.«

»Du darfst ihnen nicht sagen, dass ich von der Liebe zwischen Freundinnen und Freunden geredet habe, das war das Schlimmste.«

»Das war das Beste.«

»Sag es ja nicht Leo.«

»Der erfährt es zuerst.«

»Freya!«

»Was soll ich sagen, Rubes? Das Leben ist hart und ungerecht.«

»Ja, das ist es.« Sie richtet sich grinsend auf. »Obwohl es im Moment gar nicht so schlecht aussieht.«

»Nein, jetzt ist es echt okay.«

»Willst du zu Lady Gaga über ein Kanalboot tanzen?«

»Nicht wirklich, aber im Namen aller Junggesellinnenabschiede …« Ich stehe auf, strecke ihr die Hand entgegen und ziehe sie hoch. »Lass uns tanzen.«

Am Morgen von Rubys Hochzeitstag habe ich das seltsame Gefühl, als müsste ich mich bei ihr dafür entschuldigen, was vor meiner Hochzeit passiert ist. Erst jetzt wird mir klar, wie schwer es für sie gewesen sein muss, als ich sie nicht sehen wollte, nachdem Matthew mit mir Schluss gemacht hatte. Heute bin ich die beste Freundin der Braut, und es reicht ein Blick auf ihr Gesicht, um zu wissen, wie viel ihr dieser Tag bedeutet.

Ich sehe die Sorge und die Anspannung in ihrem Gesicht, als sie noch einmal sichergeht, das alles organisiert und an seinem Platz ist, und ihrer Mum Hunderte Fragen stellt, während sie geschminkt und frisiert wird. Ich sehe ihre Aufregung und Nervosität, als sie ihr Spiegelbild betrachtet. Man ist unglaublich stolz, wenn die beste Freundin heiratet, weil man weiß, dass sie jede Sekunde des Glücks verdient hat, das der heutige Tag bringen wird. Ruby hat sich jede Umarmung, jedes Lächeln und jeden feierlichen Moment verdient, den sie heute bekommt, weil sie ein wundervoller Mensch ist, den kein Mann wirklich verdient hat. Aber wenn es einer hat, dann Leo.

Und deshalb fühle ich mich schrecklich schuldig, wenn ich daran denke, dass ich alleine in der Besenkammer saß, nachdem mir alles genommen worden war, während Dad herumging und alle nach Hause schickte – unter anderem natürlich auch Ruby.

Sie muss Tausende Tode für mich gestorben sein. Das weiß ich jetzt, denn wenn etwas den heutigen Tag ruinieren sollte, würde es mir genauso gehen. Ich will sie um alles in der Welt beschützen, aber ich habe ihr damals nicht dasselbe erlaubt. Zumindest nicht gleich.

»Freya«, fragt sie plötzlich und reißt mich aus der Erinnerung an diesen schrecklichen Tag. Unsere Blicke treffen sich im Spiegel. »Weinst du?«

»Natürlich nicht.«

»Deine Augen sind feucht.«

»Das macht das Make-up.«

»Das Make-up ist aber nicht auf deinen Augäpfeln, du Dummerchen.«

Ich lächle ihrem Spiegelbild zu, und sie lächelt zurück.

»Soll ich dir irgendetwas bringen?«, frage ich. »Willst du etwas trinken? Oder essen?«

»Nein, ich brauche nichts, danke. Oder doch. Hast du ein Deo dabei?«

»Ja. Soll ich es holen?«

»Bitte. Kaum zu glauben, dass ich vergessen habe, Deo zu meiner Hochzeit mitzunehmen.«

»Du hättest alles Mögliche vergessen können, Rubes. Deo ist das geringste Problem«, erkläre ich. »Ich bin gleich wieder da.«

Ich verlasse ihr Zimmer und gehe in meines, das nur einige Türen den Flur hinunter liegt. Ruby und Leo feiern eine entspannte, intime Hochzeit in einem Festzelt auf einem Feld in Herefordshire – sie lieben den Boho-Vibe, und es ist wie bei einem Musikfestival, aber schicker und weniger schlammig –, und wir wohnen in einem hinreißenden Boutique-Hotel fünfzehn Minuten entfernt. Es gibt nur zehn Zimmer, und die Himmelbetten wirken wahrhaft königlich. Nachdem es letztes Wochenende geregnet hat, kam kurz Panik auf, weil die Zeremonie im Freien auf dem Feld unter einem Blumenbogen stattfindet, aber diese Woche war das Wetter viel besser. Heute ist es bewölkt, aber es soll nachmittags die Sonne herauskommen, und das ist perfekt.

Das Deo steht auf dem Schminktisch in meinem Zimmer, gleich neben meinem Handy, das gerade vibriert. Ich hebe ab.

»Hi, Mum.«

»Schätzchen! Du klingst heute so *lebenslustig!*«

»Das hörst du an zwei Wörtern?«

»Ich spüre Stimmungen, auch wenn Schweigen herrscht.«

»Ach ja.« Ich verdrehe die Augen. »Wie geht es dir? Alles okay?«

»Ich wollte nachfragen, ob du Kichererbsen isst?«

»Ja.«

»Gut! Ich koche kommendes Wochenende Eintopf für dich, und da gehören Kichererbsen hinein. Die einen mögen sie, die anderen hassen sie. Das ist vermutlich die Konsistenz. Sie sind eher bröselig.«

»Das klingt lecker. Aber ich muss jetzt...«

»Wie geht es Ruby heute Morgen? Du kannst ihr sagen, dass ich gestern Abend ihr zu Ehren eine Wurst vergraben habe!«

»Nicht das schon wieder.« Ich stöhne.

»Regnet es etwa an ihrem Hochzeitstag? Nein. Also, da hast du's!«

»Mum, eine Wurst in der Erde hat keinerlei Auswirkungen auf das Wetter. Das ist Wissenschaft.«

»Nein, es ist Schicksal, Schätzchen. Manchmal ist es gut, es auf deiner Seite zu haben.«

Ich richte den Blick an die Decke. »Wenn du meinst.«

»Wir freuen uns so, wenn wir dich nächstes Wochenende sehen! Wir werden diese Woche noch das Zimmer fertig machen, und wir haben bereits die Speisefolge festgelegt. Evan hat in einem unserer Lieblingspubs für Samstagabend einen Tisch reserviert! Der Ausblick wird dich umhauen!«

Ich werde weich, als ich höre, wie sehr sie sich freut. »Das klingt wirklich nett, Mum. Ich freue mich schon.«

»Ich habe Kian aus dem Poesie-Club gefragt, ob er seinen berühmten Zitronen-Holunder-Kuchen für dich macht. Keine Ahnung, wie er den Teig so saftig hinbekommt.«

»Das klingt ja alles ganz toll, Mum, aber ich muss jetzt los.«

»Ja, es liegt ein wichtiger Tag vor euch, und Ruby braucht dich an ihrer Seite! Aber bevor du gehst, würde ich dir gerne etwas vorlesen.«

»Aber nein, das ist wirklich nicht no...«

»Es ist aus *Anne in Avonlea* von Lucy Maud Montgomery«, unterbricht sie mich und räuspert sich. »*Vielleicht kam die Liebe nicht mit Pomp und Getöse wie ein klirrend dahinreitender Ritter daher. Vielleicht stahl sie sich auf leisen Sohlen zu einem, wie ein alter Freund. Vielleicht kam sie einem sehr prosaisch vor, bis sie plötzlich von einem Lichtstrahl erhellt wurde und alles zum Klingen brachte. Vielleicht. Vielleicht... entwickelte sich aus einer wunderbaren Freundschaft eine Liebe wie eine innen goldene Rose, die aus ihrer grünen Hülle entspringt.* Bitte sehr! Was hältst du davon? Ich dachte, das passt doch perfekt zu Rubys und Leos Hochzeitstag.«

»Weißt du was, Mum? Ich hatte meine Zweifel, aber ich muss dir zustimmen. Das ist wirklich perfekt.«

Sie seufzt schwer. »Die Liebe findet uns, wenn wir es am wenigsten erwarten. Halte dein Herz offen, Schätzchen!«

»Mum, ich muss jetzt echt los.«

»Ich wünsche dir einen wunderschönen Tag. Ich kann es kaum erwarten, dass du mir alles erzählst. Auf Wiedersehen, Schätzchen. Ich liebe dich«, fügt sie vorsichtig hinzu.

»Auf Wiedersehen Mum«, erwidere ich und senke den Blick. »Ich dich auch.« Ich weiß, dass sie ins Telefon lächelt, als ich auflege.

Ich kehre mit dem Deo bewaffnet in Rubys Zimmer zurück. Sie hebt die Augenbrauen, als ihre Mum die Tür öffnet, um mich reinzulassen. »Wo warst du denn?«, will sie wissen. »Ich muss meine Arme total verdrehen, dass die Achseln Luft bekommen.«

»Also ehrlich, Ruby«, murmelt ihre Mum missbilligend.

»Tut mir leid, meine Mum hat angerufen. Und ich weiß echt nicht, warum, aber ich habe abgehoben.«

»Ah, wie geht es ihr?«, fragt sie und trägt das Deo auf, womit sie die Stylistin von der Arbeit abhält.

»Ich soll dir sagen, dass sie gestern Nacht zu deinen Ehren eine Wurst vergraben hat, und deshalb regnet es heute nicht.«

»Eine wahre Heldentat.«

»Und dann hat sie mir eine Stelle aus einem Buch vorgelesen, das ich nicht kenne. Es ging um Ritter und Pomp und Getöse und… ähm… die Grundaussage war, dass Leo und du zuerst Freunde wart, bevor ihr erkannt habt, dass ihr einander liebt. Aber es klang irgendwie eloquenter.«

»Was du nicht sagst.«

»Es war eigentlich total schön.«

»Na, dann hoffe ich, dass ich die Stelle eines Tages zu hören bekomme.«

»Wie fühlst du dich?«, frage ich und setze mich aufs Bett.

»Verschwitzt.«

»Ich habe dir doch gerade Deo gebracht!«

»Stimmt. Also etwas weniger verschwitzt als vorhin«, gibt sie zu. »Ich hoffe, es verläuft alles nach Plan und alle amüsieren sich.«

»Das werden sie.«

»Es ist nur… viele aus meiner Familie sind aus Mauritius gekommen. Sie haben große Mühen auf sich genommen, um heute hier zu sein, und ich will unbedingt, dass sie sich wohlfühlen und…«

»Ruby«, unterbreche ich sie. »Sie sind gekommen, um mitzuverfolgen, wie du heiratest. Das ist alles, was zählt. Sie werden einen wunderbaren Tag verbringen und eure Liebe feiern. Es wird genial.«

Sie stößt die Luft aus und wirft einen Blick auf ihr Spiegelbild. Die Haare sind beinahe fertig. »Es fühlt sich an wie ein wichtiger Moment.«

»Es ist ein wichtiger Moment.«

Sie beißt sich auf die Lippe. »Ich bin nervös.«

»Das ist normal. Aber es wird alles ganz unglaublich werden.«

»Bist du nervös? Du solltest auch nervös sein!«

»Der Gedanke, vor den Traualtar zu treten, macht mich nervös. Aber glücklicherweise werden alle Augen auf dich gerichtet sein, also schaffe ich das schon.«

»Das meine ich nicht«, erklärt sie. »Ich rede von deiner Aufgabe. Die Hochzeitssaison ist noch nicht vorbei.«

»Ach, Rubes. Wie kann es sein, dass du an so etwas denkst, obwohl du so viel um die Ohren hattest?« Ich seufze. »Also, was soll ich tun?«

»Das wirst du früh genug erfahren«, antwortet sie. »Leo will auch dabei sein, wenn wir es dir sagen.«

»Seid ihr verrückt? Heute geht es um euch beide!«

»Ja, aber du gehörst auch irgendwie zu uns. Wir haben lange über die letzte Aufgabe nachgedacht. Du hast bisher alle mit Bravour gemeistert, aber diese könnte die Wende bringen.«

»Ihr bittet mich doch nicht, etwas über und über Verrücktes zu tun, oder?«

»Hmm. Was hast du noch mal an meinem Junggesellinnenabschied zu mir gesagt? Ach ja, das war es«, meint sie schulterzuckend. »Tut mir leid, Freya, aber *das Leben ist hart und ungerecht.*«

»O nein«, flüstere ich geschlagen.

»Ich glaube, wir sollten jetzt den Champagner aufmachen, oder was meinst du, Mum? Es wird Zeit zum Feiern«, erklärt Ruby selbstgefällig und grinst hinterhältig. »Und ich glaube, Freya braucht eine Extraportion Mut, wenn sie den letzten Tag der Hochzeitssaison überleben will.«

Kapitel 29

Simone kann kaum sprechen, so heftig muss sie lachen. »Hast... du... Sicherheitsnadeln?«, presst sie zwischen zwei Glucksern hervor, kichert und keucht und legt mir die Hände auf die Schultern. Ihr Gesicht strahlt vor Freude.

»Sicherheitsnadeln? Nein, aber ich glaube, auf der Toilette sind welche«, antworte ich. »Wozu brauchst du Sicherheitsnadeln?«

»Dominics Hose ist geplatzt.«

»Wie bitte?«

»Am Hintern.«

»WAS?«

»Sieh mal!«

Sie deutet auf die andere Seite des Zeltes, wo Dominik in verkrampfter Haltung auf einem Stuhl sitzt. Cali steht neben ihm und vergräbt das Gesicht in den Händen. Ruby und Leo genießen den Abend und wirbeln mit dem Großteil der anderen Gäste über den Eichentanzboden, während die Band ein Lied von den Arctic Monkeys spielt.

Die Zeremonie war genial. Es gab Trompetenspieler, die sich Ruby so sehr gewünscht hatte, und Leo verbockte das Gelübde und brach damit relativ früh das Eis, denn alle mussten Tränen lachen. *»Ich, Ruby, nehme dich, Leo... Nein, Moment. Anders rum! Ich bin Leo!«* Während der Fotosession ging ein Schauer nieder, was tatsächlich unglaublich tolle Fotos ergab, auf denen Ruby und Leo sich lachend im Regen küssen, während ich mit dem Regenschirm herumfuchtle und versuche, Rubys außergewöhnliches Boho-Spitzenkleid trocken zu halten.

Die Hochzeitstorte wurde von Leos Tante gebacken und mit großem Trara serviert, und Ruby war entsetzt, als sie die leuchtend rote Farbe sah. Sie hatte um eine »rustikale« Aufmachung gebeten, aber offenbar hatte Leos Tante wohl eher an etwas »Uriges« gedacht. Ehrlich, Rubys *Gesicht*, als sie die Torte sah, war genial. Unsere Blicke trafen sich, und wir lachten so laut, dass mir Tränen über die Wangen liefen.

»Gefällt sie euch?«, fragte Leos Tante eifrig.

»Oh, ja. Sie ist sehr... farbenfroh!«, meinte Leo, dem das Aufheben nicht behagte.

»Eine fröhliche Torte für euch fröhliche junge Leute! Und wie gefallen euch die Figuren?«

»Die sind toll«, antwortete er und warf einen vorsichtigen Blick darauf. »Sind das...?«

»Papageientaucher!«, bestätigte sie aufgeregt. »Einer trägt einen Zylinder, der andere einen Schleier. Sind sie nicht süß? Ich habe sie im Internet entdeckt und fand sie perfekt für euch beide.«

»Ja.« Leo nickte roboterhaft. »Perfekt.«

Bis jetzt haben Leo und Ruby noch nicht herausgefunden, warum die Papageientaucher Leos Tante an sie beide erinnert haben, aber die Torte ist mit Sicherheit einzigartig, schmeckt hervorragend und bleibt unvergesslich. Ich fühle mich wie eine Langweilerin, weil Matthew und ich uns für eine traditionelle Hochzeitstorte mit Blumen von unserer Floristin entschieden hatten. Klar sah sie hübsch aus, aber wenn ich die Entscheidung noch einmal treffen müsste, würde ich etwas Witziges, Albernes nehmen, wie etwa einen Papageientaucher mit Zylinder.

Das Hochzeitsessen war köstlich – mauritische Gerichte auf Platten serviert, an denen sich die Gäste am Tisch bedienen konnten –, und Ruby hielt eine ergreifende Rede, in der sie mich als ihren »Felsen« bezeichnete. Eine äußerst treffende Beschreibung für jemanden, der in einem Kindertheaterstück über König Artus einst einen Stein gespielt hat. Ruby und Leo schnitten die aufsehenerregende Torte mit einem strahlenden Lächeln an, und jetzt sind alle auf den Beinen und tanzen, bis die Hosenböden platzen.

Buchstäblich.

»Wie hat Dominic denn das angestellt?«, frage ich, nachdem Simone sich beruhigt hat.

»Hast du seinen Salto nicht gesehen?«

»Dominic kann einen Salto?«

»Nein, kann er nicht«, erwidert sie grinsend. »Aber der Versuch war sehenswert, und der Riss in der Hose punktgenau. Jedenfalls bräuchten wir ein paar Sicherheitsnadeln, damit er nicht den restlichen Abend auf diesem Stuhl hocken muss. Dann kann er zumindest zurück ins Hotel, um sich eine neue Hose anzuziehen, ohne der ganzen Gästeschar einen Schock fürs Leben zu bescheren.«

Das klingt nach einem guten Plan, und ich mache mich auf den Weg zur Damentoilette, um nach Sicherheitsnadeln Ausschau zu halten. Wie vermutet liegt ein Päckchen neben dem Waschtisch. Als ich Ruby bei der Vorbereitung der Erste-Hilfe-Körbe für die Toilette geholfen habe, dachte ich mir noch, dass Sicherheitsnadeln im Gegensatz zu Deo, Pflastern, Tampons und Paracetamol eine seltsame Wahl wären. Aber jetzt werde ich eines Besseren belehrt. Ich kehre triumphierend zu Cali und Simone zurück, und während Dominic sich verlegen erhebt, gehen wir drei in die Knie, um zu überlegen, wie wir den Riss am besten mit den zur Verfügung stehenden Mitteln behelfsmäßig flicken können.

»Was habt ihr denn vor?«

Cali, Simone und ich sehen von Dominics Hintern auf und zu dem Brautpaar hoch, das verwirrt zu uns hinunterstarrt.

»Meine Hose ist gerissen, als ich den Salto gemacht habe«, ruft Dominic über die Musik hinweg.

»Als er den Salto *versucht* hat«, korrigiert Cali und verdreht die Augen.

»Wir überlegen, wie wir den Hintern am besten flicken können«, erklärt Simone. »Im Moment sieht alle Welt seine gelben Boxershorts, wenn er sich umdreht.«

»Es war wohl doch nicht die passende Gelegenheit für meine Tweety-Unterwäsche«, bemerkt Dominic. »Tolle Hochzeit übrigens. Ein Wahnsinnsfest.«

»Also, wenn ein gerissener Hosenboden kein Beweis für eine gelungene Party ist, dann weiß ich auch nicht.« Leo lacht. »Hey, Freya, dürfen wir dich einen Moment lang entführen?«

»Klar.« Ich richte mich auf und folge ihnen zu einem Tisch, an dem sie ein paar Stühle hervorziehen. »Soll ich euch mit dem Servieren der Torte helfen?«

Ruby runzelt die Stirn und drapiert sorgfältig ihr Kleid, bevor sie sich setzt. »Warum sollten wir dich um so etwas bitten?«

»Das könnte durchaus zu den Aufgaben einer Trauzeugin gehören. Und die Torte ist echt lecker.«

»Du hast deine Aufgaben als Trauzeugin erfüllt, Freya.« Ruby nimmt lächelnd meine Hand. »Ab jetzt sollst du dich amüsieren.«

»Moment.« Ich sehe von Ruby zu Leo. »Ist das meine letzte Aufgabe vom Überlebensplan? Dass ich mich amüsiere? Das ist ja toll!«

»Ha!« Rubys Augen werden schmal. »Netter Versuch.«

»Bevor ihr das Geheimnis um die letzte Aufgabe lüftet, muss ich euch noch etwas sagen«, erkläre ich und räuspere mich. »Dieses Jahr war nicht gerade … mein Lieblingsjahr. Tatsächlich hat sich mein Leben in eine einzige Katastrophe verwandelt. Alles, was ich geplant hatte, fiel auseinander, und ich fühlte mich vollkommen verloren.«

Ruby und Leo wechseln einen Blick.

»Aber …«, fahre ich fort, ehe sie etwas sagen können. »Ich muss auch ehrlich und aufrichtig zugeben, dass ich es ohne euch und euren albernen Überlebensplan für die Hochzeitssaison nicht geschafft hätte. Mein Herz war gebrochen, aber ich konnte trotzdem lachen – und wie! Die Aufgaben haben mich dazu animiert, meine Befangenheit von Zeit zu Zeit abzulegen, und es war gar nicht so schlimm. Etwas an diesem Sommer, an der Notwendigkeit, allein mit Dingen klarzukommen und mich selbst zu übertreffen, und an der wiederauferstandenen Beziehung zu meiner Mum hat mir ein Selbstvertrauen gegeben, von dem ich nicht wusste, dass ich es in mir habe. Ich habe mit einem heißen französischen Model geknutscht! Und ich bin nackt einen Hotelflur entlanggelaufen! Wer macht so etwas? *Ich* offensichtlich!« Ich halte inne, als sie lachen. »Ich will damit nur sagen, dass... ich euch danke. Dafür, dass ihr da wart, und für euren Überlebensplan. Es war unglaublich wichtig für mich. Und jetzt seid ihr hier. Verheiratet. Alles ist so, wie es sein sollte. Ich könnte nicht glücklicher für meine beiden besten Freunde sein.«

Leos Augen werden feucht. »Gruppenumarmung?«

»Ich weiß nicht, ob das notwendig ist.«

»GRUPPENUMARMUNG!«, kreischt Ruby, lehnt sich vor und umarmt mich. Leo folgt ihrem Beispiel, und sie nehmen mich in ihre Mitte.

Ich schließe einen Moment lang die Augen und lächle in Rubys Schulter hinein.

»Alles klar«, sage ich und tätschle ihre Arme. »Danke.«

»Wow«, flüstert Ruby. »Einfach nur wow.« Sie löst sich von mir, und ihre Mundwinkel zucken. »Wir danken dir, Freya, dass du dich so verletzlich gezeigt hast. Das war sehr emotional und ergreifend. Ich bin gerührt. Ich bin tief bewegt.«

Ich seufze schwer. »Okay. Jetzt geht es los.«

»Das war einfach nur schön«, stimmt Leo seufzend mit ein. »Ich habe gerade eine vollkommen neue Seite an dir kennengelernt.«

»Ich wünschte, wir hätten diese von Herzen kommende Rede gefilmt«, meint Ruby wehmütig. »Ich habe dich noch nie so ernst und im Einklang mit deinen Gefühlen erlebt.«

»Es war das perfekte Hochzeitsgeschenk«, fügt Leo hinzu, woraufhin Ruby nach Luft schnappt und eifrig nickt. »Danke für deine Worte, Freya.«

»Ihr verscheißert mich, oder? Sehr stilvoll.«

»Es war so bedeutungsvoll und ernst.« Ruby packt Leos Arm und drückt ihn. »Sie hat uns ihr Herz geöffnet.«

»Zum Beweis, dass sie eines hat«, bemerkt Leo, und ich werfe ihm einen bösen Blick zu.

»Wir sollten Ausschnitte ihrer Rede auf ein Küchentuch drucken lassen«, schlägt Ruby vor.

»Ihr seid böse Menschen«, erkläre ich mürrisch.

»So böse auch wieder nicht«, widerspricht Leo. »Deine letzte Aufgabe ist eigentlich echt nett ausgesucht, wenn du mich fragst. Wir hätten sehr viel gemeiner sein können.«

»Es war Leos Idee«, verrät Ruby und wirft ihm einen verträumten Blick zu. »Und sie ist genial.«

»Es war ein Gemeinschaftsprojekt.«

»Okay, okay«, mische ich mich ein und verdrehe die Augen. »Es wird Zeit, dass ihr mir reinen Wein einschenkt.«

»Sag du es ihr«, meint Leo zu Ruby.

»Nein, sag du es! Es war deine Idee!«, besteht Ruby.

»Sagt es mir bitte endlich irgendjemand?« Ich verschränke die Arme. »Das ist mein *Grande Finale*. Ich bin unglaublich gespannt.«

»Okay«, meint Ruby und übernimmt grinsend das Kommando. »Die letzte Aufgabe dieser Hochzeitssaison lautet: *Bitte ihn um ein Date.*«

Ich blinzle. »*Bitte ihn um ein Date?* Das ist meine Aufgabe? Das ergibt doch keinen Sinn.«

»Also für mich schon«, meint Leo. »Ergibt es für dich einen Sinn, Ruby?«

»Oh, ja.« Sie nickt. »Sehr viel sogar.«

»Wovon redet ihr beide? Wen soll ich um ein Date bitten?«

Ruby deutet mit dem Kopf auf jemanden hinter mir. Ich runzle verwirrt die Stirn, drehe mich um und lasse den Blick über die Gäste auf der Tanzfläche schweifen. Ich habe keine Ahnung, von wem die beiden reden. Es sind so viele Männer auf der Hochzeit, da müssen sie schon etwas genauer werden. Direkt vor mir tanzt Rubys Onkel. Er trägt seine Krawatte um die Stirn und läuft mit beneidenswerter Souveränität wie ein gackerndes Huhn über die Tanzfläche. Ich hoffe, die beiden erwarten nicht, dass ich *ihn* um ein Date bitte.

»Ich habe keine Ahnung, worauf ihr hinauswollt.« Ich werfe entnervt die Hände hoch. »Wen meint ihr?«

»Ihn«, meint Ruby, beißt sich auf die Lippe und deutet erneut hinter mich.

Ich wende mich noch einmal um und folge der Richtung, in der ihr Finger zeigt. Dieses Mal teilt sich die Menge ein wenig, und ich sehe ihn.

Jamie.

Er steht am Zelteingang und wirkt etwas verloren, als wäre er gerade erst gekommen. Er trägt eine Anzughose und ein weißes Hemd mit hochgekrempelten Ärmeln, und er reckt den Kopf, als würde er nach jemandem Ausschau halten. Als er mich entdeckt, breitet sich ein Lächeln auf seinem Gesicht aus.

Und da wird es mir plötzlich klar. Ich bin bereit für ein neues Kapitel.

Ich habe keine Ahnung, wie dieses neue Kapitel aussieht und wie es sich entwickeln wird, aber das ist in Ordnung. Ob etwas daraus wird oder gar nichts oder vielleicht nur ein klein wenig. Egal, was passiert, ich bin bereit, es herauszufinden.

Ich denke an das Gespräch mit Obis Onkel Chido zu Beginn der Hochzeitssaison.

»Es wird besser, Sie werden sehen. Es fühlt sich nicht so an, aber mit der Zeit wird es besser.«

»Eines Tages werden Sie irgendwo sein – es kann überall sein –, und dann wird es Ihnen plötzlich klar werden. Sie werden es nicht erwarten. Es wird Sie wie aus heiterem Himmel treffen. Bum!«

»Was? Was wird mir klar werden?«

»Dass es Ihnen wieder gut geht.«

Ich wende mich mit einem breiten Lächeln an Ruby und Leo.

»Danke«, flüstere ich, greife nach ihren Händen und drücke sie.

Leo zwinkert mir zu. »Hol ihn dir, Tiger.«

»Also ehrlich, Leo.« Ruby verdreht seufzend die Augen. »Hörst du dich manchmal eigentlich selbst reden?«

»Geht, und genießt eure Hochzeit«, befehle ich dem Brautpaar und stehe auf, damit sie es mir nachmachen. »Wir sehen uns später.«

Während das glückliche Paar auf die Tanzfläche zurückkehrt, wo sie mit Jubel und Gekreische empfangen werden, hole ich tief Luft und drehe mich zu Jamie um. Er steht noch am selben Fleck, wirkt aber deutlich entspannter und lehnt an einem der Zeltstöcke. Als er sieht, dass ich auf ihn zukomme, setzt er sich in Bewegung, und wir treffen uns in der Mitte.

Ich bin unglaublich nervös, denn offensichtlich bin ich wirklich total verschossen in ihn. Mein Herz pocht, die Schmetterlinge flattern, mein Atem setzt aus. Ich will unbedingt zu ihm, habe aber gleichzeitig Angst davor.

Wie meinte Ruby vorhin? *Es fühlt sich an wie ein wichtiger Moment.*

Eine Erinnerung steigt aus den Tiefen an die Oberfläche. Mein erstes Date mit Matthew. Wir hatten beim Vorsprechen Nummern ausgetauscht und uns anschließend unbeholfene, nichtssagende Nachrichten mit kaum merklichem Flirtcharakter geschrieben, bis er mich schließlich fragte, ob ich etwas mit ihm trinken gehen wollte. Ich weiß noch, dass Ruby beeindruckt war, weil er sich eine schickere Bar als die üblichen Studententreffs ausgesucht hatte. Und ich erinnere mich, wie Leo Ruby und mir bei der Auswahl des Outfits half, weil wir eine männliche Meinung brauchten.

Als ich damals die Tür öffnete und ihn auf einem der Barhocker entdeckte, fühlte ich mich genauso wie jetzt. Die Nervosität, die Aufregung, die Vorfreude darauf, was vielleicht passieren würde. Es ist ein wundervolles und gleichzeitig quälendes Gefühl. Wenn man nicht weiß, was auf einen zukommt, aber trotzdem aufgeregt ist. Matthews Gesicht hellte sich auf, als ich eintrat.

»Ich wusste es von dem Moment an, als du in diese Bar gekommen bist«, sagte er Jahre später, als wir nebeneinander im Bett lagen. Wir teilten uns ein Kissen, und unsere Nasen berührten einander beinahe.

»Dass wir zusammenkommen würden?«

»Ja.« Er grinste. »Und dass ich dich eines Tages heiraten würde.«

In diesem Moment war ich so unglaublich glücklich, weil ich es damals ebenfalls gewusst hatte.

Aber ich bin froh, dass wir uns beide geirrt haben. Ich bin vielleicht nicht immer so ruhig und akzeptiere alles, wenn ich an mich und Matthew zurückdenke, aber trotz der zeitweisen Wut und der Traurigkeit, werde ich für immer dankbar sein, dass wir eine gemeinsame Geschichte erleben durften.

Jamie und ich halten abrupt voreinander inne.

»Du bist hier«, erkläre ich dümmlich und versuche, mir die Aufregung nicht anmerken zu lassen.

»Ich kam nach meinem Trapez-Kurs zufällig hier vorbei.«

»Aha.«

Er sieht lächelnd auf mich hinab. »Es ist schön, dich zu sehen, Freya. Du hast mich das letzte Mal mehr oder weniger fluchtartig verlassen.«

»Ich bin nicht geflüchtet.«

»Doch, das bist du.«

»Ich hatte es eilig, weil ich noch einen Termin hatte.«

»Hatte der zufällig mit einem YouTube-Video voller Corgi-Hinterteile zu tun?«

»Ich bringe Ruby um.«

»Eigentlich war es Isabelle, die mir davon erzählt hat.«

»Dann bringe ich Isabelle um.«

»Warum bist du geflüchtet, Freya?«

Ich verschränke die Arme vor der Brust und sehe mich nervös um, bloß um festzustellen, dass Ruby, Leo, Cali, Simone und Dominic mich beobachten. Sie tun eilig so, als würden sie nicht in meine Richtung sehen (es sieht aus, als hätten sie Dominics Hose geflickt, was eine ziemliche Leistung ist).

»Ich habe Panik bekommen«, gebe ich zu. »Ich habe dir gesagt, dass Matthew aus meinem Leben verschwunden ist, und du hast nicht wirklich … ich dachte, dass du vielleicht doch kein Interesse hast und dass ich mich zum Affen gemacht hatte.«

»Seit dem Tag bin ich total fertig«, erklärt er.

»Wirklich?«

»Ja. Du hast mir gesagt, dass du single bist, und als Antwort schiebe ich dir ein IPA über den Tresen und verkünde: ›Es ist hopfig.‹« Er schließt verzweifelt die Augen. »Diese Worte verfolgen mich seither Tag und Nacht.«

»Es ist hopfig?«

»Ich fühlte mich wie der größte Idiot aller Zeiten.«

»Ich fühlte mich wie die größte Idiotin aller Zeiten!«

Seine Lippen verziehen sich zu einem Lächeln. »Zwei riesige Idioten.«

»Stimmt. Aber ich möchte trotzdem noch einmal klarstellen, dass ich an dem Tag wirklich in deinem Viertel war, um einen Trapezkurs zu besuchen. Ich war nicht *nur* da, um dich zu sehen.«

»Ja, wie ich hörte, waren die drei Minuten, die du dort verbracht hast, atemberaubend.«

»Ich bringe Isabelle wirklich um.«

»Das war jetzt Ruby.«

»Ich bringe alle um.«

Er legt den Kopf in den Nacken und lacht.

Ich mag ihn so sehr.

»Also, ich muss leider zugeben, dass ich heute nicht bloß in der Nähe war.« Er seufzt. »Ich bin nur wegen dir hierhergefahren.«

Ich sehe ihm in die Augen. »Wirklich?«

»Wirklich. Als Leo und Ruby anriefen, konnte ich mein Glück kaum fassen. Ich würde noch eine Chance bekommen. Und dieses Mal würde ich geniale Dinge sagen, die dich verzaubern. Und nicht ›Es ist hopfig‹.«

»Ich bin ein wenig enttäuscht. Das ›hopfig‹ war irgendwie süß.«

»In diesem Fall kann ich dir jede Menge über hopfige Biere erzählen. Es gibt jede Menge Hopfiges. Sie sind alle sehr hopfig.« Er hält inne. »Fürs Protokoll. Meine Reaktion darauf, dass du und Matthew endgültig Schluss gemacht habt, tut mir sehr leid. Ich habe die Nerven verloren und alles vermasselt.«

Ich lächle. »Du musst dich nicht entschuldigen. Wenn sich jemand entschuldigen muss, dann bin ich es, und zwar für die Nacht in Dublin. Es tut mir so leid, dass ich Matthews Anruf entgegengenommen habe. Wenn ich es noch einmal erleben könnte, würde ich es anders machen.«

Er streicht sich über das stoppelige Kinn. »So schlecht war es gar nicht. Wenn der heutige Abend wieder damit endet, dass du nackt im Hotel herumläufst, werde ich mich nicht beschweren.«

Ich verziehe das Gesicht und verberge es in den Händen. »Mann, diese verdammten Hochzeitssaison-Aufgaben.«

Er legt seine warmen Hände auf meine und nimmt sie von meinen Wangen, um mir in die Augen zu sehen.

»Diese verdammten Hochzeitssaison-Aufgaben sind der Grund, warum ich heute Abend hier bin«, sagt er, und seine Stimme klingt nicht mehr neckend und witzelnd, sondern ernst und sexy. »Und dafür bin ich sehr dankbar.«

»Ich auch«, krächze ich.

Es gab eine Zeit, da hatte ich Angst, Jamie zu mögen, aber jetzt weiß ich, dass die Dinge, die uns voneinander unterscheiden – und von denen ich anfangs dachte, sie wären unser Untergang –, keine Rolle spielen. Denn wenn ich eines während dieser Hochzeitssaison gelernt habe, dann, dass Liebe manchmal keinen Sinn ergibt. Manchmal kommt sie nicht hübsch verpackt daher, und alle Fragen sind sofort beantwortet. Und manchmal verändern sich sogar Beziehungen, auf die man sich scheinbar verlassen konnte, oder gehen auseinander. Wenn es zwischen jemandem funkt, dann funkt es. Manchmal muss man sich einfach darauf einlassen und das Beste hoffen.

Ich schlucke den Kloß in meinem Hals hinunter. »Jamie?«

»Ja?«

»Willst du dich irgendwann mit mir auf ein Date treffen?«

»Also… das kommt darauf an.«

»Worauf?«

Er versucht vergeblich, ein Grinsen zu unterdrücken. »Gehen wir wohin, wo sie Pornstar Martinis in Dosen servieren?«

»Keine Ahnung. Vielleicht gehen wir wohin, wo es Heilbutt gibt.«

»Du meinst dieses ausgefallene Kartoffelgericht?«

»Es wird ein ausgefallenes Date.«

»Dann bin ich dabei.«

»Gut.« Ich sehe ihn dümmlich lächelnd an, bevor ich es mir verkneifen kann. »Ich auch.«

»Na dann.« Er grinst, und seine Augen funkeln. Dann tritt er ohne Zögern auf mich zu. Ich hebe den Kopf, und wir küssen uns. Seine Hand liegt auf meiner Hüfte und hält mich fest, die andere fährt in meine Haare.

Und wissen Sie, was dann passiert?

Es gibt ein Feuerwerk. Nein, das ist kein Scherz. Ein *Feuerwerk*.

Genau in diesem Moment.

So etwas kann man sich nicht ausdenken. Und dabei dachte ich, ich hätte meinen Romcom-Moment unter dem Sternenhimmel in Frankreich erlebt. Aber das war absolut nicht mit dem hier vergleichbar. Ich meine – ehrlich. Jamie und ich küssen uns, und ein Feuerwerk geht los, und Funken sprühen.

Wie sich herausstellt, ist es allerdings keine chemische Reaktion zwischen uns, sondern Rubys und Leos Überraschung für ihre Gäste. Alle stürmen aus dem Zelt und genießen die magischen Momente und die funkelnden Farben, die den Nachthimmel erhellen.

Nur Jamie und ich verpassen das Schauspiel.

Wenn das kein neuer Anfang ist.

Danksagung

Ich kann mich unglaublich glücklich schätzen, Kim und Sarah, meine unbeschreiblich talentierten Lektorinnen in Großbritannien und den Vereinigten Staaten an meiner Seite zu haben, die mich bei meiner Arbeit begleiten. Ich danke euch für eure großartigen Ratschläge und dafür, dass ich während der Überarbeitung manchmal Tränen über eure komischen Kommentare im Manuskript lachen durfte. Wir müssen wirklich bald gemeinsam ins Aude, ja?

Ein großer Dank geht an Amy, Callie, Jenny, Rebecca, Mary, Marissa, Sallie, Kejana und den Teams bei Hodder & Stoughton und St. Martin's Press für ihre unglaubliche Arbeit. Ich hoffe, ihr seid genauso stolz auf dieses Buch wie ich. Danke, dass ihr ihm ein so tolles Aussehen geschenkt und es hinaus in die Welt begleitet habt.

Ohne meine fabelhafte Agentin Lauren würde ich wahrscheinlich den Großteil meiner Tage in Panik über mein Leben verbringen, nichts auf die Reihe bekommen und mich am Ende vor den Fernseher setzen, um auf Netflix Romcoms mit Vanessa Hudgens zu gucken. Danke für deine geduldige Anleitung und dass du immer da bist, um mir zu sagen, dass ich es schaffe. Großen Dank an das ganze Team von Bell Lomax Moreton.

Danke an meine Familie und Freunde für eure unermüdliche Motivation und für euren wundervollen Humor. Ich könnte nichts von alldem, wenn ihr mich nicht anfeuern würdet.

Vor allem möchte ich Laura und Rory danken, dass ich mich über ihre Quiche-Geschichte schieflachen durfte. Danke an Nat für die Ratschläge zu Jamies Abstammung; an Lizzie und Jack für die Hilfe bei der Zusammenstellung der Aufgaben für die Hochzeitssaison; an Lizzie für ihre Leidenschaft für gutes Olivenöl; und an Chloe für die Inspiration zu der Taubenszene, nachdem sie heldenmütig eine Krähe aus ihrem Haus gescheucht hatte.

Und schließlich möchte ich mich bei meinen Leserinnen und Lesern bedanken. Ich kann nicht in Worte fassen, wie viel mir Ihre Unterstützung bedeutet. Ich hoffe sehr, dass Sie dieses Buch zum Lachen gebracht und Ihnen Ihren Tag versüßt hat.